CUANDO ME HAYA IDO

CUANDO ME HAYA IDO

Laura Lippman

Traducción de Ana Becciú

GRUPO ZETA

Barcelona • Madrid • Bogotá • Buenos Aires • Caracas • México D.F. • Miami • Montevideo • Santiago de Chile

Título original: *After I'm Gone*
Traducción: Ana Becciú
1.ª edición: noviembre de 2014

© 2014 by Laura Lippman
© Ediciones B, S. A., 2014
　　Consell de Cent, 425-427, 08009 Barcelona (España)
　　www.edicionesb.com

Printed in Spain
ISBN: 978-84-666-5537-8
DL B 19649-2014

Impreso por Novagràfic, S.L.

Abrázame

4 de julio de 1976

Partieron al atardecer una hora antes del comienzo de los fuegos artificiales, y cuando llegaron a la barrera de peaje del viejo puente que cruza el Susquehanna, Felix vislumbró por la única y minúscula ventanilla los destellos de las luces; pequeñas fiestas por todas partes. Le había pedido a Julie que cogiera la carretera 40, que era la antigua ruta para ir a Filadelfia. Se estaba volviendo prudente, aunque también nostálgico. Había iniciado su carrera allí, obteniendo ganancias en los bares.

Estornudó. En el suelo había heno y una manta para caballo. Si los paraban, se ocultaría bajo la manta y cruzaría los dedos. Iba a hacerlo cuando el camión, después de casi una hora de marcha, aminoró la velocidad. Se dio cuenta de que habían llegado a la barrera de peaje del puente del Susquehanna. Bert y Tubby habían dicho que lo mejor era poner un caballo en el remolque, así a nadie se le ocurriría husmear en el interior, pero él no estaba dispuesto a viajar más de ciento cincuenta kilómetros agachado y tratando de esquivar los cascos del equino y su bosta.

Se había despedido de Bambi ese mismo día, antes de que ella y las niñas se marcharan al club, donde pasarían la tarde y no volverían hasta la noche. No le había dicho lo que estaba pasando, aunque ella sospechaba algo. Bambi era lista, lo bastante como para no hacer preguntas. Cuando los federales fueran a husmear, su ignorancia les resultaría convincente.

Lo más duro había sido despedirse de sus hijas con naturalidad, como si nada sucediera. Estaban acostumbradas a hacer cosas sin él. Su trabajo le había exigido siempre salir de casa muy temprano y regresar a las tantas de la noche, y luego vino lo del arresto domiciliario; entonces no tuvo más remedio que quedarse en casa mientras se tramitaba la apelación. A nadie le llamaría la atención que Felix Brewer no acudiera al club el Cuatro de Julio, no este año. Las niñas le habían dado unos besos maquinales, tan seguras estaban de él, y él no se había atrevido a estrecharlas con la fuerza que hubiera deseado. Sin embargo, a la pequeña Michelle, de tan solo tres añitos, sí la había estrujado un poco más.

—¿Me traerás un regalo? —le preguntó.

Fue un instante de sorpresa, pero enseguida comprendió que Michelle se confundía; la pequeña creía que cada vez que alguien salía de casa le traería un regalo, incluso aunque fuera ella quien salía. Fingió robarle la nariz: le mostró la punta del pulgar entre el índice y el medio y le dijo que no se la devolvería hasta que le diera otro beso. Tenía una manera de ladear la cabeza y mirarlo a través de sus pestañas igual que su madre. Lo hacía reír.

A Bambi, en cambio, la besó como si fuera la primera vez, que había sido el 15 de febrero de 1959 en el coche aparcado delante de la casa de los padres de ella. Estos se lo habían regalado como último recurso para convencerla de que retomara sus estudios. El primer beso fue apasionado y casto a la vez, un beso que contenía todo lo que iba a marcar su futura vida en común: su imperiosa y dolorosa necesidad de ella, y la leve prevención de ella, como si nunca le fuera a entregar cierta parte de sí misma. El último beso abarcó la historia de su vida en común. A él le pasó por la cabeza el fragmento de una vieja canción, algo acerca de platos rotos y citas frustradas, y de cómo eso formaba parte de estar enamorado. A Bambi jamás se le ocurriría lanzarle un plato. Pero hubo una vez, quizá dos, en que si ella lo hubiera hecho a él no le habría importado.

A Bambi no le habría gustado que Julie lo llevara en su coche —una buena razón para lanzarle los platos a la cabeza— pero Julie era la persona más indicada para eso. De hecho, su hermana tenía caballos, o al menos acceso a ellos, de manera que resultaba normal que ellas viajaran en coche hacia el norte tirando de un remolque. Además, iba a ser duro para Julie, lo pasaría muy mal una vez que él se hubiera marchado. Bambi tenía a las niñas, amigos, una familia. Julie solo tenía a su hermana, que era un bicho raro, por decirlo suavemente. Por eso le dio un beso cuando ella se sentó al volante.

—Más vale que sea para siempre —musitó ella.

—Te llevas tu parte —le recordó él.

De una forma u otra, todos se llevaban su parte.

Para siempre. Era la frase que Julie había repetido cuando él le explicó ciertas cosas la semana anterior. No era una pregunta, sino más bien un concepto que ella nunca había oído antes. Estaban sentados en la pequeña cafetería, su único negocio lícito. Con lo que sacaba de allí por semana ni siquiera habría podido comprarles a las niñas cintas para el pelo. Y las niñas llevaban cintas en el pelo. Bambi las vestía como unas pijas de Towson, de rosa y verde de pies a cabeza, les enseñaba a utilizar el secador en ese pelo tan rebelde que tenían y a peinarse con coletas. Bueno, la pequeña no, pero la pequeña era el vivo retrato de Bambi: un cabello tan liso, brillante y oscuro como el pelaje de una foca, ojos azules y pestañas increíbles. Linda era la organizada y Rachel la lista. Ambas eran muy bonitas, pero Michelle iba a ser realmente hermosa. Las tres iban a destacar, cada una a su manera. Y él se lo perdería. Se iba a perder todo eso.

—Para siempre —repitió Julie arrastrando las sílabas y siguiendo con el dedo el anillo acuoso dejado en la mesa por su Coca-Cola. Apenas bebió, aunque por la noche simuló tomar sorbos de escocés para acompañarlo a él.

—Así parece. A menos que algo inesperado suceda.

Otro largo silencio. Julie era una de esas raras mujeres que lucen más bonitas cuando no sonríen. Impenetrable, su enigma la volvía seductora. Su sonrisa la hacía seguir pareciendo la

.na que Tubby había descubierto en la dro-
.ro años atrás.
.edio por ciento —dijo al fin.
¿ —inquirió él.
.e año el país cumple doscientos años. Te están pidien-
.: les des el siete y medio por ciento de la historia del país.
.nuchísimo.
—Y tú sabes que yo no doy puntos fácilmente.
Ella le contestó con una rápida sonrisa. Siempre había tenido mala dentadura, hasta que él se la hizo corregir; otra de las
razones por las cuales no sonreía a menudo. De todas formas,
Julie no poseía un gran sentido del humor. Era poco imagina-
tiva para eso. Más bien era una chica calculadora y muy práctica. Una amante práctica era algo bueno. Por ejemplo, nunca
se había hecho ilusiones con que él fuera a casarse con ella, aunque el año anterior tuvo ese arrebato, pero fue algo puntual.
Comprendió que Bambi era el amor de su vida. Fue Julie quien,
después de haber comenzado a estudiar en el instituto, le contó que Scott Fitzgerald decía que la prueba para saber si uno
poseía una inteligencia de primer nivel era tener dos ideas
opuestas en la cabeza sin volverse loco. Felix era un especialista en la materia. Amaba a Bambi y necesitaba a otras mujeres.
Cuando nació Michelle, hacía un año que Julie salía con él, pero
ella no se lo tomó como una traición, como se lo hubieran tomado otras mujeres en su situación. Y él seguía durmiendo con
su mujer, por supuesto. Era su esposa, por cierto muy atractiva, y él estaba perdidamente enamorado de ella. No salía con
Julie porque estuviera insatisfecho con Bambi. Solo que la vida
era más grata cuando ordenabas *à la carte*. De hecho, hubo otras
chicas además de Julie, ligues de una noche aquí o allá. Porque
él podía. Porque lo necesitaba. Si Bambi dejara salir esa parte
de ella que mantenía guardada bajo llave, si no fuera tan puñeteramente autosuficiente...
Ahora iba a tener que valerse por sí misma. Él no podría
marcharse si no tuviera confianza en que Bambi era capaz de
hacer frente a la situación. Coño, ella siempre lo había dirigido

y organizado todo, excepto a él y el dinero. Por muy voluble y ostentoso que fuera Felix, no era como el chico de aquel chiste que vuelve a casa de la escuela hebraica y le cuenta a su madre que lo han elegido para actuar de marido en la obra de teatro del colegio. «Pues vuelve allí y pídeles que te den un papel hablado», le ordena su madre. Felix experimentaba la necesidad de hablar. Tenía que hablar y hablar y hablar. Pero, al final del día, era la chica de los ojos cerúleos, que apenas pesaba cincuenta kilos, la que llevaba la batuta sin nunca alzar la voz.

Volaría a Montreal desde un pequeño aeródromo a las afueras de Filadelfia. Como faltaban menos de dos semanas para las Olimpíadas, calculó que, para empezar, era una apuesta segura. Muchísima gente estaba llegando a Montreal esos días. Desde allí podría viajar a Toronto y luego a su destino final. Le había dado muchas vueltas al asunto, algo nada habitual en él. Pero no tenía otra posibilidad. Lo principal era ser equitativo con todos. Era lo más práctico. Los descontentos se chivarían.

Hizo sus cálculos. Siempre le habían gustado los números, algo que siempre le había resultado provechoso. Quince años. Michelle tendría dieciocho años; Rachel, veintinueve; Linda, casi treinta y uno. Bambi frisaría los cincuenta y probablemente seguiría siendo muy guapa; envejecería bien. Julie... difícil decirlo. Pero él no iba a vivir quince años con Julie. A lo sumo un año o dos. Ella se estaba volviendo impaciente; era ambiciosa, quería progresar. ¿Por qué si no asistía a esos cursos en el instituto? Esperaba que Bambi no se cabreara demasiado cuando se enterase de que Julie se quedaba con la cafetería, pero es que no veía a Bambi ocupándose de ella, y por otra parte era el activo más fácil de transferir. También le hubiera dado a Julie el club, pero dijo que no lo quería. Dijo que la cafetería era su oportunidad para convertirse en alguien respetable. Él le contestó que el hecho de ser alguien respetable estaba sobrevalorado. Además, si tenías bastante dinero, cualquier cosa que hicieras era respetable.

Siete y medio por ciento de la historia de una nación. Una nación joven, ciertamente, pero aun así... No estaba mal visto.

El quince por ciento de su vida, si es que vivía cien años. Probablemente sería el veinte por ciento de su vida, y no cualquier veinte por ciento, sino el meollo, la flor de su vida. Incluso con la lotería legal, seguía ganando buena pasta. Más que nunca. La lotería legal acrecentaba sus beneficios de una manera que él no lograba explicarse. Sus clientes, los de siempre, jugaban ahora a las dos loterías, la legal y la ilegal. Las cosas le habían ido tan bien que estuvo a punto de comprarle un caballo a Linda y otro a Rachel. Otra de las ideas de Bambi. Menos mal que no lo hizo, pues habría sido una de las primeras cosas que le habrían quitado. Iban a producirse grandes cambios. Ojalá Bambi lo entendiera.

En el aeropuerto, se inclinó del lado del pasajero para mantener cerrada la portezuela del coche, creando una barrera entre él y Julie. Le había dado un beso, claro, pero no apasionado, tipo *Casablanca*. Hubiera sido una traición a Bambi.

Pero, a pesar de ese beso relativamente casto, la hermana siguió con la misma cara de amargada. «Soy un accesorio», había dicho cuando estaban cargando el coche. «Bueno —hubiera querido contestarle—, ¿por qué no ser un bolso si tu cara parece piel?» No le agradaban las mujeres feas. Santo cielo, qué alivio cuando Linda finalmente se había hecho mujer con la nariz que él le dio. Y hasta eso había necesitado cierto retoque quirúrgico. Le pidió a Bambi que lo hiciera inmediatamente después de saberse la sentencia, y ahora Linda era preciosa, como merecía.

Le entregó a Julie el maletín sobre el que había estado sentado durante todo el viaje, y ella le dio su maleta, que había viajado en el asiento delantero, junto a ella. Él no deseaba que sus cosas olieran a estiércol.

—No te pares en ninguna parte —le recordó—. Llévalo directamente al lugar convenido. Luego lo abres.

—Estaré bien.

Y él entendió que ella no necesitaba ni esperaba nada de él. Era parte de la razón por la que le había dado tanto.

—Estarás conmigo —le dijo—. Siempre.

—Siempre —repitió ella, dejando en el aire el minúsculo vaho de un interrogante.

Una vez a bordo del pequeño avión, al buscar su nuevo pasaporte, encontró las cartas que tenía que haber puesto en el maletín. Maldita sea. ¿Qué hacer? Julie ya se había marchado y tardaría por lo menos dos horas en llegar. ¿Se atrevería a llamarla? Bueno, cada uno sabía lo que debía hacer. Era una lástima, pues nunca tendría la oportunidad de explicárselo a Bambi.

Era el único pasajero en ese avión con capacidad para ocho personas. El piloto, un hombre de ojos oscuros, no quiso saber quién era él ni su historia. Un tipo inteligente. Felix, que había dejado de ser Felix en el momento que subió al avión, miró las luces de la ciudad, su ciudad, la que había dejado años atrás. Sus padres estaban allá abajo, en alguna parte, y también su hermana. Hacía unos veinte años que no le hablaban. Pero él no quería hablar con ellos. Quería hablar con Bambi. Ya debía de haber vuelto del club. Ya lo sabría.

Dentro de diez años, un hombre rico podría realizar una llamada desde los aviones de algunas compañías aéreas. Dentro de veinte años casi todo el mundo tendría un teléfono móvil y podría llamar a cualquiera en cualquier momento. Dentro de veinticinco años se desmoronarían las Torres Gemelas y cambiarían las reglas del juego; desaparecer vía Canadá, aunque fuera en un avión privado, sería mucho más difícil.

Pero Felix Brewer no era hombre dado a dejarse llevar por la imaginación, salvo a fin de inventar algo para que la gente se desprendiera voluntariamente de su dinero. Entonces creó una empresa teóricamente delictiva que no requería el uso de armas ni de la fuerza, solo un conocimiento básico de la debilidad de los seres humanos por la posibilidad de obtener ganancias.

Siete y medio por ciento. Se preguntó si eso no era usura. El gobierno había amañado el juego hasta que irse fue la única opción.

El avión se elevó en el cielo y un vasto y oscuro espacio vacío ocultó definitivamente las luces de la ciudad. Se había ido.

Bésame

2 de marzo de 2012

Sandy estaba almorzando cuando le avisaron de que el jurado volvía a la sala. Se habían encerrado a deliberar el martes al mediodía y era primera hora de la tarde del viernes. Normalmente confiaría en un jurado que entra en la sala después de haber deliberado menos de ocho horas, pero había conocido otros que habían sucumbido a la inflexibilidad de algún miembro que insistía en acabar pronto porque era viernes y tenía que irse de fin de semana. Estos doce no habían estado confinados, pero había sido un juicio bastante largo y probablemente anhelaban disfrutar del fin de semana ya liberados de su deber cívico. Una vez nombrados, el martes de la semana anterior, habían escuchado los testimonios de los testigos durante cuatro días. A Sandy no le gustó la mirada del jurado número tres. El hecho de que el acusado se mostrara tan débil no ayudaba. El ayudante del fiscal del Estado había tratado de recordarle al jurado que el crimen había tenido lugar hacía treinta años, que en aquella época el acusado era un hombre de cuarenta años, fuerte y lleno de vida, y que su víctima tenía setenta y tres.

Y, por si interesaba saberlo, la víctima era además la madre del acusado. Pero eso también podía ser contraproducente. En un grupo de doce personas, ¿qué probabilidades había de que al menos dos de ellos no detestaran a sus madres? Sandy había perdido a sus padres siendo muy joven, lo cual había contribuido a idealizar el recuerdo que conservaba de ellos, pero si nunca se le echó al cuello a Nabby, la mujer que lo había criado, fue de puro milagro.

Sandy llegó al Palacio de Justicia y pasó a través de los detectores de metales como cualquier ciudadano. De hecho, lo era: no llevaba arma ni credencial. Le fastidiaba un poco, porque la falta de esos dos instrumentos profesionales le recordaba que a los sesenta y tres años, aunque estaba jubilado, seguía trabajando. No se suponía que fuera así, que tuviera que trabajar por menos de lo que ganaba cuando lo hacía a tiempo completo, teniendo en cuenta que ya no podía contar con las horas extra ni con ninguna ventaja. Aunque lo cierto era que podía escoger sus casos y que le iba muy bien. No solo en cuanto a «identificar culpables», sino también a condenas ratificadas. No lo decía por presumir sino porque era verdad.

Lo que sí lamentaba, y mucho, era que sus resultados también dieran lustre a las reputaciones del fiscal del Estado y el jefe de Policía, pues ni uno ni otro le agradaban. Eran unos bocazas, demasiado escurridizos y superficiales para su gusto.

Se sentó en el fondo de la sala, encogido en su asiento para así observar a los miembros del jurado evitando el contacto visual. El jurado número tres parecía constipado, como contenido por algo. Podía ser un problema. Por lo general, nadie se enfadaba tanto por un «culpable». Pero bien podía tratarse de un auténtico constipado. Preguntaron al presidente del jurado si habían alcanzado un acuerdo sobre el veredicto. El papel fue entregado al juez y luego volvió a manos del presidente. A Sandy siempre le llamaba la atención aquella ceremonia, le parecía exagerada. Si el juez ya lo había leído, ¿por qué no decirlo él mismo? Pero, ya se sabe, «nosotros el pueblo». Como era el veredicto de ellos, ellos debían emitirlo. Aparte de los veinte dólares diarios, ¿qué más obtenían por su servicio?

—Declaramos a Oliver Lansing culpable de homicidio en primer grado.

Sandy precisó un segundo para asimilarlo. A pesar de que tenía un oído perfecto, siempre había experimentado este curioso lapso de tiempo cuando el presidente del jurado leía el veredicto, como si se quedase suspendido en el tiempo mientras los demás avanzaban. Pero no, no se lo estaba imaginando. Culpable. La sala expresó su gratitud al jurado. Ahora le tocaba al acusado iniciar su proceso de asumir el veredicto: culpable del homicidio de su propia madre en primer grado. Era, de hecho, una condena a muerte, dada la edad del acusado, y Sandy se alegraba de ello. Lo irritaba pensar que ese tipo había disfrutado de treinta años más de vida. Tal como lo veía Sandy, la sacaba barata.

Ya desde el inicio de la investigación los detectives habían sospechado de Lansing. Por supuesto. A Sandy le quedaba un caso sin resolver, en el que el nombre no figuraba en el expediente. Pero ese tipo estaba tan enfermo que había tenido la presencia de ánimo de quitarle las bragas a su propia madre. Sabía muy bien lo que estaba haciendo, el muy jodido. Nadie podría imaginarse a un hombre haciendo eso con el cadáver de su madre. Lo otro fue que no le tapó la cara, la dejó ahí tirada, de espaldas, desangrándose, la falda levantada, desnuda entre la cintura y las medias de nailon. ¿Quién hace algo así? Pues ese cabrón lo hizo. Y el fiscal no se abstuvo de machacar con ese punto durante su testimonio y dejarlo sin argumentos.

Pero cuando Sandy decidió trabajar en el caso se fijó en un detalle que aparecía en segundo plano en las fotos de la escena del crimen: había una taza en el fregadero cuando todos los demás platos estaban lavados y colocados en el escurridor. En opinión de Sandy, la víctima no era la clase de mujer capaz de dejar una taza sin lavar en el fregadero. Su casa estaba muy ordenada, a juzgar por las fotografías. Habían buscado huellas dactilares en la taza, sin resultado.

Sandy había examinado la foto y comparado la taza gruesa con las que se hallaban en el escurridor. Estas formaban parte de un juego, eran finas y tenían un dibujo de flores, mientras que la otra era gruesa y tosca. Apostaba cualquier cosa a que no había estado al alcance de la mano, sino que alguien había tenido que sacarla de algún armario. Esa taza no estaba allí por casualidad. Era la favorita de alguien, como suele pasarle a la gente con las tazas. Pidió que le agrandaran la foto, una y otra vez, hasta que pudo leer la inscripción. No ponía EL MEJOR HIJO DEL MUNDO ni llevaba el escudo del colegio de aquel hombre, nada tan evidente. Era una taza de Jiffy Lube, la cadena de servicios al automóvil. No, a Sandy no le pareció una casualidad.

De manera que buscó al hijo, lo encontró y habló con él. Lansing no confesó, pero habló mucho, demasiado, y empezó a adornar la historia y a contradecirse. Sandy reconstruyó la cronología de los hechos de aquel fin de semana y situó al hombre en el barrio, lo cual no concordaba con su primera declaración. Dio con un pariente deseoso de atestiguar que se había producido una disputa por dinero. Lansing quería abrir un tren de lavado de coches, pero su madre no estaba dispuesta a ayudarlo.

Lansing nunca puso su tren de lavado, pero vendió la casa de su madre e invirtió en una bolera que tuvo que cerrar cinco años después. Estúpido. Sandy no lo estaba juzgando por haber tomado una mala decisión financiera, aunque ya a comienzos de los años ochenta una bolera era una pésima inversión. Debían de quedar solo dos en toda la ciudad.

Ya está, listo. RIP Agnes Lansing. Era hora de pasar a otro caso. Como la ciudad le pagaba unos míseros treinta y cinco mil dólares al año, procuraba no empezar con un expediente nuevo hasta que el anterior no estuviera concluido. Durante la pausa siguió ordenando los expedientes, que estaban en completo desorden cuando él había propuesto este curro. Se hallaban desparramados por todas partes, de hecho había algunos dañados por el agua. Había encontrado algunos archivadores arrumbados, despejado un rincón donde trabajar y apartado algunos casos para estudiarlos en el futuro. El personal lo dejaba en paz; era todo lo que él pedía.

Prefería las víctimas ancianas. Por muy gruñonas o antipáticas que fueran —y había razones para creer que Agnes Lansing era un mal bicho y que la furia de su hijo no había surgido de la nada—, rara vez eran cómplices de sus propias muertes. No trapicheaban con drogas ni andaban metidas en actividades delictivas. A Sandy no se le escapaba que, cuando las víctimas eran viejas, a nadie le parecía urgente, y el hecho de que ya no tuvieran casi nada que perder les impedía sentir compasión por ellas.

Agarró varios de los expedientes que había separado y se sentó al único escritorio vacío que le dejaban usar. No buscaba un chollo de caso. Si hubieran sido tan fáciles, ya los habrían resuelto. Pero no iba a asignarse uno si no estaba seguro de que podía llevárselo a casa.

De uno de aquellos expedientes se desprendió una fotografía y cayó al suelo. Se agachó para recogerla. Protestaron su espalda y sus rodillas. Mary tenía razón. Conservar el mismo peso, adelgazar o engordar cinco kilos, no bastaba para estar sano. Necesitaba hacer ejercicio, mantener la agilidad. La fotografía había aterrizado boca abajo y en el dorso ponía «Julie *Juliet Romeo* Saxony». Cuando Sandy la volvió, vio a una estríper que lo miraba. Se acordaba de ella. Solo que no... ¿La había matado su chulo? Porque la mayoría de esas chicas no eran mejores que las putas. No, no había sido eso, sino algo importante, un caso muy sonado.

Abrió el expediente, que se componía de varias carpetas. Calculó un total de unas ochocientas páginas. Era grueso, cierto, pero no el más grueso que había visto en su vida. Estaba muy desordenado. Le costó lo suyo encontrar el informe original, realizado en el condado de Harford. Entonces, ¿por qué estaba en los archivos de la ciudad? El cuerpo había sido hallado en Leakin Park, en 2001. Ah, era eso. Julie Saxony, la chica de Felix Brewer. Bailaba con otro nombre. Brewer desapareció en 1976 y ella diez años después. Los cotilleos daban por supuesto que se había marchado a vivir con Felix. Había un volante de «Persona desaparecida» distribuido por la Asociación de Comerciantes de Havre de Grace con una fotocopia en blanco y negro de una foto de Julie en 1986. Sandy sacó la cuenta: treinta y tres años. Era una mujer que no envejecería bien. Demasiado flaca, lo cual no favorecía a un rostro como el suyo, en forma de corazón; tenía los ojos hundidos y la frente arrugada. Vista por última vez el 3 de julio de 1986, ponía el volante. Cualquier información sería recompensada, etc.

Leakin Park, el vertedero favorito de Baltimore, aunque normalmente no era un lugar para las señoras blancas de Havre de Grace. ¿Cómo había acabado allí? Se acordó de su credo: la clave está en el expediente. Y el expediente tiene ochocientas páginas. Era obvio que había que investigar a Felix Brewer. Quizá Julie sabía algo. Las amantes suelen estar enteradas de muchas cosas. Más que las esposas.

Otros llamarían intuición a lo que en aquel instante cruzó por la mente de Sandy como un relámpago, pero no lo era. Era una ecuación, tan clara como la aritmética. O, para ser más precisos, lo que en geometría se llama una prueba. Uno parte de ciertos postulados y trabaja hasta enunciar un teorema. Sandy cogió el teléfono, discó —bueno, de acuerdo, pulsó botones, pero a él le gustaba «discar» y no iba a renunciar a ese término; le había costado mucho esfuerzo adquirir su inglés como para abandonar ahora una de sus palabras—, discó, pues, el número de uno de los pocos reporteros del *Beacon-Light* que conocía: Herman Peters.

—Roberto Sánchez —le anunció al buzón de voz.

Cuando llamaba al periódico, casi nunca era una persona quien contestaba. No usaba su apodo con los periodistas y se picaba si ellos se arrogaban el derecho de usarlo sin su permiso. Para los demás policías era Sandy, y para los amigos, aunque en realidad no tenía amigos. Mary lo llamaba casi siempre Roberto. Que Peters, en cambio, lo llamara Sandy, no le importaba. Hasta era probable que conociera el origen de su apodo, y no porque él se lo hubiera contado. Cada vez que alguien le preguntaba si lo llamaban Sandy por su color de cabello, él contestaba que sí. Y cuando la gente le preguntaba cómo era que un chico cubano de apellido Sánchez había acabado viviendo en Remington, él respondía sencillamente: «Cuestión de suerte, supongo.»

Quince minutos después llamó Peters.

—¿Qué hay?

Nada de cortesías, nada de gilipolleces ni tonterías. Ya no había tiempo para eso. Los reporteros, los pocos que quedaban en el *Beacon-Light*, blogueaban y tuiteaban, escribían más que nunca pero entendían cada vez menos. A decir verdad, antes los periodistas trabajaban en el Departamento de Policía, lo iban a ver, le preguntaban por la familia y se quedaban un rato charlando. A Sandy lo fastidiaban enormemente aquellas visitas. Pero también lo fastidió el hecho de que dejaran de ir. Después murió Mary y todo se fue a la mierda, y ahora se alegraba de que la gente solo le preguntara «¿Qué hay?». Y si no contestaba, no importaba, les daba igual.

—¿Te acuerdas de Felix Brewer?

—Conozco la historia —dijo Peters—. Es anterior a mi época, pero cada tanto, en torno al aniversario de su desaparición, me mandan a casa de su esposa, por si ella está dispuesta a hablar.

—La esposa... sí, ¿cómo se llamaba?

—Bambi Brewer.

—¿Bambi? Qué gracioso, la estríper tenía un nombre normal y la esposa nombre de estríper.

—Así la llaman todos. Su verdadero nombre era otro. No me acuerdo cuál.

—¿Una chica de Baltimore?

—Sí. Alumna del instituto Forest Park en la época de Barry Levinson. Se casó con Felix cuando tenía diecinueve años. Su familia se dedicaba al comercio de frutas y verduras. El típico caso de comerciantes exitosos: de vendedores ambulantes pasaron a respetables vendedores al por mayor en una sola generación.

—¿Puedes averiguar dónde vivían? Me refiero a la calle.

—¿Por qué?

—Una apuesta con McLarney —contestó. McLarney era

un detective de Homicidios, uno de los pocos de su época que seguían en el departamento—. Hace poco hablamos del caso y según él era una chica de Pikesville, pero yo dije que era nacida y criada en la ciudad.

—¡Chorradas! —exclamó el periodista—. Hace un momento no recordabas su nombre, y ahora resulta que has estado hablando de ella y del lugar donde nació.

—Mira, no hay nada por ahora. Si surge algo, serás el primero en saberlo.

—¿Hablas en serio?

—Sí. —No.

—¿Tiene algo que ver con su marido?

—No lo creo.

Sandy no creía que tuviera que ver, pero tampoco creía que no tuviera que ver. ¿En qué estaba pensando? En que Julie Saxony, encarnada en Juliet Romeo, lo miraba a los ojos y le suplicaba ayuda. Y que la otra Julie, mayor y mucho más delgada, lo necesitaba aún más.

Oyó una serie de clics al otro lado de la línea. El mundo de hoy estaba lleno de clics. En las taquillas, en los hoteles, lo único que se oía eran clics. Este, al menos, sonaba para algo útil.

—Vivía en Talbot Road, en Windsor Hills. Debía de ser bonito en aquella época. Y en los años sesenta también.

—He oído hablar de ese lugar.

En los años sesenta, Sandy vivía en Remington y no creía posible remontarse tanto en el tiempo como para afirmar que Remington fue bonito alguna vez. Quizá cuando el *Ark* y el *Dove* tocaron tierra, allá por 1634.

—¿Te sirve esa dirección? ¿Ganas tu «apuesta»?

—No. Creía que era de Butchers Hill. Ninguno de los dos gana.

—¿Ocurre algo en Butchers Hill?

—Siempre ocurre algo. Debo irme.

Miró el mapa de la ciudad, aunque ya sabía lo que iba a encontrar. Lo sabía antes de ponerse al teléfono. Por eso era tan bueno en su trabajo. Talbot Road serpenteaba hacia el sur de

Windsor Hills, discurría junto a una pendiente abrupta que bajaba a un profundo desfiladero por donde corría el arroyo Gwynns Falls, a menos de un kilómetro del sector de Leakin Park donde había sido hallado el cadáver de Julie Saxony.

14 de febrero de 1959

El baile era una motivación, y su pareja aun más, un joven medianamente aceptable al que ella, un año atrás o incluso seis meses atrás, no hubiera aprobado. Por una razón: era menor que ella, cursaba el último año de bachillerato. Un bachiller muy deseable, acaso el chico más deseable de la promoción de 1959 del instituto Forest Park, pero ella era de la promoción anterior. Barry Weinstein era el chico más popular de su fraternidad. Se parecía a Troy Donahue, en judío, por sus anchas espaldas y su cabello rubio peinado con un tupé. Pero él cursaba el último año del instituto mientras que ella era una estudiante de primer año de la facultad.

O se suponía que lo era. Lo había sido hasta diciembre y seguía creyendo y haciendo creer a los demás que lo era. Pero el tiempo se le acababa. Tenía que volver a la universidad en otoño o... ¿o qué? ¿Qué otra cosa podía hacer para evitar la vergüenza? Felizmente nadie del Forest Park se había inscrito en Bryn Mawr. Pero había un chico de Haverford, de la promoción de 1957. Hasta ese momento se las había ingeniado para hacer pasar sus ausencias como una gamberrada, otro de los emocionantes capítulos de la alocada vida de Bambi Gottschalk, tan chiflada y atolondrada ella. «Ay, queridas, fue increíble», les había dicho a sus mejores amigas durante las vacaciones de invierno. Se habían reunido todas en su habitación y ubicado alrededor de su cama, solemnes y afectuosas, pero también cual rapaces, esperando el momento en que Bambi trastabillara y se cayera de la percha tan alta que había ocupado toda la vida.

—La fiebre. La fiebre lo ocultó todo. Podía haberme muerto.

—Pero ¿no te dolió? ¿No se te ocurrió ir a la enfermería?

—No, ningún dolor. Por eso no entendía lo que estaba pasando.

—Ya, pero cuando mi primo...

—Soy un caso raro de la medicina, queridas. Acabaré seguramente apareciendo en el *Créalo o no*, de Ripley. Me sorprendió que me dejaran irme a casa. Querían estudiar mi caso a fondo. Tal como lo veo, no podré ir a clase en todo el semestre, mala suerte.

Pero ¿qué les diría en otoño? Ese asunto la tenía muy preocupada cuando, dos semanas atrás, se encontró con Barry en la tienda Hutzler del centro. Bambi examinaba unos echarpes de seda expuestos en el mostrador como si fueran runas que encerraban su futuro. Barry, a quien ella no le hubiera hecho ni caso el año anterior, le pidió que lo ayudara a escoger un regalo para su madre. Se puso a ello con la mayor seriedad. Una hora después estaban comiendo una ensalada de camarones en el salón de té donde Bambi dejó caer que el grupo los Orioles le gustaba con locura, pero que ni en sueños acudiría a un baile de instituto, ni siquiera al muy pijo de mitad de curso de la cofradía Sigma. Estaba segura de que Barry ya tenía pareja. Pero no iba en serio, y eso lo convertía en un tío disponible, y si rompía su compromiso con otra chica para invitarla a ella, allá él con su conciencia. Sería una pena para la otra chica, y no porque a Bambi la hubieran dejado plantada alguna vez. Suponía que algo así podía herir el orgullo de alguien, aunque a ella le importaba un comino el orgullo de una chica del instituto. La fecha señalada estaba cada vez más cerca y su vida semejaba un tedioso juego de mesa. No le convenía tardar en hacer el primer movimiento, a ver si con un poco de suerte podía alcanzar rápidamente la casilla final. Iba a tener que avanzar paso a paso, hallar la manera de ponerse nuevamente en circulación. Barry era solo el primer naipe de un juego que se prometía largo.

El problema con Barry era que daba la nota. Le soltaba indirectas sobre ir al baile de graduación. ¡El baile de graduación! Sintió bochorno de solo pensar que a alguien se le pudiese ocurrir que ella aceptaría semejante invitación. El baile de la Sigma no estaba mal. Era exclusivo y se celebraba en el hotel Lord Baltimore. Un auténtico baile de gala. Pero ella ya se había graduado y si acudía a ese baile quedaría marcada para siempre. Como un movimiento que la obligara a retroceder a la casilla inicial.

—¿Te agrada la orquídea? —preguntó Barry—. Le he preguntado a tu madre por el color del vestido que te pondrías. Quería sorprenderte. Como suponía que sería un vestido largo sin tirantes, he elegido un ramillete que puedas lucir en la muñeca. Me acuerdo de ti en el baile del año pasado.

El vestido de Bambi, que no llevaba tirantes sino una finísima red de tul transparente que le cubría los hombros, visto de lejos era blanco, pero de cerca tenía reflejos violetas. Era un color atrevido para un baile en pleno invierno y su madre, por primera vez en la vida, había objetado el precio y el hecho de que fuera un vestido que no podría ponerse más de dos veces. Según ella, Bambi debería haberse puesto uno de los trajes de noche que había llevado a la facultad el otoño del año anterior.

—Me los he puesto todos —argumentó Bambi.

—No en Baltimore —le contestó su madre.

Pero Bambi, como de costumbre, se salió con la suya.

—Es muy bonito —fue el comentario de Bambi al ver el ramillete que le daba Barry.

Le habían regalado tal cantidad de orquídeas en su vida que habría podido abrir un invernadero. En realidad prefería las flores más sencillas, como las rosas de jardín o las peonías. Pero las orquídeas eran las más caras y se habría sentido insultada si un chico le hubiera traído flores más baratas. Le parecía extraño que cuando uno deseaba algo tuviera que ocultarlo porque el resto del mundo pensaba diferente, pero ella no sabía ser de otra manera. La profesora de inglés del instituto había insistido con la cita de *Hamlet* «Sé fiel a ti mismo», pero Bambi se había imaginado que lo hacía para que los chicos raros se sintieran mejor consigo mismos. A todo el mundo le importaba lo que pensaban los demás, incluso a los que eran diferentes y se sentían orgullosos de serlo. A ellos más que a nadie.

Bambi decidió que el secreto estaba en lograr que las cosas que le importaban a ella les importaran más a otros.

Barry recorrió con la mano el brazo desnudo de ella, admirando la flor que había elegido.

—Ahora que lo pienso, es del color de tus ojos.

—¿Las blancas? Sí, supongo que sí —dijo con humor, esperando que él no insistiera y advirtiera que estaba a punto de meter la pata.

Pero, por supuesto, Barry no entendió el chiste.

—Me refiero al tono tirando a morado que tiene la flor. Resalta el violeta de tus ojos. Como los de Elizabeth Taylor.

No era la primera vez que alguien establecía esa comparación. Y no sería la última. Cuando era más joven le parecía estupendo. Después, ya no; era frustrante, porque ¿quién podía competir con Elizabeth Taylor? Ahora sencillamente la aburría. No hacía ni cinco meses que solía contradecir a los chicos que se lo decían para halagarla. «Mis ojos son cerúleos», les decía con coquetería, muy seria, como si la cuestión fuera de suma importancia. No era cierto; debían de ser color cobalto o quizás un azul ultramarino. Pero los hombres casi nunca le llevaban la contraria. Y ella estaba empezando a aburrirse de eso también. Salía con chicos desde los catorce años. Cuando cumplió los quince había aparecido la novela *Marjorie Morningstar* y tuvo que soportar otra comparación. «Mira, es acerca de ti», le decían las amigas de su madre. (Su madre guardaba silencio, tal vez porque suponía que esa comparación la convertía a ella en Mamá Morningstar, una campesina gorda y astuta. Ida Gottschalk era delgada y muy elegante.) Bambi siempre decía que no, nada que ver con ella, que no quería ser actriz y que no veía la hora de casarse, irse a vivir a los suburbios y tener muchos hijos.

Todas se reían, pero ella decía la verdad. A veces la verdad venía muy bien para hacer lo que una realmente quería. El problema, ahora, era que la verdad resultaba demasiado cierta como para ser verosímil: había sido una táctica estupenda cuando ella tenía diecisiete y dieciocho años, y también cuando se marchó a Bryn Mawr. Ahora tenía diecinueve y, aunque la historia oficial era que ella se había tomado un semestre libre a causa de una misteriosa enfermedad, quizás una apendicitis o una neumonía atípica o una mononucleosis, o posiblemente las tres, esa historia, al final se iba a saber. De manera que allí estaba ella, con un chico medianamente aceptable.

Bien mirado, lo mismo le sucedía a Marjorie en el libro. Acudía a un baile en compañía de un muchacho mucho más joven que ella y la humillaban.

Sin embargo, Bambi no podía permitirse navegar a la deriva. Puso manos a la obra y miró intensamente a su pareja con sus ojos, que no eran realmente cerúleos.

—Estoy pasando un rato estupendo, Barry.

Estaba acostumbrada a pasar ratos estupendos y probablemente habría otros. A lo mejor era solo cuestión de probar. Cierto era que lo mismo le habían dicho de la facultad. Lo único que tenía que hacer era «probar».

El decano había dicho a sus padres que algunas chicas muy inteligentes aún no estaban preparadas emocionalmente para la universidad. En la facultad se disculparon, casi avergonzados, pues nunca habían tenido una alumna como Bambi, que jamás faltó a una sola clase, tomó apuntes, obtuvo buenas calificaciones en los exámenes de mitad de trimestre y desapareció la semana de los finales, falsificando una autorización para pasar la noche fuera, y no volvió más. Cuando comprendieron lo ocurrido, ya hacía tres días que Bambi vivía en el Ritz de Filadelfia. Había convencido al personal de la recepción de que le abrieran una cuenta que, les aseguró, pagaría su padre en cuanto llegara al hotel.

Y llegó. Y así fue, pues ¿qué otra cosa podía hacer Sy Gottschalk en tales circunstancias con su adorada y mimada hija única? La recogió, a ella y su equipaje —tres maletas y un baúl, como los que se usaban para los viajes en barco, que le habían regalado cuando se graduó en el instituto— y la llevó a casa en su coche. Ella guardó un silencio resentido todo el trayecto, como si hubiese sido él quien había obrado mal. Nunca les dijo a sus padres, ni a nadie, por qué se había escapado de Bryn Mawr de esa forma, arriesgándose a que la expulsaran. Ni ella lo sabía. Que la admitieran en esa universidad había sido algo emocionante, un premio más que se sumaba a los muchos obtenidos durante su vida escolar. Había disfrutado de la admiración de sus condiscípulos, que se habían quedado un poco estupefactos, pues Bambi había tenido la inteligencia de ocultar sus buenas notas y su ambición. Bryn Mawr fue como ser elegida reina del baile de comienzo de curso o la novia de la Sigma. Lo único que deseaba era presumir de aquella carta de admisión y ponerla en un marco: un triunfo más.

El problema era que la universidad exigía a sus estudiantes algo más que aparecer de vez en cuando a saludar.

¿Y luego qué? No sabía. No quería trabajar, por más que su madre ya hubiera empezado a sugerir lo útil que sería que aprendiera los rudimentos de la contabilidad a fin de ayudarlos en la empresa de la familia. Su estatura no le alcanzaba para ser modelo profesional, solo podría participar en los desfiles de modas en los salones de té de los grandes almacenes, pero esas modelos no cobraban. Había una sola cosa que hacer, una sola cosa que ella realmente deseaba hacer: casarse y tener hijos. Debió contentarse con su admisión en Bryn Mawr, pero en cambio asistir a la Universidad de Maryland. Para cuando llegaran las vacaciones de Navidad estaría comprometida con algún alumno guapo del último año, o del penúltimo. Entonces podría abandonar la facultad y empezar a planificar su boda y su vida de mujer casada. Una vida con una casa llena de niños, una casa que sería la antítesis de la casa en que se había criado.

Sin embargo, no supo aprovechar su fuerza, su aura de perfección. Nadie se creyó que tuviera que abandonar el semestre por haber pillado una neumonía atípica. O una apendicitis o una mononucleosis. Había perdido todo el capital de su juventud, ganado con tanto esfuerzo, en una sola jugada. Eso le recordó las dificultades que habían atravesado sus padres después de haber ampliado su negocio y abierto una cadena de tiendas de comestibles, convencidos de que era lo apropiado después del éxito obtenido con la venta de verduras y frutas al por mayor. Pretendieron abarcar más de la cuenta y no tuvieron más remedio que encogerse. Hipotecaron la casa por segunda vez, lo cual les produjo una infinita vergüenza. Al final tuvieron que renunciar a su sueño de tiendas elegantes. Consolidaron su negocio mayorista y se dedicaron a abastecer a las tiendas de comestibles del gueto, precisamente lo que habían querido evitar. Pero sobrevivieron, e incluso prosperaron. Por eso Bambi sabía que uno podía recuperarse de sus errores. Solo que ella no tenía particular interés en malgastar energía. Resarcirse de sus pérdidas llevaba tiempo y paciencia, y la humildad no era su fuerte. Su buena racha había durado mucho tiempo, diecinueve años, toda su vida. Pero ella no era capaz de soportar una mala racha ni diecinueve minutos siquiera.

Barry le trajo un ponche casero. Y, desde luego, aquel menjunje empalagoso de alcohol barato no sacó a relucir lo mejor de cada uno. Era como tomarse una bola de algodón de azúcar.

—Delicioso —dijo ella.

Él sonrió embobado. Probablemente pensó que ella, por ser mayor y todo eso, quemaba etapas. En ese caso, estaba dispuesto a que lo sorprendiera. Si ella hubiera querido ir por ese camino, habría encontrado la forma de provocar un encuentro con Roger, su ex novio del instituto. Roger era dos años mayor que ella y desde que iba a la Universidad de Baltimore se había vuelto más seguro de sí mismo y, por ende, más atractivo. Además, salía con su amiga Irene, una de las chicas que se habían reunido alrededor de su cama para escuchar la terrorífica historia de cómo estuvo a punto de morirse de una neumonía/apendicitis/mononucleosis mal diagnosticada. Le hubiera apetecido ver si podía recuperarlo, y lo habría logrado, estaba segura. Pero no deseaba volver a ser la Bambi de dieciséis años, que es como se comportaría con Roger. A su juicio, él había ido demasiado deprisa insistiendo en ciertas cosas para las cuales aún no estaba preparada. Y probablemente iría más deprisa ahora. Sin pelos en la lengua, le había preguntado a Irene si se acostaban, e Irene se había reído como una boba. O sea que lo hacían. Eso era peligroso. No porque Bambi fuera una mojigata, sino porque limitaba sus opciones. No debías tener sexo a menos de estar segura de que era el hombre adecuado, porque debías casarte con el hombre que te desvirgara. Hacerlo antes de casarte estaba bien, siempre que fuera con tu futuro marido. No era una cuestión de moralidad, sino de inteligencia: el primero sería el último. Bambi no ponderaba el porqué de esto y ciertamente no deseaba que su esposo fuera virgen. Tampoco dedicaría demasiado tiempo a pensar en qué clase de experiencias sexuales se habría procurado su futuro esposo, ni cómo. Presuntamente con chicas nada bonitas. Entonces, ¿por qué preocuparse? Bambi era un premio, y su virginidad era parte de ese premio. Como sucede con los coches nuevos, valorados por sus impecables carrocerías y sus tapizados relucientes. No obstante, los coches perdían valor en el instante mismo en que salían del concesionario.

Barry miró hacia la puerta, lo cual le dio a Bambi la oportunidad de desembarazarse de su ponche. Pronto saldrían a bailar y ella podría «olvidar» aquel mejunje. Muy cerca había una maceta con una planta, pero vaciar allí la copa sería demasiado burdo; él podría traerle otra. La dejaría sobre el alféizar de la ventana.

—Mira, esos se han colado —dijo Barry—. ¡Menuda cara tienen!

En la puerta había tres hombres. Uno de ellos era convencionalmente guapo, de estatura mediana, ancho de espaldas y con abundante cabello negro. Un chico del barrio, Bert Gelman, estudiante del último año, pero no un Sigma. El segundo era enorme, parecía un globo, su expresión era alegre y, a pesar del frío que hacía esa noche, gotas de sudor perlaban sus mejillas sonrosadas.

El tercero era de baja estatura, de tez muy morena y una nariz pronunciada, e irradiaba tal cantidad de energía que era como si saliera a chorros de él. Era mucho mayor. Mayor que los chicos presentes en el baile, mayor que sus compañeros. De unos veinticuatro o veinticinco. Su mirada parecía decir «esto es para críos», pese a que el baile de la Sigma era muy sofisticado y tan elegante como los bailes del Club de Campo adonde acudían sus padres.

Entonces la mirada del colado se cruzó con la de Bambi y su expresión de condescendencia divertida desapareció. Se encaminó directamente a ella, como si Bambi fuera una vestal, una figura legendaria, algo que había esperado toda la vida llegar a ver: la torre Eiffel, el Empire State, el Gran Cañón.

—Felix Brewer —se presentó—. Y ellos son Bert Gelman y Tubby Schroeder.

—¿Quién es quién? —preguntó ella, y los tres se echaron a reír. Aunque hubiera dicho otra cosa, igual se habrían reído—. Oh, sí, conozco a Bert —añadió tendiéndole la mano—. Estabas un año detrás de mí en Forest Park.

—Este baile es privado —intervino Barry.

—Ya, por mí que lo siga siendo, con lo aburrido que es —dijo el tal Felix.

«Felix el gato», pensó Bambi. Pero no, no se parecía a un gato, tampoco a un perro. Era... algo que fuera listo y astuto, algo peligroso, pero no un depredador. ¿Un zorro? Pero un zorro, si tiene la oportunidad, se come a los pollitos.

—¿Aburrido? Pero ¿no ves quiénes están en el escenario?

—Sí, no están mal, pero ¿no pudisteis traer a alguien como Fats Domino? Es fantástico. Lo vimos la semana pasada en Pennsylvania Avenue.

—¿Tú vas a Pennsylvania Avenue? —preguntó Bambi.

—Claro. La mejor música está allí. ¿Los negros te asustan?

—A mí nada me asusta —replicó Bambi—. Y los Orioles son negros, por si no lo has notado.

Bert sonrió a Bambi. Vaya por Dios, este era el problema de salir con Barry; ahora todos los chicos del último curso del instituto pensaban que ella estaba buena, buena para la cama. Imposible de adivinar la edad del gordo, pero tenía por lo menos veinte o veintiuno. Era un trío inverosímil, no pegaban ni con cola.

Felix podía leer su mente.

—Este —señaló con el pulgar a Bert— es el hijo de mi abogado, aunque sospecho que un día será mi abogado. Y este otro —con el mismo pulgar señaló al gordo— es mi fiador.

Bambi se rio con una risa que sonó como un trino lleno de alegría.

—No, en serio, es un fiador. No es que alguien vaya a fijar sobre mí una fianza, aunque nunca se sabe. No es «mi» fiador, pero es un fiador.

—Alguien tiene que serlo —acotó Tubby divertido.

—Voy a tener que pediros que os vayáis —intervino Barry.

—Joven, ¿has servido a tu país?

—¿Qué?

—Quiero decir, es obvio que tú no has estado allá, pero ¿qué te impide alistarte?

—Aún no he cumplido los dieciocho —contestó Barry—. Iré a Penn el año próximo.

—Bueno, yo fui a la guerra cuando tenía diecisiete años. Pero supongo que Penn es algo serio. Tus padres deben de estar orgullosos.

Ahora Bambi veía a Barry como un niño de seis años. Y se dio cuenta de que precisamente esa era la intención de Felix.

—Oye, debo pedirte...

—Ah, sí, siempre y cuando me lo pidas. Y en la medida en que debas... Pero, dime, ¿no podría un soldado, uno que peleó para proteger a este país, uno que se perdió la universidad y todo lo que te puede ofrecer...? ¿Sería mucho pedir que me dejaran bailar una sola y única vez con la damisela aquí presente, en reconocimiento a mi patriotismo?

—Mira, esto no es una sala de fiestas. No puedes entrar aquí así como así y sacar a bailar a las chicas.

—Vamos, Barry —dijo Bambi—. ¿Qué tiene de malo?

Los Orioles dieron comienzo a una nueva tanda musical.

—«Abrázame» —dijo Felix, y ella creyó que se lo estaba pidiendo. Él aclaró—: Tuvieron mucho éxito con este tema en 1953. Son buenos. Para ser chicos de aquí.

La condujo a la pista; ni se molestó en esperar a que la pareja de Bambi le diera permiso. No era un bailarín consumado, pero era feliz bailando y le sobraba energía. No hablaron. Él le sostenía la mirada, para probarla. Eran casi de la misma altura. Ella calculó la altura de sus tacones y le dio a él un metro setenta. No le importó. Él canturreaba siguiendo la canción, aunque no en su oído, claro que no, no era tan descarado; esa canción le gustaba.

—*The last you'll know*, «El último que conocerás». —Trató de entonar ese verso, pero desafinó un poco.

—No es así —dijo ella—. Es *find*, «encontrarás», para que rime con *mind*.

—Yo soy el último que conocerás —siguió él como si ella no hubiera hablado.

Bambi trató de convencerse de que la sensación de mareo que sentía era solo una consecuencia de haberse puesto un *body* que la oprimía. Eso explicaría su leve transpiración, justamente ella, que nunca transpiraba. Se concentró en sostenerle la mirada y le dio vergüenza, como si se estuvieran besuqueando en público, como si todos los presentes en la sala supieran lo que ella sentía.

—¿A qué te dedicas? —le preguntó al advertir que la canción estaba terminando.

—No te preocupes —contestó él—. Me va muy bien. Podré cuidar muy bien de ti.

—No me refería a...

—Oh, sí, claro que sí. Mira, tu pareja, el Pequeño Lord, está por montarla.

Barry había reunido a un grupo de Sigmas y parecían dispuestos a echar a Felix por las bravas.

—Debo irme. Te encontraré.

—Ni siquiera sabes mi nombre.

—Eso lo hace más interesante. Apuesto una Coca-Cola a que te encontraré dentro de veinticuatro horas. Tendremos una cita mañana por la noche, una cita como corresponde. Iré a tu casa, conoceré a tus padres y te llevaré a cenar fuera. Si no lo consigo, te adeudaré una Coca-Cola.

—Pero, si no puedes, ¿cómo haré para cobrarme esa deuda?

—No te preocupes por eso.

No se preocupó. Al día siguiente contó a sus padres que un chico nuevo le haría una visita. Dijo «chico» por costumbre, pero el problema con Felix Brewer era que se trataba de un hombre. Se puso un elegante vestido de algodón azul, algo que jamás había hecho por ninguno de los chicos con quienes había salido antes. Felix llegó a las seis de la tarde, en punto. Trajo flores para su madre y le dio un firme apretón de manos a su padre. Tanto su padre como su madre estaban desconcertados; parecían tan indefensos como Bambi frente a su encanto irresistible.

Fuera, desde el sendero de grava, Felix se volvió y contempló la casa donde ella se había criado, la casa donde se había sentido tan sola, pues, a pesar de lo popular que era, Bambi no tenía amigos de verdad. Y tampoco hermanos. Había sido el bebé milagroso de sus padres, nacida muy tarde tras varios abortos espontáneos.

—Es bonita —dijo—. Su estilo me agrada. Sin pretensiones. El hogar de un hombre es su castillo, pero no debería semejar un castillo. Aspiro a algo elegante, con clase, pero no presuntuoso. Quiero tener una casa donde un niño pueda derramar algo sin que eso signifique el fin del mundo. Un salón donde se pueda estar y vivir todos los días. Y tú, Bambi, ¿qué quieres?

No se atrevió a decirlo. Todavía no había llegado tan lejos, aunque estaba cerca.

—No me importa. Más de un niño. Pero no tengo prisa.

La miró como si le dijera «¿a quién quieres engañar?». La conocía. La conocía de veras. ¿Cómo era posible?

Pero lo único que le dijo fue:

—El color de tu vestido hace juego con tus ojos. No sé

bien cómo lo llamas tú, ¿azul cobalto?, ¿cerúleo? Sí, eso es, cerúleo.

Se casaron diez meses después.

5 de marzo de 2012

Cuando llegó a Talbot Road, Sandy se demoró un rato en la acera pensando por dónde le convendría entrar sin ser visto. Podía llamar a cualquier puerta y pedir permiso para pasar por el patio trasero de alguna de aquellas casas. Pero entonces se vería obligado a justificarse explicando por qué no era un detective sino apenas un asesor. Entraría sin llamar, pero antes se aseguraría de que no hubiera algún perro al acecho.

Probó con una puerta lateral. No estaba cerrada con llave. Sandy nunca dejaría la puerta abierta en ese barrio, viendo como era ahora. Se dio cuenta de que estaba canturreando para sus adentros la pegadiza canción de *Sonrisas y lágrimas*, la que habla de empezar por el principio. Sandy y Mary habían visto aquella película el día de su primera cita. Lo recordaba con precisión pues aquel día de enero habían abandonado un mundo en el que reinaba un sol tibio y emergido luego en medio de una tormenta de viento y nieve. Como él no tenía coche y Nabby ni muerta le prestaría el suyo, habían cogido un autobús para ir el centro. Mary no estaba vestida como para quedarse esperando en la calle, y mucho menos para caminar más de cien metros. Le indicó que se refugiara bajo la marquesina y él se alejó, avanzando como pudo en medio de aquella ventisca, y desapareció tras la esquina. Le hizo un puente a un coche allí aparcado y luego le contó a Mary que se lo había prestado un amigo que vivía cerca del Mayfair. La llevó a su casa. Los neumáticos patinaban por la carretera resbalosa y tardaron una hora en recorrer ocho kilómetros. La alzó en brazos y la depositó en casa de sus padres. Después él llevó el coche de vuelta a su sitio, que ya estaba cubierto de nieve que tuvo que despejar con las manos. Como era una vía de emergencia para casos de alerta por nevada, finalmente todo salió bien; la grúa se llevaría el coche al depósito y el propietario vería con los empleados quién se hacía responsable del contacto averiado. Se marchó andando a su casa. Durante el trayecto se le estropeó un zapato. Nabby lo regañó, pero valió la pena. Tenía diecisiete años y había conocido al amor de su vida. A decir verdad, lo había arriesgado todo por ella. Si el coche hubiera acabado en la cuneta, no habría sido por una gamberrada, no lo hubieran mandado al reformatorio, no esa vez. Sandy rememoraba a menudo aquella tarde, maravillado al comprobar que su vida había cambiado aquel día. En esa época estaba, sin saberlo, en la cuerda floja; le podía ir muy mal o muy bien, sin término medio.

Nunca se le hubiera ocurrido que cuarenta años después iba a terminar hecho polvo. El destino, cuando quiere joderte, es paciente; tiene todo el tiempo del mundo.

En fin, era fácil decir que se debía empezar por el principio, pero, cuando se trataba de un caso sin resolver, muchas veces era difícil saber cuál era el principio. Lo primero que Sandy tuvo que hacer fue leerse íntegro el expediente y tratar de ponerlo en orden. En realidad, eran dos expedientes en uno: el caso original, el de una persona de Havre de Grace desaparecida, y el caso oficialmente declarado homicidio en 2001. Era un batiburrillo de informes y declaraciones de testigos. No podía culpar a nadie; habían hecho lo que debían y más también. Hablaron con mucha gente, demasiada: con todos los empleados de la hostería donde Julie Saxony había trabajado; con un par de compañeras de la época del Variety; con al menos un familiar; y con los amigos de Felix: su abogado y su fiador. Sin importarles la opinión de la gente sobre lo que podría haber ocurrido, los polis lo habían etiquetado como homicidio desde el comienzo. Las tarjetas de crédito de Julie Saxony no habían vuelto a ser utilizadas desde el 3 de julio de 1986; no había extraído de su cuenta de ahorro ninguna cantidad de dinero significativa, apenas doscientos dólares el 2 de julio y otros doscientos el 3 de julio. Le había dicho a un empleado que iba a Saks, pero su vehículo fue encontrado a ocho o nueve kilómetros de esa tienda, aparcado en un Giant Foods de Reisterstown. Pudo haber sido asaltada y obligada a efectuar la segunda extracción de dinero, pero nada en la cámara de seguridad del cajero automático confirmaba esta sospecha.

Y no había que olvidar la cuestión del lugar donde fue hallado su cuerpo muchos años después, por lo menos diez, a veinticinco kilómetros de su coche. No lo habían enterrado ni ocultado, sino que lo habían dejado ahí tirado para que se pudriera. Oír algo así espantó a la gente. Las personas que vivían en las zonas urbanas no podían creer que, en un lugar como ese, pudiera permanecer un cadáver sin que nadie lo viera, pero sucedía a menudo. Leakin Park tenía una superficie de unas quinientas hectáreas, en su mayor parte cubiertas de bosque, y no estaba permitido cazar, de manera que las probabilidades de que alguien anduviera caminando por ese sector del parque, accidentado y lleno de maleza, eran remotas. El municipio había abierto un sendero que, en teoría, llegaba hasta el centro mismo de la ciudad y se podían recorrer pequeñas zonas a pie o en bici, pero eso era del otro lado de un arroyo lejos del lugar donde el cuerpo fue descubierto. De no haber sido por un perro pendenciero que salió disparado tras otro perro y obligó a una pareja joven a seguirlo, los restos de Julie jamás habrían sido hallados.

Sandy no podía dejar de pensar en «ellos», por más que hubieran tenido un papel muy secundario en todo aquello. Una de las cosas que más le gustaba de la serie *Ley y orden* —y le gustaba casi todo, particularmente que nada fuera verosímil— eran los hallazgos al comienzo de cada episodio. En Nueva York ocurrían, en la vida real, unos ochocientos homicidios al año, lo cual per cápita era insignificante. La tasa de homicidios en Baltimore había bajado y actualmente se mantenía por debajo del uno por día que él había conocido en sus días de gloria, pero seguía siendo una de las más elevadas del país. Sin embargo, si uno veía *Ley y orden*, y él la había visto bastante durante los cuatro largos meses que Mary tardó en morir, tenía la impresión de que no había un solo habitante en esa ciudad que no se hubiera tropezado alguna vez con un cadáver. Pensó que esa gente merecía tener su propia serie. Quiso escribirle una carta al productor para proponerle una serie complementaria titulada: *Ley y orden: Los descubridores.* Podía haber un título mejor, pero la idea era esa. Una pareja joven se había dado cita en el parque. ¿Era su primera cita? El perro ¿era de él o de ella? ¿Se había escapado o ellos lo habían soltado?, como suelen hacer con sus mascotas los listillos que no quieren tener que limpiar las cacas. (Sandy vivía cerca de un parque no muy grande, y se dedicaba a vigilar a los que tenían todo el aspecto de ser de los que no limpian las cagarrutas de su perro.) Encontrarse con un cadáver el día de su primera cita era un pésimo augurio. En cambio, la segunda vez que Mary y él habían salido juntos chocaron con un ciervo y fue toda una experiencia. O sea, estar con ella, porque el coche de los padres de Mary quedó hecho un guiñapo.

Empezó a descender por la colina. Maldición. Había mucho barro, más de lo que había creído, y se le podían estropear los mocasines. Volvió al coche a ver si encontraba algo que ponerse. Nada.

Las casas eran grandes, tipo caserón, aunque la mayoría estaban subdivididas en apartamentos. Antes había sido un barrio bonito, de cierta categoría, como había dicho el reportero. Según los registros catastrales, la casa de los Gottschalk había pertenecido a la familia hasta 1977, cuando fue vendida por 19.000 dólares, no mucho más de lo que habían pagado por ella en 1947. Sandy no sabía si la habían vendido porque alguien de la familia había muerto o porque los padres de Bambi se vieron obligados a reducir su nivel de vida. No le quedaba más remedio que ir al Registro Civil a buscar más datos. Los Gottschalk no figuraban en el expediente, y tampoco habían entrevistado a Bambi después de la aparición del cadáver de Julie.

Sin embargo, Julie había acabado con sus huesos a escasos kilómetros de allí, cerca de la casa donde Bernadette *Bambi* Gottschalk había vivido hasta su boda el 31 de diciembre de 1959. Una fecha que Sandy, por motivos personales, conocía bien. Había llegado a Baltimore un año después, por esa misma fecha. La gente suele repetir eso de no tener más que lo puesto, pero, en el caso de Sandy, fue rigurosamente cierto. Por ello siempre había sido exigente con su ropa, y eso, en el caso de un policía de Homicidios, era decir mucho. Miró sus mocasines bien lustrados. Eran viejos, pero se veían como nuevos; él sabía comprar buena calidad. El barro no los estropearía, pero no le parecía correcto bajar esa ladera fangosa con unos zapatos tan buenos. Miró alrededor. En las aceras había periódicos en fundas de plástico tirados por todas partes, un obsequio semanal del *Beacon-Light*, que se hallaba en una situación cada vez más desesperada. Recogió dos periódicos, les quitó el envoltorio de plástico, y los utilizó para cubrirse los zapatos a sabiendas de que no le resultaría fácil caminar; podría resbalar y caerse, y embarrarse algo más que los zapatos. Pero, sabiéndolo hacer, era fácil quitar la tierra de un traje con un cepillo.

Bajó en zigzag, cogiéndose de las ramas para no perder el equilibrio. Estaba en forma para su edad, aunque no conseguía reducir barriga. Como siempre había sido delgado como una vara, y lo seguía siendo, la barriga se le notaba mucho. Le apareció cuando Mary enfermó. «Oh, mírate, ¡celoso como siempre! —se burlaba ella—. Como cuando yo estaba embarazada de Bobby Junior y eras tú el que tenía antojos.» Aumentaba un kilo por cada uno de los que Mary perdía durante su enfermedad. Como si creyera que podría devolvérselos cuando ella se pusiera mejor.

Llegó al pie de la colina sin caerse ni sufrir el menor rasguño. Se volvió a mirar la escarpada pendiente que acababa de descender y pensó que regresar a su coche le iba a costar mucho más. Pero quizá podría continuar por la orilla del arroyo y salir a Windsor Mill Road, y desde allí alcanzar el coche. Ahora nadie, salvo él mismo, controlaba sus horarios. Todas las noches anotaba las horas trabajadas, como si aún tuviera un horario que cumplir, y se ofuscaba un poco pensando en las horas extra que nadie le pagaría.

No debió de ser fácil llevar un cadáver hasta allí en 1986.

Los vehículos 4×4 no eran tan comunes como ahora. La gente se habría percatado de la presencia de un camión o un jeep. Los que estuviesen arriba, lo habrían oído; otros habrían visto los faros, suponiendo que hubiera llegado de noche. Y si hubieran bajado el cuerpo desde Talbot Road, tampoco eso debió de resultar fácil. Sin embargo, la yuxtaposición de la casa donde había transcurrido la infancia de Bambi y el cadáver de la otrora amante de su marido... Difícil atribuirlo a una simple coincidencia, incluso en un vertedero tan popular como Leakin Park.

El perro había encontrado unos huesos y poco más. Sandy lo sabía por el informe de la autopsia que figuraba en el expediente. Huesos. Pero no resultó difícil determinar la causa de la muerte: una bala en la cabeza. Aunque no encontraron el casquillo. Solo hallaron su bolso, que parecía de piel pero no lo era, razón por la cual había resistido a los elementos. En su interior había una billetera con 385 dólares, su carné de identidad, un único pendiente y un lápiz de labios. Lo que suelen llevar las mujeres en un bolso de mano.

Caminó hacia el norte, o al menos lo que él creyó que era el norte. No era aficionado a la naturaleza ni se había criado en el campo, pese a que mucha gente tuviera esa imagen de él; creían que había llegado solo en una balsa cruzando a remo los Cayos de Florida. Podía entender que los chicos —así llamaba a todos los menores de treinta— confundieran su llegada con la de los Marielitos, que conocían por la película *Scarface*, la versión de Al Pacino. Pero la gente de su edad no tenía excusa, debían saber un poco de historia, joder. Aunque era más fácil dejar que la gente pensara lo que se le antojara. Prefería que lo asimilaran a *Scarface* y no tener que contestar las preguntas que inevitablemente le hacían en cuanto se enteraban de su procedencia. «¿Cubano? ¿Con ese pelo y esos ojos? ¿Por eso lo llaman Sandy, por el pelo?»

Pero si su pelo era rubio. ¿Quién llama Sandy a un rubio?

Al llegar delante de unos edificios blancos comprobó en su reloj de pulsera que había tardado unos diez minutos. Pero a él le parecieron una eternidad. Había andado despacio, puesto que alguien que carga el peso de un cadáver no puede caminar deprisa. Se hallaba frente a otra de las tantas fábricas de Baltimore abandonadas. Esta había sido restaurada y transformada en un centro de actividades comerciales. Bien, podía ser una pista. ¿Cuándo la habían restaurado? ¿Tenía alguno de ellos una oficina allí en 1986? Sacó su libreta y anotó que debía verificar la historia de ese sitio. No obstante, el trayecto era demasiado largo para hacerlo cargando un cadáver, y encima habría tenido que vadear el arroyo. Vaya, el que lo hizo realmente se tomó muchas molestias para asegurarse de que nadie fuera a descubrir el cuerpo de Julie Saxony. Y probablemente ahí estaba la clave de todo el asunto, más que la proximidad de la casa donde se crio Bambi Gottschalk. Nadie debía encontrar a Julie. No inmediatamente, claro, tal vez nunca. ¿Por qué?

Porque cuanto más tiempo transcurriera sin ser descubierta, más se convencería la gente de que se había marchado a reunirse con Felix, dondequiera que él estuviese.

«La gente», pensó. La gente, no los polis. Ningún poli, después de verificar esas tarjetas de crédito inactivas y comprobar que no había habido actividad bancaria en las semanas previas a su desaparición, habría pensado que Julie era una fugitiva. Sandy había leído dos veces aquel grueso expediente, y hubiera debido leerlo varias veces más antes de memorizarlo todo, pero un detalle le vino a la memoria: el 1 de julio, Julie Saxony había llevado su coche al taller para una revisión. ¿A quién se le ocurriría llevar su coche al taller el 1 de julio si piensa fugarse el 3 de julio? A menos que hubiera planeado hacer parte del viaje en coche. Pero no llegó lejos con su coche, solo a Pikesville.

Decidió regresar a su vehículo por donde había venido. Era muy duro escalar una pendiente embarrada. Resbaló y se cayó, tocó el suelo con una rodilla, pero cuando el barro se secara podría quitarlo con un cepillo. El secreto estaba en tener la paciencia de dejarlo secar sin frotar la tela. Había que quitar el barro con el canto de una tijera, dejar secar y luego cepillar.

Mary se lo había enseñado.

15 de septiembre de 1960

—No hay lugar para eso en el cuarto del bebé, ya has metido demasiadas cosas.

Ida Gottschalk, con los brazos en jarras, no quería saber nada de aquel hipopótamo del tamaño de un niño pequeño plantado en medio de la sala, cual invitado torpe que no se entera que la fiesta ha terminado. Ida le había cogido manía a ese hipopótamo, que en verdad era monísimo, en cuanto abrieron el paquete. Bambi creyó que su madre había visto la etiqueta amarilla con la marca «Steif» prendida a su oreja, y había deducido que era de fabricación alemana. Su madre odiaba todo lo que fuera alemán.

Bambi esperaba que su madre no descubriera que el juguete le había costado doscientos dólares, otra razón para detestarlo aún más. Doscientos dólares. Ellos no pagaban esa cantidad de alquiler. Suponiendo que lo pagaran todos los meses, y Bambi estaba empezando a sospechar que Felix era descuidado con lo que él consideraba minucias, entre las cuales, por desgracia, incluía las facturas del hogar. Cabía esperar que al menos fueran las facturas impagadas el motivo de aquellas extrañas llamadas telefónicas que hacían que Felix, por lo general tan conversador, pronunciara solo monosílabos: «Sí», «No», «Pronto». El ticket de la compra del hipopótamo había quedado en el fondo de la caja primorosamente envuelta para regalo. Bambi, pasmada al comprobar que una empleada de la tienda Hutzler pudiera ser tan despistada como para olvidarlo allí, lo sacó y lo estrujó.

Bien mirado, quizá no fuera una empleada quien dejó el ticket en la caja. Quizá la intención de Felix era que Bambi supiera cuánto había gastado. ¿Suponía que Bambi se jactaría exclamando «¡Qué papi más chalado!» entre risas y enfado? ¿O acaso Felix había supuesto que otra persona abriría el regalo y que su extravagancia llegaría a oídos de las amigas de Bambi y de sus parientes?

—No hay lugar en este cuarto —respondió Bambi a su madre—, pero no viviremos siempre aquí. Felix está buscando una casa.

—Seguirás aquí como mínimo nueve meses más —dijo su madre anudándose un delantal a la cintura por encima de su elegante vestido, tal vez demasiado sofisticado para una fiesta como esa. La madre de Bambi, más bien fea y flaca, siempre se daba el gusto de comprarse la mejor ropa—. Habéis firmado un contrato de alquiler por un año en junio.

—Los contratos se pueden rescindir.

Su madre revolvió los ojos al escuchar tamaño sacrilegio y Bambi supo lo que estaba pensando: «Rescindir un contrato cuesta dinero, ¿quién puede ser tan idiota como para incurrir en un gasto innecesario? Pues el presumido de mi yerno, ¿quién otro si no?»

Ida estaba resultando la única mujer, la única persona, inmune a Felix. Puede que se hubiera quedado desconcertada cuando lo conoció, pero no por mucho tiempo. «Yo no compro lo que me quiere vender», solía decir. Y lo repitió muchas veces. Lo dijo a quien quisiera oírlo durante el banquete de boda y todos creyeron que bromeaba. Hasta Felix lo creyó. Bambi, y acaso su padre, fue la única en comprender que su madre lo decía en el más puro sentido literal. Ida estaba convencida de que Felix iba detrás de la fortuna de los Gottschalk. Una idea ridícula: la «fortuna» de los Gottschalk era tan cuantiosa como el collar de abalorios que Linda había recibido de su padre el día que nació. Felix no tenía el menor interés en la verdulería mayorista de sus suegros. Tampoco sus suegros le interesaban particularmente, aunque los halagaba con toda clase de cumplidos, comportándose en casa de ellos como un invitado, incluso cuando vivió allí con Bambi los primeros cinco meses de casados. Por otra parte, Felix jamás habría podido adaptarse al horario de trabajo que exigía el comercio mayorista. Era una persona de hábitos nocturnos. Y anhelaba ser rico, rico-rico, como él decía, «un ricachón podrido en dinero, un tío asquerosamente rico, un rico de mierda». Cómo cuadraba esa meta con el hecho de olvidarse sistemáticamente de pagar las facturas cotidianas era algo que desconcertaba a Bambi. Pero no decía nada, pues no deseaba ser una aguafiestas como su madre.

La primera vez que Felix había hablado de su deseo de ser rico fue durante su luna de miel en las Bermudas. Se alojaron en un hotel pintado de rosa, muy bonito, a orillas de una playa de arena rosada. El mar no lo vieron mucho, pues se dedicaron a disfrutar de algo nuevo para ellos: estar en una cama juntos toda la noche y toda la mañana hasta después del mediodía, libres por fin del temor de ser descubiertos que había marcado sus aventuras prematrimoniales, que era como Bambi definía aquellos encuentros. Una vez en el coche de ella y otra vez en la sala de juegos, en el subsuelo de la casa de Talbot Road, oyendo las pisadas de sus padres en las habitaciones de arriba. Bambi se había puesto muy nerviosa. No obstante, fue allí, en la sala de juegos de la antigua casona de la urbanización Crimea, en Leakin Park, donde tuvo su primer auténtico orgasmo, y se preguntó si los nervios y el suspense no serían esenciales para vivir esa experiencia.

Durante su luna de miel se sintió muy feliz al comprobar que no era así. Resultó que había muchas maneras de tener orgasmos, y Felix se propuso enseñárselas todas.

—Vamos a ser ricos —le prometió él—. Ricos-ricos. Pero no vamos a respetar las reglas del juego. La partida está amañada, de manera que yo hago mi propio juego. Es la única forma de salir adelante. Pero necesito que tú entiendas lo que esto significa. Volver a casa a las tantas, tener jornadas de trabajo muy largas. El mío es un negocio nocturno.

—¿Cuál es el riesgo? —susurró ella con la cabeza hundida en la almohada. Él le frotaba la espalda y le acariciaba el pelo.

—Prácticamente ninguno. Bueno, me llevarán a la comisaría, me arrestarán de vez en cuando, pero nunca podrán probar nada. ¿Entiendes lo que digo, Bambi? —Tendido a su lado, le volvió la cabeza para mirarla a los ojos—. Sucederán cosas. Habrá momentos en que habrá habladurías. Pero nosotros seremos tan respetables, tan ricos, que ninguno podrá mirarnos por encima del hombro. También seremos filántropos. Donaremos dinero a la sinagoga y a las escuelas a las que asistan nuestros hijos. Nos envidiarán, lo cual puede ser peligroso, pero también nos admirarán y querrán. Tú eres hermosa y yo soy inteligente.

—Yo también soy inteligente —dijo Bambi, pensando en Bryn Mawr, en su fracaso, una historia que no le había contado a Felix.

De hecho, era lo único que no le había contado. Estaba escandalizada consigo misma por haberse acostado con él antes de su compromiso. Pero sabía que él pediría su mano, y que lo haría a la antigua usanza. Y así fue. En el Surrey Inn. El anillo le hacía guiños desde el interior de una ostra cruda que llegó con el primer plato, de manera que no estuvo en ascuas toda la noche. Sabía también que él procuraría que su primera vez fuera grata. Ahora era cada vez mejor. Nadie se lo había dicho. La velada conversación que había mantenido con su madre le había hecho creer que el sexo era algo a lo que una se acostumbraba, como las inyecciones y demás cosas desagradables pero necesarias. ¿Por qué nadie le había dicho que era algo estupendo y que cuanto más se practicaba, mejor? Su madre, obviamente, no iba a compartir esa clase de información con ella. Pero ¿e Irene? Bambi estaba segura de que Irene lo había hecho, probablemente con más de un chico. Irene había sido dama de honor en la boda de Bambi y luego tuvo su propia gran boda a finales de enero. ¿Por qué no esperó hasta el día de San Valentín? Bambi, que había notado que a Irene le apretaba la cintura del traje de bodas a pesar de habérselo probado a comienzos de diciembre, estaba segura de por qué la boda de Irene había sido en enero.

—Tú también eres inteligente —le aseguró Felix—. Fuiste lo bastante inteligente como para enamorarte de mí a primera vista.

—No fue así. —Bambi jamás lo admitiría.

—Bueno, pero yo sí, por eso supongo que soy el más inteligente de los dos.

—¿A qué sinagoga nos afiliaremos?

—Beth Tfiloh.

—¿Quieres acudir a una *shul* ortodoxa?

Una sorpresa para ella. Si bien Bambi se había criado en un hogar judío ortodoxo y casado en un templo ortodoxo, le parecía que a Felix la religión le era indiferente. Bambi nada sabía acerca de su familia política. Cada vez que le preguntaba por ellos, él cambiaba de tema, decía que ya no estaban. A veces pensaba, preocupada, que tal vez los había perdido en el Holocausto, pero no sabía cómo encarar esa conversación.

—Es la mejor; acuden todos esos viejos alemanes que se comportan como *goys*. En la intimidad de nuestro hogar, yo comeré tocino y no me importará lo que tú pongas en mi plato. Pero en todos los aspectos de nuestra vida hemos de ser personas respetables. La mejor sinagoga, el mejor club de campo, los mejores colegios. Y en la intimidad haremos lo que nos venga en gana.

A continuación, la levantó y la puso a cuatro patas, y ella, venciendo su recato, permitió que él le enseñara otra de las cosas que un hombre y una mujer podían hacer en la intimidad de su hogar. Bambi se sorprendió de lo mucho que le gustó, siendo una posición tan poco romántica, follar como dos perros. Pero a ella le gustaba casi todo lo que Felix hacía cuando se quedaba en casa, algo que no ocurría tan a menudo como ella hubiera deseado. Volvería a las tantas de la noche, había dicho. Sus jornadas de trabajo serían muy largas. Y a ella le había parecido una tontería en la mullida cama de un hotel pintado de rosa. Pero cuando Linda nació, el 1 de septiembre, aquellas palabras se habían tornado realidad. El médico le dijo que podría tener sexo al cabo de dos semanas. Pero Felix nunca estaba en casa. Su explicación era que había empezado la temporada de fútbol.

Aunque Felix pensaba que eran supersticiones, habían respetado la tradición judía de no tener una ducha para bebé y no decorar el cuarto hasta que el niño naciera. Felix había pintado la habitación de un rosa pálido muy delicado, y lo había hecho sin pedirle permiso al dueño. Ida, muy afligida por el dinero que habían gastado, les advirtió que nunca les devolverían el depósito de garantía. La habitación de la niña era suntuosa, demasiado para ese piso: cuna a tono con las paredes, escritorio, cambiador, mecedora y un baúl para los juguetes blanco con rosas estarcidas. Felix dijo que el mobiliario era regalo de un cliente fiel, pero Bambi sospechó que se trataba del pago de una deuda, como había sucedido la semana anterior con un carrito muy feo que trajeron dos tipos ceñudos que le gruñeron cuando ella les ofreció una limonada. Una vez que todos los muebles estuvieron en su sitio, apenas quedaba espacio en la habitación. Ida tenía razón: el hipopótamo no cabía. No cabía en ninguna parte. Iba a tener que quedarse de centinela en el salón hasta que ellos se mudaran.

Dadas las circunstancias, Linda tendría que dormir un tiempo en su hermosa habitación atestada de muebles y objetos. Bambi le daba el pecho y la dejaba en un moisés en el dormitorio de ellos. Pero su madre se escandalizó cuando vio la cesta junto a la cama matrimonial y a su hija dándole el pecho a la bebé, y también tomó nota de ello para ponerlo en la lista de cosas que eran culpa de Felix. En cuanto al día que nació Linda, justo treinta y cinco semanas después de la boda, Ida no hizo comentarios, apenas se dignó observar secamente que cuatro kilos cien era un peso excepcionalmente bueno para una primeriza.

Es probable que Bambi estuviera embarazada de un mes el día que se casó, pero ¿qué importaba? A fin de cuentas, habían comenzado a hacer los planes para la boda seis meses antes, de manera que nadie podría decir nunca que se habían casado deprisa y corriendo. No como el compromiso de Irene, anunciado durante las vacaciones de invierno, apenas un mes antes de la ceremonia. Y Benjamin, su hijo, nació a mediados de agosto. Bambi no tuvo el menor problema en aparecer delante de sus invitados ataviada con el más blanco de los trajes de novia, tal vez el más hermoso que había lucido en su vida. No era largo, sino tipo vestido de cóctel, a tono con la sencilla ceremonia, más sencilla de lo que Felix hubiera deseado. Fue sencilla, en primer lugar porque la pagaron sus padres, pero también porque Bambi les había rogado que fueran sobrios. La propensión de Felix a la extravagancia la asustaba un poco. Bambi intuía que eso iba a ser todo un tema durante su vida en común: Felix querría ser ostentoso y ella se retraería. Felix era la primera persona que conocía que empleaba el término «clase media» como un insulto. Sus padres consideraban que la vida que ellos habían construido para su única hija era uno de sus logros más importantes, pero Bambi sabía la opinión que Felix tenía de ellos: eran gente insignificante. Y eso era lo peor que Felix podía decir de alguien. Insignificante. «Piensa en pequeño. Se conforma con migajas.»

Linda, que se había dormido en mitad de la fiesta que daban en su honor, se revolvió en su cesta. Bambi pudo haber ido al dormitorio para darle el pecho, pero no quiso y le dio de mamar en el salón, delante de su madre, que estaba doblando las cintas y el papel de regalo con que había venido envuelta la caja, con la intención de volver a utilizarlos en otra ocasión. Bambi, felizmente, se había guardado el tícket de compra en el bolsillo de su bata.

—Se parece a Edward R. Murrow —dijo Bambi con ternura.

—Se parece a su padre —replió Ida con menos ternura.

Se daba por sobrentendido, antes de que Linda naciera, que ninguna hija de Bambi se parecería físicamente a Felix, pero Linda realmente se parecía a su padre. Era igualita. Las amigas de Bambi, las más buenas, decían que la niña tenía unos rasgos sorprendentes que con el tiempo no se notarían tanto. Con lo cual querían decir: «Cielos, la nariz es enorme.» A Bambi la traía sin cuidado. Estaba segura de que su hija sería una muchacha muy bonita. Además, no le otorgaba demasiada importancia al hecho de ser hermosa. No lo subestimaba, pero tampoco lo sobrestimaba. Su propia belleza había sido como un bono de ahorro adquirido el día de su nacimiento. Una buena inversión, aunque no servía para procurarle todo lo que ella necesitaba. Y eso lo sabía por experiencia.

Por ejemplo: un esposo que durmiera en su cama todas las noches.

—Juguetes y ropa, ropa y juguetes —refunfuñó su madre mientras hacía el inventario de los regalos—. ¿Por qué no regalarán cosas útiles?

—Es más divertido darle a una niña vestidos y peluches.

—Divertido —repitió su madre, como si fuera una blasfemia—. No acabo de entender por qué has organizado una fiesta.

—A todo el mundo le gustan las fiestas.

—A todo el mundo le gustan muchas cosas.

Bambi no preguntó qué quiso decir con eso. Siempre había pensado que sus padres eran unos ingenuos, pero ahora se preguntaba si su madre habría estado haciendo averiguaciones sobre Felix. Si sabía algo que confirmara que ella había tenido razón en no comprar lo que él vendía.

La sola idea la horrorizó y se puso a llorar.

—¿Te pasa algo? —preguntó su madre.

Bambi hubiera querido regañarla como a una adolescente, decirle «Claro que me pasa algo», pero se limitó a aclarar:

—Estoy cansada, nada más.

—Los críos son maravillosos —comentó su madre—, pero te cambian la vida.

—Para mejor. —Era una pregunta, pero ella trató de que sonara como afirmación confiada.

—En general. Pero los padres se ponen celosos. No pueden evitarlo. El mundo giraba a su alrededor y de repente ya no es así.

—¿Papá se puso celoso?

—Papá era mayor. Había sufrido... mucho.

El matrimonio de los padres de Bambi había sido básicamente una unión concertada, aunque suavizada por el amor y el respeto genuinos que se profesaban. Pero luego vino la seguidilla de abortos con su carga de tristeza y amargura.

—Felix no es muy jovencito que digamos. Tiene veinticinco, casi veintiséis.

—Veinticinco.

Su madre era capaz de cargar de sentido una sola palabra, o un número.

—Cuando nos comprometimos dijiste que veinticinco era demasiado viejo. ¿Ahora resulta que es demasiado joven?

—Ya verás —dijo su madre.

Y Bambi no pudo evitar volver a preguntarse si sabía algo que ella ignoraba. Por la mañana había insistido en ayudar a su hija a sacar la colada y llevarla al sótano.

—Usas un lápiz de labios muy oscuro últimamente —le dijo su madre mientras apilaba los pañuelos de Felix—. Te sientan mejor los tonos más claros.

—Es lo que se lleva.

Después de casarse, había cambiado al rojo Schoolhouse de Elizabeth Arden. Era un rojo muy subido, pero no tan oscuro como el tono de la manchita que vio en el cuello de la camisa de Felix.

Su madre finalmente se marchó. Había dejado el apartamento reluciente y Bambi se lo agradecía. Estaba muy cansada. ¡Qué lentas pasaban las horas! Linda se durmió, despertó, comió, se durmió, despertó, comió. Bambi esperó a Felix rememorando algunos momentos cómicos de la fiesta con la intención de contárselos cuando llegara. ¡Qué cara había puesto la señora Minisch, una amiga de su madre, al ver la alfombra! En cambio, a la tía Harriet, que adoraba a Bambi y pensaba que Felix era maravilloso, le había encantado el hipopótamo. E Irene, ¡qué ropa más hortera usaba desde su boda!

Después de dar el pecho a Linda, a las diez de la noche, Bambi se cambió y se puso una bata muy bonita. Calculaba que aún tenía cuatro horas por delante para arreglarse antes de que llegara Felix, suponiendo que regresara esa noche. Las once, las doce, la una de la mañana. No vino, y Linda lloró y los pechos de Bambi chorrearon y mancharon la bata. ¿Qué había dicho Felix? «Es un negocio nocturno, cariño. Tu padre se levanta a las cuatro de la mañana. Yo, con suerte, llegaré a casa a esa hora. Dos caras de la misma moneda.» Acostó a Linda en su moisés y —tierna, aplicadamente— se tocó como Felix la había tocado en su luna de miel. No le agradaba hacérselo sola, pero era mejor que nada y le permitía saber si, como había prometido el médico, ya estaba en condiciones. Su suave acariciarse la transportó a su luna de miel: la suite, las manos de Felix, su voz, su lánguido consentimiento a todo lo que él decía. ¿Qué había aceptado ella mientras las manos de él se movían entre sus cabellos, por su espalda, entre sus piernas?

«No es legal, pero tampoco tan ilegal como para que a alguien le interese. La gente quiere apostar. Yo soy el banco. ¿Qué puede haber de más inofensivo? Recaudo el dinero, dono una parte, me guardo el resto. Soy un mercader de sueños, cariño. Nadie sale dañado. No obligo a nadie a hacer lo que no quiere. A los polis les tiene sin cuidado. A ninguno le importa, mientras te atengas a ciertas reglas y te mantengas alejado de ciertas cosas. Tendré una oficina en Baltimore Street, encima de la Cafetería.»

Baltimore Street era la Manzana y su oficina estaba encima de un local de *striptease*, el Variety, cuyo dueño no era otro que Felix. Corrían rumores de que las audiciones para contratar a la bailarina principal eran muy especiales. Bambi había intentado hablar de ello con él, pero no podía pronunciar esas palabras. Decidió que lo mejor era no volver a sacar el tema, simular que no le importaba y hacerse la dormida cuando él se metía en la cama y susurraba: «Todo lo que hago, lo hago por ti.»

Pensó que era la frase más estúpida que había oído en su vida, pero Felix jamás decía algo que no creyera cierto. Lo cual no quería decir que no mintiera, solo que no pensaba que él fuera un mentiroso. Pero, entonces, ¿por qué se lo decía? ¿Estaba diciendo que se acostaba con esas putas, con esas *nafkehs*, como diría su madre, por ella? Pensó de nuevo en sus manos experimentadas, en el placer que le daba. Probablemente se lo habían enseñado ellas. Admitido. Pero ahora que había aprendido, debería dejarlo.

Linda se movió, soltó un gemido, como el balido de un corderito, y volvió a dormirse antes de que Bambi pudiera mecer el moisés con su pie. Una lástima. ¡Qué felicidad si pudiera permanecer despierta con la niña! Sería una compañía. Se suponía que una familia pondría fin a su soledad. No obstante, en muchos aspectos, estaba más sola que nunca antes.

La segunda vez que salieron juntos, Felix se detuvo delante del gran espejo con marco dorado que había en el vestíbulo del teatro Senator.

—Míranos —dijo—. Somos como una pareja.

Bambi no lo veía, pero asintió con un movimiento de la cabeza y una media sonrisa.

—Tendremos una casa donde haya retratos —afirmó—. De ti y de los niños, de mí no, con esta boca tan fea que tengo.

No era fea, sin embargo. No en un hombre.

Y Felix, que siempre cumplía su palabra, ya había encontrado una casa, aunque a ella no le quedó muy claro cómo harían para pagarla. Dijo que encargaría un cuadro en cuanto ella recuperara su silueta. Bambi, que no estaba acostumbrada a que le encontraran algún defecto, se había puesto a llorar. Las mujeres con quienes él la comparaba tenían piernas largas y cinturas de avispa. Bambi, por mucho que lo intentara, nunca sería como ellas.

No obstante, ella sabía que él la amaba más que a cualquier otra. Y que si tuviera que elegir, la elegiría a ella. Pero era demasiado orgullosa como para obligarlo a elegir.

Por otra parte, durante su luna de miel, ella había aceptado que él en sus negocios haría lo que quisiera. «Haré lo que sea para que seamos ricos.» Trabajar por las noches en sitios de mala fama, traer a casa montones de dinero en efectivo. Su marido salía, pues, de casa para ir a Baltimore Street a las dos de la tarde, trajeado y con sombrero, como si fuera algo tan normal como comerse un pastel de manzanas, y Bambi le seguía la corriente. «Mi esposo trabaja en el mundo del espectáculo —explicaba a los entrometidos—. Supongo que es lo que se llama un empresario. Contrata gente con talento.»

Sí, claro, contrataba talentos.

Eran las cinco y ella se estaba quedando dormida cuando él se metió sigilosamente en la cama. Acababa de ducharse. ¿Por qué un hombre olía a jabón a las cinco de la mañana? Envolvió a Bambi en sus brazos y la inhaló profundamente, como si fuera un ramo de rosas.

—Te amo —dijo—. ¿Tú me amas?

Ella hubiera querido clavarle las uñas y llorar. En cambio, dijo:

—Supongo que sí.

—Será fantástico cuando nos mudemos a la casa nueva. Será hermoso. Es hermoso. Tú eres hermosa. Y tenemos una hija hermosa. Llenaremos la casa de niños.

—Solo tiene cuatro habitaciones —señaló Bambi. No habría sido muy maternal de su parte poner alguna objeción a su inexacta descripción de Linda, una bebé arrugada, pura nariz y con ese pelo negro que se le pegaba a la frente.

—Edificaremos un anexo. Haremos algo con ese espacio que hay encima del garaje. Lo transformarás en algo hermoso.

Cinco «hermosos» en menos de un minuto. Sabía lo que Felix apreciaba en ella, y nunca había sido la módica cuenta bancaria de sus padres. La belleza y esa leve prevención en ella, esa actitud como de indiferencia, como si no necesitara de nadie. La clave para conservarlo era no dejar que se sintiera demasiado cómodo, mantener esa suficiencia fría. Las otras eran mujeres de paso. Ella era su esposa y él nunca la avergonzaría. Ni a sus hijos. Bambi confiaba en que tendrían muchos, como compensación por los hermanos y hermanas que no había tenido y ese marido que no estaba en casa tanto como debiera.

—Será una vida estupenda —dijo.

—¿No lo es ahora?

La pregunta pareció sorprenderlo. Apartó la cara del cuello de ella y no contestó enseguida.

—Claro que lo es. Pero puede ser mejor. Siempre puede ser mejor. No pienses en pequeño.

—¿Cómo vamos a pagar la casa de Sudbook Road, Felix?

—No te preocupes por eso.

—Las personas que conocemos no tienen una casa como esa. Al menos, no cuando empiezan. Tampoco en ese barrio.

—Ello se debe a que tardan en arrancar. Yo me lanzo a correr antes de la salida, cariño. Antes de la salida.

—¿Y eso qué significa?

—Que siempre voy a la cabeza. Algunos caballos tienen que refrenarse, esperar a que otros se cansen y solo entonces se disparan. Yo estoy siempre delante. Nadie puede alcanzarme.

—Yo te alcancé.

—Yo te alcancé a ti.

—Tú me deseaste.

Siempre era así entre ellos, como una letanía.

—Apuesta que sí. Desde que te vi con aquel vestido. Te creías tan mayor al lado de aquel crío que te acompañaba...

—Era mayor.

—Tú naciste mayor. Por eso te aburrías tanto con aquellos niñatos. Necesitabas un hombre. Me necesitabas a mí.

Bambi se caía de sueño. Él podía seguir hablando, pero ella tenía que levantarse con la niña muy pronto. Felix tenía un trabajo nocturno. El suyo era a jornada completa.

—Te amo, Bernadette.

La llamaba por su verdadero nombre cuando se ponía serio. Cuando quería que ella supiera que hablaba en serio. La primera vez que lo dijo, debajo de la jupá —«te acepto, Bernadette»—, estuvo a punto de preguntarse por qué él pronunciaba el nombre de otra mujer en un momento tan sagrado. Pero ya se había acostumbrado. Le agradaba que la llamara Bernadette. Nadie más que él la llamaba así.

—Te amo —insistió, como si exigiera una respuesta.

—Lo sé.

7 de marzo de 2012

El familiar más cercano. Sandy le daba vueltas a esa frase mientras conducía. «El familiar más cercano.» Era una de esas expresiones que la gente usa sin pensar en su significado. El familiar más cercano. Familiar, es obvio, pero ¿cercano? ¿Cercano a qué? ¿Implicaba una jerarquía? ¿En primer lugar, el familiar más cercano, después el más cercano al primero y así sucesivamente...?

Más de treinta años después de haber llegado a Estados Unidos, Sandy seguía encontrando que de vez en cuando el inglés le ponía la zancadilla. En los momentos decisivos, a Sandy las palabras no le servían porque muchas de las que había oído en su vida habían resultado mentiras. Las palabras eran las armas preferidas empleadas por ambos bandos en las salas de interrogatorios. Al final de la jornada estaba harto de palabras. Mary casi nunca se quejaba, pero a veces admitía que su mayor deseo era que Sandy conversara un poco más cuando volvía a casa. Y pedirle eso a Sandy era como pedirle a un tipo que trabajaba el día entero despachando helados que preparara una tarta de whisky al llegar a casa. Algunos policías de Homicidios eran grandes conversadores, sabían contar historias. Él, no. Sandy obtenía mucho más con una sola mirada.

No era que Sandy estuviera pensando en clavar los ojos en la hermana de Julie Saxony. Podía ser que tuviera que hablar mucho para motivarla a repetir lo que antes había contado muchas veces.

Normalmente, cuando se trataba de un caso sin resolver, Sandy prefería, en la medida de lo posible, dejar tranquilos a los familiares de la víctima. No deseaba alimentar esperanzas en la gente. Pero Andrea Norr era su única pista. Le haría una visita, no sin anunciarse antes. Quería que tuviera tiempo de prepararse, de pensar en lo que iba a decir. La había llamado por teléfono el lunes. Ahora era miércoles, uno de esos días grises, lluviosos, en los que sientes más frío del que marca el termómetro. Mientras avanzaba por el largo camino que conducía a la granja de caballos donde vivía Andrea Norr, se preguntó cómo sería. ¿Tan guapa como su hermana? ¿Habría envejecido mejor que Julie?

No, seguro que no, o, mejor dicho, tal vez no, quién sabe. La mujer que lo recibió era baja y fornida, de abundante cabello rubio sobriamente cortado y con algunas canas. Más bien gruesa, pero no por falta de actividad. Era evidente que estarse quieta, sentada en su cocina, la ponía de los nervios, pues se incorporó muchas veces y fue a preparar el té, luego dispuso galletitas en una bandeja y hasta se le ocurrió lavar un plato sucio que vio en el fregadero.

—¿Hay algo nuevo? —preguntó acomodándose en su silla con una taza en la mano después de que pitara el hervidor.

Sandy aceptó una taza de té y bebió un sorbo. Asqueroso. ¿Cómo era posible que alguien hiciera un té tan malo con una bolsita de Lipton?

—No, nada nuevo. Pero tengo experiencia en estos casos sin resolver.

—Lo más probable es que su asesino haya muerto.

Él se puso al acecho, como los gatos.

—¿Por qué lo dice?

—Pues no sé. —Sonó convincente. Parecía sorprendida y confusa por lo que acababa de decir—. No me refiero a que estén muertos todos los que vivían en aquella época. Yo estoy viva. Pero bueno, yo no frecuentaba la misma gente que Julie.

—Yo creía que su hermana, cuando desapareció, hacía tiempo que iba por el buen camino.

—Sí, pero todavía mantenía vínculos con esos vagos que conocía de la época de la Manzana.

—¿Me está diciendo que seguía viendo a los amigotes de Felix, los corredores de apuestas?

—No, le estoy diciendo que mi hermana bailaba en la Manzana y se relacionaba con timadores y ladrones. El que se acuesta con perros... ya sabe. De hecho, cuando yo ponía alguna objeción, ella tomaba partido por él, me decía que eran juegos de azar, nada más, que con eso no hacía daño a nadie. Pero mucha gente acabó muy mal por culpa de Felix Brewer. El juego es algo terrible.

—Pero ¿no se dedica usted a entrenar caballos?

—Entreno caballos para concursos hípicos, no caballos de carrera.

A Sandy le picó la curiosidad, quería saber qué hacía, en qué consistía su trabajo, si ganaba lo suficiente para cubrir sus gastos y por qué suponía que su trabajo era más decente. Sandy había oído que existía mucho fraude en el mundo de los concursos hípicos. Pero también sabía que a veces era útil dejarse llevar por la curiosidad. De esa manera lograba que el interrogado se sintiera a gusto y conseguía sonsacarle información. Pero Andrea Norr no daba la impresión de ser una mujer paciente con las digresiones.

—Sé que ya ha contestado usted muchas de estas mismas preguntas. Pero es la primera vez que se las hago yo. Empecemos de nuevo. Suponga que no sé nada, ¿de acuerdo? Porque en realidad no sé nada.

—¿Qué quiere saber? Julie montó en su coche el tres de julio para ir a Baltimore y nunca más volvimos a verla.

—Sí, eso fue lo que dijo el tipo que trabajaba con ella.

—El *chef* —precisó Andrea con cierto desdén.

Teniendo en cuenta el té que le había servido, no parecía que a Andrea Norr le importara demasiado la cocina.

—Pero, antes de ese día, ¿cuándo la vio por última vez?

Giró en su silla, como una niña jugando con una silla giratoria, aunque esta no se balanceaba ni giraba.

—No nos veíamos desde hacía seis meses.

—¿Seis meses? Entonces, no tenían ustedes una relación muy estrecha.

—La tuvimos. Antes.

—¿Qué ocurrió?

—Tuvimos... unas palabras.

¡Otra vez! Otra de esas expresiones curiosas. «Tuvimos unas palabras.» Todos «tienen» unas palabras. Sandy y Andrea Norr, en ese momento, «tenían» unas palabras. Un eufemismo inútil. Esas frases que la gente usaba para adornar ciertas cosas nunca servían.

—¿Sobre qué?

—Yo pensaba que era una estupidez abrir un restaurante en la hostería. No me parecía una movida inteligente.

—¿Tenía usted algún interés en ese lugar? ¿Interés financiero?

—No.

—¿Intentó pedirle dinero prestado a usted?

—No. —Andrea se dio cuenta en qué estaba pensando y se le adelantó—: No había problemas de dinero entre nosotras. Yo pensaba que era una mala idea, nada más. La hostería marchaba muy bien ofreciendo alojamiento y desayuno. Pretendía complicarse la vida innecesariamente. Siempre se la complicaba innecesariamente. Se metía en problemas y luego venía a pedirme ayuda, como si yo pudiera ayudarla. Yo no podía.

—¿Qué clase de problemas?

Si la gente supiera cuán obvias eran sus mentiras, no se molestaría en decirlas. Como si él no fuera a darse cuenta.

—Nada importante —repuso Andrea Norr, y él supo que sí, que era algo importante.

—Problemas relacionados con Felix.

Ella se encogió de hombros.

—Estaba casado. Eso siempre es un problema. Un estúpido problemón que todos, menos ella, vieron venir.

—¿Qué quiere decir?

—La historia de siempre. Se enamoró de él. Felix tenía una esposa. Siempre se enrollaba con las chicas que trabajaban en el local, pero no iba a dejar a su esposa. Tenía una esposa, una amante y salía con otras cuando le apetecía. Julie se creía muy lista, creía estar segura de lo que hacía. Felix nunca me pareció un tipo guapo. Era bajito y más bien feo. Le compraba cosas, es verdad, pero ¿y qué?

—¿No le dejó el futuro asegurado cuando se marchó?

—¿Quién le dijo eso?

Andrea se había puesto a la defensiva. Era un rumor, pero los rumores siempre tenían algo de verdad. Alguien había financiado a Julie Saxony.

—¿Sí o no?

—Le dejó la cafetería de Baltimore Street. Por lo que sé, eso fue todo. Pero, como buena administradora que era, mi hermana la explotó con éxito y prosperó.

—Vaya si tuvo éxito. De una cafetería en Baltimore Street pasó a una hostería, y estuvo a punto de abrir un restaurante.

—Oiga, yo sé lo que sé. No le puedo contar lo que no sé. No estábamos todo el tiempo juntas. Yo nunca le pedí dinero ni ella me lo pidió. Nos educaron para que fuéramos capaces de valernos por nosotras mismas.

—¿Dónde?

—Vamos, usted ya lo sabe. Me ha dicho que leyó el expediente. Puede que sepa más que yo.

—Debo hacer como que no sé.

Andrea Norr suspiró.

—Nacimos en Virginia Occidental. La mayoría de los amigos de nuestros padres tuvieron el buen tino de marcharse durante la Segunda Guerra Mundial y emplearse en las fábricas de Baltimore. Nuestros padres no, lo cual dice de ellos todo lo que usted necesita saber. Murieron hace años, mucho antes de que Julie desapareciera. Nosotras nos marchamos cuando éramos adolescentes. Éramos un par de irresponsables, nos fuimos en una Combi Volkswagen con cuatro maletas. Tres eran de Julie. Ella era la guapa. A mí eso no me preocupaba.

A Sandy le pareció significativo que mencionara ese detalle espontáneamente, como si aún la preocupara más que cualquier otra cosa. A él no se le hubiera ocurrido preguntárselo.

—Alquilamos una habitación en Biddle Street y nos contrataron en la droguería Rexall. Como dependientas. Un día entraron dos tipos. Uno de ellos miró a Julie y le dijo que tenía condiciones de bailarina. Puede que fuéramos unas pueblerinas recién llegadas de Virgina Occidental, pero era el año 1972, y la música nos corría por la sangre. Uno de los tipos le presentó a su amigo Felix. Y así empezó todo.

—¿Qué quiere decir?

—Amor a primera vista. Supongo que debería estar agradecida de que fuera un local de *striptease* respetable, donde las chicas usaban tapapezones y tangas, porque Julie habría hecho cualquier cosa que Felix le hubiera pedido. Era un caso perdido. Nunca he podido entenderlo. Pero, claro, nunca tuve hombres.

—Sin embargo, usted está casada.

—¿Por qué lo dice?

—Norr es su apellido de casada, ¿no?

—No; es nuestro apellido. Soy una soltera feliz. El Saxony se lo puso Felix. No le bastó con ese otro estúpido nombre artístico: Juliet Romeo. Tenía que volver a bautizarla. Y ella lo legalizó en los tribunales. Aunque... bueno, era propensa a esas cosas. Como tratar de ser lo que se imaginaba que Felix quería que fuese.

A Sandy le pareció muy tentador ese «aunque» que ella dejó colgando. Hubiera preferido que completase la frase.

—¿Sí? ¿Qué más hizo ella por Felix?

Levantó una mano y la movió como si espantara moscas.

—Tonterías. Nada importante. Ya sabe cómo son las mujeres.

No. Sabía cómo era una sola mujer: Mary. Y Nabby, o eso creía, pero a su juicio la conducta de Nabby no afectaba a nadie más que a Nabby.

—¿Conocía su hermana el paradero de Felix?

—No.

Rápida, categórica.

—¿Sabía algo acerca de las circunstancias de su huida?

—No.

Demasiado rápida, demasiado categórica.

—Usted sabe que ese delito ha prescrito. —Tendría que verificarlo; podría ser importante más adelante, a la hora de entrevistar a otras personas—. Y su hermana está muerta. No la molestarán por algo que pudo haber hecho en 1976.

—No todos han muerto.

—Usted sabe que siempre existió ese rumor sobre Felix, que se había escapado en un remolque de caballos.

—Los rumores son solo eso: rumores. No es culpa mía si me ocupo de adiestrar caballos, o si mi hermana salía con un timador.

Lo dejó pasar. No deseaba ponérsela en contra, no era conveniente en esa etapa de su investigación.

—¿Nunca le llamó la atención el momento? ¿No le pareció raro?

—¿Qué momento?

—Su hermana desapareció diez años después de la fuga de él, casi el mismo día. ¿Cree que él regresó a buscarla?

—¿Para matarla? Ni a mí, que lo estimaba poco, se me ocurriría pensarlo.

—No. Pero en cambio pudo haber sido alguien que estaba buscando a Felix. Alguien que la siguió aquel día de 1986 con la esperanza de encontrarlo a él.

—El gobierno buscaba a Felix. No es que yo aprecie mucho al gobierno federal, pero no creo que maten a la gente.

—Otros podían estar buscándolo. Como el fiador, por ejemplo.

Andrea se rio.

—Usted no ha hecho todos sus deberes, señor Sánchez. ¿Se acuerda de los dos tipos que entraron en Rexall? Uno de ellos era Tubby Schroeder, el mejor amigo de Felix. Él firmó el bono y asumió la pérdida.

Lo sabía. Sabía que Tubby Schroeder era un agente de fianzas, el gordo bonachón, amigo de todo el mundo. Sandy sabía que Tubby había firmado el bono de garantía en nombre de Felix y que se había mostrado filosófico en cuanto al hecho de que Felix, su mejor amigo, lo dejara plantado. Todos suponían que Felix había devuelto los cien mil en efectivo. Sandy dejó caer lo del bono para ver cuánto sabía ella.

—Gracias por su tiempo —le dijo—. Y por el té.

—Apenas lo ha probado.

—No tomo nada entre comidas —se justificó—. Solo agua. Prescripción del médico.

—¿Y por qué no lo dijo antes?

—Me olvidé.

Quince minutos más tarde, Sandy había llegado a Chesapeake House y estaba disfrutando de un almuerzo en el Roy Rogers. Por la autopista había visto la salida de Havre de Grace. Las dos hermanas vivían a unos dieciséis kilómetros de distancia una de la otra y, sin embargo, cuando Julie desapareció hacía seis meses que no se veían. Interesante. Solo eso. Otra línea en la figura geométrica que estaba trazando. Una distancia entre dos puntos.

Pero mucho más le interesaba saber que Tubby Schroeder la había descubierto, que había sido él quien se la presentó a Felix. Quizá merecía la pena entrevistarlo, suponiendo que un tío tan gordo siguiera vivo con setenta y cinco años. Sandy recordaba haberlo visto un par de veces en el Palacio de Justicia, treinta años antes. Era enorme como un globo del desfile del Día de Acción de Gracias de Macy's, un tipo bonachón y zalamero que estaba siempre de broma.

Lo que Sandy más detestaba en un hombre.

31 de diciembre de 1969

—No es como yo haría un sorteo.

El ruido que había en el club de campo no era normal. Lorraine Gelman tenía dificultad para oír lo que decía Bambi, que se hallaba a su lado, pero la conversación entre Felix y Bert, sentados al otro lado de la mesa, resonaba con fuerza y claridad. Al encender sus cigarros, el lujo de esa noche, juntaron sus cabezas. Entretanto, la voz suave de Bambi se perdía en aquella insólita jungla de ruidos.

No obstante, Lorraine sonrió y asintió con la cabeza. Siempre estaba de acuerdo con cualquier cosa que dijera Bambi. Lorraine la adoraba. A tal punto que ahora difícilmente se acordaba de que, seis años atrás, cuando Bert y ella empezaron a salir, había sido un poco arrogante con los Brewer. «¿No es un estafador?», le había preguntado a Bert. Lorraine procedía de una familia de judíos alemanes. Sus abuelos habían vivido en

Eutaw Place cuando era un lugar muy bonito. Su madre había estudiado en el Park de la primera época. Bert, hijo de un prominente abogado, apenas llegaba a reunir las condiciones que, según el criterio de los padres de Lorraine, debía poseer su yerno. Y cuando Bert anunció que Felix Brewer sería su padrino de boda, los padres de Lorraine intentaron disuadirle. «Es mi mejor amigo y uno de nuestros mejores clientes. Y eso nunca va a cambiar», fue la respuesta de Bert.

«Ya lo veremos», pensó Lorraine.

Pero, comparados con Felix, los amigos de su esposo parecían tontos. Por otra parte, Bambi resultó una chica muy simpática. Lorraine sabía por experiencia que las mujeres como Bambi no solían ser simpáticas, al menos nunca lo eran con ella.

Bambi, sin embargo, había tenido buen rollo desde el principio. Había asistido a la despedida de soltera de Lorraine, había hecho lo posible por divertirse, a pesar de ser algo mayor y no conocer a ninguna de las demás chicas. Lorraine acabó avergonzándose de sus amigas, sin duda más jóvenes pero que parecían unas paletas al lado de Bambi, quien provenía de una buena familia, aunque no tan buena como la de Lorraine. Hasta la madre de esta había dicho que Bambi, pese a su sobrenombre, era alguien especial.

Por eso, cuando tuvo claro que la vida con Bert significaba una vida con Felix y Bambi, Lorraine no tuvo el menor problema en aceptarlo.

Los hombres hablaban de los temas que les interesaban, la política, los deportes y, cada vez más en esa época, Vietnam. ¡Por el amor de Dios, estaban hablando de eso otra vez, del sorteo para el reclutamiento. ¿A quién podía importarle? Ella no tenía hijos y los Brewer no tenían hijos varones. No era su problema.

—Qué pendientes más bonitos —le dijo a Bambi, admirando el regalo de aniversario de Felix—. ¿No tienes miedo de perderlos?

—Me he perforado los lóbulos, ¿ves? En una joyería de Reisterstown Road.

Bambi se inclinó para acercar su cabeza a Lorraine a fin de que su amiga pudiera examinar el cierre de sus pendientes. Eran brillantes de gran tamaño, de los buenos, engarzados en óvalos de oro. Un nuevo diseño de David Webb. Lorraine ya los conocía, puesto que Felix la había consultado antes de comprarlos. Felix no tenía mal gusto, pero era un anticuado. Iba a lo seguro, pues, como muchos que no venían de familias ricas, era un hombre cauto. A su juicio, demasiado cauto. Lorraine había sabido que a Bambi esos pendientes le iban a gustar. Eran modernos, aunque no tanto como para pasar de moda enseguida.

—Magníficos —dijo.

Felix, que estaba sentado enfrente, la miró y le guiñó el ojo.

—No te ilusiones, cariño —dijo Bert—. Bambi ha esperado diez años para tenerlos.

—Diez es estaño —dijo Lorraine, y se arrepintió. Quién podía saberlo, salvo una mujer que hubiera mirado la lista de materiales correspondientes a cada aniversario de boda, como había hecho ella ese año, desilusionada con el joyero de palisandro tallado que le había regalado Bert. No había podido reprochárselo, porque él tenía razón: cinco era madera. Y diez era estaño. Tenías que cumplir sesenta para tener los brillantes. Bert ganaba tanto o casi tanto como Felix. Él también podía comprarle brillantes.

Pero Bert era más guapo, decidió Lorraine, mirando a su esposo. Y si bien era cierto que era abogado de delincuentes, él no era uno de ellos. No pasaba un día sin que Lorraine no hiciera listas con las diferencias que observaba entre Felix y Bert, Bambi y Lorraine, los Brewer y los Gelman. Era su eterna ocupación. Bambi era mayor que ella. Cumpliría treinta años el mes próximo. Bambi era hermosa, mientras que Lorraine era, en conjunto, una mujer elegante. Bonito corte de pelo, ropa perfecta y, lo más importante en aquel tiempo, era delgada a base de interminables dietas de zanahorias y Tab, sin olvidar la ingesta de ciertas pastillas, si algún día se permitía un exceso. Había probado el régimen del doctor Stillman, en el que las damas de Pikesville creían ciegamente, pero a ella le produjo unos gases horribles. Bambi tenía unos kilos de más, pero los hombres no parecían notarlo.

Ambas parejas compartían todo: las vacaciones, los cruceros, los veranos en Ocean City. La sinfónica y las obras de teatro en el Morris Mechanic. Las mujeres iban de tiendas y los hombres a los eventos deportivos, aunque Felix consideraba esto último un trabajo. Y cuando sus respectivos hombres trasnochaban hasta muy tarde, lo cual sucedía con frecuencia, Lorraine iba a casa de Bambi y pasaban la noche juntas cotilleando y bebiendo vermut.

¿Acaso no era grata la vida? Esa noche se habían reunido en el club. Era Nochevieja, y casualmente también el aniversario de boda de sus queridos amigos. Había una orquesta, la clase de orquesta preferida de Lorraine. A ella le gustaba bailar pegada a su pareja. Por otra parte, los músicos de ahora iban muy desastrados. Tenían aspecto de sucios y hacían gestos obscenos cuando actuaban. Como ese asqueroso de Jim Morrison, allá en Florida. ¿A quién se le podía ocurrir hacer semejante cosa? Dos meses atrás, en una fiesta, un amigo de Bert había seguido a Lorraine al tocador y había intentado que ella pusiera la mano ahí y lo sintiera a través de sus pantalones. Se lo había contado a Bambi, esperando que ella compartiera su desagrado, pero su amiga se había limitado a encogerse de hombros y decirle que algunos hombres eran ligones cuando bebían. Entonces Lorraine se dio cuenta de que a Bambi esas cosas debían pasarle todo el tiempo y lamentó que a ella no le sucediera más a menudo.

A veces, cuando yacía con Bert, tan buen mozo como era, pensaba en cómo sería yacer con otro hombre. Bert era el único hombre que había conocido en sentido bíblico. En una ocasión le había preguntado a Bambi si Felix había sido su primero y único.

—Claro —repuso Bambi—. Yo tenía diecinueve años cuando me casé con él.

—No me refería a...

—¿A qué te referías, pues? —repuso Bambi mirándola con frialdad.

Lorraine se dio cuenta de que Bambi creía que le preguntaba si había tenido un amante para vengarse de Felix. Pero ella sería incapaz de insinuar algo semejante. Por lealtad a Bambi, jamás prestaba oídos a los chismorreos acerca de las queridas de Felix. La única vez que le comentó a su marido que Felix era, a su manera, atractivo, Bert se había puesto nervioso y le había dicho: «¡Cuidado con él! ¡Mira que le gustan mucho las mujeres!» «Oh, yo no soy su tipo», gorjeó ella turbada, aunque también excitada, pues decir en voz alta el nombre de quien te gusta es lo mismo que admitir que te gusta. Entonces Bert le había dado la razón: «No, tú no eres su tipo», y lo había arruinado todo. Al ver su cara, añadió: «Tú tienes clase, eres demasiado fina para Felix. A diferencia de Bambi, para qué negarlo. A Felix le gustan las tías vulgares.»

Si Bert la estuviera engañando... pero no, Bert nunca haría eso, pese a que era tan guapo que las mujeres no paraban de mirarlo. Para Bert era importante ser un hombre respetable. Se había sentido atraído por Lorraine porque ella era de buena familia. No eran tan ricos como creía la gente, pero socialmente estaban a la altura de viejas familias como los Meyerhoff o los Sonneborn. Ese año, el padre de Lorraine era presidente de la Junta del Templo y su madre había sido presidente de la Hadassah.

Lorraine era optimista en cuanto al año 1970. No le cabía la menor duda de que se quedaría embarazada. Ella también se había casado, como Bambi, a los diecinueve años, pero no había abandonado sus estudios y se había graduado. Si bien era cierto que, en aquellos años de la facultad, tuvo la esperanza de que la maternidad interrumpiera su carrera. No se había esforzado por quedar embarazada y tampoco por no quedar. Pese a ello, tres años después se graduó *cum laude* en Goucher. Anhelaba tener tres hijos, con dos años de intervalo entre uno y otro. Si el primero nacía al final de ese año, el otro vendría en 1973, y en 1974 habría cumplido con su propósito. Tendría veintinueve años cuando naciera el último, y cuarenta y siete cuando el niño ingresara en la facultad. Cuarenta y siete años. Una vieja. Bambi cumpliría treinta el año próximo, Felix treinta y seis, más cerca de los cuarenta que de los treinta, y Bert veintiocho. A Lorraine le gustaba ser la más joven del grupo, aunque a veces ellos se confabulasen en su contra para gastarle bromas, tratándola como si ella nada supiera del mundo anterior a su nacimiento. Como en la escuela primaria se había saltado un curso, para ella era normal ser la menor del grupo.

La orquesta empezó a tocar una de las canciones favoritas de Lorraine.

—Nuestra canción —dijo Felix mirando a Bambi.

—¿Cómo puede ser? —se asombró Lorraine.

—Le pasé a la orquesta un billete de veinte.

—No. Quiero decir... pasaban esta canción por la radio hace unos años, cuando Bert y yo vivíamos en el apartamento cerca de Mount Washington. Vosotros llevabais mucho tiempo casados.

—Era otra versión. La original data de 1952, pero también la grabó Connie Francis en 1959, y los Orioles la convirtieron en un éxito. La tocaron la noche que Bambi y yo nos conocimos. ¿Te acuerdas, Bert?

—De lo que me acuerdo es que nos quedamos solos Tubby y yo frente a una banda de gamberros que querían darnos una paliza. Por eso mi recuerdo de aquella noche no es precisamente romántico.

Bert llevó a Lorraine a la pista de baile. Bailaba muy bien, mejor que Felix, quien, para su gusto, más que bailar brincaba. Pero Lorraine no dejó de percatarse de cómo Bert miraba a todas partes por encima del hombro de ella; estaba escudriñando el salón, interesado en saber quiénes se hallaban presentes y quién estaba con quién. Si Bert fuera mujer sería una cotilla. Entretanto, Felix abrazaba a Bambi como si ella fuera la única mujer en el mundo. Sin embargo, era Felix el que engañaba a su esposa, mientras que Bert era el esposo digno de confianza. Quién podía entenderlo. Lorraine deseaba recibir la clase de atenciones que Felix prodigaba a Bambi, pero ¿cómo saber si esa devoción tan intensa no era un subproducto del engaño? Y siendo así, ¿no era preferible no recibir atenciones?

La música se hizo más rítmica y Bert y Felix dejaron de bailar. Cuando Lorraine estaba sola en casa, a veces veía *El show de Kirby Scott* y ensayaba ritmos nuevos. Era su manera de hacer gimnasia. Pero, como ella era muy delgada, la ropa moderna no la favorecía. Le daba aspecto de señora mayor, como un carnero que se hace pasar por cordero. Con el pelo le pasaba lo mismo. Se lo había cortado a la moda: muy corto y con dos bucles a los costados, que se deshacían de noche y los tenía que sujetar con cinta adhesiva. «¿Qué son? ¿Payos?», le había dicho Felix en broma. En cambio, Bambi, que era más vieja que ella, se veía divina con su vestido suelto de Pucci.

Bambi y ella fueron al tocador. Estuvieron largo rato delante del espejo, retocándose el peinado y el carmín de los labios. No era fácil mirarse en el espejo teniendo a Bambi al lado, pero esta sonrió animando a su amiga como si la comprendiera, como si le incomodara su propia belleza. Iba a ser duro para sus hijas Linda y Rachel. Cuando empezaran a salir con chicos, todos acabarían enamorados de la madre. ¡Vaya por Dios, era muy difícil ser amiga suya y tener que soportar cómo la miraban los hombres! Bert, por galantería, se empeñaba en decir que Lorraine era más bonita.

—Es fantástico asistir al comienzo de una nueva década —comentó—. La última vez fue cuando yo tenía catorce años. Ni soñando podía imaginarme dónde iba a estar esta noche... casada con alguien como Bert, preparándome para formar una familia.

—Hace diez años tampoco yo me podía imaginar cómo sería mi vida realmente —confesó Bambi sacando un cigarrillo para encenderlo. Lorraine la miró con envidia. Cuánto más fácil era no engordar si una podía fumar, pero había tenido que dejarlo después del informe de su médico—. Creía saberlo, pero no tenía la menor idea.

—¿Adónde fuisteis de luna de miel?

—Pasamos la noche en el hotel Emerson y al día siguiente viajamos a las Bermudas. —Exhaló una bocanada de humo—. El Emerson fue a subasta ese mismo año.

—Nosotros nos casamos en el Lord Baltimore —dijo Lorraine.

—Lo sé. Estuve allí.

Bambi miraba al vacío, no a su imagen reflejada en el espejo, como normalmente hacía. Le agradaban los espejos.

—Por supuesto. Fue una noche maravillosa, quizá la mejor de mi vida.

—Espero que no —repuso Bambi con un estremecimiento.

Lorraine se sorprendió.

—¿Qué quieres decir?

—Pues porque entonces las cosas no habrían hecho más que empeorar, ¿no?

—Bueno, me refería a que fue la mejor noche de mi vida hasta ese día. Sé que habrá otras mucho mejores. Cuando tenga hijos. —Se pasó una mano por su vientre liso. Se notó un bultito, probablemente se había excedido en la comida, aunque sería maravilloso si ya estuviera embarazada—. Dentro de un año tendré un bebé.

Bambi apuntó al techo con su cigarrillo.

—El hombre propone...

—¿Qué quieres decir? —Lorraine pensó que había hecho esa pregunta demasiadas veces esa noche.

—Es un refrán. El hombre propone y Dios dispone.

—Tú nunca has tenido problemas para quedarte embarazada.

Se dio cuenta de que hubo un deje de envidia en el tono que había empleado, como si ella también tuviera derecho a tener todo lo que tenía Bambi. Felizmente, su amiga no pareció notarlo.

—Muy cierto. Pero no puedo evitarlo, aún conservo la protección contra el mal de ojo. Sé que es tonto, pero algo de las viejas creencias populares sigue ahí. Felix no cree en supersticiones. Todo son números para él, matemática pura. Se ríe de la gente... de la gente con sus razones, como las llama él.

—¿Razones?

—Sí, ya sabes, la gente que escoge un caballo por su nombre o en la ruleta apuesta a la edad que tienen, o... ya sabes, esa clase de cosas.

Lorraine se dio cuenta de que Bambi había estado a punto de decir que Felix se reía de sus clientes, la gente que apostaba sus dólares a secuencias de números significativas para ellos. Pero Bambi nunca hablaba del trabajo de su marido. Nadie lo hacía. Lorraine suponía que Bert y Felix hablaban de vez en cuando. Al fin y al cabo, Bert era el abogado de Felix. Los demás, en cambio, le seguían el juego. En el club de campo, donde los regalos de Felix se traducían en mejoras, y en el Templo, al que hacía generosas donaciones. Felix nunca sería presidente de la sinagoga, pero tampoco deseaba serlo. Distribuía su dinero como una suerte de póliza de seguro, desembolsando sumas considerables para que a nadie se le ocurriera ofenderlo u ofender a su familia. Sus hijas estudiaban en el Park, y Lorraine, una ex alumna que participaba mucho en las actividades del colegio, sabía que Felix también había sido muy generoso con esa institución. Bueno, sus hijos, cuando los tuviera, serían la tercera generación que estudiaría en el Park, en virtud de lo cual serían tratados con especial consideración, mejor que la que se obtiene con dinero. Hay cosas que no se pueden comprar.

No obstante, ella preferiría que Bert fuera menos tacaño. Tenían casi tanto dinero como los Brewer, podían soltarse un poco más. Era lo que ella creía. En realidad, no sabía cuánto ganaba su marido ni si tenían deudas o hacían inversiones. Bert afirmaba que era menos de lo que ella creía, que ser socio en la empresa de su padre no empezaría a ser lucrativo hasta que su padre se jubilara. Era una de las razones por las que deseaba quedarse embarazada: Bert no seguiría empeñado en vivir en el apartamento una vez que naciera un niño, por más que hubiera dos dormitorios. Ella, por supuesto, quería algo cerca de donde vivían Bambi y Felix, pero no del mismo estilo. Algo moderno, preferentemente con piscina.

Bambi y ella regresaron a la mesa. Bailaron temas lentos con sus esposos, y cada vez que tocaban uno rápido volvían a sentarse, si bien algunas mujeres se quedaban en la pista bailando el twist entre ellas porque sus maridos se negaban. No cambiaron de pareja ni una sola vez, ni siquiera con Felix y Bambi. Lorraine se sentía algo cansada, pero sofocó sus bostezos pensando en sus planes para después de la medianoche. Quizá concibieran esa misma noche. Entonces su hijo celebraría su cumpleaños en torno al de Linda.

A la una y media de la madrugada, Lorraine y Bert volvían a casa en su coche. Habrían podido hacerlo antes si Bert le hubiera dado unos centavos más de propina al aparcacoches, como había hecho Felix. A Lorraine le parecía que Bert conducía en zigzag, pero no iban demasiado lejos y las carreteras estaban secas, sin nieve ni hielo. Una vez en casa, se desvistió y se puso la bata que había comprado, especialmente para esa noche, de una fina tela lavanda que transparentaba su cuerpo desnudo. Pensó que era perfecta para Bambi. Pero a ella, como era muy delgada, le quedaba bien. Ser delgada estaba de moda, y también que las mujeres no llevaran sostén. Algunas lo hacían. Lorraine podía dejar de ponérselo si quería, pero no comprendía por qué alguien querría hacer semejante cosa.

Bert la contempló embobado. Había entendido el significado de la bata. Normalmente, Lorraine no insistía en tener su turno, como lo llamaba ella, pero esa noche lo reclamó, convencida, aunque sabía que era ridículo, de que la concepción se concretaría con un orgasmo. A lo mejor había hecho demasiado hincapié en ello, porque el acto fue un poco soso y la eyaculación débil, nada que ver con lo que tenía que haber sido. «Ya está —se dijo—, acabamos de hacer un bebé. Ahora todo irá mejor.» Y lo que a continuación pensó, sin poder evitarlo, la aterró: ¿por qué las cosas tendrían que ir mejor si todo era maravilloso? Trató de ahuyentar ese pensamiento. «Acabamos de hacer un bebé.»

Recordó el rostro de Bambi en el espejo del club de campo: triste y resignado. ¿Había visto Bambi esa misma expresión en los ojos de Lorraine? ¿Era esto el matrimonio? ¿Eran los brillantes el premio consuelo por seguir casada diez, veinte, sesenta años? Apartó con disgusto aquellos pensamientos. Culpó a Bambi. El desánimo era contagioso, como los resfriados. La vida de Lorraine era maravillosa. Comenzaba un nuevo año, una nueva década. Tendría un bebé y todo volvería a su sitio. Si fueran varones, se casarían con las hijas de los Brewer, aunque serían mucho más jóvenes que ellas. No, no resultaría.

9 de marzo de 2012

Tubby, el ex agente de fianzas, vivía en Edenwald, un edificio de apartamentos subvencionados, donde a Sandy no le habría importado vivir con Mary si hubieran tenido dinero para pagarlo. No lo lamentaba, pues suponía que al final los habrían separado; habrían enviado a Mary a la enfermería y él por nada del mundo lo hubiera aceptado. Sandy esperaba que Tubby no estuviera en la enfermería, conectado a máquinas que impidieran hablar. Había personas que, cerca del final, hablaban por los codos. Más de una vez había cerrado un caso sobre la base de las declaraciones de un agonizante.

En recepción dio su nombre y explicó su misión. Sin la placa siempre llevaba más tiempo, pero él tenía una credencial y eso ayudó.

—Sí, es un asunto oficial, para la Policía de Baltimore. La ciudad, no el condado. No, nada malo ha sucedido, pero necesito hablar con el señor Schroeder.

La chica se mostró dubitativa. Era obvio que protegía a «sus» residentes, quizá por miedo a los estafadores, los falsos corredores de bolsa o gente de esa calaña. Sandy se hubiera sentido más tranquilo si hubiera tenido una persona como ella velando por sus intereses cuando más lo necesitó. El defecto de Mary, si un defecto tenía, era que jamás le cuestionaba nada de lo que hacía, aunque tal vez fuera injusto llamar a eso un defecto. La chica se decidió al fin y llamó —Tubby estaba en los apartamentos normales, no en la enfermería—, pero nadie respondía.

—¿Hoy es el día que el señor Schroeder hace su gimnasia acuática en la piscina? —le preguntó a otra empleada.

Gimnasia acuática. Sandy tuvo la visión de un hombre-manatí agachado en el fondo de la piscina, moviéndose apenas. Pero qué bien que lo intentara.

—Hoy hay un torneo de bridge en la biblioteca. Seguro que se ha apuntado.

La biblioteca estaba bien equipada. Había seis mesas de cuatro personas. Todas mujeres, salvo un hombre, un tipo delgado y curtido, muy bronceado y, ¡mira tú!, vestido de Towson de pies a cabeza, en pleno mes de marzo. Zapatos y cinturón blancos con pantalones de color lima. Los zapatos y el cinturón combinaban con su cabello blanco, y el jersey de color claro le sentaba muy bien con el bronceado. «Rosa», habría dicho Sandy, y Mary lo hubiera corregido: «No, coral.» O «salmón». Sandy decía muchas cosas no del todo exactas por el placer de oír la voz dulce de Mary corrigiéndolo amablemente, por lo general tras un instante de duda. Nunca había conocido a una mujer a quien le gustara menos contradecir a su hombre. Y eso no era un defecto.

«El gallo del gallinero», pensó Sandy mirando al tipo del jersey coral. El gallito del corral. Cierto, ser el único gallo de ese gallinero era un poco como ser el rey tuerto en el país de los ciegos, pero no era lo peor que le podía pasar. Pensó que aquel hombre podría indicarle dónde encontrar a Tubby Schroeder.

—¿Puedo ayudarlo? —preguntó al notar la presencia de un extraño en la sala.

—A lo mejor. Me han dicho que podía encontrar aquí a Tubby Schroeder.

Un confuso murmullo se produjo entre las mujeres, pero el hombre rio de buena gana.

—Tubby Schroeder se fue hace tiempo, señor. Mucho tiempo. Pero si usted desea hablar con *Tubman* Schroeder, eso puede solucionarse. Después de esta partida.

Sandy tomó asiento en un sillón y aguardó. Los jugadores estaban muy serios y concentrados; posiblemente había premios para los ganadores. No conocía ese juego, pero no se le escapó que Tubby jugaba muy bien. Tan bien que, de hecho, se contenía un poco y por galantería cometía errores. De todas formas, ganó y pidió permiso para dejar la mesa.

—Lamento tener que apartarlo del juego —se disculpó Sandy.

—No es nada, es el momento de hacer una pausa para un refrigerio. Ha venido justo a tiempo. Vayamos al pub, allí tendremos un poco de privacidad. Conque Tubby, ¿eh? Va a ser tema de conversación en Edenwald durante semanas. Enterré ese apodo hace mucho tiempo.

Su tono era cordial.

—Tubman... No se me ocurrió que Tubby fuera un diminutivo.

—Sí, la mayoría de la gente suponía que era mi corpulencia. Tubman Shroeder. Me pusieron ese nombre por Harriet Tubman, o eso decía mi madre, una loca izquierdista que trató de convertirme en un bebé con pañales rojos, pero a mí me encantaba el dinero. De todos modos, es el nombre apropiado para un fiador. Dejaba escapar a mi gente. Pero, vamos, en mi Ferrocarril Subterráneo nunca hubo fugitivos.

Era la clase de rollo del que Sandy siempre desconfiaba. Tal vez porque él no era así. «Tú eres del modelo mudo, un tipo fuerte», bromeaba Mary. Un hombre tenía que sacar partido de sus cualidades.

—Si me permite la pregunta, ¿cuántos años tiene?

—Tengo setenta y seis y me siento mejor que a los treinta y seis. ¿Ha venido hasta aquí para conocer mis secretos en materia de salud? —No esperó la respuesta. Era un hombre acostumbrado a conversar con mujeres que lo encontraban fascinante, supuso Sandy, habituado a rellenar los huecos de una conversación—. Tuve cuatro ataques al corazón en cuatro años, el primero a los cuarenta y seis. Entonces me dijeron que debía perder peso y hacer ejercicio. La segunda vez me dijeron que debía perder peso y hacer ejercicio. La tercera, que debía perder peso y hacer ejercicio. Y la cuarta, que debía perder peso y hacer ejercicio. Y, por alguna razón, el consejo prendió esa cuarta vez. Empezó con un paseo alrededor de la mesa del comedor de mi casa. No estoy bromeando. Era todo lo que podía hacer al principio. Pesaba ciento veinticinco kilos y me puse a dar vueltas alrededor de mi mesa. Pero... yo tenía una mesa de comedor muy grande.

Seguro que había contado esa historia miles de veces, se notaba que la había perfeccionado con el tiempo. Pero a Sandy le pareció interesante. La gente no cambiaba hasta que un día, de pronto, cambiaba.

Habían llegado al bar. Acogedor con sus sillas tapizadas en cuero y su luz tenue, estaba casi vacío a esa hora del mediodía.

—¿Y bastó con eso? —preguntó Sandy—. ¿Con dar un paseo alrededor de la mesa del comedor?

—Así es como empezó. Y aquí es donde acaba. Cuarenta y cinco kilos menos y el pastillero más pequeño de todos los de aquí. Estoy presumiendo, ya sabe.

Sandy lo sabía. Ingería dos pastillas con el desayuno, una para la presión arterial y otra para el colesterol. Más una aspirina infantil.

El tono frívolo de Tubby —Tubman— cambió.

—¿Así que es usted poli?

—Retirado, sí, pero fui policía de la ciudad durante mucho tiempo.

—Creo que me acuerdo de usted. No digo que nos hayamos conocido, pero nuestros caminos deben de haberse cruzado en alguna parte. En una sala de tribunal llena de gente, como diría la canción cambiando un poco la letra, pero no una tarde mágica...

—No, mi trabajo carece de magia. Me ocupo de casos no resueltos.

—¿Felix o Julie? Tiene que ser Julie, supongo. Porque es probable que escapar a una condena dictada por un tribunal federal no prescriba nunca, pero, ¡vaya, por Dios, a quién le importa a estas alturas! Si Felix está vivo, es mayor que yo. ¿Qué sentido tendría? No es un criminal de guerra nazi.

—No comprendo a qué se refiere.

—Quiero decir que hoy debe de ser un anciano achacoso... ¿Quién querría meterlo en chirona?

—Usted no está débil.

—Felix no es como yo. Nunca llegó a aprender de sus errores.

Era interesante. Y Tubby —Tubman— quería que lo fuera. La observación sobre Felix y sus errores la dejó caer lentamente, como rogando a Sandy que aprovechara esa oportunidad. Pero la inteligencia de Sandy le dictó que era como la chanza del dólar atado a una cuerda, ese truco para perdedores y optimistas.

—Sí, he venido para hablar de Julie. Su hermana dice que usted se la presentó a Felix.

—¿No le contó algo más interesante?

—¿Qué quiere decir?

Tubman llamó a una camarera. Joven, para lo que en Edenwald se podía considerar joven, pero una cuarentona guapa, incluso espectacular. Y ella también parecía fascinada por el encanto de Tubby. ¿Cómo lo lograba? Tenía muy buenos modales. No flirteaba pero era amable, con lo cual probablemente obtenía mejores resultados. Ordenó una copa de vino tinto para él, «El cabernet, el que me gusta», y le preguntó a Sandy si le apetecía algo.

—Estoy bien así.

—Es el elixir de la vida. Vivirá eternamente.

—Eso no me ayuda.

Tubman se rio pensando que Sandy hacía un chiste.

—La hermana...

—Ah, usted es el típico sabueso. No se va a apartar de la senda por donde lo guía su olfato, ¿verdad? Mire, yo no cuento los secretos de los demás. Digamos que Andrea Norr no fue esa testigo tan inocente como le ha hecho creer a usted.

—¿De la muerte de Julie?

—No voy a jugar a ese juego porque entonces usted me haría una pregunta y luego otra y otra. No, nada importante, nada que ver con la muerte de Julie. Pero ella sabe cosas, más de las que ha dicho hasta ahora. Y puede que se haya olvidado de lo mucho que sabe.

—¿Sobre la marcha de Felix?

—Ya se lo he dicho, no juego. Que conste que nunca he pensado que ambas cosas estuvieran relacionadas. La marcha de Felix, la desaparición de Julie.

—¿Quiere decirme por qué?

Tubman tenía que pensarlo. Llegó su vino, cogió la copa con ambas manos y aspiró su aroma, pero tanta afectación de placer convenció a Sandy de que beber vino no era normal en alguien como él. Había sido un fiador, un tipo acostumbrado a beber cerveza con whisky en los tugurios de Baltimore Street. La gente no cambia tanto. Estaba ganando tiempo.

—Ya sabe, no tengo certeza alguna. Apenas una intuición. El éxito de mi negocio dependía de mis pálpitos, y esos pálpitos fueron siempre útiles. Mi negocio se basa en la reputación. La reputación de las personas con fama de delincuentes. Sin embargo, algunos ladrones tienen honor y otros no.

—Felix Brewer fue su mejor amigo. ¿Tuvo el pálpito de que él lo iba a engañar?

Tubman se rio.

—Los hombres no tienen un «mejor amigo». Eso es cosa de chicas. Nosotros éramos amigos. Felix, yo, Bert. Él era un hombre involucrado en una actividad delictiva. Yo era un fiador, Bert era un abogado penalista. Disfrutábamos haciendo cosas juntos y a veces nos echábamos una mano.

—Su amigo lo clavó con una fianza de cien mil dólares. Que no es una suma irrisoria.

—Sí, eso hizo.

Sandy paseó la mirada por el bar.

—Ya lo ha superado, supongo.

Tubman seguía oliendo su vino. ¿Y si no fuera más que un gilipollas jactancioso?

—Como comprenderá usted, si Felix Brewer hubiera encontrado la forma de indemnizarme por haberse fugado después de pagar yo su fianza, eso tendría graves consecuencias para mí. Y encima Hacienda no me dejaría en paz.

A veces uno tenía que repetir lo mismo una y otra vez y no aceptar las respuestas que no eran tales ni las digresiones.

—Julie Saxony desapareció casi diez años después del día en que desapareció Felix.

—Y, por lo visto, fue asesinada. ¿Cree que Felix fue asesinado?

—No, pero es difícil no ver la yuxtaposición.

Le gustaba esa palabra tan poco frecuente y rebuscada, con la cual demostraba lo bien que dominaba su segundo idioma, aunque hubiera perdido el suyo. El español, que ahora era como un sueño. En Baltimore, en su adolescencia, no había tenido con quien hablarlo. Ahora lo escuchaba en todas partes, en las paradas de autobús, en los restaurantes, pero era como si se encontrara con un viejo amigo y no tuviera nada que decirle, por no hablar de los acentos a los que su oído no estaba acostumbrado.

—Difícil no ver a Julie, ¿eh? —Tubman esbozó una sonrisa por encima del borde de su copa, como si la copa y él compartieran un secreto.

—No estoy seguro de entenderle.

—Era espléndida. Dios mío, vaya si lo era.

—He oído decir que usted la descubrió.

—¿Perdón?... Ah, la hermana. Correcto. Sí, Bert y yo nos topamos con Julie en Rexall. No fue como si hubiéramos descubierto a Lana Turner en Schwab's, pero casi. Había, sí, un despacho de refrescos. Pero ella estaba detrás del mostrador.

—¿Le molestó que ella acabara siendo novia de Felix?

—No. Yo se la llevé. Sabía lo que hacía. Ella fue un regalo.

—¿Un regalo que le hizo usted?

—Quién sabe. La llevé al local de Felix, y eso fue todo. Pero no pensé que fuera a durar tanto. Nos sorprendió a todos.

—¿Todos?

No contestó. Era un tipo inteligente. En todo caso, lo bastante como para no decir nada a un poli. Pero algo —que Sandy no era del todo un policía o que Tubman se aburría en su lujoso nido— lo movió a querer jugar esa partida, más estimulante que las partidas de bridge con un puñado de damas melancólicas.

—Y la esposa de Felix, ¿cómo se sentía? Por lo de Julie, me refiero.

—Yo no era el confidente de Bambi. Quizá Lorraine pueda decirle algo al respecto. Yo no.

—¿Lorraine?

—La mujer de Bert. Son íntimas amigas. Bambi y Lorraine. Como hermanas. ¿Cómo dicen los chicos? ¿Amiguitas del alma?

Chicos. La mente de Sandy saltó a los niños jugando el juego de la patata caliente. Andrea Norr le había dicho que fuera a hablar con Tubby. Y ahora Tubby le sugería que fuera a hablar con Lorraine. Y todos intentaban apartarlo de Felix, de aquella noche, diez años antes de que Julie desapareciera. «Circulen, aquí no hay nada que ver.» Bueno, que Hacienda pudiera tomar cartas en el asunto bastaba para asustar a un tipo.

Se puso de pie, dio las gracias a Tubby por su tiempo y lo liberó para que volviera a su gallinero.

—Es impresionante cómo ha cambiado —le dijo como despedida—. Como usted dijo, casi nadie cambia. ¿Ha pensado alguna vez por qué fue a la cuarta vez que el médico se lo prescribiera?

—Un misterio —sonrió Tubman, visiblemente satisfecho consigo mismo.

—Cuatro paros cardíacos en cuatro años. ¿Cuántos años tenía cuando tuvo el último?

—Cincuenta.

—Es decir, más o menos en 1986.

—Por ahí —dijo, como si no supiera la fecha de su último ataque al corazón.

—¿Qué mes?

—Agosto.

—Más o menos cuando Julie desapareció.

—No veo qué tiene que ver una cosa con la otra. Ah, espere, ya entiendo, usted piensa que tuve mi último ataque cuando cargué su cuerpo hasta su lugar de reposo, en Leakin Park.

—Solo pienso que es una... yuxtaposición interesante. —De haber sabido un sinónimo lo habría empleado—. Una mujer desaparece, una mujer que usted, digamos, descubrió, a falta de una palabra mejor. Y, quizá, lo que pudo haberle ocurrido a ella esté, de alguna manera, relacionado con la vida en que usted la inició. Usted sufre un cuarto ataque al corazón y súbitamente está dispuesto a cambiar de vida y hacer todo lo que antes no fue capaz de hacer, como si de pronto comprendiera la magnitud de lo que está en juego, como si tomara conciencia de su mortalidad. ¿Nunca se le ocurrió que ambas cosas podían estar conectadas?

En ese momento, el rostro de Tubman perdió algo, aunque Sandy no fue capaz de decir qué, si un poco de color o tal vez solo esa arrogancia forzada con que la mayoría de los ancianos ocultan su tristeza.

—Muchas veces —dijo—. Muchas veces.

Sandy lo acompañó hasta la biblioteca, donde las jugadoras de bridge aguardaban a su rey. Un plato de comida lo esperaba en la mesa.

—Como no estabas cuando nos sirvieron el refrigerio, hemos pensado que debías de tener hambre —dijo una de ellas.

¿En otras épocas las mujeres lo habrían mimado de la misma manera? Sandy no lo creía. Las leyes de la oferta y la demanda, más la pérdida de unos cincuenta kilos de peso, pueden obrar una peculiar suerte de magia.

Sandy se subió al coche pensando en el momento más significativo de la entrevista. «Usted piensa que tuve mi último ataque al corazón cuando cargué el cadáver hasta su lugar de reposo, en Leakin Park.»

Que Julie Saxony había sido hallada en Leakin Park era de dominio público. Pero que había sido asesinada en otra parte nunca había sido revelado. Uno podía inferirlo, claro, y especialmente podía detectar las evidentes omisiones si conocía la topografía del parque. Pero tendría que estar prestando mucha atención.

Tubman *Tubby* Schroeder había estado prestando muchísima atención a los detalles que rodeaban la muerte de Julie, una muerte que había sido el desencadenante de su cambio de vida. La cuestión que Sandy no podía dilucidar era si Tubby seguía manteniendo viva la llama de su amor o si trataba de enterrarla.

14 de marzo de 1974

Julie sabía conducir; había aprendido a los trece años, pero nunca se había molestado en sacarse el carné. Andrea los había llevado a Baltimore —tenían un solo coche— y Julie se había enamorado de Felix. Y como ella no tenía coche, Felix la llevó a casa una noche en su coche y ella lo hizo pasar al pequeño apartamento que compartía con Andrea. Él, entonces, decidió buscarle un apartamento mejor, y lo encontró en Horizon House, la nueva torre de apartamentos con piscina en la azotea. La piscina tenía vista a la cárcel, y eso a Felix le hacía mucha gracia. Si ella se sacaba el carné, Felix podría comprarle un coche, aunque ello no le impediría acompañarla de vuelta a casa y subir al apartamento. Así se lo había dicho. Un Alfa Romeo. Pero Julie sabía que el coche sería su regalo de despedida.

Sin carné no había coche.

Sin coche no habría despedida.

Sabía que era estúpido y sin embargo... a veces la estupidez daba resultado. Mira a Susie, sentada encima de una guía de teléfonos, al volante del Cadillac absurdamente grande de su novio que las llevaba a Washington D.C. Ya se habían equivocado de dirección cuatro veces y todavía no habían llegado ni a la circunvalación de la capital. Como Julie conocía bien a Susie y sabía que era imprevisible, había salido con tiempo suficiente y no le preocupaba la demora. Estaba asombrada de lo fácil que era la vida para Susie, que jamás reflexionaba ni se hacía problema por nada.

Tal vez ambas cosas estuvieran relacionadas.

—¿Y qué es lo que hacen? —preguntó Susie. Todo ese asunto la tenía bastante harta. Era como si la sobrecarga, en el sentido literal de la palabra, de la vida la llevara a dejar que todo lo demás apenas la rozara.

—Bueno, te desvistes...

—¿Como hacemos nosotras?

Bromeaba. Susie no era estúpida; no quería hacer el esfuerzo, eso era todo. Pensaba que Julie estaba loca. Mira que metérsele en la cabeza terminar la escuela preparatoria y después estudiar en el colegio comunitario...

—No; tengo que ponerme un traje de baño.

—¿Y eso es todo? ¿Te pones el traje de baño y haces, digamos, una suerte de numerito sensual?

—Primero te hacen preguntas.

—Como una prueba.

—Algo así.

—¿Y yo debo estar presente? —Preocupada, como si no quisiera tener que estar en la misma habitación durante la prueba.

—No, no tienes necesidad de entrar.

—Pero no quiero esperar sentada en el coche. Tubby dice que no conviene dejar la calefacción y la radio en marcha, agota la batería, y me volveré loca si me quedo sola con mis pensamientos.

Sí, podías volverte loca si te quedabas sola con los pensamientos de Susie. Y sentirte muy sola también.

—Hay restaurantes cerca. Puedes ir a tomar un café o algo.

—Ya, ya.

Susie empleaba ese tipo de expresiones con perfecta naturalidad. Medía apenas un metro cincuenta, aunque según ella medía uno cincuenta y dos, y su popularidad como artista habría sido nula de no haber tenido unos pechos enormes y cintura de avispa. Era una Venus de bolsillo, con una maraña de ricitos melosos y grandes ojos. A Julie no le caía bien, y le hubiera cogido manía de no ser porque Felix nunca se fijaba en ella. De hecho, en privado la llamaba «mi monstruito» y pensaba que los hombres que se agolpaban para verla eran unos perversos. Pero Felix no se había hecho rico emitiendo juicios sobre los deseos de la gente. Tenía sus normas, por supuesto. Era muy estricto con el tema de las drogas en el local, pero también con las drogas en general, pues eso ponía en alerta roja a las autoridades. También era puritano en materia de sexo. Si veía que una chica hacía un pase a cambio de dinero, la echaba de inmediato. Era la consecuencia de tener dos hijas.

Tres, pensó Julie. No debía olvidarlo: ahora tenía tres. Michelle había nacido hacía aproximadamente un año, menos de diez meses después de que empezara su relación con Felix. Todavía no lo había digerido, le costaba creer que Felix tuviera una bebé.

Sacó la polvera y se miró en el espejo, mientras Susie volvía a equivocarse y cogía la salida a la avenida Connecticut. Se vio obligada a regresar a la circunvalación.

—¡Ya sabía que lo que estaba buscando era un estado! —dijo riéndose, como si en Washington D.C. no hubiera calles con nombres de estados.

El maquillaje elegido por Julie para la ocasión era sobrio y se había hecho una coleta. En cambio, no estaba tan segura de su ropa. Se había puesto un vestido camisa, a su juicio demasiado corto, pero ahora todo era corto, o largo, y ella detestaba la moda maxi. Aunque las mangas del vestido le cubrían los codos, el largo apenas le llegaba a las rodillas. Lo había combinado con unas botas y una gabardina. Parecía... ¿qué parecía? Una madre joven, alguien que juega al tenis y se viste a la moda. Moderna y conservadora a la vez.

No muy distinta de Bambi Brewer, a quien Julie había visto comprando en la pequeña tienda de comestibles de Cross Key después de pasar la mañana jugando a tenis en la pista cubierta.

Julie señaló a Susie varios sitios de Wisconsin Avenue donde podía esperarla, pero Susie argumentó que nunca lograría aparcar ese Cadillac enorme como un barco. Con sus ciento cuarenta kilos, Tubby, el novio de Susie, necesitaba un coche grande. Pero, por mucho que el asiento del conductor estuviera subido al máximo, la cabeza de Susie apenas llegaba al volante. Le iba a resultar muy difícil dar marcha atrás o mirar por el cristal trasero.

—Daré vueltas —decidió.

—Es posible que demore un rato —advirtió Julie.

—No me importa.

Lo extraordinario de Susie era que de veras no le importaba. Era probable que se perdiera dando vueltas a la manzana, pero tampoco eso le iba a importar. Julie no deseaba parecerse a Susie, pero no le hubiera importado ser como ella: libre como el viento, sin ningún tipo de preocupaciones.

Respiró hondo y entró en la sinagoga, tratando de no dejarse intimidar por el lugar. No era más que un edificio, como cualquier otro. Tenía derecho a estar allí. O lo tendría muy pronto.

—Gracias —le dijo al único hombre que ella conocía de los tres que estaban sentados frente a ella—. Le agradezco que haya fijado la fecha enseguida.

—Ha sido muy aplicada en sus estudios —contestó el hombre—. Y nosotros tenemos que terminar con esto antes de la fiesta.

—¿San Patricio? —preguntó titubeando, pero se corrigió en el acto—: Semana Santa, claro.

No reaccionó con la rapidez necesaria como para corregir su segundo error y él se sobresaltó:

—Querrá decir Pascua, Julie.

—Sí, correcto, pues la Última Cena fue un Séder. —«¿Ha visto qué buena alumna soy, rabino Tasmin?»—. Me he confundido porque no veía cómo la Pascua podía ser un problema, pero luego pensé que estamos en Washington D.C. y es una fiesta federal...

—En realidad, no lo es —dijo uno de los dos rabinos que ella no conocía. No había retenido sus nombres cuando se presentaron, pero a lo mejor salía del apuro diciéndole «rabino», o «*rebe*», aunque sonaría gracioso pronunciado por ella. Felix se reía cada vez que ella intentaba decir una palabra en yidis.

El rabino dijo:

—La Pascua no necesita ser decretada día festivo a nivel federal porque siempre cae en domingo. Pero es festivo para todos. Forma parte de la vida que usted está eligiendo. Usted está acostumbrada a pertenecer a la mayoría, a que sus costumbres sean consideradas «normales». ¿Está realmente preparada para llevar una vida completamente distinta? ¿A tener que pedir el asueto que en su empleo no se otorga?

—Sí —dijo ella, tratando de no sonreír ante la idea de pedir el día libre por Yom Kippur en el Variety—. Esto es lo que quiero.

—¿Por qué quiere ser judía?

—Estoy enamorada —contestó—. El hombre que amo no puede casarse conmigo si antes no me convierto.

—¿Le ha dicho que se casará con usted si se convierte?

Julie había previsto la pregunta.

—No estamos oficialmente comprometidos, no. No soy la clase de persona que da un ultimátum. Y no deseo que mi conversión parezca una condición o una táctica. La religión debe ser un sentimiento profundo. En cuanto al amor de este hombre, mi conversión no es una garantía. Nada sabe de mis intenciones al respecto.

—¿En serio? —preguntó el tercer rabino.

—Pensé que debía hacerlo por mí misma y que eso sería la prueba de que mi elección era acertada. No depende de ninguna otra cosa, de ningún hombre. Es por mí.

«Pero, por supuesto, ayudará —pensó para sus adentros—. ¡Cómo no!» Felix le había confiado un secreto, uno que nunca le había dicho a nadie. El judaísmo era importante para él, por mucho que simulara lo contrario. Para ella, entonces, también debía serlo.

—¿Así que usted quiere ser judía aunque ese hombre no forme parte de su vida?

—Sí. Es mi deseo.

—¿A usted la educaron...?

—Como protestante. Bautista.

—¿Su familia era practicante?

Tuvo que pensar un instante.

—Mi madre acudía a la iglesia e insistía en que los niños debían ir también, pero mi padre no. Creo que mi... insatisfacción con la religión comenzó en esa época. ¿Cómo podía tener sentido si mi padre no participaba?

Estaba improvisando, tratando de dar la explicación más apropiada, pero de pronto sintió que su mentira era verdad. Había experimentado cierto descontento. Su padre se negaba a asistir a la iglesia. Pero también su madre. Había hecho bien en evocar su insatisfacción. Prestaba seriedad a lo que estaba diciendo. Pensarían que era una persona profunda.

—¿A qué se dedica usted, señorita Saxony? —preguntó el rabino Tasmin, lo más cercano a un amigo que ella tenía en ese lugar.

—Soy azafata.

—¿Azafata?

—Trabajo en la cafetería Coffee Pot Shoppe. Guío a la gente hasta sus sitios, les digo dónde sentarse.

—Ah —dijo el segundo rabino—. Como una azafata.

—Sí. —¿No era eso lo que ella acababa de decir?

—¿Ha pensado en la Navidad?

De hecho, sí. Había pensado mantenerlo en secreto y decírselo a Felix en esa fecha, como un regalo, pero... oh, no. Le estaban preguntando algo muy diferente.

—No volverá a formar parte de mi vida.

—¿Sus padres viven?

Vivían, pero ella prefirió atajar cualquier clase de preguntas al respecto.

—No —contestó.

—¿Tiene hermanos?

—No tenemos una relación estrecha.

La habían tenido. Antes. Dos muchachas alegres e independientes. Pero, como Felix no quería una novia que viviera con su hermana, Julie tuvo que mudarse. Esa mañana le había contado a Andrea lo que tenía pensado hacer y habían reñido. Siempre reñían, especialmente por Felix.

Se dio cuenta de que los rabinos no la creían. No la aceptaban. Pero ella había estudiado mucho y había cumplido con todos los requisitos. Siguió contestando con calma y seriedad a todas sus preguntas. Finalmente la condujeron a la planta baja, a una habitación que, desafortunadamente, olía como la piscina cubierta de la Asociación Cristiana de Jóvenes, donde ella había trabajado un verano como recepcionista.

—Procure que no quede ni un palmo al descubierto —le aconsejó uno de los rabinos.

Entonces Julie tuvo un extraño *flashback* de la primera vez que bailó, la lección sobre los tapapezones, lo que autorizaba la ley. La clase la dictaba Felix, quien simulaba total indiferencia, pero ella comprendió que el mero hecho de que estuviera ocupándose de ella en particular era una prueba de su interés. Las otras chicas no se habían puesto celosas. Suponían que tarde o temprano ella dejaría de interesarle, como había ocurrido con todas las demás. Felix tenía esposa y dos hijas, y proclamaba que deseaba un hijo, un varón, pero a Julie le pareció que ese barco ya había zarpado. ¿Sería cierto que su mujer era vieja para tener más niños?

—La tradición judía me impide llamarlo Felix Junior —le dijo Felix a Julie la segunda vez que se acostaron—. Pero ya verás. No es que vaya a hacerle algo así a un niño, pero no me agradan las reglas. No porque mi padre fuera un cantor estoy obligado a hacer todo según manda el Libro.

—¿Tu padre fue Eddie Cantor?

—¡Oh, mi pequeña y dulce *shiksa*, cuántas cosas debo enseñarte! Por cierto, es un secreto, queda entre nosotros. Nadie sabe acerca de mi padre. Ni mi esposa.

Habían transcurrido dos años desde entonces. Dos años.

Respiró hondo y se sumergió. No le tenía miedo al agua, aunque nunca había aprendido a nadar bien, apenas sabía nadar estilo perrito, el mejor para mantener el cabello fuera del agua.

Cuando emergió, le sorprendió la hermosura del canto, gracias al cual se sintió realmente santificada y transformada. Los ojos de los rabinos miraban al techo, como si no quisieran verla en traje de baño, por púdico que este fuera. Y en el vestuario, mientras se hacía la coleta, pensó: «Soy judía.» Se cambió, se vistió y se marchó en busca de Susie.

—Yo invito —le dijo—. Vayamos a Gampy's.

Era el lugar preferido de todas las estrípers, porque permanecía abierto hasta muy tarde. Felix iba mucho. Pidió una hamburguesa con queso, lo cual era muy gracioso, aunque Susie no entendió el chiste. Felix no apareció, pero ella en realidad no esperaba que fuera. De allí se fueron al Hippo y bailaron hasta las dos de la madrugada. Luego regresó a su apartamento, que, como la piscina, también daba a la cárcel, y se quedó despierta, con la vista clavada en el teléfono, hasta las cuatro, dándose valor para llamarlo a su casa. Sabía su número, claro. Sabía el número y conocía la casa. Cuando vivía con Andrea solía coger el VW en mitad de la noche, arriesgándose a la furia de Andrea y a que Felix la descubriera. Era una casa muy bonita. Felix tenía muy buen gusto. Por eso estaba tan segura de que al final la elegiría a ella.

Había soñado con una ocasión muy especial para contarle lo de su conversión. Pero, como hacía varios días que ella no lo veía, una noche temprano, en que él fue al local, de tanto callárselo de golpe se le escapó:

—¡Oye, soy judía!

Felix se rio.

—Tú no eres judía. Pides cecina en Jack's.

—No, hablo en serio —dijo ella bajando la voz—. Me convertí. Susie estuvo allí. Fue, como quien dice, testigo.

No era del todo cierto, pero ella sabía que Susie mentiría alegremente por ella. Susie creía que las mujeres debían mantenerse unidas. Otra de sus ingenuidades.

—¿Ah, sí? —repuso Felix, como si ella hubiera hecho algún comentario sobre el tiempo. Minutos después subió a su oficina. No lo vio durante una semana. Bueno, sí lo vio, pero ni una sola vez tomaron juntos un café de madrugada en el Coffee Pot Shoppe, y tampoco fue a verla a su apartamento. Era Pascua. Tenía que estar con su familia. Después de las fiestas volvieron a verse como si nada, como si no hubiera existido ese corte en su relación.

Pocas semanas después, en la vitrina de una tienda de antigüedades de Howard Street, ella vio un plato muy interesante. Estaba segura de que sabía lo que era, pero igualmente se lo preguntó al dueño.

—Es un plato del Séder, es antiguo y muy raro. Caben todos los ingredientes que se requieren para celebrar el ritual: la tibia de cordero, las hierbas amargas.

—Lo sé —dijo, aunque todavía no se había sentado a una mesa del Séder.

—Fue fabricado en Francia —le explicó el anticuario mientras le mostraba el dorso del plato, donde no se veía marca alguna, como si ello fuera una prueba de su procedencia francesa.

Se dio cuenta de que el hombre pretendía vendérselo, y estaba bien así. Ella también se rebajaba ayudando a servir copas en el Variety. El plato costaba sesenta y cinco dólares, pero lo compró y lo metió en un viejo baúl que tenía a los pies de su cama. En su interior guardaba la porcelana y la platería que había empezado a coleccionar pieza a pieza. Había allí una gran fuente de servir de la época de la Guerra de Independencia, la clase de objeto que uno podía esperar encontrar en una casa como el hogar de los Brewer, en Sudbrook Park, aunque, desde luego, Julie jamás viviría allí. Tal vez en Mount Washington. O en Guilford, si el divorcio no desplumaba a Felix. Pero no en aquella casa, en ese barrio que había recorrido en su coche innumerables veces. De todos modos, sus cosas se seguían acumulando en ese pequeño baúl de madera inglés del siglo XVIII, que también había comprado en Howard Street. Julie nunca lo llamaba ajuar, pero no por ello dejaba de serlo.

Una noche, en la clase de lengua inglesa, le llamó la atención una frase de Scott Fitzgerald, que la profesora citó, acerca de que la señal de que una persona posee una inteligencia de primer orden es su capacidad de tener en la cabeza dos ideas opuestas al mismo tiempo sin volverse loco. Se lo contó a Felix. Un tributo más que dejaba caer a sus pies.

—Tú debes de tener una inteligencia de primer orden —añadió— si crees que puedes amar realmente a dos mujeres al mismo tiempo.

Creyó que por cortesía al menos le diría que la amaba más a ella, pero que no podía abandonar a su esposa mientras las niñas fueran pequeñas. O que Bambi no le daría el divorcio bajo ningún concepto. Una vez le dijo que no podría casarse con una *shiksa*, pero ella había resuelto el problema. Entonces, ¿qué se lo impedía?

—Sí, señor —dijo, tratando de sonar despreocupada—. Tú y Scott Fitzgerald, dos inteligencias de primer orden por toda la eternidad.

—¿Quién dice que no estoy loco? —preguntó Felix besándola en la coronilla.

9 de marzo de 2012

Después de hablar con quien no era más Tubby Schroeder, Sandy decidió dejarlo por ese día. Una de las ventajas de ser asesor era que podías regular tus horarios. El único inconveniente era que no podías hacer horas extra. Trabajaba cuando quería, mucho o poco, eso no importaba. A nadie le importaba. Cobraba una suma fija, aunque no gozaba de las ventajas que antes tenía como asalariado.

La lectura del expediente de Julie Saxony llenaba sus noches, pero incluso durante el día no podía evitar retomarlo. Eran dos historias, dos universos paralelos. Una mujer desaparece de Havre de Grace. Una mujer es hallada muerta en Leakin Park. Encajaba perfectamente con una mujer que tenía dos vidas: Juliet Romeo, la estrella del Variety, y Julie Saxony, la respetable dueña de un negocio, apreciada miembro de la Asociación de Comerciantes de Havre de Grace, que ofreció una recompensa cuando Juliet desapareció.

Se restregó los ojos. Aún hoy, después de dos años, le dolía el silencio de la casa. Y no porque Mary hubiera sido una persona ruidosa, más bien lo contrario. Tampoco Bobby Junior había sido un niño bullicioso; en ese aspecto había sido como todos los niños. Cuando era pequeño, Sandy y Mary lo llamaban el coronel, pues tomaban su silencio por dignidad. ¿Quién podía saber, en aquel entonces, lo que sucedía en la cabeza de ese crío? Mary, sí. Lo supo siempre, mucho antes de que aparecieran los problemas. Mientras pudo, se lo guardó para ella, mintiendo descaradamente a los pediatras y las maestras y, a fin de cuentas, también a Sandy. Por eso, cuando empezaron los problemas de Sandy, más o menos a los seis años, nadie encontraba una explicación. Pero era solo que Mary los había ocultado durante mucho tiempo. Para alguien como ella, incapaz de decir una mentira, por insignificante que fuera, tratándose de Bobby Junior se comportó como una gran embustera.

Y a partir de ese momento fueron cinco años atroces, cinco años en los que discutían y se peleaban continuamente sobre lo que correspondía hacer o no hacer, hasta que la decisión no la tomaron ellos. Fue preciso que Bobby se marchara. Y fue verdad, una espantosa verdad pero verdad al fin, que cuando a Bobby lo enviaron a la «escuela» Sandy se alegró de volver a tener a Mary para él solo. A lo mejor, si Bobby Junior hubiera sido diferente, normal, Sandy no se habría sentido así. ¿Cómo podía saber lo que iba a sentir? Su hijo había nacido diferente, no sano. Que Mary siguiera sintiéndose orgullosa de Bobby Junior era su esencia, la razón por la que Sandy la amaba tanto. Después de todo, también se había enorgullecido de él, a pesar de sus defectos, los errores que, según los padres de ella, no hacían de él un buen marido. Él estaba simplemente agradecido de que la decisión que hubo que tomar con respecto a Bobby no dependiera de ellos y que finalmente cesaran de reñir.

Mary, en cambio, no. Pero se sobrepuso, porque eso fue lo que hizo, y Sandy creyó que habían tenido una buena época juntos después de todo aquello. Felizmente la familia de ella tenía dinero y constituyeron un fideicomiso para costear los cuidados de Bobby. Por más horas extraordinarias que pudiera trabajar un policía, jamás habrían podido afrontar un gasto de esa índole.

El expediente del caso Saxony estaba abierto sobre la mesa del comedor junto a varios papeles desparramados. Los recogió, no porque fuera un fanático de la limpieza, sino porque sabía que por el mero hecho de ordenarlos podría encontrar algo en lo que todavía no se había fijado. Era como si sus dedos supieran ciertas cosas que no le podían mostrar si no las tocaba. Se dijo que lo mismo debía de sucederles a los carpinteros y los escritores, y a los cocineros, estaba convencido. Era una suerte de memoria muscular, arraigada en uno después de años de hacer la misma cosa. El cuerpo guiaba, la mente lo seguía. Era bueno en su trabajo de policía de Homicidios y estaba orgulloso de ello. Pero, ¿fue un error tan grave si alguna vez creyó que también podía ser bueno en otra cosa?

Cuando Sandy se jubiló, casi diez años atrás, su futuro le parecía prometedor. Había trabajado durante más tiempo que la mayoría de sus colegas y acumulado treinta años de servicio. Pero tenía apenas cincuenta y dos años y no pensaba en retirarse del todo. Prácticamente ninguno de los que dejaban el departamento lo hacía. Pasaban a ocupar otros cargos públicos o trabajaban en empresas de seguridad privadas. Algunos de sus amigos, mayores que él, acumulaban los ingresos: cobraban dos pensiones del gobierno más su Seguridad Social. Vivían bien.

Pero Sandy abrigaba otra idea, un sueño que había alimentado durante años. Abrir un restaurante, un restaurante cubano auténtico que sirviera los platos de su infancia. No había uno solo en Baltimore que lo hiciera bien, y que no le hablaran del Buena Vista Social Club, pues básicamente era un excelente lugar para comer nachos. ¡Nachos! Sandy prepararía *arroz con pollo** y plátanos y serviría café de Cuba de verdad. Los que habían comido en el más reputado restaurante cubano de Miami decían que la comida de Sandy era igual de buena o mejor.

Y probablemente lo era, pero eso no cambiaba el hecho de que nadie entraba en su restaurante. Si un plátano caía en la selva y no pasaba nadie por allí para comérselo... Aún tenía pesadillas cuando pensaba en el derroche, en toda esa comida que nadie comió, en los especiales que no fueron especiales para nadie.

La ubicación era buena, o debió de serlo. Mary, siempre dispuesta a apoyarlo, descubrió un escaparate en el número 36 de Hampden Street, cerca de Medfield, donde ellos vivían. Por aquella época Hampden se estaba poniendo de moda e iba en vías de transformarse en un barrio de clase media alta, aunque, como ocurrió con casi todos los barrios de Baltimore, no llegó a serlo. Pero los precios de los inmuebles seguían subiendo, como nunca antes habían subido en Baltimore. Les pareció que la movida inteligente era estirarse un poco más y comprar todo el edificio, con la idea de renovar con el tiempo las plantas superiores y hacer apartamentos. A los seis meses de haberlo comprado, el edificio valía el doble de lo que habían pagado por él. Solo que no lo habían pagado. No habían puesto ni un solo dólar. Habían solicitado un préstamo del 110 por ciento. Todo el mundo lo hacía.

Siete años después, cuando quiso vender el edificio, valía apenas el 60 por ciento de la deuda que habían contraído. No habían llegado a constituir un verdadero patrimonio puesto que se habían servido de una segunda hipoteca —y de una tercera y una cuarta, y del dinero en efectivo que los padres le habían dejado a Mary, y que retiraron del fondo fiduciario creado para Bobby Junior— para realizar mejoras en el restaurante. Lo ven-

***

* En español en el original. *(N. de la T.)*

dieron por un valor inferior al de la hipoteca en el proceso más largo y doloroso que Sandy había experimentado en su vida, si bien el cáncer supuestamente rápido de Mary le pareció aún más largo a pesar de que duró la mitad del tiempo. En ocasiones, viendo televisión, Sandy se topaba con una retransmisión del capítulo de la serie *Seinfield* sobre un paquistaní dueño de un restaurante que siempre está vacío, y como era una comedia, actuaban para que el público se riera y Sandy tuvo ganas de arrojar un ladrillo al televisor. Puede que, cuando eres actor y millonario, te resulte gracioso estar al frente de un comercio que se va a pique, pero si tienes que vivir de eso los chistes no hacen la menor gracia.

Sandy era una de esas raras personas conscientes de que carecen del mínimo sentido del humor. Lo había disimulado bien en su trabajo; sabía cuándo reírse de las bromas e incluso era capaz de hacer alguna de vez en cuando, pero no era propenso a ver el lado cómico de las cosas, y la vida no lo incitó a cambiar su opinión.

Fue antes de que Mary se enfermara. Sabía que las dos cosas no estaban relacionadas, que ella no tuvo el cáncer a causa del disgusto con el restaurante. También sabía que no fueron las intervenciones quirúrgicas a las que tuvo que someterse muchos años atrás y en las que perdió tanta sangre que fue necesario hacerle transfusiones. Pero no podía quitárselo de la cabeza. Ella le había permitido hacer realidad su sueño, lo había ayudado financieramente, sin una sola palabra de reproche, cuando todo aquel dinero se perdió definitivamente, como si lo hubiera tirado por el váter junto con los frijoles negros y los flanes. Fue entonces cuando le diagnosticaron el cáncer de páncreas. Etapa IV. Mary nunca hacía nada a medias.

Una vez que hubo recogido todos los papeles, se preparó un café, del bueno. Todavía cocinaba, para él, pero ya no le divertía tanto, y casi nunca hacía platos cubanos.

No era estúpido ni ingenuo. Se metió en ello a sabiendas de que un restaurante era mucho trabajo. Descendía de restauradores. Sabía que la mayoría de los restaurantes se empantanaban. Pero también sabía que él era inteligente y que su comida era buena. Entonces, ¿por qué la gente no acudió? A veces culpaba de ello a las dietas bajas en carbohidratos, que privaban a muchos de comer arroz y pan, o también a la escasez de cubanos en Baltimore. Había habido una gran afluencia de latinos en el East Side, pero todos provenían de América Central y México. Su comida no les interesaba. Al parecer, su comida solo le interesaba a él y unos pocos clientes tercos. Una vez entró un muchacho, un tipo con aspecto de patinador, pero que resultó ser comerciante también; llevaba un local de música con su suegro. Sandy conversaba con él sobre los riesgos inherentes al pequeño comercio mientras el muchacho, sentado al mostrador, se zampaba un capuchino tras otro. Pero nunca hablaron de sus vidas, probablemente porque Sandy mantenía esa puerta cerrada para todos, salvo para Mary. Se quedó de piedra cuando, el año anterior, había visto al chico, en quien todavía pensaba a veces, por la calle Treinta y seis, empujando un cochecito en compañía de una mujer atractiva, aunque no como las que le gustaban a Sandy. No le gustaban las mujeres robustas. Le gustaban las florecillas, las necesitadas de protección en este mundo. Mary lo había atraído por su delicadeza, pero luego flipó con el temple de acero que demostró tener, primero con Bobby y después con su propia enfermedad.

Cáncer. Ya en su época se había convertido en una enfermedad menos peligrosa. Ahora todo el mundo se mostraba optimista. Olvidaron que aún podía ser horrible. Incluso él lo había olvidado. Había confiado de una manera estúpida, obcecada, preguntando a los médicos por esos lugares milagrosos tan publicitados, dónde curaban a las personas desahuciadas. Pero Mary siempre había aceptado que era su sentencia de muerte. Si hubiera pensado solamente en ella, se habría ido a casa y hubiera ingerido raticida. Era una mujer digna, y no hubo dignidad alguna en lo que le ocurrió a lo largo de los cuatro meses siguientes.

«Te llevé en brazos hasta el umbral nuestra primera vez, ¿qué tiene de malo que te lleve ahora?», le decía Sandy. Y la llevaba al baño, pero para ella era humillante. Mary había sido una mujer que a lo largo de más de treinta años de matrimonio había insistido siempre en el decoro, sobre todo en las cuestiones relacionadas con el baño. Lo que más la afligió en aquellos últimos meses de su vida fue que su cuerpo le impusiera su fea realidad. Se pintaba los labios y lucía bonitos camisones hasta el final. Pero a esas alturas no deseaba ver flores en la casa. «Cuando se mueren me acuerdo de que me estoy muriendo.»

Sandy había protestado y defendido a las personas que le llevaban flores, pese a que no veía con buenos ojos a casi nadie. Más bien tenía muy mala opinión de la gente en general. Era como el problema del huevo y la gallina, no se sabía si esa tendencia a pensar mal de todo el mundo se debía a su trabajo o si hacía ese trabajo precisamente por eso. El caso es que tomó partido por las flores argumentando que eran «preciosas, muy bonitas y tú no te...».

«Sí —replicaba Mary— me estoy muriendo. Y mira esos tallos cortados en el agua. En cuanto los cortas, se empiezan a morir.»

Al día siguiente le compró una orquídea en una maceta. No sabía nada de plantas, pero aprendió a ocuparse de ella, y luego trajo otra, y otra más hasta que el primer piso se convirtió en un cenador, una palabra que le enseñó Mary. Después de su muerte, pensó en dejar morir las orquídeas o regalarlas, pero a Mary no le hubiera gustado que él renunciara a ocuparse de otro ser vivo, de manera que conservó el cenador, sintiéndose como Nero Wolfe o como el maldito Ray Milland en el papel de villano en *Colombo*, con un pañuelo Ascot anudado al cuello. Solo un gilipollas podía usar un Ascot.

Colombo, esa serie sí que era buena. Completamente ridícula, eso sí, pero no pretendía ser un documental sobre la labor de la Policía. Al menos los guionistas sabían que la solución de un crimen dependía más de hablar que de otra cosa, aunque algunas de aquellas confesiones... bueno, Sandy no hubiera querido ser el ayudante del fiscal que llevaba a juicio los casos de Colombo.

Encendió el televisor para que le hiciera compañía mientras se ocupaba de las plantas. Nadie diría que se le daba bien la jardinería, pero lo cierto era que ahora eran más las que salvaba que las que perdía.

La casa seguía tal como había sido montada en los últimos meses de vida de Mary, para que ella pudiera vivir en la planta baja. Ahora era Sandy quien vivía allí y usaba el baño del primer piso. Subía solo para ducharse y cambiarse de ropa. Y, por incómodo que fuera para su espalda, dormía en el sofá-cama donde ella había expirado.

La última palabra que pronunció Mary fue «Bobby». Intentó convencerse de que la dijo por él, que en aquel último instante ella lo había llamado por ese nombre que ya no usaba. Pero Mary lo había llamado casi siempre Roberto. Su última palabra había sido para su hijo. Ese hijo que quería tanto a su madre que por poco la mata.

Después, a los pocos días del funeral, Sandy fue en su coche a la residencia donde vivía Bobby. Dócil y embrutecido por la medicación, el chico —un hombre de treinta y cinco años que para Sandy seguía siendo un chico— se quedó perplejo al recibir la noticia.

«¿Dónde está mami? —preguntó, aunque le habían dicho infinidad de veces que se encontraba gravemente enferma y que debía prepararse para lo peor—. ¿Dónde está mami? ¿Cuándo vendrá mami a verme?»

Sandy no lo veía desde aquel día. No fue premeditado. Nadie planifica ser tan cabrón. La enfermedad de Mary había interrumpido esa rutina y ella era la que mantenía viva esa llama. Sandy se olvidó de ir; algo surgió. Y después surgió otra cosa. Antes de que se diera cuenta habían pasado seis meses y, cuando telefoneó, los cuidadores le informaron de que Bobby se encontraba muy bien. «¿Pregunta por mí?» Le contestaron que no, que preguntaba por su madre pero nunca por su padre. Bien, entonces, no había más que hablar. No mantenía contacto alguno con su hijo. Qué culpa tenía él si Mary podía perdonar a Bobby Junior por haberla arrojado por una ventana de cristal laminado y él no podía. No le importó que Bobby tuviera apenas once años en esa época o que no entendiera lo que había hecho ni que se pusiera a llorar al ver a su madre ensangrentada mientras los paramédicos la socorrían. Aquel día perdió tanta sangre que casi se muere. ¿Fueron las transfusiones la causa del cáncer? Sandy sabía que todo eso era ridículo, que no debía culpar a Bobby de matar a su madre. Pero sí, lo culpó.

Sentado a la mesa, la misma a la que Mary se empeñaba en sentarse a comer, a pesar de que estaba tan débil que apenas podía mantenerse erguida, cenó temprano y vio el telediario. Echaba en falta el periódico vespertino, pese a que hacía años que no salía. A veces tenía la impresión de que había nacido para añorar cosas, o para perderlas a pesar de lo meticuloso que era. Sandy lo sabía por experiencia. El restaurante. Sus padres. Mary. La promesa de su hijo, no ese chico, sino el sueño del hijo que nunca fue, aquel niño de aspecto tan feliz y saludable y perfecto que el día de su nacimiento obtuvo diez puntos en el test de Apgar. Hoy no se podía abrir un periódico o encender el televisor sin escuchar algo sobre el autismo y el síndrome de Asperger. La gente se acercaba a hablarte del libro que estaban leyendo o de *Rain Man,* o comentaban que su jefe encajaba en la «escala de autismo». No era que la gente hablara con Sandy de esos temas, puesto que no quedaba nadie en su vida que supiera de la existencia de Bobby Junior. Pero oía ciertas cosas, por televisión y fuera, en el mundo. Oía cosas.

Como después de la primera pausa las noticias locales no eran más que estupideces, volvió a abrir el expediente de Julie Saxony. Algo le quedaba registrado cada vez, aunque él no supiera qué era. Empezaba a preferir la fotografía más reciente, esa en la que se veía muy flaca. Pero, a decir verdad, la primera en la que se había fijado era la foto tomada en su época de estríper, ahí sí que estaba bien buena. Pero en la de 1986, cuando tenía treinta y tres años, aparecía muy envejecida y triste. Se recordó a sí mismo que esa mujer había sido asesinada. Una mujer que había logrado mucho, pero a un precio muy alto. Si él fuera la clase de tipo que habla con las fotos, le habría preguntado: «¿Qué fue lo que te puso tan triste?»

Pero Sandy no era esa clase de tipo. Ni hablaba con las fotos, ni hablaba consigo mismo. Cuando no estaba trabajando, era capaz de estar un día entero, y dos también, sin hablar con nadie. Y tan tranquilo.

Estreméceme

2 de noviembre de 1980

—Nunca nos dieron de baja —dijo Greg mientras miraba, idiotizado, la televisión—. Teníamos que haber recibido el despido.

—Merecíamos un despido. Merecíamos ese puto despido —acotó Norman.

Linda, el tercer miembro de aquel melancólico trío, asintió con la cabeza. Un mes atrás, Greg y Norman eran dos viejos para ella, y hacía dos horas también le parecían viejos, pero ahora se daba cuenta de que también ellos eran jóvenes. Dos tipos jóvenes, pijos y desaliñados, cuyas mamás ya no planchaban sus ropas y que aún no gozaban de los desvelos de una esposa o una novia.

—¿Por qué no nos dieron de baja? —preguntó Greg.

—Nunca nos dieron de baja —dijo Norman.

Estaban algo bebidos, y ese pareado, que venían recitando con variaciones desde que terminara la votación, hacía unas cinco horas aproximadamente, se tornó más insistente y repetitivo, estimulado por la bebida y la estupefacción.

Aunque no era una fiesta propiamente dicha —el pequeño grupo de creyentes en John B. Anderson constituido en Baltimore no era tan iluso—, los voluntarios, cuando planearon reunirse en el Brass Elephant, aún mantenían su confianza en un final más alegre para ese capítulo de sus vidas. Pero una cosa era pelear con molinos de viento y otra sentir que te quedabas enganchado debajo de sus astas con los brazos y piernas contorsionándose de una manera cómica.

El dueño del bar, Victor, quien, por haberlos visto a diario en los dos últimos meses, los conocía muy bien, había permitido que trajeran un pequeño televisor en blanco y negro y lo colocaran sobre la barra. Había sido divertido la primera hora, solo porque estaban cocidos. A diferencia de otros voluntarios que habían abandonado el barco que se hundía, estos habían aguantado lo más duro hasta el final. Al comienzo estuvieron alegres y animados, no pensaban en la cuestión clave. En la realidad.

Le quitaron el sonido cuando las cadenas empezaron a anunciar a bombo y platillo la elección de Reagan. Era la una de la mañana y la enormidad del resultado los había dejado como atontados. No esperaban que ganara Carter, no querían que ganara Carter, y sin embargo... sin embargo. Linda sintió la victoria aplastante de Reagan en su sentido literal, como si una avalancha de lodo la hubiera cubierto de pies a cabeza. Estaba petrificada como una ciudadana de Pompeya.

—No nos pueden culpar —señaló.

Su frase no era más que una variación de lo que había estado diciendo toda la noche.

—Al menos no en Maryland —dijo Norman—. Sigue siendo demócrata, gracias a Dios; la media entre los políticos republicanos se define más por Mathias que por Agnew.

—No nos pueden culpar en ninguna parte —terció Greg—. Cuando hayan terminado con los recuentos, no habrá un solo estado donde Anderson haya sacado votos suficientes como para perjudicar a Carter. Anderson no ha sido el problema.

—Se suponía que era la solución —dijo Linda.

Una reflexión muy ingenua, incluso para el gusto de sus compañeros de viaje en el idealismo, quienes contemporizaban bastante con Linda debido a su juventud. No hacía ni dos meses que habían celebrado sus veinte años en aquel mismo bar.

Regresaron al cabo de tres semanas, la noche del debate,

precisamente en Baltimore, cuando Carter se había negado a aparecer y Anderson había debatido con Reagan cara a cara. Lo había hecho muy bien. Esa noche los jóvenes voluntarios habían venido al bar; estaban aturdidos, como si la mera posibilidad les diera vértigo. Estaba sucediendo. Ellos iba a entrar en la historia. La famosa conexión de Maryland con la política presidencial del tercer partido ya no sería una tentativa de asesinato de George Wallace, sino la gloriosa ascensión de aquel hombre razonable y práctico, un hombre que, según Linda, encarnaba la palabra «paternal».

—¿*Vas a apostar si vive o muere?* —*dijo tío Bert, en la cocina, bromeando con su padre apenas unas horas después de que le hubieran disparado a Wallace.*

Su padre no le vio la gracia.

—*Si muere, se convierte en un mártir. No nos conviene.*

Bert, con calma:

—*No se equivoca con respecto a ciertas cosas.*

Su padre, con vehemencia:

—*Se equivoca en casi todo.*

¿Por qué pensaba en esto justo ahora? Anderson, el candidato del tercer partido, Wallace. Paternal... tío, tío Bert. Su padre. Su padre. Cómo le gustaría hablar con su padre esta noche. ¿Le habría sorprendido el resultado? En su negocio nunca se había sorprendido de nada que involucrara números, siempre había adivinado las probabilidades. Era apolítico por una razón: ningún candidato lo apoyaría a él, nunca, al menos no públicamente, aunque todos, de una forma u otra, aceptaban su dinero. Para él la política era otro juego, y su resultado se definía según las probabilidades.

Victor conocía a su padre. Esa primera noche, después de pedirle un documento de identidad, le habló a Linda de él.

—Clase de 1960 —dijo, y le devolvió su permiso de conducir—. Un poco menos de la edad permitida.

Desde hacía un año había que haber cumplido los veintiuno para consumir bebidas alcohólicas, pero con ella hizo una excepción. Sería la única de las chicas Brewer que podría beber antes de los veintiuno. A Linda no le importaba demasiado. Lo único que quería era pasar el rato con los demás voluntarios en ese bar donde se sentía como en su propia casa.

Las bebidas en el Brass Elephant eran un poco caras para ellos, un grupito de voluntarios no remunerados, y lo eran incluso para los que contaban con un dinerillo mensual de sus padres, pero quedaba cerca del apartamento de Norman, en Read Street, y la elegancia muda de esa casona transformada en restaurante les resultaba muy grata al final de la jornada. Además, Linda disfrutaba escuchando a Victor, quien no solo se acordaba de su padre sino también de ella. Los había atendido cuando Felix las llevaba al hotel Emerson. Les servía los Shirley Temple con muchas cerezas. Linda aún no había cumplido los ocho años y Rachel apenas tenía seis. El hotel ya no era el mismo de su época gloriosa, pero por entonces las hermanas nada sabían de decadencias y no habían tenido tiempo aún de observar por sí mismas cuán rápido se deteriora la elegancia. Tampoco habían oído hablar de la agresión a Hattie Carroll ni de Bob Dylan, no en 1968. Linda solo recordaba que ella y Rachel disfrutaban mucho con su padre, y que se batían a duelo con espadas de plástico cargadas con cerezas mientras los hombres iban y venían e inclinaban sus cabezas al pasar junto a Felix, o le susurraban algo al oído y luego desaparecían.

—¿Sigues bebiendo Shirley Temple? —le preguntó Victor una vez que hubo confirmado que ella era una Brewer.

Linda se ruborizó y sin pensarlo pidió la bebida más sofisticada que se le pudo ocurrir, un vodka con tónica, lo mismo que solía beber su madre. Le salió el tiro por la culata. No le gustaban los vodka con tónica. Pero no se retractó, y esa noche, como todas las noches siguientes, pidió vodka con tónica. Prefirió bebérselo despacio, a sorbos, muy seria, antes que admitir que se había echado un farol.

Nunca se emborrachó, menos mal, ya que debía conducir de regreso a Pikesville, donde vivía con su madre y Michelle, su hermana menor. Hacía pocas semanas que Rachel se había marchado a la facultad. Linda se sorprendió al comprobar lo mucho que la echaba de menos y se preguntó si su familia también la habría echado de menos a ella durante el año y medio que había estado en Duke. Creía que no, aunque no estaba segura. Rachel era la confidente de la familia, la depositaria de todos los secretos, incluso los de su madre. A Linda también se le podían confiar secretos, pero era muy mandona y determinada a resolver los problemas que los demás no deseaban resolver. «Quita las fotos de papá si te ponen triste», «No gastes el dinero que no tienes», «Si crees que debes ir vestida a la última moda, busca un empleo en una tienda donde puedas comprarte ropa con descuento». En esto último, al menos, su madre le hizo caso.

Esa noche, mientras Greg y Norman se emborrachaban hasta hundirse en una profunda melancolía, Linda encontró el valor de rechazar el vodka con tónica.

—¿Puede ser una copa de vino?

Victor no le tomó el pelo ni dijo nada que pudiera avergonzarla. Ni siquiera le cobró el vodka con tónica que había dejado a medio beber. Además, estaba segura de que el vino blanco que le sirvió no era vino de la casa. Era muchísimo mejor que los vinos blancos que había probado antes. También le sirvió un vaso de agua con hielo y acto seguido dio una rápida orden. Quince minutos después ponía platillos con apetitosas tapas delante de aquellos voluntarios famélicos.

—Es mi contribución a la causa —contestó cuando Greg le dijo balbuceando que no les alcanzaba el dinero para tanto.

Greg y Norman se abalanzaron sobre la *mozzarella en carrozza* cual perros hambrientos.

—¿De veras se acuerda de mi padre? —preguntó Linda.

—Por supuesto —dijo Victor—. Estuvimos hablando de él la primera vez que entraste aquí.

—Quiero decir... no solo como un cliente ni... en lo que se convirtió. —Ella nunca decía «fugitivo», al menos no en voz alta. No era la palabra correcta. «Exiliado», decía su madre cuando se mostraba magnánima, o «cobarde» en el caso opuesto. Pero nunca «fugitivo»—. ¿Qué opinión tenía usted de él?

—Era buen tipo —contestó Victor—. Y, ¿sabes una cosa? Él también habría preferido a Anderson.

—¿De veras?

Linda lo puso en duda. Su padre era muy pragmático. No fingía cuando decía que las causas perdidas eran solo eso: causas perdidas. ¿Acaso no fue por esa razón que había huido? Como no podía ganar, no se quedó para perder.

—Me trasladé al Lord Baltimore en los años setenta, pero tu padre siguió viniendo y hablaba de política. Carter no le gustaba. No tanto sus opiniones, sino el hombre. Hablaba muy bien de Udall hasta que... —Se contuvo. Era obvio que no deseaba decir «hasta que se marchó»—. Pensaba que Carter era un tipo insignificante.

—¿En serio?

Si por insignificante entendía que era un hombre que no engañaba a su mujer, entonces a Linda no le habría importado que su padre fuera insignificante.

—Así es como lo recuerdo.

—¿De qué más se acuerda?

—De lo bonitas que erais vosotras tres.

—¿Tres? —Michelle aún no había nacido.

—Tú, la pequeña y tu hermana mayor.

Normalmente Linda era muy cortés con casi todo el mundo, menos con su familia, con quienes era franca y directa, de manera que para no incomodarlo calló lo que estuvo a punto de decir: «No tengo una hermana mayor.» Y su madre, por hermosa que fuera, nunca pasaba por ser una hija de Felix. «Pero sí Julie Saxony.»

—Era un buen hombre —añadió Victor.

—Gracias.

Sucedía a menudo. Con extraños y amigos, incluso con su madre y Rachel. Ella iniciaba el camino hacia un recuerdo, hacia una visión de su padre que, creía, sería grata, y de pronto tropezaba con algo inesperado y feo.

Ahora su memoria jugaba otra vez con ella arrojándole algo más en su camino. Cinco-uno-cinco. Cinco-uno-cinco.

—Diremos que fue una confusión —le dijo su padre a Bert—.
Cinco tiradas al quince. Cinco-uno-cinco. Alguien se confundió,
sacó el número equivocado. Y nosotros lo cambiaremos por cinco-
oh-cinco, diremos que fue un error tipográfico.

—La gente se mosqueará. Podrían montarte una gorda.

—Pueden jugar a la lotería del Estado si no les gusta cómo
manejo yo mi juego. Cinco-uno-cinco nos arruinará.

Yo estaba sentada a la mesa del comedor, haciendo mis de-
beres. Debía de tener once años, estaba por terminar quinto cur-
so. No, sexto, porque mamá me hizo entrar al colegio antes, el
otoño en que cumplí cuatro. Quería que yo estuviera separada
de Rachel por tres cursos, no dos, y, como Rachel cumple años
en primavera, a mamá le convenía que ella repitiera o que yo
adelantara; ya entonces, desde luego, todo el mundo se había
dado cuenta de que no habría forma de hacer que Rachel sus-
pendiera... Mamá tenía una teoría muy curiosa: para que noso-
tras fuéramos siempre muy buenas amigas debíamos estar sepa-
radas en el colegio, a varios cursos de distancia una de la otra. Y
somos muy buenas amigas, lo cual es maravilloso. Pero lo ha-
bríamos sido de todos modos. Durante años no entendí que papá
cambió el número porque, como muchísima gente había apos-
tado a él, ellos no hubieran estado en condiciones de pagar a tan-
tos ganadores.

El juego de su padre también estaba amañado.

Es posible que Rachel fuera la intelectual de la familia, pero
Linda no se quedaba atrás. Había ido a estudiar a Duke con una
beca, pero añoraba tanto a su familia que no podía resistirlo. Había querido empezar de cero, pero no tardó en descubrir lo ago-
tador que era tener que inventarse una historia lo suficientemente creíble para que los demás no le hicieran preguntas. Se cambió
a Goucher en la mitad del segundo año. Bambi se llevó tal disgusto que Linda apenas pudo entenderlo, habida cuenta del ahorro que le supondría ese cambio. Linda era mucho más feliz en
Goucher, pues allí la gente sabía de su vida lo justo y no le hacían demasiadas preguntas. El único problema fue que mengua-
ron mucho sus posibilidades de salir con chicos, ya que a esa fa-

cultad, a la que ella asistía en calidad de estudiante no residente, solo asistían chicas. Se ofreció para trabajar como voluntaria en la campaña de Anderson porque una de las chicas comentó que era una buena forma de conocer hombres.

Había conocido a varios hombres dispuestos a salir con la nueva voluntaria, tan joven y bonita, y algunos, incluidos Greg y Norman, hasta podían ser buenos candidatos. Pero Linda, que había ido allí a la pesca de un chico con quien salir, había acabado interesándose solo en el candidato. No tuvo ocasión de hablar o de estar un rato con él. Lo vio una sola vez, la noche del debate, cuando le presentaron a todos los voluntarios locales. No fue invitada a la cena que tuvo lugar después, pero tampoco ella esperaba que la invitaran. Sin embargo, grande fue su emoción cuando despertó a la mañana siguiente y descubrió que la noticia del día era que Anderson había ganado el debate. Transcurrieron un día o dos de vértigo antes de que tomara conciencia de lo insignificante que era esa victoria.

Había sido muy ingenua. No sabía nada de política, ni siquiera entendía cómo funcionaba el Colegio Electoral y aún la ponía furiosa que anunciaran quién había ganado las elecciones sin disponer del ciento por ciento de los votos contados. Ella había pensado que en una contienda presidencial dos hombres —en este caso, tres— se presentaban ante la nación y explicaban sus programas políticos, y luego ganaba el mejor. El juego estaba amañado. ¿Cómo era posible que un hombre como John Anderson no sacara más votos? Su madre le había dicho que desperdiciaba su voto y su tiempo, pero Linda no pensaba lo mismo. De hecho, creía tan profundamente en la importancia de su voto que esa mañana, cuando fue a votar, cometió un delito grave.

Esto fue lo que sucedió: Linda, normalmente la más organizada de las Brewer, se había registrado para votar en Carolina del Norte cuando se inscribió allí en 1977. En el otoño de su primer año había asistido a una reunión en la facultad en la cual les explicaron que la tensa relación entre la universidad y la ciudad de Durham podía mejorar si un mayor número de estudiantes se registraba para votar, demostrando con ello su compromiso con la comunidad. Se propuso, pues, inscribirse allí. A los pocos meses regresó a casa, pero como no era un año electoral no había urgencia en inscribirse. Ese verano, atrapada en el trajín de la campaña de Anderson, lo había olvidado y nunca llegó a estar inscrita en el estado de su domicilio. Sí, percibió la ironía de su olvido cuando, sentada a una mesa plegable, en el centro comercial, estaba inscribiendo a otras personas.

Se sintió tan abochornada que no se atrevió a contárselo a ninguno de los que colaboraban en la campaña. En cambio, le preguntó a su tío Bert, quien le dijo que lo que tenía que hacer era escribir en un formulario, bajo juramento, que ella estaba inscrita para votar en el domicilio de su madre, que había enviado la solicitud con anterioridad, en otoño.

—Es un delito —le dijo—. Pero es improbable que haya un recuento que los obligue a revisar todas las papeletas.

—Puede que sea más reñido de lo que crees —repuso ella.

Bert se rio y le alborotó el cabello, como si aún tuviera once o doce años.

Pero esa mañana, apenas dieciocho horas antes, Linda aún creía que todo era posible, que en cualquier contienda una victoria improbable podía lograrse en el último momento. En la época de Nixon se había hablado de una «mayoría silenciosa». Reagan la había evocado durante la campaña. Pero, según Linda, la verdadera mayoría silenciosa eran los jóvenes como ella. Hicieron mucho ruido, eso sí, pero omitieron llevar a cabo las acciones que realmente importaban. No parecía lo más apropiado que la gente mayor de sesenta y cinco años votara. Les quedaba muy poco tiempo por delante. Las políticas que incidían en el futuro de los ciudadanos, ¿no debían ser implementadas por aquellos candidatos elegidos por los que vivirían más tiempo? Si ponderabas la importancia de ciertos estados, ¿por qué no ponderar cada uno de los votos? Cuando Linda tenía once años, habían pasado en el Pikes Theater una película titulada *Wild in the Streets*, que trataba sobre el primer presidente de la nación de veintidós años de edad, cuya elección había sido posible porque se había cambiado la edad para votar reduciéndola a los catorce años. Linda había ido tres veces a verla. (El primer actor era muy guapo.) Era muy extravagante, sí, pero tenía más sentido que el Colegio Electoral.

Deseaba dar un puñetazo en la barra y decir: «Es tan injusto...» En cambio, le pidió a Victor otra copa de vino blanco.

Un hombre entró en el bar. Parecía confundido, echó un vistazo alrededor y con su mirada abarcó la televisión apenas audible, a Greg y Norman engullendo las tapas y a Linda, que miraba fijamente su copa de vino.

—¿Está abierto? —preguntó—. ¿Es una fiesta privada?

Aunque la pregunta iba dirigida a Victor, respondió Linda:

—Está claro que no es una fiesta. En cuanto a que sea privada, cualquiera es bienvenido, pero ¿de veras quieres formar parte de este grupo?

—¿Ha muerto alguien?

Linda calculó que tendría unos veinte años, y unas pestañas impresionantes. «Tiene ojos de jirafa», pensó. A ella le agradaban las jirafas.

—Solamente mis esperanzas y sueños. —Quiso sonar alegre, despreocupada, pero se le fruncieron los labios y arruinó el efecto—. Todos los presentes hemos trabajado en la campaña de Anderson.

—Bien... —Echó un vistazo en derredor, como buscando algo que decir—. ¡Estupendo! Habéis hecho algo en lo que creéis.

—Pero no hemos logrado cambiar las cosas —observó Linda—. No hemos tenido la menor relevancia.

Pese a que hubiera sido espantoso ser los aguafiestas, o que los culparan de que Carter perdiera, peor era ser irrelevantes.

—No derribas a los gigantes la primera vez que sales a enfrentarte a ellos, por mucho que hayas creído lo que te contaron sobre Jack y las judías mágicas o David y su Goliat. Se requieren años de lucha.

Su amabilidad le pareció condescendiente, como suele serlo cualquier clase de amabilidad.

—¿De veras? ¿Has trepado por alguna judía últimamente? —preguntó Linda con tono altanero.

—Soy abogado de oficio —explicó—. Lo más parecido a Sísifo de lo que cualquier mortal podría imaginarse. —Y sonriendo con dulzura, añadió—: No te enfades conmigo.

—¿Quién dice que me enfado?

—No acierto una contigo. ¿Prefieres que salga y vuelva a entrar?

Acto seguido, salió del bar y regresó brincando con un solo pie.

—Soy unípodo —dijo—. He venido a la prueba para el papel de Tarzán.

—Eh, eso no es tuyo —terció Greg—. Es de Dudley Moore y Peter Cook.

Pero Linda no pudo menos que reírse. Su padre recurría a esa clase de trucos cuando Bambi hervía de furia. No, no hervía, todo lo contrario. Bambi se ponía fría, glacial, cuando se enfurecía con Felix. Muy fría, callada, seria. Por eso, cuando se enfadaba la llamaban «la Frigidaire».

Linda hizo el típico cálculo y se preguntó si esa noche debía acostarse con ese hombre. Se había acostado con cuatro hombres desde que había perdido su virginidad a los diecisiete años y le complacía creerse progresista, la clase de mujer que toma lo que le apetece cuando le apetece, aunque lo tenía más complicado desde que había vuelto al nido familiar.

No, no esa noche. Podría no ser un amor a primera vista, pero si lo era se comprometería para toda la vida, lo sabía perfectamente. Sería su próxima campaña, y con muchas más posibilidades. Se preguntó qué pensaría él cuando descubriera que cursaba el último año de su carrera y aún vivía con su familia. Se preguntó cómo sería desnudo.

—Soy Linda —dijo.

—Henry —se presentó él—. Henry Sutton.

Hacia las tres de la mañana estaban follando en el coche de ella. Difícil decir quién se contuvo aquella primera noche. Ambos pretenderían más tarde que habían esperado una mejor ocasión, un ambiente más propicio, para hacerlo por primera vez. La ocasión se presentó dos semanas después, cuando Bambi se marchó a Nueva York con Michelle, Lorraine y Sidney, la hija de Lorraine. La idea era que las dos niñas disfrutaran de una experiencia como la de la protagonista del relato «Eloise en el Plaza», aunque Michelle, con siete años, se consideraba demasiado sofisticada para ser Eloise y estar con Sidney, que tenía cinco años. Si Linda no hubiera ansiado tanto disponer de la casa para ella sola, se hubiera servido de la antipatía de Michelle para disuadir a Bambi de semejante extravagancia. Su madre casi siempre se comportaba bien. Pero en Nueva York, en compañía de Lorraine, compraría la ropa que no podía costearse y querría hacer las mismas cosas que su vieja amiga, que estaba al corriente de las dificultades por las que atravesaba Bambi y que podía permitirse hacer sin pena ni remordimientos. Por eso, quizás, era importante para Bambi mantener buenas relaciones con Lorraine.

Pero, por una vez, Linda se olvidó de todos, de su madre, Michelle, Rachel, John Anderson y todos los hombres tristes que ella había apuntalado. Hasta se olvidó de aquella hermana fantasma que había pasado por el hotel Lord Baltimore y que podía o no ser Julie Saxony. Por una vez, un maravilloso sábado a la noche, pensó solo en ella y en su deseo cuando le abrió la puerta a Harry Sutton, el chico de las largas pestañas, quien, por cierto, le llevó un ramo de margaritas comprado en el supermercado. A su memoria acudió la historia del noviazgo de sus padres, que habían contraído matrimonio menos de once meses después de que su padre, al día siguiente de haber conocido a su madre, hubiera encontrado el camino para llegar hasta la casa de ella. Hacía tiempo que Linda había deducido que ella había esperado la boda de sus padres en el útero de su madre, no como la causa de aquellas nupcias, sino como una feliz consecuencia de un noviazgo progresista.

«Hay peores formas de empezar», pensó, acostada en la cama de su madre, la única cama doble de la casa, con Henry encima de ella. Procuraba no volver el rostro hacia la izquierda para no encontrarse con los ojos de su padre en la fotografía enmarcada que había sobre la mesilla de noche.

Sí, eran muy grandes, marrones. Lo sabía. Pero el hombre que en aquel momento estaba con ella era dulce, un soñador y un idealista, alguien que jamás aceptaría un juego amañado. Probablemente también él pensaba que ella era una soñadora, dadas las circunstancias de su encuentro, pero aunque, en aquel instante, Linda se abandonara a sí misma, no por ello dejaba de ser la persona pragmática que se suponía que era. Tendría que hacerse cargo de los dos, pensó mientras rodeaba con las piernas la cintura de él. Tenía que hacerse cargo de todos. No tenía inconveniente; estaba acostumbrada. Se vio a sí misma subiendo por el sendero de entrada de la casa, después de presenciar los fuegos artificiales en el club. Su madre lo supo antes de que traspusieran el umbral. ¿Cómo lo había sabido? En el club, Bert se había apartado con Bambi, pero en los últimos meses, desde la formulación de los cargos y el juicio, no había vez que Bert no se apartara con su madre. Bambi había echado a correr por el sendero y se había precipitado dentro de la casa, recorriendo una a una las habitaciones buscándolo, llamándolo. «¿Felix?, ¿Felix?» No había ni una nota siquiera, ningún motivo para pensar que se había marchado, y no obstante, lentamente, Linda empezó a ver los detalles, el pequeño espacio libre en el armario siempre tan lleno de trajes, un cajón de su cómoda abierto, de donde habían desaparecido sus mejores gemelos. Como Michelle se puso muy mal con el llanto y los gritos de su madre, Linda la acostó y le cantó una canción mientras la pequeña gritaba «Duele barriga, barriga duele». Se había atracado de helado y pastel en el club. Luego Linda y Rachel entraron en esa misma habitación y se sentaron en esa misma cama con su madre, que las abrazó. «Estará mejor solo», les había dicho su madre, y ellas la escucharon azoradas. Rachel le había preguntado si volverían a verlo. Linda comprendió que no.

—¿En qué piensas? —preguntó Henry recorriendo con un dedo su mandíbula.

—En la última vez que vi fuegos artificiales.

Y él la besó sintiéndose halagado.

13 de marzo de 2012

Cada vez que las circunstancias de la vida lo obligaban a salir de la circunvalación, Sandy tenía la extraña sensación de alejarse de la órbita de la Tierra, como si se liberara de una gravedad particularmente fatigosa. Por muy urbanizados que estuvieran los suburbios, por mucho que hubiera tránsito a esa hora punta, viajar en su coche hacia el oeste, en un día soleado de marzo, le levantaba el ánimo. Quizá debería pasear más seguido en automóvil. ¿Seguía la gente haciendo esa clase de paseos? Seguramente no. La mayoría de la gente estaba obligada a pasar demasiado tiempo en sus coches como para pensar en conducir por diversión o placer.

Sykesville, había dicho Andrea Norr por la mañana, cuando inesperadamente lo llamó por teléfono. «Vaya a ver a ese tipo a Sykesville.» A pesar de que Sandy llevaba cincuenta años viviendo en Baltimore, tardó un poco en recordar dónde quedaba Sykesville. Las localidades como Sykesville, Westminster o Clarksville, situadas entre Baltimore y Frederick, se le mezclaban un poco. Resultó que, de las tres, Sykesville era la más cercana, a escasos veinte minutos de la circunvalación, y Sandy cogió la salida con cierto disgusto. Hubiera preferido seguir conduciendo por aquella autopista recta y monótona, dejar atrás Frederick e internarse en las montañas. Hubiera podido hacerlo, por qué no, nadie lo habría notado y a nadie le habría importado.

Pero no tiene sentido fugarse cuando nadie espera que regreses. Entonces, ¿por qué no ir a entrevistar al chef Boyardee?

—Bayard —había dicho Andrea Norr—. Chef Bayard. Estaba leyendo el *Chowhound* y resulta que ahora, después de tantos años, tiene un lugar nuevo.

—¿Leyendo qué?

Había llamado a Sandy a las ocho de la mañana, lo cual probablemente fuera tarde en una granja para caballos, pero a Sandy le agradaba tomarse su tiempo por las mañanas, empezar el día despacio. Como la mayor parte de su vida había trabajado hasta la madrugada, esa parte de la mañana, entre las seis y las diez, eran horas complicadas para él.

—Es una página web para la gente interesada en todo lo relacionado con la comida.

—Ya.

Pensó en la mujer que había conocido. Baja y corpulenta, al parecer por constitución natural; no era un cuerpo alimentado con comida particularmente mala o buena. Preparaba un té horrible. Era alguien que comía para tener energía, alguien que no prestaba atención a los restaurantes.

—Hace diez años se hallaba en la costa Este —añadió Sandy, que había memorizado el expediente—. Cuando hallaron el cuerpo. La Policía le tomó declaración entonces.

—Bueno, ahora está en Sykesville, a cargo de un local nuevo.

¿No había insinuado Tubman que Andrea Norr tenía motivos para desviar la atención de ella?

—¿De manera que usted se puso a leer casualmente esa página web y casualmente vio el nombre de ese tío y casualmente se acuerda de que él fue la última persona que habló con su hermana aquel día y, pim pam pum, de golpe apareció él?

—No; lo busqué en Google y salió. Me sorprende que usted no haya hecho lo mismo.

—Figuraba en mi lista. Hay un montón de gente en el expediente. Pensé que seguiría en Cambridge o algo así.

Irritado, se dijo que sus fuentes eran mejores que Google y que hoy en día cualquier persona con un ordenador se creía muy hábil.

—Aquel lugar, en Cambridge, cerró hace varios años. Pero ha vuelto a probar suerte.

—Pobre estúpido.

—¿Qué?

—No importa.

Le seguiría la corriente, iría a verlo. No le gustaba que los parientes de la víctima le dijeran lo que tenía que hacer. Normalmente él ya lo habría hecho sin que nadie se lo dijera. Pero quería tener a Andrea Norr como aliada. Esa mujer sabía algo. Y él no estaba seguro de qué podía ser, o si ella se había percatado de que tenía algo importante que compartir con él. En realidad, hubiera preferido que fuera una mentirosa. A un mentiroso lo puedes quebrantar.

Pobre estúpido. Sandy no pudo dejar de pensar en Sykesville como ubicación para un restaurante francés supuestamente de categoría. El centro de la parte vieja de la ciudad era bonito, pero no era un «destino». Tal como Sandy lo veía —mucho de lo que sabía sobre el negocio de la restauración lo había aprendido a posteriori—, necesitabas poner una hostería para sacar adelante un lugar como ese, una anexa al restaurante o bien un lugar al que los clientes pudieran llegar andando desde el restaurante. Como la de Little Washington o Volt en Frederick. Eso era lo que tenía pensado hacer Julie Saxony cuando desapareció: anexar un restaurante de categoría a una hostería. Pero ella se había instalado en Havre de Grace, que tenía el río y muchas distracciones posibles. En opinión de Sandy, Sykesville quedaba demasiado cerca para una escapada de fin de semana y demasiado lejos para ir a cenar una noche.

Pero el lugar era bonito y el menú prometía. Muy francés tradicional; los platos eran tan de otra época que hasta parecían novedades. *Coq au vin*, pescado como plato del día, lentejas, *cassoulet*.

Intentó abrir la pesada puerta de madera. Estaba cerrada con llave.

—Está cerrado —dijo una muchacha sin levantar la vista—. No se sirven almuerzos durante la semana.

—No vengo a comer. He venido a hablar con... —echó un vistazo al papelito que llevaba en la mano, aunque sabía el nombre— con Chester Bayard.

—¿Chester? Ah, Chet. —Se volvió hacia la cocina y llamó—: ¡Chet, un tío pregunta por ti!

El hombre que salió de la cocina llevaba una chaqueta de chef con su nombre bordado en el bolsillo del pecho: Chester Bayard.

Un capullo, pensó Sandy. Siempre los reconocía. Por la manera de ladear la cabeza, los ojos de aquel hombre traslucían que era un depredador. Probablemente se acostaba con la chica, que era demasiado joven para él. Probablemente follaba con todas las mujeres con las que trabajaba, siempre y cuando fueran atractivas. Probablemente había follado con Julie Saxony, o lo había intentado. Era esa clase de tío. Era lo que hacía, y en él era tan maquinal como respirar.

—Soy un investigador; trabajo para el Departamento de Policía de Baltimore.

Cuando se presentaba sin anunciarse, nunca decía «Homicidios» de entrada.

—¿Un detective?

—Lo fui, ahora estoy retirado. Soy un asesor. Me ocupo de los casos sin resolver.

—¿Asesinatos?

Qué perspicaces eran todos en esta puñetera época. O creían serlo. Pero ese tipo, ese chef, seguramente se horrorizaría si Sandy presumiera de conocer su oficio por el solo hecho de haber visto un par de episodios del *Food Network*.

—Sí, ahora mismo de Julie Saxony. Voy a suponer que usted se acuerda de ella.

Bayard asintió con la cabeza.

—Me alegro de que se interese por su caso. Era una señora muy amable, me dio la oportunidad de comenzar como chef. ¿Quiere tomar asiento?

Señaló una mesa y luego, de un bufete de madera de pino, sacó una botella de Ricard. Vertió el líquido amarillento en un vasito y agregó agua de una jarra de cerámica. Exageraba con el ritual, lo cual significaba que era un petulante o un borrachín. Le ofreció un vaso, pero Sandy rehusó. Bebía con amigos. Bueno, solía hacerlo, pero ahora... En realidad, después de jubilarse no había vuelto a relacionarse con sus colegas de la división.

Bayard hizo una seña a la chica para que se fuera. Salió haciendo aspavientos, visiblemente ofendida, aunque Sandy no estuvo seguro de si porque le había dicho que se fuera o por la manera en que lo dijo.

—¿Y por qué ahora? —preguntó Bayard—. Hace...

—Veintiséis años desde que desapareció; once desde que se estableció que la causa de su muerte fue un homicidio. —Sandy completó su frase sin responder a su pregunta.

—¿Ha sucedido algo?

—La verdad, no. A veces nos llega una información nueva sobre un caso sin resolver y lo retomamos, pero otras veces simplemente revisamos el expediente y comprobamos que ciertas cosas no fueron analizadas a fondo.

—¿Hay alguna información nueva?

—Si la hubiera no se la diría.

—Es la primera vez que aparecen los detectives. Los polis de pueblo no sabían lo que se hacían. Hicieron un trabajo de mierda, ¿no?

—No. Lo hicieron bien. Es difícil cuando no hay cadáver. No imposible, pero sí difícil. La Policía de Havre de Grace no tiene que lidiar con muchos asesinatos, pero el expediente que armaron estaba completo. La mujer se marchó en su coche y nadie nunca volvió a verla. Hablaron con mucha gente, siguieron cada una de las pistas que tenían. Hablaron con usted.

—Bueno, yo fui quien informó acerca de su desaparición. Me preguntaron insistentemente por su novio.

—¿Felix Brewer?

—Sí. Ese tipo. Una pérdida de tiempo.

—Cuando algo no tiene respuesta, suele creerse que todo es una pérdida de tiempo... —soltó Sandy, pero se interrumpió. Pensó en su propia frase, consideró sus implicaciones, que no eran menores: casi podía entenderse como una filosofía. Entonces se dio cuenta de que era una variante de una de las típicas frases hippies sobre los viajes de la vida. No obstante, era una regla útil en el trabajo policial. Ir descartando cosas era una suerte de respuesta—. Hubiera sido irresponsable no considerarlo, habida cuenta del ambiente en que él se movía.

—Ella nunca hablaba de él.

—¿En serio?

—Al menos, no conmigo. Nunca lo mencionó ni hizo la menor alusión a su pasado. Sufrió cuando el asunto salió bien, y él siempre formó parte de las cosas que estaban escritas.

«Nunca» era una palabra difícil, Sandy lo sabía por experiencia. Si amor y odio están entrelazados, nunca y siempre también.

La chica regresó con una tabla con queso y fruta y un pan francés cortado en rebanadas.

—Adelante —dijo el chef—. Es casi mediodía, ¿no?

Era la segunda vez que se permitía esa inflexión gala, pero Sandy pensó que ese tío era tan francés como la mostaza francesa.

—No, gracias.

Se dio cuenta de que la chica seguía allí, simulando limpiar aquel comedor inmaculado. «Llegan moros a la costa», solía decir Nabby, que era su manera de decir aquello de «hay moros en la costa».

—¿Qué clase de relación tenía usted con Julie?

—Muy buena. Era una jefa estupenda. Y me dio la oportunidad de empezar, me sacó del *catering*.

—¿Era una relación estrictamente comercial?

La chica de Bayard era tan rubia que Sandy vio los lóbulos de sus orejas rojos como el fuego. «Cariño, este tío anda por los cincuenta. ¿Crees que nunca nadie se lo ha follado?», pensó.

—Éramos amigos.

—¿Solo amigos?

Bayard miró a la joven. Estaba de espaldas a ellos, pero se había puesto tan rígida que parecía estar conteniendo la respiración a la espera de la respuesta.

—Me hubiera gustado, ya lo creo. Pero pasaba de tener amantes. Aún era joven, en la treintena, y decía que ya estaba «harta de todo eso». —Bayard marcó las comillas en el aire—. Me necesitaba como amigo y yo lo era. Fui... —Se detuvo.

—Continúe.

—Yo no tenía otro lugar adonde ir. Era su amigo.

—Un amigo... ¿con esperanzas?

Se rio.

—Donde hay vida, hay esperanza. Aunque, no quiero ser cruel, pero Julie no envejecía bien. Vivía haciendo dieta, hasta quedarse como una estaca; cualquier cosa con tal de librarse de sus curvas, de ocultar su antiguo yo, dejar de ser la que había sido. No quería que la gente viera en ella a la bailarina que había sido.

—Bailarina, una bonita manera de decirlo.

—¿Lo ve? Ese era el problema, ¿no? La gente tiene muchos prejuicios con las estrípers. Ella no era una puta. No estoy diciendo que, en aquella época, las chicas que trabajaban en la Manzana no hicieran esas cosas, pero ella no. Fue la chica de Felix Brewer desde el principio.

Los detalles eran muy específicos, pensó Sandy, teniendo en cuenta que nunca había hablado de su pasado con Bayard.

—Bailaba con tanga y tapapezones. Las chicas de hoy van a la playa con menos ropa.

Los ojos del chef se posaron en la chica, que ahora trataba de mantenerse ocupada desplegando y plegando servilletas. Sandy concluyó que el tipo ya se había aburrido de ella. Era un hombre que se aburría enseguida.

—¿Seguía colgada de Felix?

Algo se iluminó en los ojos de Bayard, que apuntó con su índice a la nariz de Sandy.

—¿Sabe que usted es la primera persona que me hace esa pregunta?

—Me resulta difícil creerlo.

—No es mi intención insultar a sus hermanos uniformados, pero ninguno, nunca, me interrogó sobre los sentimientos de Julie. Me preguntaron siempre lo mismo: «¿Estaba en contacto con él? ¿Recibía llamadas misteriosas?» Revisaron sus facturas de teléfono y sus cuentas bancarias. Creo que hasta revisaron los registros de la cabina telefónica que había no muy lejos de allí. Les interesaba saber si se habían puesto en contacto, si ella sabía algo de él. Por lo que yo sé, nunca hubo contacto alguno entre ellos ni ella sabía nada. Pero seguía enamorada de él, sí.

—¿Cómo lo sabe si ella nunca le hablaba de ello?

—Conozco a las mujeres.

Solo un gilipollas vanidoso como ese tío sería capaz de decir algo así. Pero no por eso era menos cierto.

—¿Y cómo lo vivía usted? ¿No le molestaba que siguiera colgada de un tipo que se había marchado hacía años mientras que a usted lo tenía delante de la nariz? —«La clave está siempre en el expediente. Siempre.»

Bayard se echó a reír.

—Supongo que eso es algo que usted tiene que preguntarme. Pero también debo suponer que usted ha examinado toda la información y sabe que el 3 de julio de 1986 me dediqué enteramente a preparar todo lo necesario para ese fin de semana, muy importante para el negocio. Hacíamos... no exactamente una inauguración, sino más bien una prueba para los amigos. Faltaban meses para abrir oficialmente el restaurante, aún no habíamos completado la renovación del comedor. Cuando ella se marchó en su coche, yo me encontraba allí, todo el personal me vio. Le pedí que fuera a una tienda de artículos de cocina.

Sandy lo sabía.

—Usted informó de su desaparición ese mismo día, ¿correcto? Ella le dice que va de compras a Baltimore, a la tienda Saks Fifth Avenue, y usted hace la primera llamada a las diez y media de la noche. ¿Por qué estaba seguro de que algo malo le había ocurrido? Hay miles de motivos para que una persona se demore: los atascos, un malestar, un encuentro fortuito con un viejo amigo, una cena imprevista.

—Había llevado su coche a revisar a un taller dos días antes. Las tiendas, como usted sabe, cierran a las nueve de la noche, y hacía varias horas que ella se había marchado.

—Algunas mujeres son capaces de estar horas haciendo compras.

—Pero Julie no. Siempre sabía lo que quería y lo que necesitaba. Y tenía una mujer que elegía por ella para ganar tiempo.

—¿Cómo?

—Bueno, ya sabe, una asistenta que iba a hacer las compras.

—¿Lo mencionó usted a la Policía?

—Creo que sí. No lo recuerdo. Lo tomaron en serio. El hecho de que no volviera a casa esa noche ni al día siguiente. En cuanto a la tienda de artículos de cocina, evidentemente nunca fue. Pero estaba el novio, el coche... ¿dónde lo encontraron?

—En el Giant Foods de Reisterstown Road, más de un mes después.

—Correcto. Por eso supongo que pensaron... bueno, encaja. Se encontró con alguien, dejó el coche, no pensaba regresar. El problema es que no dejó ninguna disposición respecto al negocio. Su hermana tampoco. Enderezar todo aquello fue infernal. Había consultado con su abogado la semana anterior, pero no hizo nada. No actuó como una mujer que planea marcharse.

—¿Cómo la conoció?

—Cuando yo hacía *catering*.

—Para usted o para otra persona.

—Para otro. Julie estaba buscando un gran chef. Era muy desconfiada y apostó por alguien bueno pero que no estaba en condiciones de abrir su propio restaurante. Yo era prácticamente un criado obligado por contrato; hacía todo el trabajo y el dueño recogía los beneficios. Pero no tenía un nombre ni nadie que quisiera respaldarme y darme una oportunidad.

—Pero ¿cómo lo encontró ella?

El chef jugueteaba con su Ricard; añadía agua y revolvía, con tanto esmero que a Sandy no le cupo duda de que más que un borrachín era un presumido.

—Eso tampoco nadie me lo preguntó nunca. No tiene nada de malo, pero yo no deseaba hablar de ello en aquel momento. Por respeto a ella, porque es otra vez más de lo mismo, insistir con el mismo tema, y de verdad creí que fue una distracción.

—No ha contestado a mi pregunta.

—Ya lo sé. —Dio unos golpecitos en una cajetilla para extraer un cigarrillo, lo miró y añadió—: Supongo que puedo infringir la ley antitabaco en mi propio restaurante cuando está cerrado. Puede que muy pronto quede cerrado para siempre. Parece que no tengo suerte con este negocio. Mi comida es buena, pero no basta.

—Lo sé.

El chef se encogió de hombros como si creyera que Sandy lo decía por cortesía. ¿Cómo podía un poli saber lo difícil que era llevar un restaurante?

—Entonces —insistió Sandy—, ¿cómo la conoció?

—Mi jefe era dueño de la empresa de *catering* preferida de los judíos ricos del Noroeste para los grandes acontecimientos, como las bodas, los cumpleaños o los bar mitzvah. Una mujer llamada Lorraine Gelman me contrató para hacer una gran fiesta y luego me derivó a su amiga, Bambi Brewer, y yo hice el bat mitzvah de su hija. Julie me llamó unos días antes del evento y me dijo que estaba buscando un chef para un restaurante nuevo, que se trataba de algo muy ambicioso y por eso deseaba tener un muestrario de comidas, para hacerse una idea de lo que yo era capaz de hacer. Entonces aterrizó en casa de los Brewer y mientras duró la fiesta se quedó conmigo en la cocina.

—¿Julie Saxony estaba en la cocina durante la fiesta de la hija de Felix?

Bayard sonrió, como si recordara algo.

—Sí. En aquel momento yo no lo sabía. No entendía por qué estaba inquieta, por qué corría a refugiarse en la despensa cada vez que un miembro de la familia se acercaba a la cocina. Yo había tratado de convencerla de que no viniera a esa fiesta en particular, le había pedido que aguardara una ocasión en la que yo tuviera que preparar algo más importante que *crêpes* y *frites*. Solo después me di cuenta de que no había sido casual, que no había escogido ese evento solo para degustar mi comida. A veces pienso que me contrató para salvar la cara. Aunque, es verdad, soy un gran chef. Pero no es suficiente para triunfar en este negocio.

—Eso he oído.

—Con la desaparición de Julie... Después de eso, nunca me fue bien. Aquel restaurante fue mi gran apuesta. Me marché de Maryland, regresé. Probé con algo superlocal en la costa Este, pero era demasiado avanzado para la época y quedaba demasiado lejos del dinero de Washington. Ahora estoy tratando de hacer algo más tradicional. ¿Quiere un consejo? Mire lo que estoy haciendo ahora y hágalo usted dentro de cinco años; se hará rico.

—¿Qué dice el proverbio? ¿Cómo se hace para ganar un millón de dólares con un restaurante?

Bayard sonrió, acabó de beberse el Ricard y completó el chiste:

—Empezando con dos millones.

12 de abril de 1986

Rachel se tomó más tiempo del necesario para lavarse las manos, pero se divertía escuchando a las amigas de Michelle que entraban y salían del lavabo dándose aires de importancia con sus intrigas. «Joey dice que tú le gustas como amiga, pero no tanto como novia», «Michael besó a Sarah a pesar de que sale con Jessica», «Baz —¿Baz?— dice que te verás monísima cuando te arreglen la nariz». A Rachel le encantaban los niños, de cualquier edad, pero no volvería a tener trece años aunque le pagaran, ni siquiera una belleza de trece años como su hermana, que estuvo enfurruñada toda la tarde en la fiesta que a su madre le había costado miles de dólares, decenas de miles de dólares quizá.

—¿Desde cuándo los bat mitzvah tienen tema? —le había preguntado Linda a Rachel en un tono ríspido cuando ambas entraron en el salón de fiestas del hotel Peabody, transformado para la ocasión en la *rue* Brewer del *arrondissement XIII*.

Lo de XIII era por la edad de Michelle. Las Brewer jamás habían puesto un pie en París.

—Hoy lo hace todo el mundo —contestó Rachel, muy enterada de todo pues había sido la confidente de su madre durante la planificación de la fiesta, y eso porque, entre otras cosas, con solo oír la palabra «fiesta» Linda se ponía hecha un basilisco—. Uno de los chicos de su clase eligió Béisbol y la familia mandó hacer una baraja completa de cartas de béisbol, con todos los chicos y sus estadísticas. Hubo otra chica que escogió Madonna, ¿te lo puedes creer? No sé en lo que estarían pensando sus padres y no quiero imaginarme cómo se habrá vestido. Y después, Chelsea, una chica que a Michelle no le agrada, también decidió hacer su bat mitzvah con el tema de París, y el suyo tocó primero, en marzo. Cuando Michelle recibió la invitación, trató de convencer a mamá de que cambiara de plan (creo que quería hacer una suerte de variante de Hollywood), pero mamá se puso firme con ella.

—Por una vez... —fue el comentario de Linda, aparentemente decidida a estar toda la noche de mal humor. Llevaba seis meses de embarazo y las hormonas le estaban pasando factura.

Pero Michelle merecía su fiesta, pensó Rachel secándose las manos sin dejar de escuchar disimuladamente a las chicas. (La chica que había puesto sus ojos en Joey había enviado emisarios a la fiesta para que averiguaran algo más sobre los sentimientos del chico. Ella y dos más se quedaron en el tocador. Era bonita y daba la impresión de tener confianza en sí misma, pero Rachel, como hermana mayor de una chica muy segura de sí misma, percibió inmediatamente que su arrogancia era simulada.) Y el salón de baile lucía espléndido, realmente, con el servicio de comida dispuesto en las carretillas y las mesas de café que habían colocado en la acera de la *rue*. Los artistas, sentados ante sus caballetes, dibujaban caricaturas de los invitados, y una banda de músicos ambulantes interpretaba la banda sonora de la película *Charade*. Excesivo, sí, pero las *crêpes* y las *pommes frites* y las magdalenas estaban riquísimas, algo nada frecuente en esa clase de fiestas. Lorraine Gelman había tenido razón en recomendarles a su proveedor de *catering*.

Pero —noventa dólares por cabeza, y eso sin incluir la barra libre— Rachel no quiso hacer números. El precio por plato tampoco incluía el pastel con forma de Torre Eiffel. Otros quinientos dólares, más o menos. Debía de ser soso. Rachel sabía por experiencia que cuanto más elaborado un pastel, menos delicioso era. Ella, para su bat mitzvah, había pedido un pastel de chocolate alemán, y su abuela Ida tuvo palpitaciones. Ida no soportaba nada alemán, aunque hacía una excepción con los Singer, la familia de judíos alemanes del hombre con quien Rachel se había casado hacía dos años. Y había hecho otra excepción con el BMW, regalo de bodas de los padres de Marc, en el que a Ida le encantaba viajar. «Es lo menos que podíamos hacer —dijo el padre de Marc—, visto que vosotros, chicos, nos habéis impedido celebrar vuestra boda.»

«Sí —les hubiera dicho Rachel—, es lo menos que podíais hacer. Sois muy buenos adivinando lo que menos se espera de vosotros y hacer eso, y nada más que eso. Por otra parte, mi madre habría pagado la boda, habría insistido en hacerlo, y por ese motivo nos fugamos. Pero vosotros, que tanto presumís de tener mucha clase, no tenéis la menor sensibilidad para los sentimientos de los demás.»

Mientras Rachel se había fugado con su novio, aterrada por la elegancia inigualable de la fiesta de compromiso organizada por la familia de Marc, Linda había optado por la boda más íntima y discreta posible: solo la familia y los Gelman. Un almuerzo temprano en casa de los Gelman y un pastel de coco y nata montada. Un pastel verdaderamente delicioso, el más rico del mundo. «Ay, los pasteles de mi vida», pensó Rachel con ironía. Interesante estructura para un libro de poesía. Solo que ella no era poeta. Lo había intentado, pero no tenía el don. En cambio, había resuelto estudiar semiótica, muy de moda en Brown y una excusa para perderse en las palabras que, por mucho que tratara, no podía atrapar en una hoja en blanco. En el programa había dos chicos de Baltimore, uno llamado Ira, a quien nunca llegó a conocer, y Marc, a quien evitó durante tres meses porque habían ido juntos a Park y ella conocía demasiado bien su fama de esnob y jugador.

Pero terminó enamorándose de él. Locamente. Marc fue lo mejor que le había podido ocurrir. Y ahora era lo peor.

—Con respecto a la primera intuición que tienes de alguien —le había dicho su padre el día de su bat mitzvah—. La gente suele reírse del amor a primera vista, pero es tener una buena intuición.

—Te enamoraste de mamá a primera vista.

—Así fue. Y ella de mí, aunque siempre dijera que no.

¿Se había enamorado Rachel a primera o a segunda vista? ¿Había amado a Marc ya en la secundaria, pero había simulado indiferencia porque era inalcanzable? Ya no se acordaba. Lo amaba y él la amaba, pero la había lastimado más que nadie en su vida.

Rachel se preguntaba a veces si la maravillosa historia romántica de sus padres la habría abrumado menos si Felix no se hubiera ido. Ellos, desde luego, no habrían podido continuar con la farsa del perfecto amor a primera vista cuando sus hijas se fueran haciendo mayores y detectaran signos sutiles de que las cosas entre ellos distaban mucho de ser perfectas. Sin embargo el mito sobrevivió, aun después de que Bambi les hiciera a sus dos hijas mayores aquellas confidencias terribles no mucho después de que su padre se hubiese marchado. Michelle era la que seguía creyéndose aquel cuento de hadas y la única que ignoraba la existencia de la otra mujer. Mujeres. Aunque a Bambi no parecía preocuparle más que la última, Julie Saxony, a quien describía en términos extrañamente poéticos. Cabello rubio como el lino; ojos azules como el azulejo. Bellas palabras que, en cierto modo, resultaban peores que el dato nauseabundo de que la querida de su padre era una estríper.

La niña que suspiraba por Joey chilló y salió disparada del lavabo, y tras ella fueron sus doncellas. Rachel se quedó sola. Suspiró y trató de hacer algo con su pelo. Al final tuvo que reconocer que se demoraba en salir no solo por jugar a Margaret

Mead en el lavabo de señoras sino para evitar a Marc. Removió con los dedos su pelo castaño, por lo general desvaído, que la peluquera de Bambi había dado volumen peinándola con un flequillo y unos bucles muy sexys, que, a menos que se te ocurriera tocarlos, parecían naturales. Imposible pasar el peine. Luego metió un dedo por dentro de su falda de talla grande, pero la arruga se acomodó sola. Bambi había insistido en que sus tres hijas compraran sus vestidos en Barneys New York y el resultado era que las Brewer iban tan, pero tan a la moda que se veían ridículas y desentonaban en una fiesta de bat mitzvah en Baltimore. Rachel hubiera preferido disponer del dinero en efectivo que su madre había gastado en el vestido, aunque no, nunca le quitaría dinero a su madre. Estaba, igual que Linda, terriblemente preocupada por lo que había costado esa fiesta. Pero no estaba enfadada por eso. Por otra parte, Bambi juró que estaba todo bien, que había conseguido el dinero sin necesidad de crear más tensión en el hogar. Lo cual significaba que había recurrido a Bert. Era lo más probable.

Rachel también necesitaba dinero. Parecía un chiste eso de estar casada con un hombre rico y ser tan pobre. No era que los padres de Marc fueran mezquinos, al contrario, eran muy generosos, consigo mismos y con sus hijos. Pero eran tacaños con aquellos que tenían la mala idea de casarse con alguien de su familia. A veces Rachel miraba a su cuñado con ojos suplicantes, deseosa de que fuera la clase de persona que saldría con ella al balcón a fumar un cigarrillo, y así poder compartir sus penas. Pero ese bebedor de agua, tan alto como estúpido, ese *shaygetz*, era tan ingenuo que ni se enteraba siquiera de que todos ellos se mofaban de él y a sus espaldas lo llamaban «estúpido *shaygetz*». Algo por lo demás curioso, ya que la mayor parte de las veces los Singer aparentaban no saber yidis. Eran una familia muy distinguida, con una prosapia que se remontaba a varias generaciones. Cuánto le hubiera gustado a Rachel que su padre hubiera estado presente la noche de su cena de compromiso, aunque no fuera más que para oír sus comentarios sobre los recipientes para enjuagarse los dedos.

Por lo menos Bambi los había abochornado un poco con su belleza y su elegancia espectaculares. Pero el dinero en aquella casa... Esa noche, Rachel había observado que su madre se llevaba la mano al collar y a los pendientes de brillantes, sus preferidos. Un extraño no lo habría advertido, pero Rachel sabía que Bambi estaba asustada y que su nueva familia política la ponía nerviosa.

No se hubiera puesto nerviosa si Felix hubiera estado a su lado.

Diez años. Diez años. Rachel añoraba a su padre cada día. No era consciente de ello, pero su ausencia formaba parte de ella como la parra que, al enredarse en una estructura, la sostiene pero también la debilita. Daba por sentado que Linda y su madre sentían lo mismo que ella, pero casi nunca hablaban de él. A veces recordaban cosas, historias bonitas, «¿Te acuerdas de aquella vez en Gino?», «¿Y de los autos de choque?», «¿Y de cuando fuimos a comer al Prime Rib?». Nada más.

Rachel había evitado acercarse a Marc cuando ambos estudiaban en Brown porque él conocía su historia. Rachel se había enamorado perdidamente de él porque no tenía necesidad de contarle su historia. Llegó a la facultad, decidida a no mentir acerca de su padre, pero también resuelta a evitar la promiscuidad emocional tan frecuente en los dormitorios universitarios. Una cosa era el sexo, pero ¿por qué las chicas tenían que ser tan puercas cuando contaban sus intimidades? Pero Marc lo sabía. La conocía y no le tenía lástima.

—Ah, estabas aquí —dijo Linda abriendo la puerta de vaivén—. Marc parece algo triste.

—Es una pose —dijo Rachel—. Es más guapo cuando está cabizbajo y meditabundo.

—¿Qué pasa con vosotros dos?

—Tuvimos una pelea.

No era del todo cierto, pero iban a tener una, al día siguiente.

—Uf, vosotros siempre peleando.

—No siempre. Pero es normal discutir de vez en cuando —dijo Rachel pensando que ojalá fuera cierto—. Tú crees que todo el mundo tiene que ser como Henry y tú en el Reino Apacible.

—Nosotros también discutimos —replicó Linda con una satisfacción que desmentían sus palabras. Se sentó con cuidado en una de las mullidas banquetas tapizadas. A pesar de lo avanzado de su embarazo, se movía con su gracia habitual.

—Le gritas a Henry como si fuera un perro malo y él baja la cabeza y te pide perdón. O se ríe de ti. Eso no es pelearse.

—Sucede que estamos de acuerdo en casi todo. Pero, dime, ¿por qué os peleáis tú y Marc? Si os va todo perfecto.

¿Esa era la impresión que daban? ¿A su hermana también? Rachel trató de colocarse fuera de su propia vida y ver lo que los demás veían. La hermosa casa, regalo de los padres de Marc, en una urbanización bastante aséptica. A ella le habría gustado vivir en los barrios antiguos, cerca del centro, pero cuando es otro el que paga, no se puede elegir. Marc trabajaba en la empresa inmobiliaria de su familia, en el departamento comercial. Según se ufanaba, hacía importantes transacciones que implicaban muchísimo dinero. Marc prefería vender una nave industrial antes que cinco casas, mientras que Rachel pensaba que el único incentivo de los negocios inmobiliarios era la oportunidad de hacer feliz a la gente. Rachel era redactora en una agencia de publicidad de Baltimore, pero la habían contratado como favor a su suegro. Escribía sobre cosas tan aburridas que literalmente se quedaba dormida encima de su escritorio, ante la indiferencia de su jefe y sus colegas.

—Los padres de Marc ni se molestaron en acudir al servicio esta mañana. ¿Te has dado cuenta? Su padre se excusó diciendo que tenía un partido de golf importante. Que se sepa, jamás ha habido un torneo de golf que pueda considerarse realmente importante.

—De lo único que me di cuenta es de que los presentes se volvieron cuando la puerta se cerró de golpe en el preciso instante en que Michelle se levantó para leer su *haftorah*. Pero prefiero ver el lado bueno: todos pensarán que si lo hizo tan mal fue porque el ruido la puso nerviosa.

—¡Linda!

Pero su hermana tenía razón: el hebreo de Michelle era abominable.

—¿Es mucho pedir que haga un esfuerzo por hacerlo mejor, aunque no le ponga entusiasmo, después de todo el dinero que puso mamá y el tiempo que le llevó? Vamos, Rachel, tiene un profesor particular, se encierra horas y horas con él. Y no fue solo el hebreo. Su discurso fue ridículo.

—No me pareció tan mal. —Rachel, incorporó la letra de una canción de los Wham en el relato del Éxodo. Fue casi sacrílego. «Haz el pan antes de marcharte...»

—«... ponle levadura o será demasiado lento». Me pareció gracioso. —Rachel, nuestra especialista en semiótica. ¿Cómo te va con la carrera?

Pero Linda, que se enfadaba a menudo, no era cruel. Puso la mano en el brazo de su hermana a modo de disculpa.

—Lo siento, Rachel. Me siento como si llevara tres años embarazada. Y estoy furiosa con mamá por haber gastado un dinero que no tiene.

—Me dijo que no había problema. Me lo juró. Me contó que disponía de un dinerillo que le había caído del cielo.

—¿De dónde? Tía Harriet sigue vivita y coleando y no hay indicios de que vaya a palmarla. Ahora mismo está ahí fuera llenando su bolso de panecillos.

—No lo dijo. Pero insistió en que había suficiente como para disponer de un colchoncito.

Rachel pensó que no debía de ser tan cómodo el colchón como para echarle un cable a ella. Si dejaba a Marc, se quedaría sin nada. No tenía ahorros y aún debía bastante dinero a la facultad. Y perdería su empleo, puesto que se lo habían dado por hacerle un favor a su suegro. También le quitarían el coche, que estaba a nombre de los padres de Marc. Sin olvidar el acuerdo prenupcial, que técnicamente fue postnupcial, pues había sido presentado a la feliz pareja a su regreso de Las Vegas, adonde se habían fugado. Cómo se habían reído Rachel y Marc de aquel comportamiento absurdo de los padres de él. ¿Por qué no firmar un documento que no tenía significado alguno? Aceptaron. No había problema, estarían juntos toda la vida.

Rachel creyó que Marc había sido sincero en aquella ocasión. La amaba y eran almas gemelas. Él escribía poesía. Buena poesía, tenía que admitirlo aunque para ella fuera como una puñalada en el corazón. La segunda puñalada fue cuando él dejó de escribir. «No deseo licenciarme en Bellas Artes, enseñar y ser pobre —le dijo—. He tenido dinero toda la vida y me gusta.» Rachel no tuvo argumentos. Había conocido en su vida momentos con dinero y momentos sin dinero. Y claro que era mejor tenerlo.

Pero si ella tuviera el don de Marc para escribir y si su padre estuviera a su lado... no dudaba de que él la alentaría, la apoyaría. La familia de uno debería ser su Médicis. Y si se ponía a buscar un empleo por su cuenta...

—¿Tú crees en eso? —preguntó Linda.

—¿En qué? —dijo simulando que la había estado escuchando todo el rato, que no había estado enfrascada en sus propios pensamientos.

—Ya sabes. La historia. La puerta.

—Oh, no. Tú sabes bien que la gente entra y sale durante el servicio.

—Pero las puertas normalmente crujen, no retumban así. Todos se volvieron, menos mamá.

Rachel sonrió. Entre las dos hermanas había una gran complicidad, como si fueran mellizas. Michelle, pobrecilla, no lo tenía fácil.

—Estás diciendo que mamá es como el acusado del cuento sobre el juicio, en el que el abogado anuncia que el verdadero asesino está a punto de salir por la puerta. No se vuelve porque sabe que él es el verdadero asesino. De manera que mamá sabe que nada traerá a papá de vuelta, ni siquiera el bat mitzvah de Michelle.

—Sin embargo, si regresara, sería para eso precisamente.

—¿De veras? ¿No para nuestras graduaciones o nuestras bodas? ¿Solo el bat mitzvah de Michelle lo haría volver?

—Tú no fuiste a la tuya. Me refiero a tu graduación. Y a mí tampoco me interesaba la mía porque ya estaba haciendo los planes para mi boda con Henry. ¿Nunca has pensado —preguntó Linda sin su habitual tono quisquilloso— que las dos elegimos la clase de boda en la cual se nota menos un padre ausente? Tú en Las Vegas y yo un almuerzo en casa de los Gelman.

—Solo tratábamos de ahorrarle dinero a mamá.

—Y ahorrarnos nosotras la desilusión. Piénsalo, Rachel. —Linda se puso de pie, balanceándose, un poco como un globo pendiente de una cuerda, pero sin perder la gracia de sus movimientos—. Hemos vivido siempre con esta estúpida ficción de que regresará, cual espíritu benéfico, y lo veremos de pie al fondo de la sinagoga, como Elías en la Pascua. Pero nunca ha vuelto. Ni volverá. —Linda había palidecido.

—¿Te encuentras bien?

—Creo que voy a vomitar. Otras mujeres sienten malestares por las mañanas durante el primer trimestre. Yo los tengo por las noches y en el último.

Linda recorrió con una dignidad admirable la distancia hasta el retrete más próximo. Rachel se quedó a esperarla y observó que su hermana se las apañaba para vomitar sin hacer ruido. Ah, de lo que era capaz una experta en relaciones públicas, tan hábil para ocultar las cosas que sabía disimular el sonido de las arcadas. O era que aún no habían empezado.

Entró una niña frotándose los ojos.

—Sidney.

Rachel conocía a Sidney Gelman de toda la vida. La niña tenía ahora once años. Bert y Lorraine, en su desesperación por tener hijos, la habían adoptado. Y menos de dos años después Lorraine dio a luz a los mellizos.

—Hola, Rachel.

—¿Estás llorando?

—No. Es solo una reacción alérgica a los mariscos de las *crêpes*. Mamá le ha pedido al camarero que las retire y me traiga un plato de fruta.

Sidney era gorda, siempre lo había sido, pero una gorda dulce y saludable, la típica gordita de pelo lustroso y ojos brillantes. Rachel pensó que no sería tan bonita si la obligaban a perder peso. Pero tía Lorraine se alimentaba solo con pomelo asado y gaseosa y no veía motivos para que Sidney no hiciera lo mismo.

—¿Has podido probar las *crêpes suzette*?

—Me parece que de esas no he visto.

—Ven conmigo a ver si quedan algunas en la cocina.

Estuvo a punto de coger a Sidney de la mano, algo que hubiera hecho con la mayor naturalidad unos años atrás, antes de marcharse a la universidad. Pero entonces Sidney tenía cinco años. Tratarla ahora de la misma manera sería desastroso. Rachel la hizo entrar a hurtadillas en la cocina y, haciendo caso omiso de la mirada asesina del encargado del servicio de *catering*, se procuró una fuente con dulces para Sidney. ¿Qué tenía de malo? A lo mejor el tipo no quería a nadie comiendo en la cocina, pero ellas sabían que si se llevaban la fuente al comedor Lorraine encontraría la forma de quitársela. Era una fiesta. Nadie tiene por qué hacer dieta en una fiesta.

—¿Lo estás pasando bien?

—Sí —repuso Sidney—. No conozco a casi ninguno de estos chicos; yo estoy dos clases más atrás. Una chica me ha preguntado por qué he venido y le he dicho que Michelle y yo somos como primas. Me ha dicho que miento.

—Probablemente esté celosa —dijo Rachel—. Somos como primas.

—Michelle no me habla.

—¿Qué?

—No se lo digas a nadie. —La voz de Sidney, que había bajado el tono, denotaba pánico—. No me importa. De veras.

Sidney, a su manera, era una niña muy sabia. Sería contraproducente reconvenir a Michelle, pero Rachel hubiera preferido que su hermana no fuera cruel. Rachel y Linda habían sido buenas con todos porque su padre había insistido en ello. Y siguieron siéndolo después que él se marchó, de manera que jamás hubo rencillas ni chicas que las odiaran.

La fiesta tocaba a su fin cuando Rachel regresó con Sidney al salón de baile. El hecho de que Sidney estuviera con Rachel suavizó la mirada asesina de Bambi, pero no la dolorida de Marc. Rachel lo siguió hasta el BMW, decidida a no pelearse. Era el día del bat mitzvah de Michelle, no el día en que ella le plantaría cara a Marc.

En el coche se dio cuenta de que se había dejado el chal. Marc no quiso volver a buscarlo y siguieron el viaje. A los cinco minutos ella le dijo, de buen modo, porque no deseaba discutir, que no les habría llevado más de cinco minutos regresar, con lo cual habrían tardado solo diez más en llegar a casa. El chal era de cachemira y se lo había regalado su madre. No podía confiarse en que los del servicio de guardarropía del hotel lo guardaran toda la noche.

Cuando entró en el salón de baile ya se habían ido casi todos, aunque los falsos cafés y las falsas tiendas seguían en pie. Vio a una mujer que recorría el sucedáneo de un bulevar francés recogiendo todo.

—Oh, soy... he venido a conocer al encargado del catering —dijo cuando vio a Rachel—. Por otro trabajo.

La mujer iba vestida como el personal de la empresa de *catering*: pantalones negros y camisa blanca. Rachel observó que su cabello era rubio y sus ojos azules. Bien podía ser rubio como el «lino» y azul «azulejo». Era delgada, muy delgada. Huyó a la cocina y Rachel estuvo tentada de ir tras ella, pero no se movió. Fue un encuentro tan extraño que sintió el deseo repentino de contárselo a Linda, seguido de la inmediata decisión de no hablar de ello con nadie, nunca. No podía ser ella, imposible. Y en caso de que lo fuera, sería una de esas coincidencias propias de una ciudad como Baltimore. Podía ser que estuviera allí con la intención de contratar a la misma empresa de *catering*. A lo mejor estaba por casarse. ¡Hurra! Rachel encontró su chal en una silla y se marchó.

Subió al coche y se mantuvo en silencio todo el viaje mientras Marc no paraba de preguntarle por qué lo había dejado solo toda la noche. Le daba codazos, buscaba pelea, luego se apartaba como si la perspectiva de una riña y sus consecuencias lo pusieran nervioso.

—Está bien, no digo nada, puedo pasar la noche charlando con Lorraine Gelman aunque me aburra soberanamente. Ella y mi madre me retrotraen a la época de Park. Pero, tú, Rachel, ¿por qué me haces esto? Estabas hermosa esta noche. Yo solo quería estar contigo. ¿Por qué desapareciste?

—Había mucha gente con quien conversar —dijo Rachel en voz alta, aunque pensó: «No lo sé. Porque me divertía más en el lavabo. Porque esta noche eché muchísimo de menos a mi padre. Porque tú tienes una amante. Una estúpida, que para colmo te manda cartitas a nuestra casa.»

¿Había sido el día anterior, realmente, cuando ella abrió la misiva escrita a mano y dirigida a Marc? Rachel no era una entrometida. La había cogido porque venía de Saks y creyó que se trataba de un folleto de propaganda. A veces Marc podía ser innecesariamente extravagante y ella pensó que encontraría un aviso de venta de un abrigo de pieles, dada la época del año, o de alhajas para el Día de la Madre.

En cambio, se encontró con la carta de amor más explícita que había leído en su vida. Mejor dicho, más que de amor, una carta de sexo, pues era lisa y llanamente eso. «Tu polla aquí, tu polla allá, mi boca en tu polla.» Era como si la carta tuviera un montón de páginas, como si fuera más larga que el *Ulises*, más larga que los doce volúmenes de *Una danza para la música del tiempo*, una obra que a Rachel y Marc les gustaba mucho, pero que solo tenía una página y media, y no hubiera sido tan extensa de haberse escrito con una letra más controlada. Una parte de la mente de Rachel imaginó a Marc horrorizado ante un lenguaje tan pedestre y una letra tan descuidada.

Otra parte de su mente, más fría y cruel, intervino y replicó:

«Vamos, mírate. Te comportas como una verdadera hija de tu madre, una mujer cuyo esposo la ama tanto que se acuesta con otras. Amor a primera vista, amor a segunda vista, ¿y qué hay del amor a última vista? ¿Es mucho preguntar para una

Brewer? ¿O una tiene que elegir, como Linda, un hombre dulce pero débil y complaciente?

¿Cómo fue que Rachel había acabado viviendo la vida de su madre? ¿Cómo haría para salir de eso con su dignidad intacta? Una cosa era casarse con el mejor poeta, pero se suponía que también era el mejor de los hombres.

—¿Dónde estamos, Rachel?

Creyó que se trataba de una pregunta existencial, pero Marc, un muchacho del suburbio, se había perdido en las calles de la ciudad —todas unidireccionales— y había terminado dando vueltas en círculos.

—Vas en dirección norte por Calvert. Deberías girar aquí y volver al JFX.

—Pero lo puedo coger unas calles más adelante, ¿verdad?

Siempre le pedía ayuda y siempre se ponía a la defensiva cuando ella lo ayudaba. Marc no podía saber —¿o sí?— que la calle que había elegido pasaba delante de Horizon House, uno de los rascacielos edificados en la década de 1960, en otro de esos renacimientos frustrados de Baltimore. No era un sitio tan estupendo como le había parecido a Rachel diez años atrás, cuando su madre lo señaló desde el coche diciéndoles a sus dos hijas mayores, en un tono extrañamente neutro y frío: «La amante de vuestro padre vive aquí, pero apuesto a que se mudará ahora que tiene todo su dinero.»

14 de marzo de 2012

Al día siguiente de su entrevista con Bayard, Sandy caminaba por la calle Treinta y seis, sorprendido de ver cómo había prosperado aquella zona después de varios años flojos. Se puso a contar los restaurantes y al llegar a cinco se detuvo. Había uno que ofrecía comida casera, otro especializado en tallarines, un mexicano y el Golden West con su ecléctica mezcla de Tex-Mex, un Thai y otro que, según Sandy, era el típico Elvis sureño. Todo frito en abundante aceite, graso, asqueroso, buenísimo.

Con un restaurante cubano, la lista habría estado completa. Se preguntó si no se había adelantado a su tiempo. Solía alegar eso como excusa, pero, después de escucharla en boca de Bayard, le sonó falsa. Era la excusa del perdedor. Nabby, cuando él la decepcionaba, le decía despectivamente: «¡Eres un huérfano, nadie te quiere, me he equivocado contigo, so inútil!»

El coste de sonsacar información a los demás para ganarse la vida era que Sandy conocía perfectamente las maquinaciones de su propia mente, donde las ideas saltaban y rebotaban como las bolas en el flíper. Cuando salió para dar ese paseo sabía muy bien adónde se dirigía. Había llegado a su antigua casa, ahora una tienda de antigüedades abarrotada de cosas que jamás podría comprar. Sandy se levantó el cuello de la gabardina y, aunque el viento no era especialmente frío, agachó un poco la cabeza. Se sintió como un adolescente pasando en bicicleta por delante de la casa de su chica preferida. Solo pasar, para que ella lo viera y sintiera que lo amaba. «Mírame, aquí estoy, quiéreme.»

Fue entonces cuando vio al chico, uno de sus pocos clientes, saliendo de una de esas panaderías que solo vendían bollos y magdalenas, nunca un panecillo común y corriente o una hogaza de pan de centeno. El chico —Sandy siempre lo había visto como un chico— tenía que hacer malabarismos con las bolsas mientras arrastraba a una cría. Sandy había pensado que el chico tenía un bebé, no una niña que ya caminaba. Entonces se dio cuenta de que era la misma niña, que debían de haber transcurrido dos años desde que lo viera por última vez. Y, como cabía suponer, el bebé había crecido, como todos los bebés. Los normales, claro.

—¿Te echo una mano? —se ofreció Sandy agarrando una de las bolsas antes de que fuera a dar al suelo, justo cuando al chico se le empezaba a caer la mochila que llevaba colgada al hombro.

—¡Eh, Sandy!

Se quedó impresionado con la capacidad del chico para recordar su nombre. Él, en cambio, jamás hubiera podido llamarlo por su nombre. Y su alegría al ver a Sandy, alguien que no había sido más que un amigo ocasional, era sincera. Sandy no podía recordar la última vez que alguien se había alegrado tanto de verlo. Solo Mary. Nunca Bobby. Tenía que haber sido una señal, ¿no? Un niño debería mostrarse contento cuando su papá vuelve a casa.

—¿Cómo estás, Sandy? ¿A qué te dedicas desde que cerraste el restaurante?

El chico hizo lo posible por dar una connotación positiva a su pregunta, como si Sandy hubiera cerrado el restaurante por propia voluntad.

—Soy asesor. Ayudo al Departamento de Policía en casos sin resolver.

—¡Oye, suena muy interesante! —Dio unos pasos y agarró a su hijita del cuello de la chaqueta—. Te presento a Scout, Carla Scout, pero todos la llamamos Scout.

—¿Scout? ¿Exploradora?

El chico hizo una mueca.

—Lo sé. Es muy *hipster*. Pero viene de *To Kill a Mocking Bird* y no es en absoluto irónico. Por otra parte, a mí toda la vida me han llamado Cuervo, pese a que me llamo Edgar, que es un nombre muy respetable, y he salido indemne, bueno, relativamente.

Mira por dónde, el chico era fino. Se las había apañado para llamar a Sandy por su nombre, que también significaba «arenoso», sin incomodarlo. Sandy ahora se acordaba de que nunca lo había llamado «Cuervo», pero que, en broma, jugando con su verdadero nombre, le decía Fast («Rápido») Eddie. Si Sandy llevara un auténtico restaurante, de esos con mantel blanco en las mesas, elegiría a ese tipo como *maître*.

—Magdalena —dijo la niña mirando a Sandy con sus enormes ojos azules. Pero todos los críos tienen ojos grandes. Scout. Era una locura hacerle eso a una criatura, especialmente a una niña—. Más magdalena.

—Es muy bonita —dijo Sandy, sin estar seguro de que realmente lo fuera, pero uno no podía equivocarse diciéndole a un hombre que su hija era bonita. Tenía unos colores preciosos: ojos claros y cabello oscuro, negro tipo irlandés. Como Mary. Pero iba vestida de una manera muy extraña: llevaba unos shorts encima de unos gruesos leotardos, y una trenca muy práctica. Sandy no estaba demasiado actualizado en materia de ropa para niñas de dos años. Quizá fuera la moda, ¿cómo había dicho el chico?, *hipster.*

—Se viste solita —anunció su antiguo cliente—. ¿Así que estás trabajando en algo interesante?

Sandy sintió que deseaba hablar del caso con alguien. Súbitamente le entraron deseos de conversar, de compartir uno de esos momentos que la mayoría de la gente considera como lo más natural del mundo. «¿Cómo te ha ido hoy en el trabajo, cariño?»

—Sí, por cierto, muy interesante. Se trata de Julie Saxony, la amante de Felix Brewer. —El chico no dio muestras de saber de qué se trataba—. Un tipo acusado de trampa en el juego, un delito federal, que prefirió escaparse, allá por los años setenta, para no cumplir su condena. Ocurrió hace mucho, antes de que tú nacieras, supongo.

Le vinieron a la memoria algunos detalles. El chico se había criado en otra parte, pero su mujer era una baltimoreña pura, nacida y criada en Baltimore.

—A los diez años de su fuga, casi el mismo día, ella desapareció —prosiguió Sandy—. Los polis siempre creyeron en la tesis del asesinato, pero el cadáver no apareció hasta el año 2001.

—¿Estás trabajando en eso por alguna razón en particular?

—No.

No le podía hablar a un tipo como ese de una foto sexy ni explicarle la atracción que había ejercido sobre él la mirada de una muerta.

—Sabes, mi mujer es detective privado.

—No lo sabía.

¿Era Sandy tan poco curioso que nunca le había preguntado a uno de sus clientes qué hacía su esposa? ¿O era la clase de hombre que no concebía que una mujer fuese capaz de trabajar en algo interesante? Reconoció que era ambas cosas. Pero el hecho de ser un policía de Homicidios significa que te pasas mucho tiempo con la nariz metida en vidas ajenas, de manera que, fuera de las horas de trabajo, no le andas pidiendo a la gente que te cuente su vida.

—Ella dice que lo que mueve a la gente es siempre el dinero. El dinero y el orgullo.

Sandy no deseaba ser descortés pero se estaba cansando de que los demás le dijeran cómo hacer su trabajo. Un investigador privado no sabía mucho sobre homicidios. Puede que supiera de divorcios. Y sí, en ese apartado todo se hacía por dinero y orgullo.

—La mayoría de los asesinatos —explicó Sandy— ocurren por estupidez, impulso y oportunidad.

—Seguro, la mayoría. Pero son los... ¿cómo los llamáis? ¿Los *dunkers*?

Cuánto mejor sería si la gente dejara de mirar series policiales, pensó Sandy. Deberían estar reservadas a los polis exclusivamente.

El chico prosiguió:

—Estoy pensando en casos nunca resueltos en que los culpables se han tomado el trabajo de ocultar todas las huellas.

—Móviles —dijo Sandy sin molestarse en disimular un suspiro de fastidio—. Bueno, desde el punto de vista financiero, nadie se ha beneficiado con la muerte de esta señora.

«Señora.» ¿La hubiera llamado así la semana anterior? Tal vez no. Pero cuantas más cosas sabía de Julie Saxony, más le agradaba. Había sido una triunfadora, una ambiciosa.

—Siempre he sentido curiosidad por saber si la Policía tiene acceso a todo tipo de información financiera en un caso de asesinato. ¿Podéis obtener las cuentas de una persona, hacer una suerte de informe sobre su solvencia? Quiero decir, mi esposa... —De pronto se puso a limpiar la boca de su hija pringada con restos de magdalena, algo en lo que hasta ese momento no se había fijado. Sandy sospechó que el chico había estado a punto de incriminar a su esposa, de revelar que ella tenía fuentes que le suministraban informaciones mediante métodos no precisamente legales. Muy bonito, pero no estaba obligada a defender su labor ante un tribunal, ni describir cada prueba y decir cómo la había obtenido. Trabajar con divorcios era como ir a la guerra, y en la guerra, como en el amor, todo estaba permitido.

En el amor, como en la guerra, todo estaba permitido. Su cerebro volvió a repetir su propio pensamiento, ordenándole que prestara atención, que no pasara por alto lo que podía parecer un tópico.

—Claro, si cuento con la documentación adecuada puedo obtener lo que necesito. Verás, no es como en las películas, donde con un simple clic el poli abre un documento increíble en su ordenador. Como sea, en este caso no hay dinero que rastrear. Ella tenía un bonito negocio. Nadie se benefició con su desaparición, más bien le trajo problemas a mucha gente, a sus empleados, a su hermana. No pudieron seguir trabajando. El negocio se fue al garete.

—Ah, y entonces ¿qué crees que sucedió? Quiero decir, ¿por dónde empiezas?

—Por los testigos originales, cada uno de los nombres que aparecen en el expediente, que tiene casi ochocientas páginas. Lógicamente, me atengo a los que aún viven y andan por aquí. Estos hechos ocurrieron hace veinticinco años. —Calculó la edad del joven y añadió—: La gente se muere, ya sabes.

El chico asintió con la cabeza y dijo:

—O desaparece, o no recuerda. O creen que recuerdan, lo cual es peor. ¿Sabías que cuantas más veces contamos una historia, más la distorsionamos? Me refiero a los hechos en sí. Es como retirar un objeto muy querido y muy frágil de una caja y hacerlo girar en tus manos. Cada vez lo dañas un poco más.

—Interesante observación.

Esta vez no lo dijo por cortesía. Había empezado a prestar mucha atención a la cuestión de la memoria, clave en los casos sin resolver. Le preocupaba que llegara un día en que los abogados defensores pudieran prescindir de todos los testimonios basados en la memoria. Creía que Estados Unidos debía seguir el ejemplo del Reino Unido y colocar cámaras en todas partes. Los de la Asociación Americana por las Libertades Civiles pondrían el grito en el cielo, pero si no eres un delincuente, ¿por qué iba a importarte? Todo valía en el amor como en la guerra.

El amor, pensó. No excluía la estupidez o el impulso. De hecho, el amor era propenso a andar en esas compañías.

—Debo irme —dijo abruptamente, consciente de su grosería e incapaz de evitarla—. Tienes una niña adorable.

Entró en una cafetería, una de las auténticas, de la época en que la avenida no era tan elegante, y pidió un café. Sacó una libreta y se puso a hacer garabatos. A veces era mejor no tener el expediente delante de uno, solo la cabeza y papel.

Recreó las formas en su mente. El triángulo principal: Julie, Felix y su esposa, que no apareció hasta el 2001, cuando se abrió el caso por asesinato, y había sido definitivamente descartada. Cuando Julie desapareció, todos centraron su atención en Felix, pero ¿qué ganas con matar a la amante de tu marido diez años después de que él se haya marchado abandonando a las dos? Pero había otros triángulos. Felix, Julie y su hermana. Julie, en cierta forma, había dejado a Andrea por su novio. Se había mudado y había ascendido. Dibujó otro triángulo: Felix, Julie, Tubby. El otrora obeso la había conocido primero y luego se la había llevado a Felix. ¿Un tributo? ¿O la había querido para él y se llevó una sorpresa cuando ella eligió a Felix?

Pagó su café. Un dólar veinticinco. Era barato. ¿Había vivido realmente en un mundo donde un café costaba veinticinco centavos, una chocolatina cinco y las hamburguesas menos de cincuenta? En las gasolineras, por mucho que los precios aumentaran, no ahorraba porque le parecía normal que la gasolina, controlada como estaba por los jeques, aumentara continuamente. Eran las pequeñas cosas de su juventud que él recordaba. Le habían parecido caras cuando llegó de Cuba. Caras y abundantes. La primera vez que entró en la farmacia de la calle Veintinueve, donde había una máquina expendedora de refrescos, se había sentido abrumado por la abundancia de su nueva vida. Le había llevado cuarenta minutos elegir una chocolatina. Se lo contó a Mary, y añadió que era una chocolatina Marathon. Mary le hizo notar que las Marathon no existían cuando él tenía catorce años.

Entonces el chico, Cuervo, tenía razón. Las cosas que Sandy creía recordar mejor eran las que peor recordaba. ¿Y sus recuerdos de Mary? ¿Tampoco eran fidedignos? Mientras fueran tiernos y afectuosos, ¿qué importaba que no fueran del todo fidedignos? Como cada día, añoraba que ella estuviera en aquel momento a su lado. Cierto que Mary era capaz de volverlo loco con sus infinitos análisis de cada cosa que sucedía entre ellos, pero eso lo hacían todas las mujeres.

Garabateó un nombre en su libreta: «Lorraine Gelman.» Fue ella quien, indirectamente, puso a Julie en relación con el chef. Conocía a Bambi y a Felix. Probablemente conocía a Tubman a través de su esposo, el abogado penalista. Protegería a sus viejos amigos. Las esposas toman siempre partido por las esposas. Pero ella debía de saber cosas, quizás había descubierto la dinámica que él sospechaba. La única preocupación de Sandy era que una mujer casada con uno de los mejores penalistas de la ciudad no hablaría con él sin consultar antes con su abogado.

Consultar con su abogado. Era lo que seguramente le iba a decir: «Tendré que consultar con mi abogado.» A veces, Sandy se sentía como un mago en una habitación llena de niños donde hasta el más pequeño le gritaba: «¡La caja tiene truco! ¡Ella encogió las rodillas!»

18 de junio de 1991

Michelle era consciente de la impresión que causaba cuando se dirigió a la piscina en bikini y sandalias de tacón. Se paseó muy lentamente por el borde hasta llegar a la parte más profunda, donde se hallaban sentados los adultos: su madre, Bert y Lorraine. Y volvió sobre sus pasos para buscar una de las sillas que había en el otro extremo de la piscina. Repitió su numerito exhibicionista al arrastrar la silla haciéndola chirriar y rechazando la ayuda que le ofrecieron los chicos. ¿Cómo se le podía ocurrir a Bambi que Michelle, con dieciocho años y bachiller, tenía que asistir a una fiesta de adolescentes? Ya había tenido bastante con soportar a Sidney todos esos años, pero que la obligaran a estar en una fiesta de quinceañeras el primer sábado hermoso de junio era una tortura. Especialmente cuando su novio le había propuesto llevarla a cenar a Filadelfia, al Le Bec Fin. Pero eso su madre no podía saberlo. Ni siquiera sabía que tuviera novio.

Michelle había urdido un plan excelente para marcharse ese fin de semana. Le había dicho a su madre que iría a Filadelfia por el día a visitar un museo de arte con una chica que había conocido en el viaje a College Park, una chica con quien podría compartir habitación si demostraba ser tan buena compañera como parecía. Era fácil que Bambi se tragara algo así: el arte, una chica, Michelle tratando de ser sensible y optimista con todo el asunto de College Park, que había sido una píldora difícil de tragar. No porque ella no fuera tan inteligente como Rachel o tan trabajadora como Linda, sino porque había querido ir a un lugar «divertido». La Universidad de Arizona, Tulane o la Universidad de Miami. Solo que no había conseguido ingresar en ninguna de ellas. Bambi dijo que Maryland era un chollo, y si quería marcharse del Estado tendría que haber sacado mejores notas en la secundaria, como Linda y Rachel.

—También podrías pensar si los días que dedicas al bronceado figuran en la lista de cosas que necesitas en una facultad —le había dicho.

Días para broncearse al sol. Michelle se dio vuelta sobre su estómago y se desabrochó el top que llevaba atado al cuello, se lo quitó sin darse vuelta y lo puso sobre la mesilla donde sudaba su Coca Diet. Su madre y los Gelman se deleitaban con sus Bellinis, aunque a los niños —¡los niños!— les habían prometido un sorbito de champán cuando llegara el pastel. Las hermanas de Michelle, bueno, al menos Linda, habían podido beber a los dieciocho, pero la ley había cambiado. Una cosa más para anotar en la Lista de Injusticias de Michelle.

Pero ahora que se había quitado el top, ninguno se atrevería a acercarse a ella. Le dolía un poco, es cierto, la presión de sus pechos desnudos contra la tumbona de inspiración japonesa —Lorraine tenía cosas muy bonitas, pero no siempre eran las más confortables—, y probablemente le quedarían marcas, pero ¿qué importaba? Esta noche no vería a su novio. Bambi había torpedeado su plan perfecto. Le había dicho a Michelle que no pensaba darle dinero para el billete de tren porque ya le había dado seis semanas de su estipendio por adelantado. Y Michelle no podía llevarse el coche pues Bambi lo precisaba para acudir a esa fiesta, a la que también debía ir Michelle.

—Te guste o no —había añadido Bambi.

—A lo mejor me gusta.

Michelle echó un vistazo por encima del hombro a los chicos que ganduleaban por el borde de la piscina. Unos años atrás se hubiera divertido provocándolos, pero era demasiado fácil, no tenía la menor gracia. El hombre de Filadelfia, como lo llamaba ella, era otra historia. *Historias de Filadelfia*. Era la clase de chiste que hubiera hecho Rachel si Michelle se lo hubiera contado, pero ella no era como las demás, no le iba a contar a Rachel sus secretos. *Historias de Filadelfia* tenía veinticuatro años y estaba en segundo año de la facultad de Wharton. Michelle se comportaba con él como una calientapollas. Le encantaban los hombres que empleaban esa palabra como un insulto. Ella estaba orgullosa de su técnica, tan exquisita y ceremoniosa como la de un matador. Aún no había hecho otra cosa que dormir con él, en el sentido literal de la palabra, en camiseta y ropa interior solamente, pero, cuando se despertó en medio de la noche porque él estaba tratando de desnudarla, lo echó de la cama.

Esa vez, su madre había creído que Michelle se había marchado a Nueva York en un viaje organizado por el colegio. Hubo un viaje a Nueva York organizado por Park en mayo. Bambi le había dado el dinero y Michelle se había inscrito. Tres días antes de la partida, se presentó muy compungida ante el director y le explicó que habían surgido «los habituales inconvenientes» en su casa y necesitaba que le devolvieran el dinero. El director había contado los billetes, que sacó de la caja chica, y le preguntó cómo le iba con su proyecto final. (Los estudiantes de Park no asistían a clase en el último semestre, sino que trabajaban en proyectos que luego presentaban a fin de curso.) Ella, con su voz de chica valiente, de chica-que-ha-visto-demasiado, a la que habían pedido que fuera adulta antes de tiempo, le contestó que le iba tan bien como cabía esperar. *Historias de Filadelfia,* a quien ella había conocido en el bar del Preakness un fin de semana, la estaba esperando a la salida del colegio. La llevó en su coche directamente a una bonita hostería de la costa Este, que años atrás había salido en una película. Ella lo torturó durante todo el fin de semana. Le dijo que era virgen. Era cierto. Que todavía no estaba preparada. También era cierto, aunque su falta de preparación nada tenía que ver con el miedo. Y lo ayudó a correrse, no era tan desalmada. Bueno, un poco quizá sí, cuando en bragas y camiseta se metió en aquella cama grande con él y le propuso que se ocupara de sí mismo mientras la miraba masturbarse. «Pero usa una toalla», añadió.

Antes de llevarla de regreso a casa, habían ido al Sax, en Washington D.C. Ella escondió sus compras en casa de su amiga Deborah, quien puso a Michelle al corriente del viaje a Nueva York como para que pudiera contárselo luego a Bambi brindando detalles convincentes. El único inconveniente probable era que alguien le comentara a Bambi que había sido una lástima que Michelle no hubiera podido ir, aunque Michelle estaba segurísima de que el director les recomendaría a todos que no hicieran comentarios que pudieran herir la sensibilidad de las pobrecitas Brewer. Todos eran tan prudentes, tan puñeteramente cautos con Michelle... La gente en el colegio, su madre, sus hermanas. Y que ella se aprovechara de ello no quería decir que no la fastidiara.

Por Dios, esa tumbona era como las que se usaban en los juegos sadomasoquistas. No podía hallar una posición confortable y tampoco ponerse boca arriba. Muy probablemente Lorraine ignoraba lo incómodo que era estar tumbada boca abajo cuando tenías pechos, pero seguro que Sidney sí lo sabía. Lorraine no pasaba mucho tiempo junto a la piscina, puesto que era esa clase de mujer que nunca se pone morena. Una lástima. La piscina era magnífica. A Michelle le encantaba la casa de los Gelman y no podía entender que su madre, en privado, la desdeñara. Cuando ella era pequeña, creía que su madre hacía ver que no le gustaba porque se sentía avergonzada de su propia casa, pero no, Bambi realmente pensaba que esa casona vetusta donde vivían era preferible a aquella casa nueva donde cada cosa era el último grito de la moda. Michelle, en cambio, se decía que si todo eso era una horterada, como pretendía su madre, ojalá un día también ella pudiera vivir rodeada de horteradas como esas.

Sintió una sombra a sus espaldas, supuso que sería una nube que tapaba el sol. Cuando se percató de que la sombra no se movía, dijo:

—Estoy muy bien, no necesito nada.

—Necesitas ponerte el top —gruñó una voz masculina.

Uff, Bert; seguro que lo mandaba su madre a hacer el trabajo sucio. Otra vez.

—Tú no llevas top —le contestó.

Bert se sentía muy orgulloso de su físico y Michelle tenía que admitir que estaba muy bien. Delgado y musculoso, sin demasiado vello, solo lo justo. Y, como ella, adquiría un bronceado muy bonito, no como Lorraine, que tenía lunares por todas partes y siempre se ponía sombreros anchos.

—Estás haciendo pasar vergüenza a tu madre.

«Y haciendo sombra a tu hija», pensó Michelle. En realidad, Sidney le caía muy bien, era muy simpática y llevaba muy bien lo de ser la única pelirroja con sobrepeso en una familia de gente morena y guapa. Adam y Alec, sus hermanos mellizos, nacidos menos de dos años después de que Sidney fuera adoptada, tenían la clase de ojos y labios de los que la gente suele decir que son un desperdicio en un varón. Y sin duda lo eran en esos dos.

Los típicos guaperas, antipáticos y muy competitivos. Ya los habrían expulsado de Park si no fuera por Lorraine, que tenía mucha mano en ese colegio.

—Está bien, me voy a sentar y me pondré el top —dijo en tono provocador.

—Antes te vas a cubrir con una toalla e irás a la casa a ponerte algo decente.

Iba a responderle, pero algo en el tono de Bert no admitía discusión. Obedeció. Sin dejar de pensar en la otra realidad, la de Filadelfia, el lugar donde ella debería estar en ese preciso momento. Habrían ido al museo de arte. Y luego a Le Bec Fin, aunque Michelle no podía comer tanto si quería usar bikinis, pero le agradaba la idea de los restaurantes caros con vino y champán. No obstante, aún no estaba lista para tener sexo con él. Tal vez nunca lo estaría. Antes quería estar enamorada, y todavía no se había enamorado, ni siquiera un poco. Casi ninguno de los chicos y hombres que conocía le gustaban. Suponía que *Historias de Filadelfia* se pondría furioso con ella, realmente furioso. Eso era parte de la excitación, probar hasta dónde podía provocar el deseo de un hombre. No, no deseaba que la violaran, pero sentía que tenía un excelente instinto para escoger a hombres que no iban a llegar tan lejos. Como *Historias de Filadelfia*, por ejemplo, actuando con sigilo en medio de la noche para luego negarlo, mentir y acabar durmiendo en una silla después que ella le pegara cuatro gritos. No, lo tenía muy claro, ella no estaba atrapada en un dilema moral como el que probablemente padecía Rachel, que deseaba que un hombre la obligara a perder la virginidad porque se sentiría muy culpable si se entregaba libremente.

Era muy emocionante saber que ella tenía algo que los hombres deseaban, que cualquiera deseaba. Sus novios no solo no se aprovechaban de ella, sino que dejaban que ella los mangoneara y les pidiera favores. Creía que podría seguir haciendo lo mismo después de perder la virginidad, pero no tenía la menor prisa en averiguarlo. Por lo que Michelle sabía, su madre no había tenido sexo durante quince años y los hombres se volvían locos por ella. Bastaba con mirar a Bert, hacía cualquier cosa que ella quisiera, y eso sin que Bambi tuviera que pedírselo. Sus hermanas, en cambio, se habían enamorado locamente, ¿y qué habían conseguido? Linda le gritaba siempre a Henry, y Marc se había divorciado de Rachel antes de su segundo aniversario de casados, dejándola sin un centavo. Rachel, la muy boba, había firmado un acuerdo postnupcial. Nadie pillaría nunca a Michelle cometiendo esa clase de errores.

La primera vez que Michelle descubrió que tenía poder fue cuando estudiaba con su profesor particular de hebreo, un muchacho que le regalaba ropa diciéndole que la compraba para ella. En realidad, la había hurtado, pero ella no lo sabía. Michelle podía imaginarse a Rachel diciéndole: «Haz números, tonta. Te estaba ayudando con el hebreo por diez dólares la hora. ¿Crees que podía comprar esas prendas que te regalaba?» Pero a Michelle no se le había ocurrido que el chico no pudiera pagar esa ropa hasta que lo arrestaron, un mes después de su bat mitzvah. Lo cogieron en el Woodies de Columbia con unos tejanos Guess. Lo primero que pensó Michelle fue: «Oye, ¿no robará también para otras chicas?» Daba por supuesto que ella era una chica especial y se enfadó mucho cuando se enteró de que el muchacho hacía lo mismo con otras estudiantes.

Un poco perverso. Era gracioso, los tíos que menos te interesan son a menudo más perversos que los que realmente te importan. Pero era débil, muy débil. Una vez quiso que Michelle se probara una de las prendas, y ella lo miró y le dijo: «No es de mi estilo, pero gracias de todos modos.» Ese día Bambi había salido. ¿Quién no hubiera confiado en dejar a su hijita de doce años estudiando con su profesor de hebreo? Él había tratado de besarla una vez, solo una. Michelle se había llevado la mano a la boca y le había dicho: «No, gracias.» La semana siguiente le llevó tres vestidos de mejor calidad.

Se envolvió en una toalla y caminó por el borde de la piscina, consciente de las miradas de los chicos puestas en ella. No usó el lavabo del vestuario, una suerte de caseta de madera junto a la piscina, tampoco fue al aseo contiguo a la cocina. Michelle, que conocía la casa de los Gelman tan bien como la suya, subió por la escalera y entró en el dormitorio principal, una suite con un cuarto de baño revestido de mármol, con espejos iluminados, toalleros con calefacción, bidé y hasta el suelo con calefacción, apagada, por supuesto, pues corría junio.

El baño comunicaba con un vestidor tan grande como su propia habitación; una birria de habitación, pensó Michelle al compararla con la de los Gelman. Aunque Linda y Rachel se fueran de casa, Bambi no permitiría que Michelle ocupara la habitación de ellas. Michelle sospechaba que era porque deseaba volver a decorarla y transformarla en su propia habitación. ¿Por qué no podía mudarse ella? Su cuarto era infantil, aunque sofisticado para una niña de trece años. Le habían permitido emplear el dinero de su bat mitzvah para reformarlo. Pero ahora la gama de colores melocotón y verde pálido la tenían aburrida de tan delicados que eran, tan Laura Ashley.

Se había vuelto a poner el top y, desde la larga banqueta tapizada en que se había sentado, admiraba la perfección del vestidor de Lorraine. El problema, tal como Michelle lo veía, era que el dinero llegaba demasiado tarde. Tenías que ser vieja, tener al menos cuarenta años, para disponer de dinero para alhajas, ropa y muebles de la mejor calidad. Aun si Lorraine hubiera sido tan hermosa como Bambi, todas esas cosas en ella habrían sido un desperdicio. A Michelle le hubiera gustado haber conocido a su madre cuando tenía veinte años, cuando el dinero fluía y la familia no reparaba en gastos. Las fotografías de aquella época, en blanco y negro, le parecían falsas, como decorados de una película. Y en 1973, cuando Michelle nació, la ropa que se llevaba era muy hortera. Gracias a Dios, Bambi las había vestido siempre como lo que eran, unas pijas.

Apenas recordaba a su padre y a veces le preocupaba que sus recuerdos ni siquiera fueran los suyos, sino las cosas que su madre y sus hermanas le habían contado. Pero en cambio se acordaba de un olor, de dos olores, en realidad. Las cajas de cigarros y cualquier cosa que fuera de piel. Y una loción para después del afeitado, una en particular, que ella a veces olía en las perfumerías. Nadie habría podido inducirle a acordarse de olores que ella no pudiera recordar por sí sola.

Si su padre hubiera cumplido la condena, ahora sería un hombre libre. ¿Tan difícil habría sido? En una ocasión escuchó que Linda le decía a Rachel que su padre, según Henry, habría podido salir en diez años. Diez años. Estaría aquí y esta casa habría sido suya y le habrían dejado usar la ropa y las alhajas de su madre. Pues sí, Michelle y Bambi tenían la misma talla. Cuando Michelle era pequeña, todos los chicos que invitaba a su casa se enamoraban siempre de Bambi.

Quizá por eso Michelle prefería a los hombres, hombres que nunca invitaba a su casa.

Pero, aunque su padre hubiera regresado, ¿habrían sido ricos otra vez? Michelle nunca lograba resolver esa parte de su fantasía, pues era muy pragmática con sus fantasías. ¿Qué haría su padre? ¿Podría ganar lícitamente tanto dinero como antes con su antiguo negocio? No eran preguntas que no le pudiera hacer a su madre o sus hermanas. Lo poco que sabía de su padre lo había escuchado a escondidas. Michelle era menos rencorosa de lo que los demás creían por no haber vivido la época de bonanza, cuando la familia tenía dinero. Pero aborrecía a sus hermanas por no compartir con ella ciertos secretos. Las historias sobre la amante, por ejemplo. ¿De veras creían que Michelle, por muy apática que fuese a los trece años, no había visto el artículo aparecido en el *Star* sobre la desaparición de Julie Saxony a poco de cumplirse los diez años de la de su padre? No había sido más que una cuestión de tiempo ya que, en el colegio, no faltó quien le dijera lo mismo que creían todos: que su padre había mandado llamar a Julie Saxony... y recogido todo el dinero que había escondido, un dinero que supuestamente era para Bambi.

De pronto, inexplicablemente, Michelle rompió a llorar. Y a su alrededor todo era tan hermoso, sedoso, prístino, que no sabía dónde secarse las lágrimas, que le brotaban sucias de rímel. Volvió a entrar en el baño sin hacer ruido y recogió la toalla que había dejado tirada en el suelo.

—¿Qué haces aquí?

Era Sidney, la niña del cumpleaños, la niña a quien todo aquello pertenecía, aunque nunca en su vida, por más que Lorraine la matara de hambre, se podría poner los vestidos de su esquelética madre. Lucía un bikini, algo que Michelle consideraba de pésimo gusto. Si ella tuviera un cuerpo como el de Sidney andaría con un caftán todo el día.

—Tu padre me ha dicho que me ponga el top. Estaba tomando el sol boca abajo para evitar que me queden marcas. Pero ya sabes cómo es.

—Sus ideas sobre la feminidad son básicamente las mismas que las de sir Walter Scott. Mi papá es un puritano —dijo, y se encogió de hombros.

Michelle envidió esa libertad de palabra mucho más que todas aquellas cosas maravillosas. Poder decir que su padre era esto o aquello.

Poder decir: «Mi papá.» Mi papá, mi papá, mi papá.

—Por cierto, están por servir el pastel. ¿Quieres un trozo?

El tono de Sidney implicaba que nadie podía dejar de querer pastel. A Michelle le hubiera gustado querer pastel, que el placer de comer pastel de chocolate glaseado todavía significara algo para ella. Pero ¿cuáles eran sus placeres? Disfrutaba organizando algunas cosas. De haber ido a Filadelfia esa tarde, lo más divertido habría sido el subterfugio y la escapada. Y después, por la noche, las horas que pasaría negándole al otro su placer. Eso era lo que la hacía más feliz, o al menos algo cercano a lo que los demás entendían por felicidad.

—No sé —repuso—. No tengo hambre.

—Debe de ser por eso que tienes ese cuerpo —fue el comentario de Sidney, pero en tono alegre, nada envidioso—. Mamá querría que yo comiese solo lechuga y zanahorias con la esperanza de que me parezca a ti, o al menos a ella. Pero eso no sucederá, nunca.

Michelle no pudo menos que admirar la naturalidad con que Sidney se aceptaba a sí misma.

—¿Cómo lo consigues?

—¿Qué cosa?

¿Cómo explicárselo?

—Que no te importe. Quiero decir, ya sabes, aceptar las cosas como son.

Sidney sonrió. Una media sonrisa de soslayo, estirando la comisura izquierda.

—He pasado lo mío, cosas que me han fastidiado. Problemas más grandes que mi peso.

—¿Como cuáles?

A Michelle le resultaba imposible imaginarse qué podía realmente fastidiar a una niña como ella, que tenía dinero y no le preocupaba su aspecto físico.

—El verano pasado me pidieron que me fuera del campamento.

—Vaya. ¿Te expulsaron de las colonias?

Sidney la escudriñó, como ponderando la confianza que podía merecerle Michelle.

—Así es. Me fastidia mucho. Me encantaban las colonias. En especial... bueno, ojalá pueda volver a ir. Este año me habría tocado ser monitora junior. Pero no puedo retornar. Lo han dicho con toda claridad.

Algún niño estúpido la acusó de algo, pensó Michelle. No indagó más e ignoró el hecho de que Sidney quería seguir con ese tema.

—Mira, aunque no quieras pastel, por favor, ven a la fiesta. Ya sé que no te apetece estar aquí, con mis amigos, pero me alegra que hayas venido.

—¿En serio?

—Sí, en serio. Yo no tengo primos verdaderos. Tú, Linda y Rachel sois las más cercanas que tengo. Y mis hermanos son unos tontos de capirote.

—¡Sidney! —No era que Michelle no pensara lo mismo, pero la escandalizó la franqueza de Sidney.

—Todo el mundo lo sabe. Salvo mamá, pero supongo que así tiene que ser. Mira, a mí no me importa que me hayan adoptado, de verdad, y tampoco que mis hermanos hayan nacido dieciocho meses después y que la gente diga: «Oh, cuando la gente adopta, se tranquiliza y luego tiene hijos propios.» Mis padres nunca me han hecho sentir menos que los mellizos. Nos malcrían a los tres por igual, pero a ellos un pelín más. ¿Has notado que hoy no están aquí? Han salido con tío Tubby a jugar al minigolf. Como sé que lo echarían todo a perder, le pedí a papá que se los llevara. Son dos psicópatas.

—¿Has pensado alguna vez en tus padres naturales?

—Mamá y papá son mis padres naturales —respondió Sidney. Y tras una pausa añadió—: En cambio, sí me pregunto por mis padres biológicos. Soy curiosa, ¿cómo no serlo? Y mis padres no me van a contar gran cosa sobre mi adopción. Dicen que todo fue hecho a través de la asociación.

—Tiene sentido.

—Sí, pero tendría que haber una historia detrás, ¿no? Y lo único que sé es que sucedió muy rápido, que recibieron una llamada y fueron a buscarme. No tenían nada preparado. Nací veinticuatro horas después. No sé. No tiene sentido.

Michelle pensó que tenía tanto sentido como cualquier otra cosa. Y que también sería mejor empezar a pensar en algún método anticonceptivo. Para cuando llegara el momento. Las mujeres de su familia eran fértiles. Linda tenía cuatro niños y ya hablaba de atarse las trompas. Michelle no había sido precisamente un accidente, la consecuencia de una noche de juerga, su padre buscando una vez más un varón, por mucho que su madre insistiera en que él prefería ser el único hombre en un hogar de mujeres. «Le gustaban las mujeres», era la frase de Bambi, pero en qué tono más seco lo decía...

—En fin —dijo Sidney—, yo quiero comer pastel. Y es mi cumpleaños. Por un día, quiero ser yo quien lleve la voz cantante. Mañana volveré al mundo de Heckle y Jeckel, las Urracas Parlanchinas. A veces me siento como la hermana de Ferris Bueller. Sabes, es probable que tuviera motivos para ser una bruja loca.

—Bueno, no está tan mal; si eres Jennifer Grey, acabas bailando con Patrick Swayze.

La cara que puso Sidney fue antológica.

—Sí, nadie pone a Baby en el rincón, ¿verdad? Yo soy la única que pasa un montón de tiempo en los rincones. Bueno, tampoco en tantos rincones, aunque viendo esos estúpidos programas de la tele, como *Blossoms*. Los demás miembros de esta familia son muy deportistas. Hasta mamá juega al golf.

Se encogió de hombros.

—Entonces, ¿por qué has querido una fiesta de quince en la piscina?

—Yo no quería. Ni siquiera quería una fiesta. Mi deseo era ir a un bonito restaurante, mamá, papá y yo solos. Pero ellos pensaron que no era lo ideal para un cumpleaños tan especial.

—Lo siento —dijo Michelle.

No lo sentía. Le daba mucha rabia que Sidney tuviera padres que pensaran en lo que podía ser ideal para ella. Su familia, en cambio, siempre decía que Michelle era maravillosa, pero sin embargo siempre desoían sus propuestas sobre lo que podía o no ser ideal para ella.

—No importa. Dentro de dos años me marcharé a la universidad. Mamá piensa que debería ir a una de las siete universidades femeninas elitistas, y yo quiero vivir en Nueva York. Columbia, Barnard, NYU, la que sea, creo que podré ingresar en alguna de ellas.

—Ojalá yo pudiera marcharme a otra parte a estudiar. Pero no me iré lejos, solo a College Park.

—College Park queda lejos.

—No tanto.

—Bueno, pues espabila, haz un primer año impecable y luego te pasas a donde te apetezca.

—Se dice fácil.

—No es fácil —dijo Sidney—, pero sí posible. Eres inteligente, Michelle, aunque holgazana.

Las palabras eran específicas, tremendamente específicas. Estaba segura de que Sidney las había escuchado decir a los adultos, probablemente a Lorraine y Bert, y quizá también a su propia madre. «Inteligente», nadie le había dicho antes que era inteligente. Pero «holgazana», eso sí que le daba vergüenza, porque sabía que era cierto. Michelle, que no se asustó cuando despertó en una cama desconocida con un hombre que trataba de desnudarla, se puso nerviosa y le dio vergüenza que Sidney hubiera escuchado a los adultos decir esas cosas sobre ella.

—Tú no sabes lo que es ser yo.

—Nadie sabe lo que es ser otra persona —precisó Sidney—. Vamos a comer el pastel. Ven a cantarme el *Cumpleaños feliz*.

Michelle la siguió, preguntándose cómo era posible que esa regordeta de dieciséis años fuera tan sabia. Nadie sabe lo que es ser otra persona. Oh, no era tan inteligente. Probablemente lo había escuchado decir a alguien. Sería una frase de una película o de una serie, quizá de *Blossom*.

16 de marzo de 2012

Si a Sandy le hubieran pedido que valorase la casa de los Gelman, en Garrison Forest, podría haber dicho «lujosa» o «interesante». Eran precisamente las palabras que tenía preparadas, pues le pareció que la dueña de la casa, que lo guiaba a la sala de estar, era alguien a quien le agradaba recibir cumplidos, incluso de un extraño. En realidad, la casa no era de su gusto, pero pensó que seguramente era de buen gusto, aunque tal vez no lo fuera. No le gustaba la decoración: tanta perfección la tornaba fría, desagradable. Había un solo toque personal, un cuadro al óleo de grandes dimensiones, el retrato de una familia, colgado encima de la chimenea, y hasta eso le pareció un poco anodino.

—Bonito retrato —comentó.

—Gracias —dijo Lorraine Gelman—. Me hace sonreír cada vez que lo miro. Fue en una época estupenda de nuestras vidas. Los mellizos estaban por cumplir trece años y Sidney tenía quince. No me gusta decirlo, porque suena a orgullo de madre, pero no creo que mis hijos varones hayan pasado por eso que llaman la edad difícil.

Edad difícil. Sandy observó que Lorraine no decía lo mismo de su hija, que era gorda y no muy bonita.

—¿Cuándo fue eso? —preguntó por decir algo y tratando de que ella entrara en confianza. Y de paso también él. Aunque Lorraine había aceptado verlo a solas, Sandy no estaba seguro de que ella no le hubiera pedido consejo a su marido. Y seguía insistiendo en que ella nunca había visto a Julie Saxony. Ni una sola vez, afirmó varias veces, lo cual era una señal inequívoca de que mentía.

—Hace veinticinco años. Hoy mi hija es abogada y vive en Nueva York, y los muchachos en Chicago. Todos están casados y tienen hijos. Bueno, Sidney tiene una pareja, pero nosotros la adoramos. Adriana es la mejor nuera de la familia.

Sandy no pudo evitar pensar, como le ocurría a menudo, en todo lo que aquella mujer daba por sentado: su hogar, sus hijos saludables y ahora sus nietos. Si Bobby hubiera sido normal, ¿su padre habría admitido ante Lorraine Gelman, con su misma naturalidad y elegancia, que la pareja de su hijo era otro hombre? Ojalá, pensó.

—Bien —dijo, y sacó la libreta de su bolsillo indicando con ello el comienzo de la entrevista—. Julie Saxony.

—Como ya le he dicho, nunca la conocí.

—Pero usted conocía a Felix.

—Por supuesto. Era el mejor amigo de mi marido. Y hoy soy la mejor amiga de Bambi. No podía ser de otro modo. Siempre nos veíamos con nuestros respectivos maridos y acabamos siendo tan amigas como amigos eran nuestros hombres, acaso más. Ya sabe cómo son estas cosas.

Sandy no lo sabía, pero asintió. Mary y él no habían vivido eso de salir con otros matrimonios. Alternaban con las personas que conocían por sus respectivos trabajos, pero no habían creado esa dinámica que consiste en que los hombres hablen de deportes y las mujeres de los niños. Había sido una decisión de Mary, pero también suya. Y otro de los legados de Bobby. Mary podía hacer frente a muchas cosas, pero muy pronto comprendió que la gente no deseaba que ella participara de sus conversaciones cuando ellos, felices, hablaban de sus hijos e hijas. Cuando ella hablaba de Bobby era como esas personas que, cuando alguien les está contando lo que hace su hijo, aprovechan para enumerar las proezas de su mascota. Otros pensaban que Bobby era una tragedia, que era de mal gusto mencionarlo en una conversación sobre niños normales. Mary, por lo general muy sociable, se había apartado del mundo al percibir que los demás no deseaban que ella hablara de Bobby. Tampoco Sandy.

—Sin embargo, la relación de Felix con Julie era un secreto a voces, ¿verdad?

—Supongo que, visto retrospectivamente, sí.

Vale. Esa respuesta estaba tan preparada como la leña que se vende ya cortada y troceada. Ella sabía por qué había ido a entrevistarla.

—Pensándolo bien, Felix era circunspecto. Siempre tuvo amantes, desde el principio. Le pedí a Bert que nunca me hablara de ello, pues no deseaba sentirme culpable de ocultarle algo a Bambi. Y Felix se las ingeniaba para mantener los dos mundos muy separados... hasta el día que desapareció. Entonces se comportó con inusitada desconsideración. Fue la única vez.

—¿Por qué? ¿Qué hizo?

—Puso la cafetería a nombre de Julie. De esa manera lo hizo público y lo convirtió en carroña para la prensa sensacionalista. Y a Bambi la dejó en la calle.

—Esa es la historia oficial.

—Es la verdadera historia. Bambi ha vivido como ha podido desde que Felix se marchó. Estábamos convencidos de que él se había ocupado de asegurar su futuro. Pero no dejó nada previsto. O si lo dejó, la persona en quien confió fue inescrupulosa.

—¿Quién fue? Me refiero a la persona en quien confió.

Puso cara de esposa de abogado, parpadeó e hizo una pausa como para pensar la respuesta.

—No me refería a nadie en particular. Lo único que puedo decirle es que si Felix había planeado algo para proteger a Bambi, no lo hizo bien. Bert y yo hemos hecho lo que hemos podido. Bambi y las niñas son como de nuestra familia. Hubo un tiempo en que me ilusioné con que Michelle se casara con alguno de mis muchachos, pero es cuatro años mayor que ellos, y cuando se es joven resulta una diferencia insuperable.

—Según usted, Felix no tomó las disposiciones necesarias para proteger a su esposa, pero se aseguró de que su fiador no perjudicara a nadie.

—¿Lo sabe por algún dato en concreto? ¿O es un rumor, como el de que Felix encontró la forma de hacerle llegar dinero a Bambi?

—¡Me ha pillado! —repuso Sandy con su mejor sonrisa—. Pero, no nos engañemos, para ser alguien que se comió una fianza de cien mil dólares Tubman es sumamente amable.

—Lo es ahora. El tiempo cicatriza todas las heridas, incluso las financieras. ¿Fue amable con usted cuando fue a verlo?

—Entonces, ¿vosotros seguís en contacto?

—Bert y él, sí. Yo nunca fui amiga de Tubman.

Lorraine reprimió un estremecimiento, lo cual le pareció a Sandy una exageración. Tubman le había caído simpático. Percibió algo de engreimiento en la actitud de Lorraine. Le resultó gracioso; él no pondría las manos en el fuego por un abogado defensor, pero los fiadores, la mayoría, hacían un trabajo honesto, eran engranajes del sistema, nada más.

—¿Así que le contó a su esposo que fui a verlo?

—Sí, y Bert me lo cuenta todo. —Notó un curioso énfasis en la frase, como si hubiera recalcado el «me»—. Antes, en otros tiempos, eran íntimos amigos. Los tres. La desaparición de Felix fue el principio del fin. Después, Tubman se casó y su esposa lo obligó a apartarse de sus viejas amistades. Ella no se sentía cómoda en nuestro grupo. Una beata. Y un poco antisemita, por cierto, quién sabe, aunque supongo que no debo hablar mal de los muertos. En fin, yo sé que cuando Julie Saxony desapareció, Bert y Tubman pensaron que se había marchado a reunirse con Felix. Luego, cuando su cadáver fue hallado... no sé cómo explicarlo, pero les dio mucha pena.

—¿Pena?

—Fantaseaban con la idea de que Felix estuviera con su amante disfrutando de la vida. Pensaban que habría un final feliz.

—Para Felix.

Lorraine lo premió con una sonrisa.

—Yo no diré que me alegré, pero me sentí mejor, por Bambi, cuando hallaron el cuerpo de Julie. Fue muy doloroso para ella saber que la gente pensaba que Felix había elegido a Julie. Ya era duro no tener dinero, pero el hecho de que su marido hubiera mandado buscar a Julie era claramente una traición.

—¿No lo era el adulterio durante el matrimonio?

Lorraine movió la cabeza como si le concediera un tanto a favor.

—Bueno, otra clase de traición, diferente. Mire, muchísimos hombres hacen lo que hizo Felix.

—¿Incluido su esposo?

—Oh, no. Bert no. Figúrese que Bert ni siquiera es consciente de lo guapo que es. Las mujeres caen rendidas a sus pies y él ni se da cuenta.

«Seguro», pensó Sandy. Aunque, bien mirado, nunca habían circulado demasiados rumores sobre Bert Gelman, y eso que en los tribunales todos cotilleaban como pescaderas.

—¿Y Tubby?

—¿Qué hay con Tubby?

—¿No envidiaba a Felix? Por su relación con Julie. Se me ocurre que pudo haber sentido algo por ella.

—¿Tubman?

Era evidente que Lorraine no había pensado en ello. Pero podía pensarlo ahora. Era una de las razones por las que Sandy quería hablar con una mujer. En cierto sentido, las mujeres eran policías de nacimiento, al menos cuando se trataba de casos en que el amor estaba de por medio.

—Me refiero a que fue él quien la descubrió, ¿correcto? La vio en una droguería y se la llevó a su amigo.

—Supongo que así fue. Pero en esa época Tubman tenía una novia.

—¿No dijo usted que eso fue después?

—No; se casó después. Después de que Felix desapareció.

—«Desapareció.» Insistía con esa palabra. Como si Felix no hubiera sido culpable de haber huido—. Antes de eso salía con una chica. Una amiga de Julie Saxony. Susie algo.

—Una amiga. ¿Quiere decir otra estríper?

—Sí. No nos tratábamos con ellas... Bueno, disculpe si le parece una mojigatería. —¿Por qué le pedía disculpas? ¿Acaso estaba equiparando las estrípers con los polis?—. Pero, aunque yo me hubiera sentido cómoda en ese ambiente, Felix jamás habría aceptado que Bert y yo alternáramos con una amiga de Julie. Nunca mezclaba los dos mundos. Alguien que conocía a Julie no podía frecuentar a Bambi.

—Pero Tubby la conocía. Y probablemente Bert, su esposo, también. ¿Correcto?

—Con los hombres era distinto. Eran las mujeres quienes debían mantenerse apartadas. Los mundos. Hasta el día de hoy, las hijas de Felix no saben que en realidad él era el dueño del Variety. Creen que allí tenía su oficina, nada más. Una suerte de revisionismo selectivo. Creo que Bambi tiene derecho a ello.

—Entonces, ¿cómo supo usted lo de la amante?, si nunca salía con ellos.

La sonrisa de Lorraine era cortés, ensayada, social, aunque no exactamente falsa. No exactamente.

—Tubman dio una fiesta, una suerte de gran fiesta abierta a todo el mundo, y ella hizo de anfitriona. Felix se negó a ir, ni siquiera solo. En eso demostraba ser inteligente. Mientras que Bert para ciertas cosas es un ingenuo. No pensó en la posibilidad de que la amante fuera a esa fiesta. Era muy menuda, no creo que alcanzara el metro cincuenta. Los dos juntos... disculpe, pero todos se preguntaban cómo hacía para no aplastarla. En fin, el hecho es que estuve conversando con ella, durante lo que para mí fueron horas, sin poder zafarme. Llevaba un traje largo de terciopelo verde. Nunca lo olvidaré. Parecía un arbolito de Navidad, minúsculo. Para colmo, se había puesto pendientes rojos.

Lorraine sacudió la cabeza, visiblemente horrorizada ante el recuerdo de la novia de Tubman.

—Pero que tuviera una novia no descarta que sintiera algo por Julie. Al fin y al cabo, fue él quien la descubrió, ¿no?

—La descubrió, dice usted, como si hablara de una joven aspirante a actriz. Tubman vio a una chica bonita en una droguería y le dijo que podía ganar más dinero. Ya sabe, las mujeres, al menos la mayoría, no harían esa clase de trabajo. Eso dice mucho sobre el carácter de Julie Saxony. No iba a trabajar en una droguería si podía ganar más bailando desnuda. Y no iba a conformarse con bailar desnuda si podía ligarse al patrón.

Sandy no pudo dejar de pensar en el chef, que había defendido a Julie porque bailaba con una prenda que no difería mucho de un bañador moderno. Los hombres y las mujeres veían ciertas cosas de manera diferente.

—¿Está diciendo que ella esperaba casarse con Felix?

—¿Esperaba? No sé si era tan estúpida, pero sí que eso era lo que quería.

—¿Cómo puede afirmarlo con tanta certeza si usted misma dice que no la conoció?

—Porque la amiguita de Tubman, la del traje largo de anfitriona, me lo dijo. Me contó que Julie estaba tan decidida a casarse con Felix que hasta se había convertido. ¿Se lo puede imaginar? Cuando escuché eso, me dio un poco de lástima; era realmente muy ingenua.

«Ingenua.» Lorraine había empleado antes esa misma palabra. Sí, a propósito de su marido. Sandy siempre prestaba atención a las palabras que repetía su interlocutor. Lorraine Gelman pensaba que ser ingenuo era una de las peores cosas que alguien podía ser.

—¿Cuándo se lo contó?

—Déjeme ver... Felix aún no se había marchado, entonces... en el setenta y cuatro. O setenta y cinco. Recuerdo que me había puesto un vestido cruzado de Diane von Furstenberg.

«¡Qué dato crucial!», pensó Sandy.

—¿Se acuerda del nombre de esa amiguita?

—Bueno... Tubman se acordará, debería preguntárselo. La verdad es que conversamos muy poco.

—Pero acaba de decir que fue durante horas...

—He dicho que me parecieron horas, por el esfuerzo que me supuso y lo mucho que me aburrí. Pero fue esa única vez. Susie... Susie no sé qué. Lo siento, creo que no he sido de gran ayuda.

—¡Claro que lo ha sido!

Ella, al menos, no había criticado su idea. Tubman había salido con otra estríper, una amiga de Julie. Tubby se había casado con una mujer que no pertenecía a la pandilla original. Pero no lo hizo hasta que Felix desapareció. ¿Había intentado conquistar a Julie? ¿En él había confiado Felix para que velara por Bambi y él le había entregado el dinero a Julie con la esperanza de que le pagara con su amor? No parecía muy creíble que de encargada de una cafetería alguien pasara a ser dueña de una hostería de categoría, por mucho que hubieran transcurrido más de diez años.

Le dio a Lorraine las gracias por su tiempo y trató de hacerle un cumplido por su casa, aun sabiendo que no se le daban bien los cumplidos.

—Su casa es realmente impresionante —dijo al fin.

Y no mentía: la casa lo había impresionado de verdad.

«Si usted conociera a Susie», esa frase le daba vueltas en la cabeza como un hámster en su rueda, mientras conducía de regreso a su domicilio. Sandy tenía la certeza de que sabía quién era Susie. Entró en su casa sin tomarse la molestia de colgar abrigo y sombrero, formalidades que cumplía como un tributo a Mary, quien siempre cuidaba los detalles y sostenía que las pequeñas cosas eran las que verdaderamente importaban. Colgar los abrigos, tender las camas, dejar limpia la cocina por las noches. Todo tenía que ser perfecto. Tenía que ver con su hijo, el hijo que tuvieron y que jamás iba a ser perfecto.

Revisó el expediente original. Sí, allí estaba: Susan Borden había sido ama de llaves en la hostería de Julie, pero se había marchado de vacaciones justo la semana en que Julie desapareció. La Policía de Havre de Grace la había entrevistado, sin ningún resultado. Quince años después, los detectives de Baltimore no habían mostrado el menor interés en ella.

Esta Susan Borden y la Susie de Lorraine Gelman podían ser una coincidencia. Era un nombre muy común y ni siquiera era el mismo nombre. Pero Sandy supo que se trataba de la misma persona. No era una corazonada ni una sensación. Era conocimiento, perfeccionado con la práctica. Sandy había fracasado al frente de un restaurante. Había fracasado como padre. Y había fracasado como esposo al fracasar como padre, aunque ella jamás se lo echó en cara. Hasta el día de su muerte. Literalmente: hasta el día de su muerte. Ni una palabra de reproche, ni un atisbo de resentimiento en sus ojos, pero, por su debilidad, él había perdido prestigio. El hombre que le había hecho perder la cabeza el día de su primera cita, que la había acompañado a casa y le había jurado que siempre cuidaría de ella, ese hombre le había fallado. Quería ser para ella el hombre más sensacional y maravilloso del mundo, quería que ella lo mirara como lo había mirado aquel día, con los ojos brillantes de emoción. Aquel hombre había muerto cuando los médicos diagnosticaron la enfermedad de Bobby. Entonces él no había sabido ser un padre para un niño como ese. Y la verdad es que, quizá, tampoco habría sabido serlo para un niño normal.

Pero ¿y este trabajo? Sí, esto sabía hacerlo. Mejor que nadie.

5 de enero de 1996

Aunque era un ritual relativamente nuevo en casa de los Brewer-Sutton, la cena del sabbat podía considerarse una rutina bien rodada, un testimonio de las habilidades de Linda como organizadora y de su determinación para llevar a término lo que se propusiera. En el otoño, cuando Noah empezó el cuarto curso, Linda había decidido que el judaísmo debía volver a ser importante en su hogar. Cuando llegó a su casa, de regreso del trabajo, hacía rato que el sol invernal se había puesto, pero no cabía duda de que su coordinación del tiempo era impecable. El solomillo descansaba sobre la tabla de cortar y faltaban varios minutos para que las patatas asadas alcanzaran su punto de crujiente perfección. Dos hogazas de jalá envueltas en una servilleta de lino verde aguardaban en el centro de la mesa. Los candelabros y la copa para el *kiddush* brillaban espléndidamente gracias a la mujer de la limpieza que ahora venía dos veces por semana. Además de limpiar, también horneaba el jalá, pero, por la mañana, Linda hacía las hogazas y las trenzaba antes de marcharse al trabajo.

Las únicas que faltaban eran su madre y sus hermanas, quienes habían prometido venir esa noche, por primera vez después de semanas. No era que a Linda le importara; había empezado a observar el sabbat por sus hijos, decidida a transmitirles algo, lo que fuera, aunque Rachel le había dicho, con inusual firmeza, que debía reunir a toda la familia. No dejaba de ser extraño, puesto que se habían visto hacía apenas tres semanas, con ocasión de un somero *hanukkah* en casa de Bambi. En opinión de Linda, quien se había vuelto muy crítica en estas cuestiones, había sido un evento deslucido, más una Nochebuena que un *hanukkah*, con tortitas de patatas. El acento muy puesto en los regalos y muy poco en la ceremonia. Bambi ni se había molestado en armar el *dreidel* y mucho menos en comprar las *gelt* para los niños. Tampoco se pudo encender debidamente la *menorah* pues se había roto el *shamash* y nunca nadie lo había vuelto a soldar.

Pero Rachel dijo que estaba muy preocupada e inquieta. Anunciaban tormenta de nieve para el domingo, una gran ventisca, y Linda tendría que estar de guardia una vez comenzada la tormenta, informando sobre los apagones y el estado de las líneas del tendido eléctrico. Linda pensaba que esta parte de su trabajo era una costumbre extraña. La gente que se quedaba sin luz no podía escucharla o ver sus confiadas predicciones acerca de los técnicos que estaban trabajando para restablecer la electricidad, y los que tenían luz no se preocupaban por quienes se habían quedado a oscuras. Lo único que deseaban saber era cuándo quitarían la nieve de las calles.

Su jefe le había avisado que debía meter sus cosas en un bolso e ir a un hotel al día siguiente a fin de estar lista para trabajar hasta el lunes por la mañana. A Linda no le importaban las largas jornadas de trabajo; era ella quien ganaba el pan para toda la familia. Y que ella estuviera de guardia no complicaba demasiado la vida familiar en cuanto al cuidado de los niños, ya que Henry había dejado su empleo como abogado de oficio y ahora enseñaba ciencias en el City College, uno de los mejores institutos de Baltimore. Su nueva profesión era motivo de satisfacción, como una pequeña chimenea encendida en el ángulo de una habitación muy amplia, que no contribuía mucho a lo esencial pero ayudaba a que los moradores de la casa se sintieran más confortados.

¡Y cómo lo envidiaba a veces Linda! «A mí nunca me tocan días de asueto por nieve», se lamentó. Quitó el hilo del solomillo y empezó a trocearlo. La carne caliente casi suspiró al contacto con el cuchillo. De todas las mujeres Brewer, Linda era la única cocinera competente y presumía de ello. Conocía sus propios defectos. Cuanto más honesta eres contigo misma, menos tienes que preocuparte por la opinión de los demás. Siempre intentaba convencer a sus jefes de las bondades de su método. Decir la verdad, en la medida de lo posible, y empezar por decírsela a uno mismo.

—Hola, hermanita.

Rachel entró por la puerta lateral, colgó su abrigo y su bufanda en uno de los ganchos que había en el rincón que la familia usaba como guardarropa. Cuando vio la fuente con el solomillo, se la quitó a Linda de las manos y la puso sobre la mesa.

—¿Harás una *béarnaise*? Vete a prepararla, que yo me ocuparé de lo demás. —Y agitó los brazos con afectación teatral.

Joshua, su novio, aguardaba con la chaqueta puesta a que Rachel le señalara un gancho libre. Luego permaneció de pie en medio de la cocina, estorbando el paso de Linda, hasta que

Rachel le indicó que se sentara en uno de los ángulos del amplio espacio anexo a la cocina que la familia usaba como sala de estar. A Linda le agradaba Joshua. Era una buena persona, un *mensh*, palabra que nadie habría empleado para referirse a Marc, el ex marido de Rachel. Pero era muy pasivo, de esas personas que jamás toman la iniciativa.

—¿Los cubiertos de plata? —preguntó Rachel haciendo nuevamente esos gestos raros.

—Claro. Ay, joder, joder mis zanahorias —dijo Linda precipitándose a la cocina antes de que se evaporase toda el agua de la olla.

—Las zanahorias están estupendas —dijo Rachel.

«Las zanahorias están estupendas.»

De momento, nada. Rachel creyó que hacía un buen juego de palabras, pero nadie se dio cuenta, ni siquiera Joshua, que estaba al corriente, o debía estarlo. Empezó a sacar las copas de cristal y siguió haciendo gesticulaciones con los dedos. No era una entusiasta de la religión, pero aprobaba esas cenas de Linda. Ella haría algo similar cuando tuviera hijos. Tal vez no una cena de sabbat, pero sí algo regular, que fuera como un ritual.

Como Joshua se había sentado en el sofá y Henry se hallaba arriba, sin duda haciendo algo con los niños, Rachel siguió poniendo la mesa y agitando los dedos cada vez que podía a fin de llamar la atención de su hermana, pero Linda estaba distraída, pensando probablemente en el pronóstico del tiempo. El trabajo de Linda era horrible. Ella solo era importante cuando las cosas iban mal, entonces pasaba a ser el rostro del servicio público, el mensajero al que todos querían matar.

—Vendrán todos esta noche, ¿verdad? —preguntó Rachel colocando los cubiertos de plata. Eran las cosas buenas que habían pertenecido a su bisabuela. Fue una sorpresa que Bambi no los hubiera empeñado y hubiese decidido dárselos a Linda. ¿Había perdido las esperanzas de que Rachel formara una familia? Rachel y Marc habían poseído una hermosa vajilla de porcelana y cubiertos de plata, pero, como las habían recibido de los padres de él, ellos la habían recuperado. Se preguntó si él y su segunda esposa, una chica bonita y dócil con quien se había casado tan insultantemente al día siguiente del divorcio —y que no era precisamente la mujer con quien la había engañado—, pondrían cubiertos de plata en la mesa de esa noche. No; se vería obligada, como Rachel antes que ella, a comer en el claustrofóbico comedor de los Singer, un ambiente frío y formal que era la antítesis de ese desorden lleno de vida que era la casa de Linda.

Llegaron Bambi y Michelle. A Rachel la sorprendía lo mucho que Michelle, que había cumplido veinte años, se parecía a su madre. Sin embargo, Bambi conservaba algo indefinible, aun a los cincuenta y cinco años, a punto de cumplir cincuenta y seis. Su belleza era más profunda, mientras que Michelle era llamativa y pulposa, quizá demasiado carnal.

La comida estaba lista. Una vez dichas las plegarias, Rachel tomó asiento a la derecha de su madre y dejó caer su mano entre los dos platos haciendo *plaf*. Nadie se daba cuenta. ¿Iba a tener que lanzar una bengala? Fue Michelle quien, sentada al otro extremo de la mesa, al fin lo notó. La urraca Michelle no se perdía nada que tuviera brillo.

—¿Es un solitario amarillo?

—Era de mi abuela —dijo Joshua prestamente, más o menos como lo habían planeado—. Nos hemos casado esta semana.

Pero Rachel y Joshua no habían planeado el prolongado silencio que cayó sobre la mesa. Un silencio grave, cargado de prejuicios.

—Pues enhorabuena —dijo Henry una vez que resultó evidente que ninguna mujer hablaría—. Hay que ser fuerte para casarse con una Brewer.

—Calla, por favor —intervino Linda—. No es lo más indicado para decir.

—Pues nunca pensé que tú fueras particularmente fuerte, Henry —comentó Michelle.

—Soy el único yerno —respondió él, imperturbable ante la reprobación de Linda y el insulto de Michelle—. Estaba deseando tener compañía.

—No siempre fuiste el... —empezó Michelle. No se supo si se interrumpió sola o porque Linda la fulminó con la mirada.

—¿Cuándo? —preguntó Bambi cortando su solomillo en trozos muy pequeños.

—Hace dos días —dijo Rachel—. En el juzgado.

—Muy listos —aprobó Henry—. No repercutirá en vuestra declaración de hacienda de 1995.

—Estamos muy contentos por vosotros, todos queremos a Joshua —dijo Bambi—. Pero ¿por qué de esta manera? Podríais haber tenido una pequeña boda.

—No me agradan las bodas —repuso Rachel—. Nunca me han gustado.

—Sí, todas nos acordamos de tu fuga a Las Vegas —acotó Michelle ganándose otra mirada de Linda. No se dejó intimidar—. Si invitabais al juez a la fiesta, os hubiera casado.

Rachel notó que Michelle se divertía con la situación. Por una vez no era ella la que decepcionaba a las demás. Le llevó un semestre más obtener su diploma y luego, como no había movido un dedo para conseguir un empleo, regresó a casa amenazando con responder a uno de esos anuncios para modelos que salían en el *City Paper* si su madre y sus hermanas no la dejaban en paz. Y era muy capaz. Michelle nunca era perezosa a la hora de vengarse.

—No, no puedes —intervino Joshua—. Si te casas en otra parte que no sea un juzgado, tiene que ser un religioso.

—Bueno, entonces un rabino.

—No me agradan los rabinos.

Era cierto. Muy cierto.

—Entonces un ministro unitario o un sacerdote Wicca o el que sea —prosiguió Michelle—. Es solo una ceremonia. ¿Cuál es el problema? ¿Por qué tanta historia?

—Es solo que... bueno, me sentía incómoda —explicó Rachel—. Es mi segundo matrimonio.

—Pero el primero de Joshua —observó Bambi—. Bueno, eso creo.

Una manera elegante de clavar un dardo: Joshua acompañaba a Rachel a todas las reuniones familiares desde hacía más de un año, pero nunca había hablado demasiado de sí mismo.

—Lo es —le aseguró él a Bambi—. Y aunque fue difícil renunciar al día de mi boda, que yo tanto había imaginado, al final resultó que no me ha importado.

Nadie festejó el chiste de Joshua. Incluso a Rachel le pareció tonto. Joshua no se caracterizaba por su sentido del humor. Pero no le lanzó ninguna mirada fulminante ni lo reprendió. No deseaba un Harry, a quien le encantaba que lo regañaran para poder jugar a ser el esposo calzonazos típico de las comedias. El matrimonio de Linda y Harry funcionaba, pero para ellos no era su ideal. El destino de Bambi tampoco era su destino. Esta vez Rachel encontraría una manera propia de estar casada.

—¿Os puedo ofrecer una fiesta? —propuso Bambi—. Algo íntimo, solo para la familia y los amigos.

—No —replicó Rachel, pero se interrumpió. ¿Por qué Bambi siempre quería gastar el dinero que no tenía? Santo Dios, ¿había olvidado lo que las «fiestas» le habían costado? Pero no, nunca se acordaba porque la habían sacado de apuros una y otra vez. ¿Y de quién era la culpa? De Rachel, sobre todo.

Noah, el mayor de Linda, aburrido de tanto oír hablar de bodas, pidió permiso para ir a comer frente al televisor. Las tres niñas menores de Linda —«Linda procrea como una ortodoxa», había observado Bambi en una ocasión, poniendo de manifiesto ese curioso antisemitismo del que solo los judíos son capaces— comprendían lo suficiente como para saber que ya no tendrían la oportunidad de ser niñas de las flores. Sus voces se alzaron, tapándose unas a las otras, hasta que Linda las hizo callar con amenazas muy efectivas, aunque suavizadas por la promesa del postre si se portaban bien. Rachel no veía la hora de que llegara el día en que sus hijos harían lo mismo.

—Oídme —dijo Henry—, me dice Linda que esta ventisca va a ser muy seria. Una de las gordas. ¿Estáis todos preparados?

Rachel le sonrió, agradecida de que hubiera encontrado la forma de cambiar de tema, aunque Michelle abandonó su sitio en el extremo de la mesa y se acercó para ver mejor el anillo, que no pudo menos que admirar. No obstante, Rachel dejó de ser el centro de la conversación. No cabía duda de que Henry tenía un don para las relaciones públicas. O quizás era solo su experiencia en calmar los enfados de las Brewer.

Linda trajo el postre: galletas Berger y helado. Linda sabía muy bien cuándo hacer ella misma las cosas y cuándo delegar, pensó Rachel, cuándo valía la pena hacer el esfuerzo y cuándo no. Rachel bebió un sorbo de café. La velada no había transcurrido como ella había previsto, pero ya estaba hecho: había anunciado su boda.

De pronto, inopinadamente, Bambi preguntó:

—¿Se lo habéis comunicado a los padres de Joshua?

—Cenamos con ellos anoche —respondió Rachel.

—Eso no es responder sí o no —terció Michelle.

Uff, Michelle estudiaba Derecho.

—Hicimos lo mismo que con vosotros —explicó Rachel—. Agité varias veces la mano tratando de que resplandeciera a la luz. Su madre lo notó, pero, claro, era el anillo de ella; se lo había dado a Joshua.

—De manera que se lo anunciasteis —resumió Bambi.

—Se lo imaginaron —precisó Rachel—. Cuando vieron el anillo.

—Pero fueron los primeros en saberlo.

—Tuvimos que cambiar nuestra cena del domingo con ellos a causa de la tormenta de nieve.

Sabía que sería un punto sensible, pero no hubo forma de convencer a Joshua de que Bambi debía ser la primera en enterarse. Ahora estaría enfurruñada y triste varios días.

—Hubiéramos podido hacer coincidir la fiesta de bodas con mi cumpleaños —dijo su madre—. Faltan solo tres semanas.

—Pero no hubiera sido justo robarte la fiesta.

—No me importa mi cumpleaños. Voy a cumplir cincuenta y seis. No es una edad relevante.

—Celebraremos una gran comilona para tus sesenta —intervino Linda.

—Por favor, los querré celebrar aún menos. —Hizo una pausa—. Me quedé embarazada el día que cumplí veinte. El treinta de enero de 1960.

Las hermanas se miraron.

—Mamá —dijo Linda—, no seas tonta. Yo nací el primero de septiembre y pesaba cuatro kilos. Lo que acabas de decir me convertiría en la prematura más grande del mundo.

Rachel creyó —y sus hermanas también— que su madre se había confundido con la mentira tantas veces repetida de que Linda había sido concebida la noche de bodas de sus padres. El 31 de diciembre de 1959. Hacía mucho que las chicas habían adivinado que sus padres habían mantenido relaciones antes de la noche de bodas. No les parecía mal, más bien lo contrario. Como tampoco les parecía mal el decoro de su madre, tan de otra época, que la inducía a contarles con elegancia esa historia. Pero ahora se estaba poniendo en evidencia con esa mentira tan obvia. Hasta Norah se podría dar cuenta si estuviera menos atento a la sopa que estaba haciendo con su helado y las galletas.

Su madre se puso de pie.

—Michelle, debemos marcharnos. Debo llegar a casa antes de que descargue la tormenta.

—Pero si no empezará a nevar hasta el domingo —protestó Linda.

—Quiero estar segura de que tengo todo lo que necesito. A lo mejor voy al Giant a comprar las cosas indispensables, como leche, papel higiénico y pan. Ya conoces el acceso a casa. Si llega a nevar tan fuerte como dicen, no podré salir durante días.

—No quiero marcharme ahora, mamá —imploró Michelle.

—Yo la llevaré —prometió Rachel—. No queda lejos de mi camino.

—También me podría quedar a dormir en vuestro piso —sugirió Michelle.

Rachel lo vio venir. Michelle iría a su casa —ahora la casa de ella y Joshua—, en Fells Point, y les propondría salir. Lo más probable era que Rachel rehusara con cualquier excusa, siempre lo hacía, y entonces Michelle podría salir sola. Aparecería a la mañana siguiente, tardísimo, portando un gran café del Daily Grind. No se le ocurriría traerle uno a Rachel o contarle qué había hecho esa noche. Y podía ocurrir que no regresara a casa en varios días y que, con toda desfachatez, le mintiera a su madre diciéndole por teléfono que estaba varada en casa de Rachel a causa de la nieve. «*Michelle, ma belle* —le cantaba su padre cuando era un bebé—. Te amo, te amo, te amo.» ¿Le había dicho otro hombre a Michelle que la amaba? La había admirado, deseado, hecho el amor con ella, ciertamente. Pero ¿había sido amada?

Bambi se marchó ofendida. Rachel quiso creer que era porque Michelle se había negado a acompañarla o porque las tres hijas se habían aliado contra ella por la mentira sobre la concepción de Linda.

Pero Rachel sabía que el verdadero desaire había sido su boda secreta con Joshua. Bambi tenía que saber las cosas antes que nadie. Rachel la había decepcionado, pero era injusto para la hija. Era capaz de hacer muchos esfuerzos para proteger a su madre —y los había hecho—, y ahora le tocaría recibir el tratamiento *Frigidaire*, como denominaba su padre a la profunda frialdad de Bambi cuando se enfadaba. Y todo porque los padres de Joshua lo habían sabido primero.

—Ni siquiera nos dijo *mazel tov!* —le comentó a Linda más tarde, mientras limpiaban, tratando de bromear.

—¿Por qué te has casado tan precipitadamente? —preguntó Michelle—. ¿Estás embarazada?

—¡Michelle! —exclamaron al unísono Linda y Rachel, como de costumbre.

—¿Estás embarazada?

—¡Michelle! —resopló el dúo terrible siempre en armónica sintonía.

Michelle, acurrucada en el sillón, miraba a sus hermanas mientras estas limpiaban y ordenaban. Sería injusto afirmar que no se le ocurrió ofrecerles ayuda. Se le ocurrió, pero prefirió no hacerlo. En la cocina de Linda había muy poco espacio para moverse. Una tercera persona habría estorbado.

Después que Bambi se hubo marchado, Henry decidió ir también al Giant y los niños clamaron por acompañarlo. Y Rachel le pidió a Joshua que fuera con ellos. Y ahora las tres hermanas se encontraban solas. *Tres hermanas*. Se suponía que Michelle la había leído en College Park, en algún curso, pero se conformó con el resumen. Dudaba que Chéjov fuera a enseñarle algo que ella ya no supiera sobre tres hermanas. Se sentó en el sillón con el mando a distancia en la mano y empezó a zapear. Detestaba la decoración de Linda, ese ambiente cálido de casa de campo estilo Martha Stewart. A Michelle le gustaban los ambientes modernos, refinados, minimalistas.

—Fue raro —comentó Linda.

—¿El qué?

Michelle percibió un tono de culpa en Rachel. ¡Mira por dónde! Por una vez la castigada era Rachel. Michelle se ocuparía de que su madre no se olvidara de esto, se lo recordaría constantemente. Más aun, con este disgusto, Bambi ya no pensaría tanto en que Michelle estaba sin trabajo.

—Que mamá trate de hacernos creer que yo fui concebida el día de su cumpleaños. Hemos vivido felices todos estos años con esa mentira de la concepción en la noche de bodas. ¿Crees que empieza a tener la memoria confusa?

—Cincuenta y cinco años es pronto para eso —opinó Rachel con preocupación. Ya tenía arrugas en el entrecejo debido a sus constantes preocupaciones.

—Creedme, está muy bien —intervino Michelle deteniéndose en la MTV.

Emitían una retransmisión de un *reality*: *The Real World*.

A ella no le habría importado que le hicieran una prueba para ese programa, pero no se imaginaba que pudiera existir un *Real World: Baltimore*. Baltimore era demasiado real para *Real World*. Sin embargo, con su aspecto físico y su trayectoria, superaría fácilmente las primeras pruebas de selección.

El problema era que las personas que actuaban en ese espectáculo le resultaban patéticas. Quería vivir gratis en un piso de ensueño, pero no si el precio era un montón de peleas mezquinas y, aún peor, esas conversaciones terriblemente serias. Podía ser un buen escaparate para una actriz, pero ¿de veras quería ser actriz? Al parecer, era muy trabajoso y pocas veces estaba bien remunerado.

—A mamá le ha caído mal que no le comunicaras vuestra boda antes que a los padres de Joshua —dijo Linda.

—Joshua le cae bien...

—A todos nos cae bien Joshua —repuso Michelle—. Pese a que yo siempre creí que era gay. ¿Estás segura de que no lo es?

Creyó que le lanzarían otro de aquellos «¡Michelle!» a dos voces, pero sus hermanas se abstuvieron.

—Bueno, vale, no es gay. Lo lamento, pero es tan peso pluma comparado con...

—Tienes trece años —dijo Rachel cortándola en seco. Vaya, no soportaba ni escuchar el nombre de Marc. Extraño—. Todavía no sabes nada.

—Sé que era rico. Y que tú te dejaste follar. No has recibido ni un penique —puso acento británico—, ni un cuarto de penique para ti, Rachel. —Creyó que haría reír a su hermana. Estaba equivocada.

—Solo estuvimos casados dos años. Fue una equivocación. Una equivocación estúpida, éramos demasiado jóvenes.

—El próximo otoño hará dieciséis años que conocí a Henry —intervino Linda con intención de que sus hermanas dejaran de reñir—. Quince años juntos y trece casados. Cuatro hijos.

—Y mamá tenía diecinueve cuando conoció a papá —acotó Rachel.

—Entonces, dejad de actuar como si yo, a los veintidós, fuera un bebé. Tal como lo veo, no soy la única aquí presente con un historial de pena.

Eso lastimó a Rachel y Michelle se arrepintió instantáneamente. No deseaba herirla. La miró, y en sus ojos había sinceridad. Las miró a las dos. Estaba resentida con sus hermanas. Aquellas fotos en que se las veía, oh, tan perfectas, con sus atuendos de equitación. Los años, por pocos que hayan sido, en que habían tenido un padre y mucho dinero. Pero lo que más la fastidiaba era la estrecha relación que había entre ellas. Se contaban cosas que no le contaban a ella. De manera que era justo que ella no les contara nada. Y no porque tuviera secretos importantes. Aunque algunos sí tenía.

—¿Cuándo vas a tener niños? —le preguntó Linda a Rachel.

—Pronto. Muy pronto.

—Repito —terció Michelle—: ¿estás embarazada?

—Quién sabe —repuso Rachel—. Pero no es por eso que nos hemos casado.

—No esperéis que yo vaya a tener niños —advirtió Michelle.

Era sorprendente lo fácil que era ver *The Real World* sin sonido. No tenía problemas para seguirlo. Era, básicamente, un montaje de peleas sucesivas.

—Ni lo pienso —contestó Rachel—. Pero ¿y si de pronto decides que quieres tenerlos? ¿Y si te casas joven, como todas las Brewer?

—Puede que me case joven, pero nunca tendré hijos. Nunca.

Michelle quería encontrar un empleo o un hombre que le permitiera vivir bien. No era ingenua. Sabía que ambas cosas requerían esfuerzo. Distinta clase de esfuerzo, pero esfuerzo al fin. Y, aunque eso pudiera sorprender a sus hermanas, había decidido que un empleo era mejor que un hombre. Por una razón: puedes cambiar de empleo con mucha más facilidad que de marido. Estaba dispuesta a encontrar un empleo muy bien remunerado, pero que le exigiera poco trabajo. Aunque fuera aburrido.

Bajó a Fells Point con Rachel y Joshua. Había olvidado que ahora Joshua era parte de la ecuación, pese a que hacía seis meses que vivían juntos en el apartamento de Rachel. Joshua era esa clase de tipo fácil de olvidar. Cuando entraron al apartamento, él parecía cómicamente fuera de lugar en el ambiente femenino que Rachel había creado en esa única habitación debajo del alero de una casa adosada del siglo XVIII. Michelle pensó que probablemente no tardarían en mudarse. Se preguntó si podría alquilar ella el apartamento de Rachel. Pero para ello hacía falta tener un empleo.

Rachel y Joshua no se acostaron de inmediato. Michelle tuvo la impresión de que esperaban que ella se retirara primero. Trataban de entretenerla para evitar que saliera. Cerca de medianoche, mientras Rachel luchaba por mantener los ojos abiertos, Michelle dijo con dulzura, como si les hiciera un favor:

—Os dejo que vayáis a dormir. Yo no tengo sueño. Creo que iré a beber una copa al John Steven's.

—¿Tan tarde? —repuso Joshua, adiestrado para hacer el trabajo sucio de Rachel.

«Vamos, tío, ¿no vas a comportarte como el calzonazos Brewer que sigue a su esposa a todas partes como un perrito.»

—No es tarde para alguien de mi edad. Y si llega la tormenta tan anunciada, te aseguro que tendré tiempo de volver.

—No es seguro —dijo Rachel—. Para ir sola. Me preocupa.

Michelle se echó a reír mientras se ponía el abrigo y la bufanda. Su abuela le había dado a Bambi un viejo visón y Michelle lo había cogido para usarlo ella. Arreglarlo había costado un riñón, pero lo había pagado un amiguete. Disfrutaba cuando alguien —siempre una chica y casi siempre una nada guapa— decía: «Las pieles significan asesinato.» Michelle respondía sin inmutarse: «No, son la consecuencia de un asesinato. Como lo es toda la historia humana, que se remonta a Caín y Abel. Así que no te queda otra que superarlo, tía.»

—Mira, preferiría realmente que no salieras esta noche —dijo Rachel—. Tenemos bourbon, una botella de vino rumano, de los barriles de la tienda Tinacria...

—¿Qué pasa, Rachel? ¿Crees que saldré por esa puerta y nunca más regresaré?

—Bueno —repuso Rachel—, no sería nada raro, no sería la primera vez que ocurre en nuestra familia.

Michelle vaciló un instante, pero tenía demasiado orgullo como para renunciar a sus planes. Salió en plena noche, embozada en su abrigo, excitada ante las perspectivas que le reservaba el futuro. Atenciones, sexo, dinero, amor. Las dos primeras estaban prácticamente siempre a su alcance y ahora buscaba la tercera. El amor podía esperar. El cielo estaba tan despejado que en la ciudad también se podían ver las estrellas. Era imposible imaginar que se avecinaba una tormenta de nieve.

A la mañana siguiente, cuando Rachel y Joshua se despertaron, Michelle estaba sentada en la pequeña cocina con un vaso de café del Daily Grind, leyendo un ejemplar del *Beacon-Light* que había encontrado en el umbral del vecino. Ni Rachel ni Joshua le preguntaron cómo había pasado la noche, ni ella dio detalles. Era la hija de su padre. Era libre como el viento, no daba cuentas a nadie y estaba programada para entender las probabilidades, tanto como las posibilidades.

21 de marzo de 2012

Susan Borden había contado a los primeros investigadores muchas cosas sobre ella misma, según constaba en la declaración de testigos. Allí figuraba su nombre completo: Susan Evelyn Borden. Su fecha de nacimiento, 25 de febrero de 1956, en Salisbury, Maryland. Su número de la Seguridad Social, su dirección de la época, a pocas calles de la actual. Esta última saltó de los archivos MVA en cuestión de segundos. Había explicado detalladamente las características de su empleo en la hostería, y dijo que se consideraba una amiga de los dueños, para quienes había trabajado casi dos años. Pero la semana en que Julie desapareció, ella se había ido al mar con su nuevo novio. Fue terrible, nunca se imaginó ni tuvo el menor indicio de que algo así pudiera ocurrir. Cuando los policías de Baltimore se hicieron cargo del caso, quince años después, se limitaron a hacerle una visita y revisar su declaración de 1986.

Ahora, al releer el expediente, Sandy podía ver las lagunas. Susan —Susie— no les dijo cómo había conocido a Julie; dio la impresión de que su amistad había sido una consecuencia de su relación laboral. Había dejado Salisbury, su ciudad natal, pero no dijo dónde había vivido entre Salisbury y Havre de Grace. Su historial laboral incluía: «Camarera, varios restaurantes de Baltimore.» Sí, Susan Borden había tenido la precaución de omitir cualquier detalle que pudiera llevar a alguien a pensar en Susie, la estríper.

Tomó una decisión estratégica: dejaría que sufriera un poco antes de ir a verla a su casa. Esa mujer era una ciudadana responsable, tenía la misma dirección desde hacía veinte años. No iba a fugarse. Llamó por teléfono y dejó un mensaje pidiendo que lo llamara a fin de concertar una cita para hablar sobre un viejo caso. Dijo «un caso» en general, sin precisar cuál.

Dos días después volvió a llamarla y dejó otro mensaje. «Detective Sánchez. Desearía hablar con usted sobre la desaparición de Julie Saxony.»

Al día siguiente llamó y repitió el mensaje casi palabra por palabra.

Al cuarto día se convenció de que ella no le hacía caso. También podía ser que estuviera fuera de la ciudad, o de vacaciones. Podía ser una de esas personas que no escuchan los mensajes dejados en su contestador, que verifican solamente las llamadas que corresponden a números que conocen y borran las demás. Telefoneó a un vecino sirviéndose de una guía para localizar el número. Dijo que tenía un paquete para Susan Borden, pero que no había nadie en su casa.

—Su marido siempre está, él firmará el recibo. Siempre que pueda.

Esa información era interesante a muchos niveles. ¿Marido? No tenía, según la documentación que había encontrado. Y ¿qué significaba «siempre que pueda»?

—Debo entregarle el paquete en mano. Está certificado.

—Bueno, regresará a las cuatro. Pero ¿en serio que no puede dejarlo en el porche, contra la puerta? Aquí nadie se lo va a robar.

Ah, los que viven en el campo, qué presuntuosos. Leed *A sangre fría*, vosotros que os sentís tan seguros en vuestras casas.

Sandy llegó a las 17.45, aunque había hecho todo lo posible para estar allí a las 17.30, con la idea de darle tiempo para que se quitara las medias, se pusiera unos zapatos cómodos y tomara algo, pero no tanto tiempo como para encontrarla cenando. Eso era lo que él suponía que hacían todas las mujeres cuando llegaban a casa. Así hacía Nabby, su tutora, cada día. Mary se cambiaba los zapatos de calle por unos planos, pero no de ropa, pues al final del día lucía tan bonita y fresca como si acabara de ponérsela.

Un hombre, el supuesto marido, abrió la puerta. Sandy le calculó unos sesenta años. Parecía una manzana con un jersey rojo que acentuaba su aspecto de manzana. Ese rojo rubicundo de sus mejillas no era, sin embargo, un color saludable. Sus ojos legañosos y su aire despistado le hicieron pensar en un alcohólico, o quizás en uno de esos grandes bebedores que son capaces de controlarse aunque se riegan el día entero, como una planta.

Siempre que pueda.

—¿Qué desea?

—He estado tratando de comunicarme con Susan Borden. Le he dejado un par de mensajes en el contestador.

—Ella no revisa las llamadas al teléfono fijo y yo nunca lo contesto.

—¿Por qué?

La curiosidad de Sandy era genuina. No podía imaginar a alguien sentado en su casa, oyendo sonar el teléfono y no contestar, por muy borracho que pudiera estar.

—Nunca es para mí. Y tampoco para Susie. Los que la conocen la llaman a su móvil.

—Es un asunto de negocios —dijo Sandy—. Nada importante. Soy... —Su instinto le aconsejó mentir o disfrazar la índole de su misión—. Soy asesor del Departamento de Policía de Baltimore y estoy... estoy cerrando un expediente. Necesito permiso para destruir ciertos documentos de trabajo.

—Llegará de un momento a otro. Ha ido a la tienda de comestibles.

Dicho lo cual, dejó solo a Sandy en el recibidor y se retiró al interior de la casa. Un cuarto de televisión, a juzgar por el sonido, las voces hablando con cierta afectación. Sandy se imaginó al tipo en una habitación en penumbra, bebiendo sin parar de algo semejante a un vaso de agua.

Seguía tratando de decidir qué hacer cuando una mujer entró cargando una bolsa de comestibles. Se sorprendió al verlo, pero no mucho. Sandy tuvo la impresión de que no era la primera vez que se encontraba con un desconocido en el vestíbulo.

—¡Qué narices! ¿Doobie lo ha dejado aquí solo?

—¿Doobie?

—Mi marido.

Uy, uy. Sandy corrigió su versión. No es tu marido, a menos que conserves tu propio apellido, y tú no eres de ese tipo. Eres del tipo que llama «marido» al hombre con el que vives, y probablemente lo sea, de acuerdo con la ley. Se preguntó cuánto tiempo haría que vivían juntos, si alguna vez habían tenido una buena relación o si ella había sido la mayor parte del tiempo su cuidadora, canjeando sus desvelos por algún que otro cheque que él pudiera traer a casa. No como Sandy y Nabby, aunque, pensándolo bien, al final la balanza se había equilibrado. Él se había preocupado más por ella que ella por él en toda su vida.

—Me dijo que usted regresaría pronto.

—¿Es usted el tipo del misterioso paquete?

—Sí, soy el que llamó a su vecino. Usted no respondió a mis mensajes.

—¿Qué mensajes?

—Los que dejé en su contestador.

—¡Vaya por Dios! Nunca los escucho. No son más que peticiones o publicidad. Los que me conocen me llaman al móvil.

—Por ejemplo, ¿Tubman Shroeder?

Eso atrajo su atención. Era muy menuda, como había dicho Lorraine, y, para tener cuarenta y seis años, increíblemente guapa, preciosa. No había otra palabra para definirla. Era como una Marilyn Monroe en miniatura, si uno podía imaginarse a Marilyn con veinte años más, con un color de pelo más suave, pero poniéndose todavía vestidos que resaltaran aún más su cuerpo de guitarra. Llevaba unos tacones asombrosamente altos para su estatura, pero aun así no llegaba al metro sesenta. Una repentina compasión lo embargó al evocar la imagen de aquella muchacha ataviada con un poco apropiado traje de anfitriona charlando, años atrás, con la sofisticada y elegante Lorraine Gelman sobre sus planes de futuro.

—¿Quién es usted? —preguntó.

—Como le dije a su esposo, soy un asesor del Departamento de Policía que necesita permiso para destruir ciertos documentos. La primera parte sí es cierta: soy un asesor. He estado revisando un expediente, pero no va a ser destruido. Hemos reabierto el caso de Julie Saxony.

Asintió. Parecía frívola pero era rápida, práctica. Se asomó al interior de la casa.

—¿Doobie? —Su voz era fuerte, clara, decidida—. Este hombre necesita hablar conmigo. Nos sentaremos en el salón. Es posible que la cena se retrase un poco.

—¿Qué hay de cenar?

—Hamburguesas de pavo con ensalada.

—¿Y patatas fritas?

—No, patatas fritas esta noche no.

—Pero hamburguesa sí.

—Sí. Hamburguesa de pavo. Te pondré unos crackers y bastoncillos de zanahoria.

Sandy recordó que él había empleado el mismo tono con Mary en sus últimos meses. Pero Mary se impacientaba, perdía la paciencia y le decía: «No me trates como a una niña.» Mary tenía una inteligencia penetrante y la había conservado hasta el último día.

Tomó las palabras que Susie le decía a Doobie como una invitación y se encaminó al salón. Ella regresó cinco minutos después.

—Doobie no sabe nada sobre Julie, ¿verdad? —preguntó Sandy.

—De hecho, la conoció.

—Pero no sabe cómo se conocieron ustedes dos.

—Ahora no me importaría que lo supiera. Mañana no se acordará de haberlo visto a usted.

Aguardó un momento a que ella completara las lagunas. ¿Alcoholismo? ¿Demencia? ¿Ambas cosas? Probablemente fuera una mujer con mucha práctica en no revelar más de lo necesario.

—Bien. He vuelto a abrir la investigación sobre el asesinato de Julie Saxony.

—Ya lo ha dicho. ¿Por qué?

—Es mi trabajo. Me ocupo de los casos sin resolver.

—¿Por qué Julie? ¿Por qué ahora?

—Por nada en especial.

Ella se rio. El sonido de su risa era delicioso. ¿Habría podido Tubman hacerlo mejor?

—Vale. Bienvenido al club.

—¿El club?

—El no muy refinado club de hombres que se dejaron engañar por la provocativa mirada de Julie Saxony. Así lo decía

Felix: la mirada provocativa de Juliet Romeo. Todos se enamoraban perdidamente de ella, hasta que comprendían que era imposible.

—¿En ese todos está incluido Tubman, su antiguo novio?

—¿Al principio? Claro. Pero él era un tipo práctico. Como no iba a tenerla para él, se enrolló conmigo.

—Algo que puede molestar a muchas mujeres.

—No a mí. Yo también soy práctica. Tubman me agradaba. Era un tipo divertido y muy generoso. Conmigo nunca arrugaba el ceño.

—Interesante información —observó Sandy—. Una de las razones que me ha traído aquí es que Lorraine Gelman me contó que usted estuvo toda la noche en una fiesta actuando como esposa de Tubman y cotilleando sobre Julie y Felix.

Ni se inmutó.

—Hacen falta dos para formalizar una relación. Tubman no iba en serio conmigo. Yo lo sabía y lo aceptaba. Probablemente hablé demasiado con Lorraine porque ella me ponía muy nerviosa. La gran dama. No se me escapó que ella no deseaba estar en esa fiesta, que todos le parecíamos unos horteras. Tubby, sus amigos, yo. ¿Y por eso ha venido a verme? ¿Porque una muchacha una vez dijo no sé qué tonterías en una fiesta? A usted nunca le va a faltar trabajo.

—Creo que usted sabe por qué estoy aquí. Usted trabajó en la hostería; estaba en la lista de las personas entrevistadas. Pero nada indica que les haya contado a los investigadores que usted y Julie se conocían de los viejos tiempos.

—Les dije que éramos amigas, que nos habíamos conocido en el trabajo. No es culpa mía si ellos no se ocuparon de comprobarlo. Doobie y yo empezábamos a salir y no me apetecía dar mucha información acerca de mi pasado. No creo que le hubiera importado lo que yo hacía, pero es una ciudad pequeña y yo quería seguir viviendo aquí. Sabía que más me valía que la gente no supiera que yo había bailado en la Manzana siglos antes.

Sandy no podía hablar por los investigadores que se habían

ocupado del caso al principio, pero estaba convencido de que le habían preguntado cómo había conocido a Julie. Lo cual quería decir que había mentido entonces. Y que mentía ahora.

—Sabe, la gente siempre se cree capaz de saber cuándo una información es importante o no. Es como aquel que tiene una pieza del rompecabezas mientras yo estoy en la otra habitación con el rompecabezas entero armado. Aquel no lo ve, pero yo sí.

—Yo no estaba allí ese día —dijo ella a la defensiva y desafiante—. Me refiero al tres de julio. Julie me había dado una semana de vacaciones. Doobie y yo nos habíamos ido a Ocean City. Lo decidimos en el último momento.

—¿Decidieron marcharse el Cuatro de Julio en el último momento?

—Julie me preguntó si quería tomarme la semana de vacaciones y acepté.

—Generoso de su parte. Especialmente en víspera de una festividad comercialmente tan importante.

—Así era Julie. Mire, yo no tenía idea de nada, ni siquiera era una buena ama de casa. Pero a Julie se le metió en la cabeza que tenía que rescatarme, sacarme de la Manzana. Me probó en la cafetería, como azafata. En ese lugar se necesitaba una azafata. Había cuatro reservados y un mostrador. Pero ella sabía que yo no podía atender las mesas. Físicamente, quiero decir. Era débil y no me daban los brazos. —Los extendió como para demostrarlo—. La actitud de Julie era: «Vamos a salir de esto juntas, vamos a progresar.» No más danza. No más novios sin posibilidades de futuro, ya porque estuvieran casados o por ser de esos que buscan pasar el rato. —Se puso triste—. Aprobaba a Doobie. Y también por eso me concedió esas vacaciones. Doobie era diferente en esa época. Trabajaba en el puerto deportivo.

—Al repasar su declaración he visto que usted les dijo a los detectives que aquella semana no había ocurrido nada fuera de lo normal. Pero ella, inesperadamente, le dio la semana libre.

—Como le he dicho, Julie era generosa. Y Doobie le caía bien.

—Vaya, usted sí que es una amiga leal.

Eso la pilló por sorpresa. Bien. Era precisamente su intención.

—Eso espero, sí.

—Quiero decir que puedo comprender que usted guardara un secreto cuando pensaba que podía estar viva...

—Nunca pensé que estuviera viva. Nunca. En eso coincidía con Chet y, créame, con ese cocinero presumido (oh, perdón, *chef*) no suelo coincidir en muchas cosas. Pero sabía que había muerto, prácticamente apenas se marchó. Lo supe siempre.

—Entonces, ¿por qué no le contó todo a la Policía?

—¿Qué es todo?

Sandy estaba pescando, ciertamente, pero en un lago repleto.

—Le voy a decir lo que pienso. Usted no calló la verdadera historia de su relación con Julie porque le preocupara que todo aquello saliera en los periódicos. No, usted calló para protegerla a ella. Ahora bien, ¿de qué?

—¿Cómo podía proteger a alguien que creía muerta?

—No sé. Pero hace más de veinticinco años que está muerta. Quién sabe lo que hubiera ocurrido si usted hubiera sido más explícita hace veinticinco años.

Susie suspiró.

—Fue todo muy injusto.

—¿Qué?

—Que todos pensaran que Julie se había quedado con el dinero de Felix, cuando no era verdad. Julie no era una ladrona. Si guardó el dinero, es porque era suyo. Debió de ser duro oír esas cosas, pero era verdad. No fue culpa suya. Estoy segura de que había otro plan para la familia, pero fracasó o no fue suficiente.

—¿Qué dinero, señora Borden?

Sabía que no estaba casada, al menos no oficialmente, pero quería que se sintiera dignificada, respetada. Necesitaba que sintiera exactamente lo contrario que cuando charlaba con Lorraine Gelman la noche de la fiesta. Segura, respetada, una mujer fiable. No obstante, también necesitaba que se soltara a hablar, como lo había hecho en aquella fiesta.

—No fue solamente Julie.

—¿Qué quiere decir?

—Que hubo alguien más. Por eso nunca hablé de esto. Es lo que Julie hubiera deseado.

—¿Alguien más? ¿Su hermana?

Susan asintió con la cabeza.

—Le aseguro que todo este asunto ya prescribió. —No estaba muy seguro de ello, tenía que verificarlo—. Que Andrea Norr haya sido cómplice de la fuga de Felix no es cosa que hoy pueda interesarle a alguien. Pero lo fue, ¿verdad?

Entonces el antiguo rumor era cierto. Lo condujeron fuera del Estado en un remolque de caballos. No pudo evitar enorgullecerse de haber desentrañado ese hecho y confirmado el viejo rumor. Lástima que no tuviera alguien en su vida a quien contárselo.

Ella asintió con un leve movimiento de la cabeza.

—¿Y le pagó? ¿A la hermana?

—Algo. No mucho. Y todo lo que obtuvo Julie fue la cafetería y un poco de dinero para ella. Pero ella no la creyó. Dijo que sabía que Julie había recibido un montón de dinero, de lo contrario ¿cómo hubiera podido comprar la hostería y abrir el restaurante? Se puso como loca. No gritaba, pero lo dijo tan fuerte que yo lo oí. Estaban en la cocina y yo en el lavadero, contiguo a la cocina. Sucedió una semana antes, aproximadamente. Le pidió dinero a Julie, dijo que era justo que le diera una parte. Y Julie le contestó que no lo tenía.

Susan cometió el error que él supuso que cometería, precipitarse, hablar demasiado, suponer que él sabía más de lo que en realidad sabía. ¿Ella? ¿Quién, cuál de ellas? Andrea Norr, no, imposible.

Se hizo un silencio. Podían oír la televisión de Doobie, la conocida musiquilla de *Ley y orden*. Debían de ser las seis.

—¿La vio?

—No. Y si hubiera pensado que tenía relación con el asesinato de Julie lo habría contado. Por supuesto. Pero ella era floja. Julie siempre lo dijo. Unas flojas no estaban acostumbradas a hacer nada por sí mismas. La esposa y las hijas. Unas mimadas. Todas.

—De manera que una semana antes hubo una discusión. Alguien acusó a Julie de haberse quedado con dinero y ella dijo que no lo tenía.

—Y no lo tenía. Julie estaba realmente conmocionada. Le preocupaba que la esposa supiera cómo comunicarse con Felix, que le hubiera dicho a él todas esas mentiras sobre ella. Eso era lo que verdaderamente la atormentaba.

—Entonces, ¿ella no conocía el paradero de Felix?

—No. Y no le importaba, mientras Bambi tampoco lo supiera. El día que vino la hija fue lo único que ella quiso saber. Si alguien había hablado con Felix, qué sucedía con Felix.

«El día que vino la hija.» No le dijo que él daba por supuesto que Bambi Brewer era la «ella» de su historia. Abrió la libreta.

—O sea, Linda, ¿correcto? La mayor.

—No recuerdo el nombre. La del medio, creo. La inteligente, la que estudió en esa universidad tan cara. —Se puso a la defensiva—. Julie las seguía de cerca, un poco. Prestaba atención a la familia de Felix, quizá más de la debida. Acusó a la chica de hacer el trabajo sucio de su madre. La hija dijo que su madre no sabía que ella había venido.

—Susan —llamó Doobie con voz de niño enfurruñado después de la siesta—. ¿Susan?

—Sí, Doobie.

—¿Qué tenemos para cenar?

—Hamburguesas de pavo y ensalada.

—¿Y patatas fritas?

—No, patatas fritas no. —Miró a Sandy—. Es mayor que yo, no mucho. El médico dice que le pasa algo al cerebro y nos volvemos niños otra vez. Menos inhibiciones. Queremos lo que queremos, no nos preocupamos de decir «por favor» y «gracias».

Es un buen tipo. Lo pasábamos muy bien juntos. Yo sería una cretina si lo echara a la calle ahora. Mire, lamento si usted piensa que lo que hice fue tan malo. Yo tenía que preguntarme qué hubiera deseado Julie, qué era lo más importante para ella. Creo que hice lo correcto, aun si lo que yo sabía hubiera permitido resolver el crimen. Le habría hecho daño a su hermana.

—No anteponía a su hermana cuando vivía, al menos no es lo que dice ella, su hermana.

—Julie se sentía culpable por su relación con Andrea, quería reconciliarse con ella. No tuvo la oportunidad. Yo sí.

Durante el trayecto de vuelta a Baltimore, Sandy rememoró su conversación con Susan Borden. Era una de las personas más creíbles que había entrevistado. Todos mentían, pero Susan había sido muy sincera acerca de sus mentiras por omisión y por qué las había dicho.

Y su lealtad a Doobie, ese hombre-niño con un nombre de niño y una barriga enorme, hablaba bien de ella. «Lo pasábamos muy bien juntos.» Ahora no, y sin embargo él era totalmente dependiente de ella. ¿Él habría negociado estar más tiempo con Mary si ello hubiera significado estar con alguien que no era realmente Mary? ¿Habría canjeado a Bobby-tal-como-era, ahora, con treinta años y perdido para él, por un Bobby normal que murió a los cinco años? «Puedes reescribir tu vida todo lo que quieras —pensó Sandy—. Siempre habrá una versión en la que al final todos mueren.»

Añórame

23 de septiembre de 2001

—¿Habrá sitio en la nevera para otra fuente?

Bambi, que había estado como aturdida todo el día, miró distraídamente a la mujer de mediana edad que le había hecho esa pregunta. Pelo castaño, vestida con un dos piezas de punto que el ojo experto de Bambi identificó como una prenda de calidad, un modelo de St. Johns, quizá de unas temporadas atrás, aunque eso en Baltimore siempre era de buen gusto. Pero Bambi no la conocía. ¿Por qué habría venido alguien que ella no conocía a la Shivah de tía Harriet?

—Gracias... Naomi.

El nombre le vino a la memoria justo a tiempo. Naomi había sido condiscípula de Linda en el Park. Bambi seguía olvidando que su hija, quien cumpliría cuarenta y un años ese mes, era una mujer de mediana edad.

Regresó con la fuente de Naomi a la cocina de los Gelman, que había sido reformada el año anterior y contaba ahora con una de esas monumentales neveras Viking de dos puertas, lo suficientemente ancha y profunda como para que cupieran varias fuentes del Seven Mile Market, los platos preparados kosher, aunque ninguno de los allí reunidos era tan estricto como para comer solo productos kosher. Ni Linda había llegado a tal extremo. Bambi esperaba que Bert y Lorraine, quienes tan generosos habían sido ofreciendo esa Shivah, le permitieran dejar una parte de toda aquella comida. Podía llevarse las fuentes para los fiambres, tal vez un poco de queso y fruta, pero, ahora que vivía sola en la casa de Sudbook Park, los pasteles y tartas ya no tenían utilidad para ella. Tampoco para Bert y Lorraine; Sidney vivía en Nueva York y los mellizos estudiaban Derecho en Chicago. Pero les parecería menos vergonzoso tirar lo que sobrara. La gente rica se podía permitir los derroches.

Volvió al salón. No podía creer la cantidad de gente que había acudido. Su madre había tenido razón en que necesitaban un lugar más grande que su apartamento de Windsor Towers. Bambi creyó que nadie vendría. Harriet no tenía esposo ni hijos y había sobrevivido a los pocos amigos que le quedaban. Aun así, era asombroso ver el primer piso de los Gelman repleto de gente. Los amigos de Bambi, los amigos de Ida, incluso los amigos de sus hijas desfilaron toda la tarde. A lo mejor, pensó Bambi, la gente estaba ansiosa por reunirse. Pero ¿qué sentido tenía estar con otras personas cuando la conversación giraba inevitablemente en torno a todos esos temas horribles, el 11-S, el ántrax, el Cipro, historias sobre la pérdida de seres queridos, las relaciones personales con las víctimas? En el círculo de Bambi, ninguno conocía a alguien afectado directamente, aunque Joshua, el marido de Rachel, tenía un amigo de la facultad que se encontraba en los pisos superiores de la segunda torre y había logrado salir de allí justo a tiempo.

«Hallaron el cuerpo», fue la frase que oyó Bambi en medio de una conversación. ¿Estarían hablando de los atentados? Siguió avanzando entre la gente, comprobando quiénes eran los presentes. En cierto momento alguien iba a tener que rezar una oración. Menos mal que podían contar con el hijo mayor de Linda. Bambi, como muchas personas de su generación, leía el hebreo en su transliteración y no sabía de memoria ninguna oración. Su familia había sido conservadora en una época en que los conservadores eran menos estrictos.

Pero Felix sabía hebreo. Recordó su sorpresa cuando, al comienzo de su matrimonio, se dio cuenta de que Felix se había criado en un hogar relativamente devoto. La sinagoga, para Felix, no era solamente un lugar para cultivar las relaciones sociales. No, allí él se relajaba, hallaba consuelo en las celebraciones de las Altas Fiestas judías. Eran más que una ocasión para pulir su nivel social, por mucho que él dijera lo contrario.

Bambi, desde que Felix se había ido, contemplaba a veces la *bimá* nueva, con el vitral inspirado en Chagall detrás, y le parecía que podía contar los dólares de los Brewer que habían ido a parar allí, y pensaba en lo bien que le vendría si pudiera recuperarlos uno por uno.

—Me alegro de que no haya sufrido —dijo una mujer apretando las manos de Bambi.

Era Corky Mercer, la dueña ausente de la tienda de Pikesville donde Bambi trabajaba desde hacía veinte años, diciendo siempre que lo hacía por diversión, para tener algo que hacer desde que sus hijas mayores se habían marchado de casa. Ese empleo les había permitido a todas comprarse la ropa que de otro modo no hubieran podido costearse.

—¿Quién?

—Tu tía.

Claro. Su tía Harriet. Estaban todos allí por Harriet.

—Hacía dos años que no andaba bien —dijo retirando las manos. Corky lo había hecho con buena intención, pero a Bambi no le agradaba que la cogieran y le impidieran moverse. Se preguntó si Corky hubiera hecho lo mismo con una clienta de toda la vida, tan distinto de una clienta que había acabado siendo una empleada de toda la vida.

Tía Harriet había fallecido mientras dormía, a los noventa y cinco años. Había sido el final, lento y repentino a la vez, de una declinación gradual que comenzó con una caída a los ochenta y tres años. No se había quebrado más que la muñeca, pero fue el comienzo. Fue cuando empezaron a contratar los servicios de asistentas y cuando las excentricidades de Harriet se acentuaron. ¿O fue simplemente que por una vez alguien estaba allí para notarlo? En cualquier caso, las llamadas habían empezado doce años antes. Incluso después de que la madre de Bambi se mudara al apartamento de Windsor Towers, a un vestíbulo de por medio de su hija mayor, Bambi siguió recibiendo llamadas. A veces eran de Harriet, otras de la recepción, pero en su mayor parte eran de las enfermeras sometidas a las vejaciones verbales de Harriet. Bambi no diría que su tía era racista...

«Yo sí», dijo el Felix que vivía en su cabeza. Sin embargo...

Harriet era una misántropa que desconfiaba de casi todos, de la raza que fuesen. Tenía también una desagradable tendencia a aludir al aspecto físico de las personas en sus invectivas. Por eso, cuando le gritaba «guarra greñuda» a la asistenta jamaicana o «bocazas idiota» a la otra, probablemente daba la impresión de ser racista. «Si ustedes supieran las cosas que le dice a mi madre, a su propia hermana —les decía Bambi a aquellas mujeres para calmarlas—. Soy la única que le cae bien.»

Pero no se calmaban.

Bambi era, según la propia Harriet, la única a quien ella realmente apreciaba.

—Eres mi nieta preferida —le decía cuando ella era pequeña.

—Pero si soy tu única nieta —respondía Bambi, que solo tenía diez años.

—Exactamente —decía Harriet soltando una risita maliciosa y dándole palmaditas en el muslo—. Entonces también eres mi menos preferida. Cuando te suprima de mi testamento será para poder ponerte en mi testamento.

Pero a medida que Bambi se iba transformando en una belleza, las bromas de Harriet se convirtieron en cínica adulación. Harriet, quien nunca se había casado —por elección, decía—, disfrutaba indirectamente del éxito social de Bambi. Siempre deseaba saber si los chicos eran de buena familia, lo cual significaba una única cosa: ¿eran ricos? Al principio estaba indignada con Felix. «Te engatusó bien. Reconoció lo bueno en cuanto lo vio.»

En cambio, ni Linda ni Rachel ni Michelle le interesaban, aun cuando Michelle iba en camino de parecerse más y más a Bambi. Harriet no les hacía ningún caso, como si no existieran.

—Tú eres mi única heredera —le decía a Bambi de vez en cuando.

—¿Y mamá?

—Tiene un marido.

El padre de Bambi había muerto menos de un año después de la desaparición de Felix. A Bambi le parecía que su madre y ella se encontraban en situaciones similares, aunque su madre tuviera Seguridad Social, un seguro de vida y algunos ahorros. Sin embargo, para Harriet era diferente; un marido desaparecido era aparentemente mucho peor que uno muerto. Aun cuando la animosidad hacia su hermana Ida se hubiera apaciguado tras la decisión de esta de seguirla a Windsor Towers, Harriet insistía en que Bambi y solo Bambi merecía su dinero.

¿Cuánto era? ¿Lo bastante como para marcar la diferencia? Se odiaba por pensar en ello, aunque no podía evitarlo desde las últimas veinticuatro horas, cuando recibió la última llamada a propósito de tía Harriet, y quería seguir pensando en ello porque así no podría pensar en otras cosas.

Notó que Lorraine la estaba mirando con lástima, y supo que no era por tía Harriet. No había motivo para sentir lástima por Bambi. Comprobó su postura, se alisó el pelo y buscó a sus hijas entre la multitud. Ellas eran su fortuna, lograda contra viento y marea. Linda, la que ganaba el pan para la familia y una buena madre, con cuatro hijos fantásticos. Rachel, tratando aún de ser madre, mientras ahora gozaba de cierto éxito en tareas informáticas que Bambi no comprendía muy bien, pero había sido por algo que ella había hecho al crear un programa que componía un poema por día. Y Rachel había ayudado a Michelle a encontrar un empleo en una nueva empresa, aunque lo que más parecía atraer a Michelle eran las elegantes oficinas situadas en una vieja fábrica remodelada en el centro del floreciente barrio de Canton.

¿Dónde estaba Michelle? Bambi se preguntó si se habría escapado antes de la plegaria. Hubiera sido de muy mal gusto, aunque seguramente nadie se acordaría de ello al día siguiente.

Michelle estaba arriba, recorriendo las habitaciones en busca de un ordenador. Deseaba consultar su correo electrónico. Desde el 11 de Septiembre su necesidad de estar conectada se había convertido en una obsesión. Consultaba su correo electrónico muy a menudo, incluso acudiendo a cualquier locutorio. Todos buscaban a todos, cada uno trataba de saber dónde estaba el otro. Algunas chicas del Park, incluso Adam Gelman, que todavía seguía colgado de ella. A veces pensaba que debería ocuparse de él y amansarlo, como a un caballo. Cursaba tercer año de Derecho y seguía siendo para ella como un hermano canalla. Domarlo y devolverlo dulcificado al mundo sería una buena acción en beneficio de la comunidad femenina. Pero Adam no tenía dinero para gastarlo con ella, y menos tiempo. Entonces, no, gracias.

El cuarto de Adam y Alec estaba tal cual lo habían dejado cuando se marcharon a la universidad, solo que reluciente. Su madre había impuesto su criterio hasta cierto punto: los pósters de deportes y música estaban bien enmarcados, no pegados a la pared con cinta adhesiva o chinchetas. Los escritorios empotrados, las sillas rojas, incluso el cesto de baloncesto enganchado a la pared, no venían de Ikea, y eso Michelle lo sabía. Recordaba una versión más antigua de ese mismo cuarto, con dos literas, pues Adam y Alec tenían que poder elegir cuál dormía arriba o abajo. Nunca quisieron habitaciones separadas. En la universidad habían compartido una habitación en la residencia de estudiantes, y ahora iban juntos a St. Paul. La única profunda diferencia entre los dos, tal como lo veía Michelle, era que Adam estaba colgado de ella y Alec no la soportaba.

Allí no había ordenadores, aunque sí un televisor. Pensó en encenderlo, pero no era televisión lo que deseaba. Quería conversar, aunque no con la gente de abajo, sino en el ordenador, donde las personas eran más ocurrentes y festejaban sus chistes y a nadie le parecía mal que fueras algo distraída. Cara a cara, la gente habla al mismo tiempo, que es justo lo contrario de hablar.

Y tratar, por enésima vez, de buscar a su padre en todas las madrigueras de los distintos buscadores. Alta Vista le seguía gustando, pero le picaba la curiosidad con Google, que ahora aparecía en todas partes. ¡Qué coincidencia, ella había estudiado en el Park al mismo tiempo que Sergey Brin! ¡Esa sí fue una oportunidad perdida!

Fue a la habitación de Bert y Lorraine. Esta no tenía ni siquiera un televisor allí, mucho menos un ordenador. Michelle levantó las sábanas para ver las etiquetas. *Frette.* «No es seda», concluyó frotando la tela entre sus dedos. Algodón, que al tacto era como la seda. Archivó el nombre en su cabeza, como solía hacer con las marcas que descubría en casa de los Gelman, añadiéndolo a su ya extensa lista de deseos.

Hacía cinco años que vivía en el apartamento de Rachel, pero anhelaba mudarse. De su nuevo empleo, todos le decían: «¡Jo, qué bien, puedes ir andando a trabajar!» Ciertamente, si usara zapatos planos o zapatillas de deporte y luego, al llegar a la oficina, se las cambiara por sus tacones altos. Ambas opciones le parecían absurdas. Lo que ella deseaba era comprar un apartamento enfrente de su oficina, en ese edificio de película llamado Canton Cove, con vistas al puerto y toda clase de comodidades y servicios. Pero a ella no le otorgarían un crédito hipotecario, ni siquiera con su nuevo empleo. A casi nadie le daban créditos. Podías comprar un apartamento sin desembolsar dinero y, a la hora de firmar los documentos del préstamo, ya habías ganado, sobre el papel, diez o veinte mil dólares. Pero Michelle había acumulado una deuda con su tarjeta de crédito. Era culpa de Rachel; ella le había dejado su apartamento con un alquiler relativamente bajo. Y Michelle había creído, equivocadamente, que al pagar menos por el alquiler dispondría de más dinero. Gastaba lo que no destinaba al alquiler, y más también, y ahora estaba endeudada.

Salió del dormitorio de Bert y Lorraine y se dirigió a la habitación de Sidney. Por un instante creyó que se había confundido. ¿No era la antigua habitación de invitados? Pero el dormitorio de Sidney era ahora una sala de gimnasia, una de verdad, con elíptica, cinta de correr, un televisor instalado en lo alto de la pared, una colección de pesas, de las pesadas. Debían de ser para Bert. E, ¡increíble!, una sauna. Michelle abrió la puerta, se asomó e inspiró el delicioso aroma a madera almacenada. ¿Cuándo lo había hecho instalar Lorraine? ¿Después que Sidney se marchara a trabajar a Nueva York?

¿O después que Sidney, justo antes de su graduación, les anunciara que se trasladaba a vivir a Nueva York con la mujer de treinta y cinco años con quien salía en secreto desde hacía dos años?

Todo el mundo decía que Lorraine y Bert lo habían encajado muy bien. Michelle y sus hermanas lo encontraron hilarante. Como si Sidney los hubiera deshonrado. Sidney era la persona más asquerosamente perfecta del mundo, tan perfecta que ni Rachel podía destacar a su lado. (A decir verdad, Michelle se regocijaba de que la sesuda y sabionda Rachel quedara en segundo lugar.) Sidney era tan estupenda que había llamado a Bambi y a Ida para darles el pésame por la muerte de Harriet, y luego les explicó que no podía acudir al funeral porque estaba trabajando como voluntaria en un comedor comunitario para los socorristas.

No, Sidney no era una niña por quien Lorraine y Bert podrían mantener la frente bien alta. Pero eso era porque desconocían cuán malvados habían sido los mellizos de adolescentes. Estaban más sosegados ahora, presuntamente, pero había habido el incidente con la chica ebria, el vídeo que hicieron con ella. No la habían tocado. Solo habían filmado a la pobre chica tropezando y vomitando y, con la lógica propia de las personas borrachas, también la grabaron quitándose la ropa pringada de vómito. Filmaron cada uno de esos momentos, añadiendo sus comentarios graciosos, y luego se lo enseñaron a sus amigos en el estudio de los Gelman. Cuando la travesura —fue la palabra que empleó Bert— se supo, los chicos insistieron en que solo se habían protegido de las mentiras que la chica habría podido contar después. «No hicimos más que documentarlo», afirmó Alec. Fue en la casa de ella, con el licor del padre de ella, y los mellizos estaban sobrios. Pero Michelle pensó que lo realmente escalofriante era el autodominio que demostraron los mellizos al decidir quedarse de brazos cruzados y no ayudar a la chica, pero sí en cambio filmar su humillación.

Cerró la sauna, se volvió y vio a Bert en la puerta de la habitación. Se sintió culpable por tener esos pensamientos tan mezquinos sobre sus hijos mientras merodeaba por la casa catalogando las cosas de Lorraine, aprendiendo a desear objetos que antes no sabía que existían.

—Tu madre te busca.

—Quería recostarme un rato, tengo una jaqueca infernal.

—La habitación de invitados está preparada. O puedes usar nuestra cama.

Su amabilidad la hizo sentir aún más culpable. Lástima que los hijos de Bert no fueran como él. Se le parecían físicamente, pero les faltaba algo. Con Bert se sentía segura.

—Ya pasará. Me he mojado la cara con agua fría y quizá tome una aspirina.

—Bueno. Sabes, Michelle, por un instante, con la luz apagada, pensé que eras tu madre. Puede que seas aún más hermosa de lo que ella fue en su plenitud.

Michelle se dio cuenta de que Bert pensaba que eso era un elogio de verdad, pero, vamos, ¿lo decía en serio?

—Y yo, ¿no estoy en mi plenitud?

—Todavía no.

—Entonces, ¿cuándo? —preguntó con un mohín simulando un pucherito. Lo miró con ojos de seductora, entreabriendo los labios. De pronto deseó que Bert la besara. Y cuando Michelle deseaba que los hombres la besaran, ellos la besaban.

Pero Bert se limitó a decirle:

—Creo que la plenitud de tu madre empezó cuando tenía más o menos treinta y cinco años. Tal vez cuarenta. Y sigue en su plenitud. Toma esa aspirina, Michelle, y luego bajas, ¿de acuerdo?

Probablemente, viejo como era, no había reparado en lo que ella le había ofrecido. Se dirigió al baño, cogió un Tylenol, aunque en realidad no necesitaba tomarlo, y se miró en el espejo preguntándose cómo podía alguien estar en su plenitud a los cuarenta.

Rachel se había percatado de la ausencia de Michelle, pero no como Linda. Lo cual significaba que Rachel estaba furiosa.

—Michelle no se queda en ninguna fiesta que no sea en su honor —farfulló Linda—. Hizo lo mismo en la cena de Rosh Hashanah, la semana pasada. Fue a mi dormitorio y se quedó allí viendo la televisión.

—Tenía migraña —explicó Rachel.

—Cuando alguien tiene migraña necesita permanecer a oscuras en una habitación donde haya silencio. Ella estaba viendo *Las chicas Gilmore*.

—Es una lata para ella. No olvides que es la menor. Ella es la excepción, las demás hemos venido con nuestra pareja.

—Mamá, no.

—¿No? Pues siempre tengo la sensación de que papá está con ella.

—Eres muy romántica, Rachel. Está en Bali, con su amiguita, la que vivía en Horizon House. Me hubiera gustado conocerla, ver cuál era su atractivo.

—No están en Bali.

—Entonces en Israel. ¿No era ese el otro rumor que circulaba? ¿Que se compró una nueva vida invirtiendo mucho en bonos israelíes?

—Me parece que estás confundiendo a papá con Meyer Lansky.

—Ah, Rachel, la gran romántica. ¿De veras piensas que papá añora a mamá después de todos estos años?

—Yo la conocí.

—Tú la viste. Me lo contaste en su momento, cuando sucedió. Y no te mencionó sus planes aquella noche. Debía de tener ya todo organizado, ¿no crees? Y eso que hizo fue una manera de disimularlo.

La abuela Ida se acercó a Linda y Rachel, se colocó entre

ellas y las cogió del brazo. Las hermanas no eran particularmente altas, pero a su lado Ida parecía una enana.

—Harriet os quería mucho —dijo de su hermana mayor, con quien había vuelto a tratarse hacía apenas dos años.

Linda, prudente, asintió, y Rachel emitió un sonido ambiguo. No eran admiradoras de Harriet.

—Y aunque no especificó, sé que ella quería que tuvierais recuerdos. Iremos a ver qué ha quedado en su joyero.

Rachel esperaba que su rostro se mantuviera imperturbable. Sabía que su madre —con el beneplácito de Harriet— había vendido las mejores alhajas. Pero si todo iba a ser legado por testamento a su madre, que era la ahijada de Harriet, ¿qué importaba? Su madre había vendido ciertas cosas precisamente para que el patrimonio se mantuviera por debajo de cierto nivel a fin de eludir el impuesto de sucesiones. También había firmado cheques a lo largo de los años, aunque nunca demasiado como para pagar el impuesto sobre las donaciones. No obstante, Harriet nunca permitió que Bambi viera sus cuentas bancarias, que era donde realmente había dinero.

—Probablemente hubiera querido dejaros algo de dinero —les dijo la abuela—. Pero veremos lo que hay con más calma.

Pese a que Rachel era capaz de entender la enrevesada forma de hablar de su abuela, Linda dijo con dureza:

—Hablas como si fueras la albacea.

—Oh, no —se apresuró a responder Ida—. Es el abogado. Pero la herencia será dividida entre vuestra madre y yo. Bueno, no exactamente mitad y mitad. Vuestra madre tendrá un legado en dinero y yo recibiré todo lo demás. Harriet cambió el testamento hace seis meses. Nos hicimos muy íntimas viviendo en Towers Windsor. Ella tuvo celos de mí toda la vida porque yo era la pequeña, pero luego comprendió que era una tontería. Más aún, ahora sabe lo mucho que la ayudé, con las matrículas y cosas así. Niñas, yo os pagué Park.

—Te lo agradecemos —dijo Rachel, como decía siempre que ella sacaba el tema, y lo hacía muchas veces.

—¿Lo sabe mamá? —preguntó Linda.

—Le dije a Harriet que debía decírselo.

—¿Lo sabe mamá? —repitió Linda.

Rachel pensó en cuán rápida era su hermana para reconocer una respuesta que no era tal, a pesar de que su vida profesional se basaba en dar respuestas.

—No lo sé —repuso la abuela Ida mirando su taza de café—. No es mucho, estoy segura. El dinero no debería importar en las familias.

Pero Linda ya se alejaba, abriéndose paso entre la gente apiñada, en busca de su madre. Mientras Rachel la veía alejarse, recordó que su hermana, durante todos aquellos años, no había cesado de repetir a su madre que Julie había sido solamente la última amante, pero no la única. Linda sabía cómo disfrazar una mala noticia.

Linda trataba de darse prisa, pero no podía pasar sin retribuir los buenos deseos de toda aquella gente. Entretanto, se preguntaba cuánto dinero podría ser. ¿Doscientos mil, trescientos mil? Probablemente no sería suficiente para sacar a flote a Bambi. ¿Sabía la abuela Ida que Bambi apenas tenía para vivir, cuánto le costaba pagar los impuestos inmobiliarios cada año, lo mucho que la preocupaban las facturas normales —gas, luz, teléfono— y cómo postergaba las reparaciones que exigía la casa? La razón por la que Bambi había pedido a los Gelman que la Shivah se celebrara en casa de ellos era porque no habría soportado que la gente viera el estado en que se encontraba su casa, las grietas en los marcos de las ventanas y los remiendos en el tejado. Se las había ingeniado para mantener las habitaciones expuestas a las miradas ajenas, que solo requerían pintura y tapizar los muebles de vez en cuando, algo que hacía a muy bajo coste con tachuelas. Pero la cocina se había quedado en los años setenta, y también los baños. La casa de Sudbrook Park estaba congelada en el tiempo, como salida de un cuento de hadas. Su padre había terminado de pagarla antes de marcharse, quizá la última cosa decente que hizo. Bambi debería haberla vendido inmediatamente y comprar otra más modesta. En cambio, se empecinó en conservarla y la hipotecó varias veces. ¿Por qué no la había vendido?

Linda lo sabía: porque Bambi creía que él volvería. Aún esperaba verlo aparecer por el sendero de la entrada. Por eso no reclamó su seguro de vida ni solicitó la modesta pensión de los veteranos a que él tenía derecho.

Y su madre siempre se había llevado muy bien con la tía Harriet. Se acordó de lo ocurrido hacía unos años, antes de que Harriet tuviera que ir a la unidad de atención sanitaria de Windsor Towers. Una de las asistentas, alarmada, había llamado a Bambi, y, por una vez, no había sido a causa de algún exabrupto de Harriet. Cuando Bambi llegó al apartamento, la asistenta le mostró los cajones de la cocina repletos de sobrecitos de azúcar y edulcorantes, bolsitas de salsa de soja y de ciruela, mostaza y mayonesa. Se quedó atónita al comprobar que Harriet había juntado todo eso. Debía de metérselos en los bolsillos cada vez que iba a comer al restaurante. Cuando la asistenta quiso tirarlos a la basura, Harriet se puso tan furiosa que le dio una pataleta, como una cría. Bambi la consoló y guardó sus «tesoros» en cajas de zapatos etiquetadas. ¿Dónde estaba Ida entonces? Deberían impugnar el testamento. Pero no, saldrían en todos los periódicos y telediarios. El pasado julio había llamado un periodista con la idea de escribir algo relacionado con el vigésimo quinto aniversario de la desaparición de Felix. Ningún miembro de la familia cooperó con él, pero eso no impidió que el joven hiciera un trabajo que consistió meramente en repetir informaciones aparecidas en diversos artículos.

Linda encontró a su madre en la cocina, sentada en el largo banco acolchado del rincón del desayuno, y acompañada. ¿Alguien más se había adelantado y le había contado ya acerca del último acto malvado de la tía abuela Harriet?

—Bebe esto —le decía Lorraine a Bambi—. Es descafeinado.

—Yo creí que tú dijiste que serían días, quizás incluso una semana, o algo así, Bert. Pero si un reportero te ha llamado a tu casa...

—El reportero estaba husmeando. No tiene nada sólido.

—Aun si es ella —dijo Lorraine—, no tiene nada que ver contigo. Nada.

—Pero muy pronto escribirán sobre esto. Tal vez no mañana, pero lo harán, estoy segura. Sacarán todo a la luz otra vez.

—Con lo que pasa actualmente en el mundo, nadie prestará atención —dijo Bert—. En cierto modo, es una bendición.

—¿Los atentados?

—El hallazgo. Ahora lo sabes. No tiene nada que ver con Felix. Ella nunca se fue con él.

—¿Lo sé? ¿Es eso lo que sé, Bert? ¿Y tú crees que los periódicos se ocuparán de hacer esa distinción?

Linda no pudo contenerse.

—¿Qué sucede? ¿De qué estáis hablando?

—Tubby recibió la visita de un detective esta mañana —le contó Bert—. Piensan que han hallado el cadáver de Julie Saxony. Todavía han de hacer la identificación oficial, y no han determinado la causa de la muerte, pero aparentemente algunos objetos (su permiso de conducir, supongo, porque suelen estar plastificados) se han conservado. Creo que no darán la noticia hasta no haber cotejado con los archivos dentales y hecho la autopsia.

—¿Dónde? —preguntó Linda, porque fue lo único que se le ocurrió preguntar.

—En Leakin Park.

—¿Y nadie lo había encontrado hasta ahora?

—Es un lugar muy grande —explicó Bert—. Al parecer, un perro la descubrió en un sector del parque muy apartado, donde no hay senderos. Primero han de hacer una identificación oficial. Lo único que tienen de momento es un cadáver, y quizás el permiso de conducir. Pudo haber sido ella quien dejó allí ese cadáver. No tenemos la certeza de que se trate de ella.

«Y no hace ni diez minutos —pensó Linda— yo la imaginaba en Bali, sentada junto a papá a una mesa con bebidas exóticas.» Pero no quería sentir lástima por Julie Saxony. No quería sentir nada por ella. No deseaba su muerte. Solo quería que nunca hubiera existido.

«Yo sé que no está en Bali —había dicho Rachel—. La conocí.» Linda miró a su madre. Temblaba y estaba pálida, alterada. Pero no parecía sorprendida. Quizá lo de Julie lo sabía de antes. Lo que la había perturbado era la llamada del reportero. Linda se ocuparía de él. Siempre lo hacía.

Michelle eligió justo ese momento para ir a la cocina, ajena a todo, como siempre. No tenía el aspecto de alguien que acaba de sufrir una migraña, o lo que fuera la excusa que había dado esa vez.

—¿Aún no tenemos un *minyan*? Porque la verdad es que debo irme. —Cuando los presentes la fulminaron con la mirada, preguntó—: ¿Qué pasa?

22 de marzo de 2012

Andrea Norr, la hermana de Julie, no pareció especialmente sorprendida al ver el coche de Sandy acercándose a ella por el camino. Quizá resignada, sí, como alguien que sabe que ha cometido un error y que un día no le quedará más remedio que enfrentarse a la realidad. Probablemente hasta algo aliviada.

Caminó los últimos diez metros al lado del coche y lo invitó a pasar. Le preparó más té del malo.

—¿Así que ella se lo contó a Susie, esa cabecita hueca? Creí que Julie era capaz de guardar secretos.

Sandy defendió instintivamente a las dos mujeres.

—Creo que su hermana eligió bien a su confidente. Susan Borden no dijo a la Policía ni una palabra acerca del dinero extraviado, ni les mencionó la discusión con la hija. Ocultó una pista significativa, creyendo que así honraba los deseos de Julie y que, al final, ella antepondría los intereses de su hermana, usted, Andrea, a los suyos.

Andrea hizo una mueca, la clase de mueca que Sandy quería hacer con cada sorbo de té.

—Si eso hizo, fue por culpa, no por amor.

—¿Culpa de qué?

—Me abandonó, señor Sánchez. Huimos juntas de casa. Era una aventura. Y me abandonó, en Rexall y en nuestro apartamento, en Biddle. ¿Sabe cómo me llamó cuando le dije que no aprobaba su relación con Felix? Me llamó «la viejecita de Biddle Street». Eligió el tique para las comidas, no a su hermana.

—Lo que me está diciendo es que ella realmente lo amaba.

—¿Y qué? —replicó en un rapto de cólera—. Yo era su misma sangre. Él era un estúpido hombre casado que no iba a casarse con ella, nunca. De acuerdo, ¿vamos a contar secretos, pues? Susie contó mi secreto. Ahora le voy a contar yo el de Julie. Alguna vez pensó ir a la Policía y decirles que Felix no se había fugado. Que temía por su vida. Que Bambi lo había eliminado porque él se proponía abandonarla y ella no creía poder sobrevivir con la pensión alimenticia.

—Eso no concuerda con lo que sé de su hermana.

La risa de Andrea no fue cruel, no exactamente, pero cuando uno se ríe de otro siempre resulta cruel, y ella se estaba riendo de Sandy.

—¿Usted cree que conoce a Julie mejor que yo? ¡Otro hombre cegado por un par de grandes... —hizo una pausa deliberada— ojos azules!

—He averiguado mucho acerca de ella. Hay otras personas, sus amigos, y todos tenían muy buena opinión de ella.

—¿De veras? Bueno, le daré un consejo: cuando desee saber cómo es una persona, pregúntele primero a la familia. Y no olvide que a Felix, su amado, ella le importaba un comino. Nos puso a las dos en peligro cuando nos pidió que lo sacáramos de la ciudad. Sí, Tubman sabía y el abogado, Bert, también sabía que Felix se iba a escapar. Sabían cómo lo haría y probablemente también cuándo. Antes de marcharse, Felix distribuyó dinero y firmó un poder. Julie fue tan idiota que no pidió nada.

—Pero usted no.

—¡Yo compré la granja! Mierda, ni a mí me parece gracioso. Como sea, yo debía ser disciplinada y aguardar tres años antes de gastar lo que él me dio. Alguien tenía que hacerlo.

—¿Esperar?

—Tener disciplina. El fiador en cuestión anduvo contando por toda la ciudad, haciendo broma y guiños cómplices, que lo habían dejado colgado con la fianza. ¡Ese gordo siempre tan divertido!

—Su hermana tuvo disciplina. Por lo que sabemos, no dijo nada a nadie durante diez años. Y Bert Gelman también tuvo disciplina.

—A Bert lo hubieran inhabilitado para ejercer la abogacía, ¿no?, si se hubiera sabido que había ayudado a alguien a huir. —Suspiró—. Hay algo más. Sé que usted piensa que Julie quería protegerme, pero fue algo mutuo. Julie fue tan estúpida que no pidió nada. Sin embargo, no era tan estúpida como para no coger lo que tenía al alcance de la mano.

—¿A qué se refiere?

—Aquella noche Felix le entregó un maletín, pequeño, del tamaño de un neceser. Le pidió que lo llevara al «lugar». No creo que lo haya hecho, nunca. Odiaba tanto a Bambi que no hubiera compartido con ella nada de lo que dejaba Felix.

Sandy acusó el impacto. Fue como si descubriera que la mujer que admiraba tenía una mala costumbre, una risa fea o se burlaba de los minusválidos. Julie, y quizá también Susie, lo decepcionaban por no haberle contado esa parte de la historia.

—¿Qué contenía ese maletín? —preguntó, seguro de que sabía la respuesta.

—El dinero de Felix para su familia.

—No se puede meter dentro de un maletín tanto dinero como para que una familia pueda sustentarse durante años.

—No. Pero creo que, además, contenía información sobre las cuentas y cómo acceder a ellas. Lo único que recuerdo es que él dijo que se encargaría de todo y que ella debía llevarlo al «lugar», no sé cuál. Pero Julie no lo hizo. Quiero decir, es obvio que no lo hizo, ¿no le parece?

—No, no lo creo. No veo que su hermana haya vivido como alguien adinerado.

La estaba defendiendo, pero al mismo tiempo recordaba su propia curiosidad con respecto a la capacidad de Julie para pasar de una cafetería de mala muerte a una hostería de calidad frecuentada por numerosos turistas.

—No, pero Bambi tampoco... Conozco al dueño de la caballeriza a quien nunca le pagó las lecciones de equitación de sus hijas. Y eso fue apenas seis meses después de la desaparición de Felix. Lo que quiero decir es que Bambi pudo haber sido imprudente, pero no pudo gastarlo todo tan rápido. Entonces, cabe preguntarse adónde fue a parar el dinero. A mi hermana no le preocupaba tener el dinero o usarlo. Lo único que le interesaba era que no lo tuviera Bambi, nunca. Mire, si tengo algo de qué quejarme, es de esto: que Felix Brewer haya convertido a mi hermana en una persona mezquina. Le dio falsas esperanzas, la usó para escaparse, la dejó pensando en «si solo...». Hablaba mucho y lloriqueaba diciéndole que lo único que deseaba era estar con ella, pero solo hasta que se marchó. Si quieres arruinarle la vida a alguien, ponlo en el terreno de los «si solo...». Mi hermana cifró todas sus esperanzas en Felix Brewer. Cuando él no le pidió que se fuera con él, le partió el corazón. Quiero decir, ¿por qué no la llevó con él? Todo el viaje a... bueno, no tengo por qué contarle a usted esa parte. A donde lo llevamos. Pero hasta el último minuto, cuando se despidió de ella, mi hermana pensó que le iba a pedir que lo acompañara. Llevaba el pasaporte encima. Por las dudas. Fue a ver a Bert y le pidió que la ayudara a acelerar el trámite. Supongo que él pensó que no le hacía ningún daño. Pues no: se lo hizo, y mucho. Cuando Felix se marchó, Julie se quedó ahí plantada con la bolsa en la mano... O sea, con un problema que ahora era suyo y solo suyo.

Se interrumpió y se reclinó en la silla como si la conversación la hubiera dejado agotada y sin aliento.

—Me decía que...

—Felix. Le partió el corazón. Y eso le dio mucha frustración y la pagó con todos. Sabe, esa fue otra razón, creo, para que acabáramos peleadas. Porque yo estuve allí; yo sabía. Ella había llevado un bolso de viaje. En el viaje de ida, me dijo: «¿Adónde crees que vamos? ¿Sudamérica? Espero poder aprender el español.» Mi estúpida hermanita, que en paz descanse. No había subido a un avión en su vida y estaba muy entusiasmada con eso. Yo sabía y ella no podía soportarlo. Eso marcó el principio del fin entre nosotras. En el viaje de regreso trató, orgullosa como era, de fingir que no pasaba nada, pero yo no me lo creí.

—¿Dónde quedaba el lugar?

—La dejé en una cafetería de la carretera 40, donde se encontraría con alguien que la conduciría a ese lugar. Es todo lo que sé. Creo que hoy no me he dejado nada en el tintero.

Sandy la creyó.

Faltaban pocos minutos para las once de la mañana cuando Sandy se marchó de la granja de Andrea Norr. Tenía hambre, aunque no había motivos. Se detuvo en el Chesapeake House y empujó una bandeja por la barra metálica del expositor, con la sensación de que ya era demasiado tarde para los bocadillos del desayuno, que se veían mustios bajo las lámparas, y demasiado temprano para el pollo frito que salía de la cocina. Al final se decidió por patatas fritas y una taza de café.

Andrea Norr había cometido un grave delito ayudando a Felix a huir a cambio de dinero. No estaba limpia y tenía razones para mentir acerca del maletín, el dinero y todo aquello. El problema era que había un detalle que nunca había salido a la luz pública, un detalle que corroboraba su versión de los hechos. Cuando el cadáver de Julie Saxony fue hallado en Leakin Park, uno de los motivos por el cual la noticia corrió tan rápido, antes del resultado oficial de la autopsia, fue que los polis habían hallado dos documentos de identidad, su permiso de conducir y su pasaporte, prácticamente intactos pese a la humedad del terreno en aquel sector del parque, pues se hallaban dentro de un estuche de plástico en un bolso de piel sintética. El pasaporte, válido por diez años, había expirado el 1 de julio de 1986. Estaba en blanco, sin uso, no había ni un sello en sus páginas.

14 de febrero de 2004

Mientras que el resto de la familia se había sentado a la mesa número 2, Michelle estaba sentada a la número 12 con todos los que habían acudido solos. Estaba indignada, por una cuestión de principios, porque en realidad tenía previsto evaporarse después de que sirvieran la *entrée*, salir a hurtadillas del salón de baile y subir a la habitación que había reservado para encontrarse con el hombre con quien se veía a fin de concertar una cita amorosa en San Valentín. No obstante, eso no era excusa para que Lorraine Gelman la hubiera ubicado en una mesa tan horrible.

Su amante se había puesto nervioso, le había dicho que era muy peligroso con tanta gente alrededor. Pero para Michelle era importante verlo el Día de San Valentín, pues ello sería una prueba de que él le era fiel. Michelle había insistido y normalmente se salía con la suya. Normalmente. Echó un vistazo a su reloj de pulsera, un Cartier, regalo de él. Así como el BMW con que había venido esta noche, y los pendientes de brillantes y el abrigo de pieles que se había negado a dejar en la guardarropía pues quería llevarlo puesto, y nada más debajo, cuando él llamara a la puerta de la habitación.

Sacó su móvil del bolso y escribió un SMS: «1222/20.30.» Habitación y hora. No era la primera vez que se encontraban en ese hotel.

—¿Qué haces? —le preguntó el hombre sentado a su lado, Barry algo. Amigo de Adam de la época en el Noroeste o tal vez de la facultad de Derecho.

—Mando un mensaje de texto.

—Eso es una estafa en la mayoría de los planes.

—No me preocupa —contestó ella con altanería.

Y era verdad. El teléfono era otro regalo. Ni siquiera veía las facturas. No estaba muy segura de cómo funcionaban las cosas, pero, por lo que alcanzó a entender, ese móvil, como la tarjeta de crédito que él le había dado, estaban a nombre de una empleada ficticia. Era un poco preocupante que aquel tinglado estuviera tan rodado. ¿Desde cuándo hacía que él tenía aventuras? Sin embargo, le había jurado que nunca lo había hecho antes, que ella era la primera. Recordó un encuentro casual, un beso robado fuera del Red Maple, wasabi y sake en su aliento. ¿Lo había empezado ella? Seguramente.

—Por lo general, las facturas de un teléfono móvil no son deducibles. La gente cree que puede endosarlo a los gastos de la empresa, pero no siempre es cierto.

—¿Eres contable?

—Algo así. Trabajo para el gobierno. —Se rio como si acabara de hacer un chiste, pero Michelle no comprendió.

—Conociste a Adam en el colegio, ¿no? —Ella le prestó atención y puso en marcha sus poderes de seducción. En el Park, cuando estudiaban el mito griego acerca del nacimiento de Dionisos, de cómo su madre mortal había exigido ver a Zeus en todo su esplendor divino y él entonces había escogido sus rayos más pequeños con la vana esperanza de no matarla. Michelle había sentido algo parecido a una conexión con el mundo libresco en el que destacaban sus hermanas. Este tío requería sus rayos más pequeños y, aun así, corría peligro.

Él asintió.

—A Alec también, por supuesto. No puedes conocer a uno si no conoces al otro. Me sorprende que Adam no se lleve a Alec en su luna de miel. Andan pegados como dos ladrones.

—A nosotros, que los conocemos de toda la vida, nos sorprende que no hayan acabado siendo ladrones. O, ya sabes, asesinos en serie.

Barry se rio, considerándolo un chiste, o como mínimo una hipérbole.

—No, en serio, lo más probable es que fueran sicarios. De jovencitos eran terribles.

—Tal vez —dijo Barry algo—. Pero ahora son unos tíos guay, y eso es lo único que importa, ¿no crees? No lo que fuimos, sino lo que hemos llegado a ser.

—Adam estuvo colado por mí durante años. —No tenía la intención de decirlo. ¿Por qué lo había dicho?

—Sí, lo sé. Me dijo que me haría el inmenso favor de insistir para que me ubicaran a tu lado esta noche.

Así pues, que le hubiera tocado esa mesa espantosa no era culpa de Lorraine. Michelle se calmó un poco, aunque ahora dudaba de las intenciones de Adam. ¿La estaba castigando? ¿O les estaba gastando una broma a ambos? ¿Cómo era posible que Adam creyera que a ella le podía gustar Barry?

Además, ella ya no estaba en el mercado. No existía nadie más para ella. Pero su amante no abandonaría a su esposa, y si lo hacía se armaría una buena. No, nunca podrían ser pareja. Este sería uno de esos romances que la mantendrían viva por dentro, como... Vaya por Dios, ¿no estaría comparando su vida con *Los puentes de Madison* o con algún libro de Nicholas Sparks?

Escogió su filete con desgana. Había visto demasiados solomillos envueltos en beicon, demasiados blinis, demasiados pasteles de queso en los últimos años, a medida que sus amigas y amigos contraían matrimonio. La comida se había transformado en algo muy caro, un lujo más que había que disfrutar, aunque había que salir de Baltimore para encontrar lo realmente bueno. Ese último mes, por ejemplo, habían abierto un restaurante nuevo en Nueva York, el Per Se, y decían que era imposible conseguir mesa. Le había dicho a su amante que deseaba ir allí para su cumpleaños. Era una prueba más, no de sus habilidades para pillar una reserva sino de su compromiso con ella. Si no hallaba la forma de estar con ella el día de su cumpleaños, entonces... ¿qué? El único poder que tenía sobre él era su capacidad para arruinar su matrimonio, y él debía de saber que ella jamás lo haría.

—¿Qué haces? —preguntó Barry.

Era la clase de pregunta que menos le gustaba.

—Trabajo en una empresa de tecnología —contestó—. Marketing. Lo detesto.

—¿Opción de compra de acciones?

—Algunas. —Sin valor, o muy pronto dejarían de tenerlo.

—Bueno, pero por lo visto te va bien.

Posó su mirada en el reloj de pulsera, en los pendientes, en el abrigo de pieles sobre el respaldo de la silla y —oh, tan inevitable, tan aburrido— el escote de su vestido, que un hombre nunca reconocería como una prenda cara, mucho menos un Prada. Su madre, sin embargo, había tocado la tela con una expresión indefinible, entre la aprobación y la suspicacia.

Sabía perfectamente que Michelle no podía pagar un vestido de Prada y estaba segurísima de que no lo había comprado en las rebajas de su tienda. Michelle abrió bien su bolso, para que él viera los tampones, y extrajo un blíster de ibuprofeno. El mejor método para poner fin a una conversación.

—Espero que en los aseos de señoras haya un lugar donde pueda recostarme un rato.

—Oh —balbuceó él—. Bueno, que te mejores.

Subió a la habitación 1212 y ordenó champán, el mejor de la casa. Eran las 20.30. Se puso a ver la televisión. Él censuraba el gusto de ella en materia de televisión, decía que era elemental, pero ¿qué tenía de malo que le agradaran los *reality show*? Si dejaba el mando al alcance de la mano podría apagarlo en cuanto lo oyera llamar a la puerta. La había dejado imperceptiblemente entreabierta de manera que al entrar él la viera recostada sobre su hermoso abrigo abierto encima de la cama, como disuelta en su forro de seda color platino que combinaba con su tono de piel. ¡Por Dios, no podía creer que antes llevara todo el tiempo ese visón gastado heredado de Bambi!

Se despertó cuando pasaban la serie de la chica espía que siempre anda con peluca y botas y dando puntapiés a alguien en la cara, o eso parecía. Cuando bajó, el DJ estaba exhortando a todos a que bailaran el *electric slide*, pero la fiesta tocaba a su fin.

«Va a dejarme», pensó. Nadie había dejado nunca a Michelle. Ella podía ganarle de mano, tenía su orgullo, pero quería seguir viéndolo.

El amigo de Adam —¿cómo se llamaba?— le acercó una silla y no hizo el menor comentario sobre su ausencia de más de una hora. Siguió conversando con ella, que intentó dar las respuestas apropiadas, pero era como tratar de hablar con alguien con el móvil teniendo mala cobertura. Escuchaba la voz de Barry tan lejana que varias veces le pidió que se lo repitiera. Echó un vistazo al salón, ansiosa por descubrir a alguien mejor con quien flirtear. ¿Adam? No era el más indicado. ¿Alec? Era gracioso, pero se notaba que no la soportaba. Todos, menos su madre, parecían formar parte de un mismo grupo, incluso sus dos hermanas, quienes, como de costumbre, estaban pendientes de ella. Hubiera querido decirles que se metieran en sus propios asuntos. ¿Qué vais a hacer cuando ya no esté para que habléis de mí? Linda parecía enfadada, mientras que Rachel la miraba con una sonrisa afectada de compasión. No sabía qué era peor.

—¿Está el bar abierto aún? —preguntó a... Barry. Así se llamaba—. ¿Me traes un vodka martini?

—Ya tiene casi treinta y un años —dijo Linda, irritada—. ¿Cuándo va a reaccionar? ¡Es hora de que se ponga las pilas!

—Está nerviosa con el asunto de su empleo —explicó Rachel—. Hay rumores de que podrían echar el cierre antes de fin de año.

Como diseñadora de páginas web, Rachel conocía muy bien el pequeño mundo de los profesionales informáticos de Baltimore. Todo el mundo sabía que Sinergie, la empresa de Michelle, se iba a hundir. La única incógnita era cómo y cuándo. Michelle decía que ella se quedaría hasta el final con la esperanza de obtener una indemnización, pero ¿cómo podía una empresa pagar indemnizaciones si ya había incurrido en mora con todos sus acreedores? Linda pensaba que Michelle era una perezosa, pero Rachel sabía que su hermanita estaba muy asustada. No se le escapaba el hecho de que Michelle se hubiera metido en un trabajo que combinaba las actividades de ellas dos, las comunicaciones en el caso de Linda y la informática en el de Rachel. Y ninguna de las dos cosas era para ella. Michelle necesitaba encontrar su propio camino.

—Un terapeuta que conozco —Rachel se cuidó mucho de decir «mi» terapeuta; nadie, excepto Joshua, sabía que ella estaba en tratamiento— dice que los traumas nos dejan varados en la edad que se produjo el trauma.

—Michelle no se acuerda de papá. Y si esa teoría fuera cierta, tú te habrías quedado en los catorce años y yo en los dieciséis. Tu amigo terapeuta es un charlatán.

«En los veinticuatro, que fue mi año traumático. Solo que entonces no me di cuenta; me doy cuenta ahora», pensó Rachel. No, Linda no se había quedado varada en sus dieciséis años, era verdad. Linda había sido una adolescente seria e idealista, cualidades que había conservado en su edad adulta. Pero su vida profesional, consistente en escoger cuidadosamente las palabras, había hecho de ella una persona severa que no se mordía la lengua con sus allegados más cercanos. Henry controlaba la situación, pero sacaba de quicio a Rachel, aunque ella casi nunca era objeto de las críticas de Linda.

Además, Rachel era una experta en ocultarle cosas a Linda. A todos, si era necesario. Hacía tiempo que Rachel había descubierto que un carácter extrovertido era una excelente cobertura para guardar secretos. Ni ahora, con el terapeuta, lograba abrirse completamente. Había ido a verlo, a pedido de Joshua, para hablar de lo deprimida que estaba por no poder procrear, pero no le brindó al analista los elementos necesarios para comprender su verdadera situación. También se negó a tomar medicamentos. Entonces, ¿qué sentido tenía? Rachel sabía por qué estaba triste y también que no estaba dispuesta a hacer cualquier cosa por dejar de estarlo. Si su terapeuta no era capaz de adivinarlo, probablemente fuera un idiota.

Joshua se acercó y le tocó la zona lumbar. Nueve años juntos. Ocho años atrás, tres incluso, él habría señalado a alguno de los niños presentes y habría dicho: «Los nuestros serán más guapos.» Ahora no lo diría. Ella estaba por cumplir los cuarenta y dos. No se podía tener todo en la vida. Su madre tenía hijas, pero no marido. Linda tenía una familia, pero mantenerlos significaba pasar menos tiempo con ellos, mucho menos de lo que deseaba. Michelle no tenía familia ni una carrera propiamente dicha, aunque era obvio que tenía novio, un novio que le compraba cosas muy bonitas. Rachel tenía a Joshua —encantador y maravilloso— y su negocio, pequeño pero exitoso. Rachel siempre había sido poco ambiciosa. ¿Por qué?

Excelentes preguntas, probablemente las que debería explorar con su terapeuta. Si estuviera dispuesta a contarle esa clase de cosas a su terapeuta.

Bambi estaba exhausta, pero Lorraine y Bert esperaban que ella se quedara hasta el final. Bueno, era lo que esperaba Lorraine. Era el precio por tener amigos que eran como tu familia, que te trataban como si fueras parte de la familia. Y lo peor era todo ese dinero que le habían «prestado» a lo largo de los años, aunque eso era más cuestión de Bert, y él nunca lo mencionaba. Bambi intuía que Lorraine ignoraba cuánto era y nada sabía de los subterfugios que Bert había usado para respaldarla. Ella insistía siempre en que un día se lo devolvería, y él, siempre cortés, simulaba creerlo.

Como siempre, calculó el coste del evento. Bambi conocía el precio de todo, pero también su valor, no era tonta. La novia de Adam provenía de una familia modesta, gente obrera del sudoeste de Chicago. De manera que Bert había insistido en hacerse cargo de los gastos de la boda. «Como no tenemos que pagar por la de Sidney...», había dicho Lorraine, contenta de conservar el control aparente que suponía firmar cheques. Ese chiste indicaba un auténtico progreso en Lorraine, quien había pasado por todas las etapas, desde mostrarse como «muy valiente» con respecto al estilo de vida elegido por Sidney —«lo más cercano a decir "lesbiana" que podremos escuchar en labios de Lorraine», había observado Linda— a mostrarse casi capaz de aceptar a la novia de Sidney como un cónyuge de facto. Y si bien Lorraine siempre había preferido a sus varones, ahora, con el matrimonio de Adam, se estaba enfrentando a la cruda verdad de que las hijas están siempre, mientras que los hijos, quieran o no, son absorbidos con frecuencia por la familia de sus esposas. Adam se quedaría a vivir en Chicago, y allí probablemente también acabaría yendo Alec.

Más aún, fue Sidney la primera en haber dado un nieto a los Gelman, adoptado en Guatemala. El pequeño era maravilloso, aunque Bambi se preguntaba qué sería de un niño latino llamado Rubén y criado en Brooklin por dos mujeres. ¿Acabaría bien?

«Probablemente tan bien como tres niñas criadas en un suburbio de Baltimore por una mujer sin ingresos reales y que de casada solo tiene el nombre.»

Se echó un chal sobre los hombros. Cuando el salón de baile estaba lleno de gente el calor era excesivo, pero ahora que la mayoría de invitados se habían marchado el ambiente era fresco. Cincuenta, sesenta mil, calculó. Quizás unos cien mil, pero Bert era buen negociador. ¿Y a cambio de qué? Una comida, vino, música, flores. Dentro de cuarenta y ocho horas, los únicos remanentes físicos de la velada serían las porciones de pastel sobrantes que nadie se acordaría de guardar en el frigorífico. El traje de novia iría a parar a una bolsa de tintorería y los vestidos de las damas de honor a los armarios, y nunca nadie volvería a ponérselos. A la novia, Alina, la habían disuadido amablemente del color que había elegido al principio, un rojo y blanco, en homenaje al Día de San Valentín. Era una muchacha dulce. Lorraine se haría cargo de ella y la educaría en la medida de lo posible, habida cuenta de los más de mil kilómetros que las separarían. Como en su día Bambi había formado a Lorraine, quien, por mucho dinero y prosapia que tuviera, cuando ambas se conocieron, se había mostrado muy insegura y necesitada de consejo en materia de ropa y estilo. Hacía mucho tiempo que la pupila había superado a la tutora, pero Lorraine era lo bastante elegante como para seguir pidiendo consejo a Bambi en muchas de esas cuestiones.

Bert se hundió en el sillón a su lado.

—Uno colocado, queda el otro. Si Alina tuviera una melliza, estoy seguro de que Alec se hubiera casado con ella, y eso me habría ahorrado un pastón.

—Eres un hombre con suerte, Bert. Tus hijos son maravillosos. Deberías estar orgulloso.

—Lo estoy, por supuesto. —Pero no lo parecía—. Sin embargo, todo el mérito es de Lorraine. Con los hijos y con nuestra vida. Todo ha sido gracias a Lorraine. Dijo que los varones saldrían bien y han salido bien. Y Sidney... no podría pedir una hija mejor.

—Dicen que solo puedes ser feliz como el menos feliz de tus hijos. De manera que tú no tienes problema.

—Creo que sí.

Pero no parecía convencido, como si pusiera cara de alegría, esa alegría que los demás le atribuían. A lo mejor estaba cansado al final de una jornada muy larga para él.

—Hubiera sido mi cuadragésimo cuarto aniversario de bodas —dijo Bambi—. Supongo que aún lo es.

Linda estaba haciendo la cola del aparcacoches, cinco personas detrás de su hermana. Había un hombre rondando a Michelle, pero era un tonto si pensaba que tenía alguna posibilidad. Su cabeza medio calva lo descalificaba sin remedio.

—¿Seguimos la fiesta en otra parte? —propuso Henry.

El menor de sus hijos tenía trece años y era relativamente nuevo para ellos salir una noche sin tener que pensar en el horario de la niñera.

—¿Y qué haremos? —preguntó Linda con sincera curiosidad. ¿Qué otra cosa podían hacer? Habían ido a una fiesta, habían cenado, bailado, bebido.

Observó al hombre que no era seguro que estuviera con Michelle. Se asomaba al interior del coche, discutía con ella. No, no discutía... suplicaba.

—No lo sé. Vayamos a sentarnos en el bar del hotel hasta que haya menos gente en la cola. Hace frío aquí fuera.

Era razonable. Agradable, incluso. Y cuando se hallaban sentados a la barra, con sus bebidas, Linda pensó en lo mucho que disfrutaba en compañía de su marido y cuánto tiempo hacía que no salían solos. Muy pronto, en un abrir y cerrar de ojos, volverían a estar los dos solos otra vez, todo el tiempo, por primera vez en casi veinticinco años.

—Nos conocimos en un bar —dijo Henry.

—Brincaste para mí.

—Y he brincado desde entonces. —Lo dijo en ese tono relajado que a ella le gustaba, cuando no la ponía furiosa—. Recuerdo que pensé: «¿Por qué estará tan triste esa chica?»

—Sí, estaba triste.

—¡Por culpa de John Anderson, nada menos!

—Anderson y... creo que nunca te lo he contado.

A Henry se le iluminó la cara. Era como un regalo, una historia que no conocía después de veinticuatro años de relación.

—El dueño del bar. Conocía a mi padre. Me contó que lo veía con mi hermana mayor de vez en cuando.

—Tú no tienes una hermana mayor... ¡Oh! Lo siento. ¿Se refería a... aquella?

—Creo que sí. No hice más preguntas, puedes estar seguro.

El hombre de la cola, el que estaba con Michelle, entró en el bar, saludó a los invitados más jóvenes y pidió una cerveza. Pero no fue a reunirse con sus amigos, al menos no inmediatamente. Se sentó a la barra con los hombros hundidos: la viva imagen de la derrota y el rechazo.

—No dejes que mi hermana te pueda —dijo Linda inclinándose por encima de Henry. Podía imaginarse a Noah lastimado por una niña como Michelle. Se cabreó con solo pensarlo—. Es una diva.

—No debería conducir. Ha bebido demasiado.

—Ya, pero de aquí a Boston Street es una línea recta, más o menos, y no irá a más de cuarenta por hora.

—Pues yo vivo a treinta minutos de aquí y aun así he tomado una habitación para esta noche. A buen precio.

Linda pensó que Henry y ella habrían podido reservar una

habitación y desaparecer por una noche. ¿Por qué nunca pensaba en esas cosas? Estaba a tiempo de empezar.

—Estará bien. Michelle siempre está bien.

—Mira, ya que eres su hermana, ¿crees que debo llamarla? ¿O está saliendo con alguien?

—Llámala —le recomendó Henry justo cuando Linda decía—: Creo que sale con alguien.

—Me dio su tarjeta.

La sacó del bolsillo. «Sinergie.» Linda seguía recelosa respecto a ese nombre, pues no estaba segura de qué actividad desarrollaba la empresa. ¿Algo relativo a la vida nocturna?

—Bueno, si vas a llamarla a su trabajo, hazlo ya —dijo muy suelta, no tanto por el alcohol sino porque se sentía libre, algo nuevo para ella, sin tener que dar parte a nadie ni esperar la llamada de alguien, aunque técnicamente siempre podían localizarla en su Blackberry.

—¿Porque me olvidará? —preguntó el hombre.

—Porque Sinergie se va a la bancarrota. —«Y sí, claro, también porque te olvidará. Ya te ha olvidado. Puedes sacar a Michelle de un edificio en llamas y tampoco se acordará de ti.»

Él dio unos golpecitos con la tarjeta sobre la barra, perdido en sus pensamientos, antes de irse con sus amigos en busca de comprensión y consejo. Linda supuso que llamaría a Michelle al cabo de una semana y se llevaría un chasco.

25 de marzo de 2012

Sandy no trabajó durante un par de días, no en el expediente. No pudo, una vez más, engañarse a sí mismo sobre sus motivaciones. Estaba evitando una tarea desagradable —tratar de hablar con Bert Gelman— metiéndose de lleno en otra tarea desagradable —limpiar la casa de Remington y prepararla para una nueva tanda de inquilinos.

Bert no sería descortés o desagradable, no era eso, sino solo que no le iba a revelar nada. Una cosa era dejar que tu esposa contara algún viejo cotilleo y otra muy distinta que tú te implicaras como cómplice de un fugitivo. Sandy estaba en un aprieto. Incapaz de decidir cuál sería el siguiente paso, se puso a limpiar.

La vieja casa de Remington se hallaba en un estado de suciedad indescriptible. De nuevo. Por mucho cuidado que Sandy pusiera en elegir a sus inquilinos, todos terminaban haciendo lo mismo, una suerte de análisis coste-beneficio que los convencía de que más valía perder la fianza que dedicarse a limpiar, por ejemplo, el cajón de las verduras de la nevera, que Sandy encontraba siempre lleno de sorpresas pringosas. Para colmo, ese último grupo había cobijado un gato, lo cual, según el contrato, no estaba permitido. Sandy iba a tener que desinfectar con insecticida y cambiar la moqueta del sótano.

A lo largo de los años se había esmerado en darle luminosidad a la casa de Nabby. Había pintado las paredes de un tono salmón claro, instalado una ventana montante en la parte superior de la puerta principal, cambiado las cortinas por las persianas de bambú de color neutro elegidas por Mary, pero no era fácil tornar luminosa una casa adosada orientada al norte. Cada vez que cruzaba el umbral volvía a sorprenderle lo oscura que era aquella vivienda. Y no ayudaba, por supuesto, que los últimos inquilinos se hubieran llevado todas las bombillas, incluidas las de las lámparas del techo.

Pero la casa era oscura también en el recuerdo de su llegada allí, una noche oscura de diciembre, cuando apenas podía ver a la mujer que lo escudriñó y le dijo:

—Vaya, esperaba a alguien más joven.

—¿*Abuelita?**—preguntó él. ¿Una abuela pequeñita?, tradujo. Pensó que había llegado a casa de un pariente, seguramente uno lejano.

—No —contestó ella—. *No abuela.* —Y le gritó, como si él fuera sordo—: *¡No abuela! ¡No abuela! ¡No abuelita* para ti!

Y así fue como Hortensia Saldana se convirtió en Nabby.

---

* En español en el original.

Sandy había llegado hasta ella a través de un programa conocido como Operación PedroPan. Cuba había caído, pero el *Catholic Welfare Bureau* persuadió al gobierno para que autorizara a los niños a entrar en Estados Unidos y permanecer en casas de acogida hasta que sus padres pudieran reunirse con ellos. Al principio, casi todos fueron a Florida, pero finalmente otras ciudades también se ofrecieron a recibirlos. Sandy fue uno de los últimos en ser colocado, convencido por sus padres de que sería mucho más fácil para ellos salir de Cuba si tenían a su hijo en Estados Unidos.

A Hortensia Saldana le tenían sin cuidado los cubanos, pero le agradaba la idea de que le pagaran por hacerse cargo de uno. Era una asistente social, aunque, años más tarde, cuando Mary la conoció, la describió como la asistente social menos socializada que cabía imaginar. El día que vinieron a anunciarle que sus padres habían muerto en un accidente de coche —una catástrofe improbable, pues si bien tenían coche, casi nunca podían ponerle gasolina—, Nabby lo había mirado sin comprender, como un burócrata que se niega a hacer más trabajo que el que le pagan por hacer. A ella no le pagaban por consolarlo. Recibía un cheque para alimentarlo y vestirlo. Y ambos sabían que por nada del mundo ella adoptaría a ese adolescente que derrochaba agua caliente y a veces se dejaba la leche en la encimera. Pero se podía quedar hasta que tuviera dieciocho años, le dijo, mientras fuera servicial y útil y los cheques siguieran llegando.

Sandy robó el primer coche una semana después de recibir la noticia de la muerte de sus padres. No sabía conducir, pero aprendió solo, sobre la marcha. No estaba seguro de lo que haría con ese coche. No se trataba de usarlo para regresar a Cuba, puesto que allá no había nadie esperándole, y además ya estaba empezando a perder su español por falta de uso. (El organismo de ayuda humanitaria había dado por supuesto que Hortensia Saldana hablaba español, pero la mujer no sabía una palabra. Su padre puertorriqueño había abandonado a su madre, una afroamericana, cuando ella era un bebé. Creía que el español era el idioma de los demonios y los hombres malos.)

La Policía lo detuvo cinco minutos después de que se hubiera puesto al volante de su primer coche robado. Iba a veinticinco kilómetros por hora por University Parkway. Un joven y motivado defensor de oficio relató su historia con lujo de detalles —Sandy nunca supo cómo lo hizo, puesto que él no se la había contado—, y le dieron una segunda oportunidad. Hortensia Saldana estaba furiosa. Le dijo que si volvía a hacerlo lo echaría de su casa para siempre.

Al día siguiente robó otro coche. Para su decepción, lo condujo durante horas y nadie lo detuvo. Al final lo abandonó en el arcén de la carretera con el depósito de gasolina vacío.

Durante un tiempo se contentó con eso: coger un coche, conducir hasta vaciar el depósito y abandonarlo. Pero, desde luego, en cuanto ya no quiso que lo atraparan, lo atraparon. Lo enviaron a una «escuela de capacitación» y, contra todas las predicciones, sirvió. Obtuvo un diploma de estudios secundarios y uno de sus profesores se convirtió en su mentor y su amigo. Salió de allí y encontró un empleo a tiempo parcial, consiguió un pequeño apartamento y conoció a su primera y única chica: Mary. Una vez borrados sus antecedentes policiales, fue aceptado en la academia de Policía. Hortensia Saldana, ahora débil y necesitada, acudió a él en busca de ayuda. No se dejó engañar. Le dijo a Mary: «Ella arregló su relación conmigo, de manera que yo puedo arreglar cualquier cosa en esa casa vieja.» Pero cuando ella murió, se la dejó a él, que la conservó para sacarle una renta. Después la hipotecó para abrir el restaurante y... bueno, así fue. Remington se estaba recuperando. Era lo que repetían los propietarios de las casas, como un mantra: «La zona se está recuperando.» La vendería en cuanto él pudiera salir a flote. Pero venderla requería mayor trabajo que mantenerla alquilada, de manera que siguió alquilándola.

Le llevó unos buenos tres días poner en condiciones la casa. Al recoger todas las cartas acumuladas en el buzón, encontró una del ayuntamiento, que databa de hacía un mes, en la que le reclamaban el pago inmediato de los impuestos inmobiliarios atrasados so amenaza de embargo. Sabía que había pagado por internet en agosto, pero no iba a arruinarlo todo otra vez por confiar en un ordenador. Se encaminó al juzgado, que conocía tan bien como su casa, seguro de que le llevaría toda la tarde arreglar ese asunto.

Aparentemente había sido un fallo técnico del sistema, y el empleado, harto pero amable, se lo acreditó inmediatamente en su cuenta. Aún le quedaba tiempo de parquímetro, así que decidió almorzar. Acabó en el Subway, y eso lo entristeció. Solía haber muy buenos lugares para almorzar en las cercanías del juzgado, cafeterías antiguas, como Werner's o The Honey-bee. Ahora solo había franquicias y unos pocos sitios realmente deprimentes. Se le encogió el corazón al ver la carta en la pizarra. Sí, los bocadillos no estaban mal, pero no era así como uno debería comer. Las cadenas de montaje estaban destinadas a fabricar cosas de metal o de plástico, no bocadillos. ¿Por qué no había en Baltimore un lugar donde comprar un simple y clásico Cubano?

Lo hubo, en otros tiempos: un restaurante que fracasó miserablemente por culpa del imbécil de su dueño, Roberto *Sandy* Sánchez.

Entonces vio a Bert Gelman sentado en un rincón, comiendo solo. ¡Ay, qué pequeña eres, Baltimore! Pero Bert era un abogado y, además, como el propio Sandy había podido comprobar, no había muchos lugares donde almorzar cerca del juzgado.

—Hola. Soy Sandy Sánchez. —Le tendió la mano, y entonces tuvo una inspiración y añadió—: Le agradezco que me permitiera hablar con su esposa el otro día.

Bert levantó la vista con una afectada sonrisa impersonal. Tenía cabello espeso y espaldas anchas. Debía de hacer mucho ejercicio para tener semejante físico a los sesenta años. Estaba habituado a ocultar sus emociones, pero Sandy no tuvo la menor duda de que lo había sorprendido.

—Ya, las esposas. De una forma u otra siempre hacen lo que quieren. Ni siquiera me contó de qué se trataba.

«Vaya, vaya, ¿conque no te lo contó?»

—Estamos revisando el expediente de Julie Saxony. Es un caso sin resolver.

—¿Han hecho algún progreso?

—Sí, un poco. Ya sabe lo que se suele decir: si los primeros detectives no hicieron bien su trabajo, la clave está en el expediente. Yo he tratado de ir contra la lógica y seguir un camino que no llevara otra vez a Felix Brewer. Pero, ¿sabe qué?, me llevó. A un remolque de caballos y dos hermanas que condujeron a un tipo a un aeródromo privado fuera del Estado.

—Interesante.

La única ventaja de Sandy era valerse de lo que sabía, tratar de pillarlo desprevenido.

—Aún es más interesante que Andrea Norr afirma que usted lo sabía. Usted y Tubby. Sabían que Felix se escaparía y cuándo. Lo ayudaron a poner sus asuntos en orden. Incluso le tramitó a Julie un pasaporte.

En casos así, esperas que el cabrón se ponga a hablar por los codos. Pero Bert era un abogado penalista. Así que se mantuvo en silencio, y Sandy supo que había perdido ese *round*.

—Bien, Sandy —dijo por fin—, usted sabe que no voy a hablar sobre Felix. Era mi cliente y sigue siéndolo hasta el día de hoy, con todo lo que eso implica. Pero en cambio puedo decirle algo: la hermana se equivoca con respecto al pasaporte. No tengo idea de nada de eso.

—Es posible que usted lo haya olvidado. Dijo que usted lo hizo como una buena acción, que usted sabía que Felix no iba a llevarla con él, pero usted no quiso ser el primero en decírselo.

Bert sacudió la cabeza.

—Vamos, Sandy. No estamos hablando de eso. Lo siento, no puedo. Aun si pudiera, no creo que eso lo ayude a encontrar a la persona que mató a Julie. Nunca creí que tuviera que ver con Felix.

—Su esposa sí lo cree, me parece.

—Mi esposa es la mejor amiga de Bambi Brewer. Creo que

a Lorraine le gustaría que algo ponga punto final al sufrimiento de Bambi. Desgraciadamente, el único punto de la historia es que Felix era un cabroncete egoísta que no pensó en nadie más que en sí mismo.

—Pensaba que eran amigos.

—Lo fuimos... hasta el día que se marchó. Fue una mierda lo que hizo. A Bambi, a sus hijas. Y, sí, también a Tubby y a mí. ¿Sabe cuánto tiempo hubiera estado preso? Cinco, siete años, como mucho. Pero no quiso. Era un cobarde, un tipo débil. Nunca se lo he dicho a nadie, pues no quiero que haya tensiones entre las dos familias. Bambi necesita a Lorraine y, aunque no lo parezca, Lorraine necesita a Bambi.

—La hermana de Julie me dijo algo acerca de un maletín. Que Julie se quedó con un dinero que era para Bambi, en vez de entregárselo a alguien, a usted probablemente. Eso explicaría muchas cosas.

—No puedo decir nada al respecto. No tengo conocimiento de tal cosa. Se lo repito, no tengo conocimiento de cómo se marchó Felix. Pero sí tengo una opinión. Conclusiones basadas en una situación hipotética acerca de la cual no tengo conocimiento alguno. Aunque fuera verdad, no explica nada.

—Las personas guardan rencores.

—¿Está sugiriendo que Bambi Brewer decidió, diez años después de los hechos, que quería matar a Julie Saxony por causa de un rumor acerca de un maletín?

—No es un rumor. La hermana me lo confirmó.

—La hermana lo dice ahora. Y no entonces, ¿correcto? Apuesto a que no hay nada sobre ello en el expediente. No, usted reabre el caso, la hermana finalmente admite que tomó parte en la desaparición de Felix, lo cual es un delito federal, y... vamos, mire, detective, un objeto que brilla, vaya tras él. Usted es muy inteligente como para creerse esas cosas, Sandy.

—¿Lo soy? —No lo preguntó por modestia. Era su manera de decirle: «¿Y usted cómo lo sabe?»—. Una de las hijas de Brewer fue a ver a Julie y la acusó de haberse quedado con el dinero, una semana antes de que ella desapareciera. Por otra parte, la hermana dijo que Julie estaba obsesionada con Bambi, que había andado diciendo que a su entender Bambi había matado a Felix.

—¿Y qué?

—Creo que ha llegado el momento de que yo hable con ella. Con Bambi Brewer y con sus hijas. Para volver a verificar lo que cada una de ellas hizo en el momento de los hechos.

—No sin mi presencia, detective.

—¿Es usted su abogado?

—Lo seré antes de que usted llegue a su coche.

Sandy consultó su libro de mapas ADC que siempre llevaba en el coche; prefería los mapas grandes en papel, que ofrecían más contexto que los cuadraditos de Google en los móviles o los ordenadores. A continuación, se dirigió a la casa de Bambi y Felix Brewer. Estaba situada en el sector más antiguo de Pikesville, que probablemente había sido muy importante en otra época. Si Felix no se hubiera marchado, seguramente se habrían mudado más lejos, a una casa más grande, como la de los Gelman en Garrison Forest. Pero, en su estilo, aún se conservaba bien. A Sandy le gustaban más las casas de los años cincuenta y sesenta que las monstruosidades nuevas.

No se dio cuenta del tiempo que llevaba allí sentado mirando la casa, pero fue lo suficientemente largo como para que una mujer se acercara por el sendero, con los brazos cruzados como para protegerse del frío reinante. Era delgada, de unos treinta años, corriente. ¿Una de las hijas? ¿Una asistenta?

—¿En qué puedo ayudarlo? —preguntó.

Él le mostró su placa.

—¿Está la dueña de casa?

—Yo soy la dueña de casa.

—¿Es usted Bambi Brewer?

—No. Mi esposo y yo le compramos esta casa hace seis años. Creo que ella se trasladó a un apartamento en el centro.

Avergonzado, Sandy trató de corregir su error. No se le había ocurrido que Bambi podría haberse mudado después de tantos años.

—Es una señora muy agradable —dijo la mujer—. No me gustaría que volviera a sucederle algo malo.

—¿Se refiere a otra cosa además de lo que ya le sucedió, cuando su esposo la abandonó?

—¿No es eso más que suficiente?

Lo era. Que te abandonen, y que te abandonen sin un céntimo y sin que el tipo se tome la molestia de ocultarle al mundo que tenía otra mujer. Una mujer que pudo haberse quedado con tu dinero. Más que suficiente para enfadarte mucho y mandar a una emisaria a exigir que te lo devuelva.

Una semana después de aquella discusión, Julie se marchó en su coche a hacer un misterioso recado en el Saks de la Quinta Avenida, llevando en su bolso el pasaporte, y nunca más volvió. El pasaporte en su bolso. Vencido, aun entonces. Pero solo por dos días. Hay lugares a donde uno puede ir sin pasaporte, al menos en aquella época. México. Canadá.

Sandy trató de no olvidar que tendemos a ordenar las cosas de acuerdo con la realidad que conocemos a medida que la descubrimos. De hecho, toda la vida es una retrospectiva. Por su final se conoce una historia. Una mujer desapareció, presuntamente asesinada, puesto que no había tomado los necesarios recaudos que se supone que uno toma cuando planea escaparse. Una mujer es hallada asesinada. Su pasaporte había caducado. Y ella estaba muerta, de manera que no tuvo que ver con que se marchara, pues no había indicación alguna de que fuera a ninguna parte.

Salvo que, sí, tal vez tenía la intención de irse a alguna parte.

El Saks, que ya no existía, no quedaba a más de quince kilómetros de allí. ¿La tienda de comestibles donde fue hallado el coche de Julie semanas más tarde? Sandy abrió su libro de mapas y lo apoyó sobre el volante. Arrancó dos hojas para poder compararlas. Otro triángulo. Físico esta vez. ¿Y si, después de todo, Brewer había mandado llamar a Julie Saxony, diciéndole que no dejara huella alguna, convenciéndola de que él solo estaría seguro si ella se marchaba abandonando todo? ¿Y si Julie Saxony se había detenido aquí, incapaz de resistir la tentación de decirle a Bambi Brewer: «Adivina a quién ha elegido»?

Iba a necesitar una orden judicial. Eso y un poco de suerte. Pero no, no sería cosa de suerte. Nunca lo era, aunque los demás lo creyeran. Todo volvía a centrarse en las cosas que Julie Saxony llevaba en su bolso aquel día, esos objetos ordinarios que habían sido debidamente catalogados pero nunca nadie había tenido en cuenta.

Iba a necesitar dos órdenes judiciales.

15 de mayo de 2006

Cuando Rachel llegó a la fiesta, tardó exactamente cinco minutos en decirle algo desagradable a Michelle.

—No puedo creer que hayas aceptado que te ofrezcan una fiesta prenatal.

No quiso decir eso. Se había propuesto no mencionar la cuestión de la fiesta. Las palabras eran como sapos que le saltaban de la boca sin que ella pudiera impedirlo, como si le hubieran echado una maldición. No podía evitar decir lo que no debía.

Peor aún, Michelle no parecía reparar en lo odiosa que se mostraba Rachel.

—Ya, pero es que los amigos de Hamish deseaban organizar algo para nosotros.

—Oh, no, no me refería a eso, sino a que... es la tradición, ¿recuerdas? Puede acarrear el mal de ojo. Es una tontería, claro, pero Linda lo respetó y pensé que nosotras, tú, también lo respetarías.

«Una vez que has dicho algo cruel, ¿por qué desaprovecharlo? Podría servir también para asegurarme de que Michelle sabe lo detestable que puedo ser.»

Michelle se limitó a reírse. Tenía treinta y tres años y llevaba treinta y seis semanas embarazada; estaba más hermosa que nunca. Rachel lo quería atribuir a que su hermana se alimentaba con comida de verdad por primera vez en su vida adulta, pero no, era otra cosa, algo que estaba más allá del cliché del «buen color del embarazo». Era como si el amor, el amor verdadero, hubiera vaciado a Michelle de todos sus insolentes rencores.

—Hamish acepta que criemos a nuestros hijos como judíos —el plural fue otro golpe para Rachel, que se mordió la lengua antes de soltarle una advertencia sobre el orgullo desmesurado—, pero no es supersticioso. Además, no quiso pintar el cuarto del bebé antes de haberlo traído a casa. Y eso que hoy se consiguen pinturas ecológicas, pero no le gustaba la idea de los olores químicos. Y quiso hacerlo todo él mismo, lo cual, una vez que el bebé esté aquí, se volverá complicado. ¿Has visto lo que ha hecho con el armario? Y el cambiador lo hizo según un diseño propio, de manera que se puede transformar en una cajonera cuando ya no necesitemos un cambiador.

«Claro que sí. Hamish el muy manitas, Hamish el perfecto, Hamish el maravilloso», pensó Rachel, sintiéndose como el hada mala del bautizo. Pero a lo mejor el hada mala tenía sus motivos. A lo mejor no fue solo una invitación perdida lo que la ofendió. A lo mejor el hada mala tenía una pena, una verdadera congoja.

—Aún no he ido arriba —dijo Rachel, que había llegado tarde con la esperanza de perderse la obligada visita al cuarto del bebé—. Ni he visto a Hamish.

—Está en la cocina de fuera —dijo Michelle señalando el ancho patio de piedra al que daba la amplia cocina interior. No lo decía por presumir. Ahora que podía darse aires de importancia, Michelle nunca lo hacía. El patio estaba mejor equipado que la cocina del primer apartamento de Rachel: una parrilla a gas, un horno con grill, una nevera, un aparato para hacer helados y una nevera para vinos. Hamish, por supuesto, estaba al frente de la parrilla, rodeado de sus amigos, a quienes él llamaba machos. Rachel pensó, no pudo evitarlo, que el humo que despedía la parrilla era, en realidad, el calor de toda esa testosterona reunida elevándose en el suave atardecer de mayo.

Veinte meses atrás, Michelle había abollado el Jaguar de Hamish Macalister en un aparcamiento del centro. Michelle, siendo como era entonces, había escrito una nota con un lacónico «¡Lo siento!», para cubrirse ante algún posible testigo. No había contado con la presencia de las cámaras de seguridad, que registraron su matrícula, ni con el obstinado escocés que la persiguió por principio, decidido a que la chica captada por la cámara de vídeo hiciera lo correcto.

Lo más curioso de la historia no fue que se casaran ocho meses después, sino que Michelle pagara la reparación del coche de Hamish. Y que, además, recibiera de buen grado en su casa a un apuesto cirujano de manos escocés.

Y un Jaguar, pensó Rachel con malicia. Michelle tenía motivos para suponer que era rico. Y tras él llegó su cohorte de amigos ricos, cirujanos y empresarios que jugaban al rugby los fines de semana y asistían a un remedo de pub irlandés donde veían por televisión los partidos del Mundial. Sus esposas eran ahora las mejores amigas de Michelle, todas mamás hogareñas que vivían en casas enormes y conducían similares vehículos deportivos utilitarios enormes, y que podían comprar todas esas cosas carísimas que figuraban en la lista de regalos para el bebé. Y eran también, constató Rachel, sumamente simpáticas, increíblemente simpáticas. Y bueno, ¿por qué no? Eran jóvenes y la vida aún no las había marcado. No podía tener celos de ellas ni de sus atuendos extravagantes, ni de la casa de cuatrocientos metros cuadrados. Y menos de Hamish, quien parecía salido de una novela romántica para dirigirse directamente a Michelle, y que, siendo honestas, era la que menos lo merecía de todas las Brewer.

Pero ¿y el bebé? ¿El bebé que Michelle había concebido en su primer o segundo intento? Eso era otra cosa. Cuando Michelle había anunciado su embarazo en la Hanuka, Rachel se había levantado de la mesa y había ido a encerrarse en el cuarto de baño de Linda, donde había llorado durante veinte minutos.

—Te ves espléndida —le dijo a su hermana menor, contenta de encontrar un cumplido fácil de hacer. Rachel nunca había envidiado la belleza de Michelle.

—Sabes, una vez Bert Gelman me dijo que alcanzaría mi plenitud a los treinta, como mamá. En aquel momento me sentí insultada, pero quizá tenía razón.

Bambi seguía siendo una mujer hermosa, pensó Rachel observando cómo su madre cautivaba a los nuevos amigos de Michelle. Hacía años que no se la veía tan bien. Haber dejado la casa de Sudbrook Road había sido bueno para ella, aun cuando hubiera discutido con sus hijas por cosas que no venían a cuento, sin ceder aunque estuviera obligada a ello. Tenía un poco de la tía abuela Harriet en eso de acumular objetos, llegando al extremo de conservar cajas y más cajas de zapatos llenas de cosas. Bambi había rechazado al principio la invitación de Hamish de trasladarse a un pequeño apartamento en el centro, su apartamento de soltero que, insistió él con galantería, no deseaba vender porque perdería dinero con la venta, dadas las condiciones del mercado. Hamish, incluso, había redecorado el piso para Bambi. O, más exactamente, *desdecorado*, pues le había quitado todo lo que tenía de masculino, dejando un espacio despejado y neutro para que ella creara el suyo. Y, pese a todas las hipotecas y al hecho de que la casa de Sudbrook Park había sido vendida «tal cual», le había quedado para ella una bonita suma de dinero, más del que había tenido en años, unos cien mil dólares. Una cantidad que, en sus nuevas circunstancias, a Bambi le alcanzaría para vivir muchos años.

«¿Y después qué? —se preguntó Rachel, porque a lo largo de treinta años «¿y después qué?» había sido su pregunta, su única pregunta—. Papá se ha ido, pero nuestra casa está pagada. ¿Y después qué? Bubbie y Zadie nos ayudarán con las matrículas de Park. ¿Y después qué? Las becas cubrirán la mayor parte de los gastos. ¿Y después qué? Está esa cosa asombrosa llamada hipoteca a tasa de interés variable. ¿Y después qué?»

Solo que ahora había una respuesta: Hamish. El mesías personal de la familia Brewer había llegado bajo la apariencia de un cirujano de manos de un metro ochenta y tres que amaba a Michelle con un deleite y unas ganas que las Brewer no habían visto desde, bueno, desde que Felix había conocido a Bambi, en 1959, en un baile de instituto. Pero únicamente Bambi lo había visto. Sus hijas estaban obligadas a aceptar una versión de segunda mano de los hechos.

«Pero no permitas que se parezca en todo a papá», rogó Rachel para sus adentros. Y se sintió mejor. No deseó que su hermana fuera una... ¿qué? Un hombre era un cornudo. ¿Cómo llamaban a una mujer engañada? «Una mujer.» Un hombre traicionado por una mujer merecía una palabra especial. Una mujer engañada era solo eso: una mujer.

Linda batió palmas para que todos fueran a la sala a presenciar cómo Michelle abría los regalos. Le alcanzó a Rachel un cuaderno y le indicó que anotara allí los nombres de quienes hacían los regalos. «Por qué no uno de sus nuevos amigos?», pensó Rachel malhumorada. Se fijó en que ni su marido ni el de Linda se habían molestado en acudir, aunque ambos estaban encantados con Hamish. Los amigos de este sí habían acudido; eran hombres que se tomaban en serio el esperma y celebraban cuando un miembro de su clan encontraba la horma de su zapato.

¡Santo Dios, parecía haber más regalos que gente! Si bien Rachel hacía mucho tiempo que no frecuentaba los ambientes de la gente rica, se acordaba muy bien de los regalos que hacían. No bastaba que fuera caro, tenía que ser extraordinario, único. Esas mujeres dedicaban mucho tiempo a hacer compras. Ir de compra era para ellas una forma de arte, o al menos una causa noble.

—¡Oh, es adorable! —dijo Michelle alzando una casaca de bombero en miniatura—. Deanna, tienes un gusto exquisito. Rachel, ¿lo has anotado? Deanna nos ha traído la casaca de bombero.

—Uy, uy —comentó Rachel mientras lo escribía. Se preguntó, como con cada regalo de los amigos de Hamish, por lo que habría costado. Calculó que apenas un poco menos que la letra del coche que ella pagaba mensualmente.

—¡Y este es el regalo de Rachel! —anunció Linda. La habían despedido hacía unos meses, justo cuando Rachel y Henry estaban por firmar la compra de una casa nueva, y había sido un período de muchas tensiones. Pero había obtenido un puesto remunerado en una campaña política, delegada de comunicaciones del candidato demócrata en las elecciones a gobernador. Rachel temía que el candidato, el alcalde en ejercicio, pudiera perder y Linda tuviera que salir a buscar trabajo de nuevo en otoño. Pero, sorprendentemente, Linda estaba muy serena. Parecía revivir con los cambios supuestamente estresantes, como tener un empleo nuevo o una casa nueva, mientras que Rachel, en cuya vida nunca se producían grandes cambios, se hallaba al borde de una depresión nerviosa.

El regalo de Rachel consistía en tres pijamas para bebé, poco convencionales y diseñados por ella misma. Uno ponía POOH HAPPENS sobre la silueta de un célebre oso (no se atrevía a usarlo más a menudo por temor a que le exigieran pagar royalties). En otro se leía BREWERS ART, un guiño a la familia, pero también un restaurante del gusto de Michelle. Y otro llevaba la leyenda SOY MÁS INTELIGENTE QUE EL PRESIDENTE. Este último provocó algunas exclamaciones entre los presentes.

Michelle sonrió con desconcierto.

—No recuerdo haberlos puesto en la lista de regalos. ¿Son de la pequeña tienda de tu barrio?

—Los hice yo —dijo Rachel con voz ronca de adolescente—. Son únicos. Ya sabes que siempre me ha interesado la serigrafía.

La nueva Michelle aprobó con entusiasmo. (La antigua habría puesto cara de «¿y por qué no te fijaste en lo que puse en la lista?».)

—¡Claro que lo son! ¡Como tú eres única! Qué orgullosa me sentiré cuando Hamish III los lleve puestos!

Bambi se estremeció. Rachel sabía lo que su madre estaba

pensando. Podía tolerar la habitación del bebé y esa fiesta, pero ponerle a un niño el nombre de un pariente vivo era ir demasiado lejos. Y Hamish, encima, un Hamish que sería mitad judío ruso, un cuarto escocés y un cuarto iraní.

Y, aunque los pronósticos parecían apuntar a un niño de cabello oscuro y tez oliva, Rachel deseó que el chico se pareciera al padre de Hamish, a quien había conocido en el verano, el día de la boda. Tenía un cabello rojizo descolorido y un rostro muy parecido a una variedad de las galletas Keebler —las Pecan Sandies—, y las piernas algo arqueadas debajo del kilt. Fue una presencia alentadora en aquella fiesta donde predominaba la belleza apabullante, si no tenías en cuenta a Linda y Rachel... y Michelle no las tenía en cuenta. Bree Deloit, la esposa del mejor amigo de Hamish, fue la dama de honor de Michelle, como si esta la conociera de toda la vida. «Es que no podía elegir entre mis hermanas —se justificó Michelle cuando Bambi se lo reprochó—. Así no heriré los sentimientos de nadie.» Al menos parecía sincera. La antigua Michelle hubiera esbozado una media sonrisa, para que todo el mundo supiera que era una provocadora.

Entonces, ¿por qué Rachel echaba de menos a la vieja Michelle? ¿Por qué añoraba a la hermanita insolente, irascible y desagradable en lugar de querer a esta otra tan dulce? No podía ser solo cuestión del bebé.

Pero sí, era eso. Rachel podía pasar por alto todo lo que le había tocado en suerte a Michelle, quien desde luego no se lo merecía. Su encuentro con Hamish, propio de las películas románticas, su aspecto de príncipe azul y su deseo de integrarse en esa familia de locos que eran los Brewer. Pero que Michelle quedara embarazada a los treinta y tres años, cuando Rachel había intentado tener un bebé con Joshua durante toda una década, desde que tenía treinta y cuatro, eso sí le dolía. Le dolía bastante. Y aunque la Nueva Michelle pudiera ser mejor madre que la Vieja Michelle, ninguna de las dos versiones podría amar a un niño como Rachel. Ninguna de las dos merecía más que Rachel tener un hijo.

Se dirigió a toda prisa al aseo, pero no lo bastante como para que Bambi y Linda no vieran que estaba al borde de las lágrimas. Michelle no se dio cuenta. Ella era el centro de atención. Y en eso no había cambiado mucho.

Aunque quizá sí. Diez minutos después, arrastrando su peso al andar, entró en el aseo —no en el tocador de la planta baja, adonde hubieran ido la mayoría de los invitados, sino el que estaba pegado a la suite principal, un recinto tapizado en mármol, que Rachel secretamente juzgaba hortera—, y, como si no esperara encontrarla allí, dijo:

—¡Oh! —Y se sentó en el inodoro después de bajarse las bragas—. Necesito mear todo el rato. Ayer me hice pis encima en el Superfresh.

—¿Un estornudo?

—Ni siquiera eso. Salió solo. Fue como... —pensó un momento— como un tejado que cede al peso del agua acumulada.

—Suena muy bonito.

—Y lo fue. Seguramente no iré más a comprar allí. En realidad, no voy nunca. Suelo ir a Whole Foods, pero Hamish se puso muy escocés cuando vio los precios la última vez.

Era uno de los tics de Hamish: ser prodigiosamente extravagante... hasta que dejaba de serlo. Él mismo describía eso como «ponerse escocés». Por lo que Rachel sabía, no tenía reacciones similares que pudieran tacharse de «iraní», aunque iraní era su madre, a quien Hamish se parecía físicamente. Era espléndida, tan hermosa que aparentemente Hamish padre no podía creer la suerte que había tenido. La madre de Hamish aparentemente tampoco podía creerlo.

O quizá no era más que una proyección de Rachel. Nunca se había recuperado completamente de su primera suegra, y la madre de Hamish se daba esos mismos aires de reina. De haber vivido cerca una de la otra, habrían sido rivales temibles. Pero Michelle tenía suerte: su suegra vivía en Londres.

Michelle se alzó las bragas.

—Lo siento. Sé lo difícil que es para ti.

Fue tan inesperado que Rachel rompió a llorar a lágrima viva.

—Yo no te envidio...

—No, ya lo sé. Y yo que te he envidiado tanto. No tienes idea, Rachel.

—Te refieres a Linda y a mí.

—Sobre todo a ti. Sí, Linda y tú conocisteis a papá, tenéis recuerdos de él, y habéis disfrutado de la fase princesas, mientras que yo solo conocí la parte desván. ¡Uf, yo odiaba esa película!

Rachel sonrió al oír la referencia a Sara Crewe en *La pequeña princesa,* la vieja película de Shirley Temple que la tía abuela Harriet había insistido, con poca consideración, en que vieran un domingo por la tarde, alegando que todos los niños adoraban a Shirley Temple. Tía Harriet era una verdadera bruja.

—Pero tú eres buena, Rachel —prosiguió Michelle—. Y la preferida de mamá.

—Oh, no, mamá no tiene preferidas.

—Claro que las tiene. No estoy diciendo que no nos quiera a las tres, y a cada una de un modo especial. Y siempre nos ha querido como somos, sin hacer comparaciones. Pero tú eres la estrella de la familia. Las buenas notas, la simpatía, la amabilidad. Siempre queriendo resolver todo y ayudar a todos. Rachel, ¿me esperas aquí un momento? Vuelvo enseguida.

Era un pedido tan extraño que Rachel no pudo negarse. Pero el «enseguida» fue bastante largo, dadas las dimensiones de la casa de Michelle y su lentitud para caminar. Para cuando su hermana regresó, Rachel había revisado todos los armarios, como para demostrar que no era la más amable de todas. No contenían nada digno de interés, aunque le hubiera gustado saber cuánto había pagado Michelle por sus cremas faciales, una marca que Rachel no conocía.

Michelle traía una copa de champán en una mano y en la otra una servilleta llena de galletas.

—Oh, estoy bien —dijo Rachel.

—Es para mí —repuso Michelle—. El bebé ya está formado, así que una copa no me caerá mal, pero Hamish se asusta. Sírvete una galleta.

—Gracias —dijo Rachel con ironía.

—Todos te cuentan todo, ¿no?

—En realidad, no.

—Mamá lo hace. Y Linda. Todos confían en ti.

—Soy una buena oreja, supongo.

—Me asustaste. Con eso del mal de ojo, Rachel. Fue terrible decir algo así.

—Lo siento.

—Gracias. —Lo dijo en otro tono, muy formal. La antigua Michelle jamás hubiera dado ni aceptado disculpas—. No es culpa tuya. Estoy asustada porque... no merezco esto. No merezco nada de esto.

Hizo un gesto, con cuidado de no derramar una sola gota del champán prohibido.

—Claro que mereces ser feliz, Michelle. Nunca lo has sido verdaderamente.

—Creía que lo era. Rachel, tuve una aventura con un hombre casado. Durante un tiempo. Rompí tres meses antes de conocer a Hamish. Si supieras... lo que hice fue horrible.

—Lo sé.

—¿Lo sabes? ¿Cómo puedes saberlo? ¿Los demás también lo saben? Quién era, quiero decir. Tú no lo sabes, ¿no? Porque era... bueno, muy conocido. Para los parámetros de Baltimore.

—No, no. No sabía quién era. Y no estaba segura de que fuera casado. Pero sabía que tenías una historia con alguien. Eras muy reservada, decías que no estabas saliendo con nadie. No has parado de tener novios desde que cumpliste doce años. Supuse que sería alguien de quien no podías hablar.

—¿Hablaste de ello con mamá o con Linda?

—Con Linda. No con mamá.

—¿Y qué dijo Linda?

—Dijo que debías tener la libertad de equivocarte sola.

—¡Y vaya si me equivoqué! La cuestión es que no fue lo único. ¿Te acuerdas de la boda de Adam Gelman?

—Claro.

Rachel se acordó de algo más, de que Michelle había desaparecido esa noche. ¿Estaba allí su amante? ¿Quién podía ser? Oh, por Dios, ¿y si su aventura había sido con Adam? Un poco más joven que ella, pero había estado enamorado de Michelle casi toda su vida. O tal vez Alec, pero ¿por qué ocultarlo si era Alec?

—Mi amante —Michelle hizo una mueca—, qué palabra asquerosa. Hace que suene así, no sé, presuntuoso y sórdido al mismo tiempo. Y fue sórdido. Horrible. Pero me hacía regalos.

—El abrigo —dijo Rachel—. El reloj.

—Y el coche, el que yo os dije que me daba mi empresa. Fue un regalo, no un préstamo.

—¡Mira por dónde!

Rachel no estaba segura de lo que costaba un coche como ese, pero calculó que ella tendría que trabajar varios años para poder comprarlo.

—Entonces, en la boda, el amigo de Adam intentó ligar y yo lo rechacé. No lo hice bien. Yo estaba de mal humor. Alterada por esa relación que tenía. Me traían sin cuidado los sentimientos de los demás.

«No te preocupaban los sentimientos de nadie en esa época», pensó Rachel.

—Fui un poco grosera con él. Bueno, resultó que era un funcionario de Hacienda. Y me abrió un expediente.

—¡¿Qué?! Pero eso no es legal.

—No importa. Hizo averiguaciones, descubrió cuál era mi sueldo y cuánto costaban las cosas. El abrigo, el coche, el reloj. Me llamó y me dijo que creía que había dinero negro de papá y que iba a abrir una investigación sobre mamá.

—No hubiera encontrado nada. —De eso, Rachel estaba segura.

—No, pero dijo que dejaría que se filtrara en los periódicos, que sabía cómo hacerlo sin dejar rastros. Me obligó a que fuera a verlo.

—¿Fuiste?

—Sí, pero con Bert Gelman. Es que... bueno, él debía de saberlo. Bert, me refiero. Lo de mi amante. Porque resultó que...

hacía algunas cosas ilegales. Debió de haber pagado un impuesto por cada regalo que me hacía. Pero por nada del mundo le iba a decir yo a Hacienda quién era mi amante, por mucho que me amenazaran.

—Entonces, ¿qué sucedió?

—Lo dejaron correr, de repente. Bert procuró que el asunto se volviera en contra del tío ese. Lo denunció alegando que se valía de su cargo para una venganza personal, y lo despidieron. Bert me dijo que no era difícil demostrar que no había dinero, no de papá. Barry Speers.

—¿Qué?

—Es el nombre del tipo. Y anda suelto, Rachel. Todavía. Es como un nubarrón en mi vida. No podría soportar que Hamish se enterase, aunque haya sucedido antes de conocerlo a él. Estoy muy avergonzada. Avergonzada como no lo estuve cuando todo esto sucedió, que ya bastante avergonzada estuve.

—Bert no le dijo nada a mamá de todo esto, ¿verdad?

—No. Era mi abogado. No podía hablar. Me aseguré de que así fuera.

—Mamá, a su manera, es muy sofisticada, Michelle. No lo habría tomado mal, ahora que sabemos que la historia tiene un final feliz.

—¿Estás segura?

—Sí, lo tiene —repuso apoyando una mano sobre el vientre de su hermana—. Todo saldrá bien, Michelle.

Para su asombro, Michelle rompió a llorar.

—No lo merezco. No merezco nada de esto. Si supieras, Rachel...

—Pero ya lo sé, Michelle. Acabas de contármelo. Todo saldrá bien.

Así será, pensó Rachel, rodeando con sus brazos a su atribulada hermana. A Michelle todo le salía bien, siempre. No, no todo. No había conocido a su padre, no realmente, y debió de ser duro crecer en un hogar como ese, obligada a aprender a guardar las apariencias. Sin embargo, no dejaba de ser gracioso. Linda se había convertido en una hilandera profesional de historias; Rachel, en una persona patológicamente honesta, con una sola excepción. Y ahora Michelle emulaba a su madre, pues había encontrado un hombre que le prometía el mundo. A lo mejor este era capaz de dárselo.

«Por favor —rogó Rachel al dios en que no creía—. Que Michelle tenga su final feliz.» Y se sintió mejor consigo misma. Las hadas malas desean hacer lo correcto. Solo que a veces es muy difícil.

Hamish Macalister III nació cuatro semanas después. Cuando la enfermera salió, le entregó a Rachel un papel con la hora exacta, 20.02, la fecha, 12-6-2006, y el peso, 3'997.

—Para jugar a la lotería —explicó—. A muchos les gusta apostar a la hora, el día y el peso.

A Rachel le pareció divertido que alguien le dijera a la hija de Felix Brewer que fuera a jugar a la lotería. No obstante, al día siguiente fue a Royal Farms e hizo varias apuestas combinando las cifras. «Es lo que hacía mi padre», pensó cuando hacía la cola para jugar, tan indecisa y muda como lo habría estado para ordenar una comida en un país extranjero. «¿Cómo se dice esto? ¿Cuál es la costumbre? ¿Estoy haciendo esperar a los demás?» En el último minuto agregó un tique de Powerball y descubrió que disfrutaba imaginando que ganaría el jackpot. ¿Acaso su padre no vendía alegría? ¿Había algo noble en la forma como él ganaba dinero? Porque, si bien era decepcionante no ganar, tampoco era inesperado, y los sueños habían sido deliciosos y bien valían pocos dólares. ¿Dónde más podías comprar un sueño por dos dólares?

Y fue quizás el aturdimiento de su sueño de ganar la lotería que la impulsó, la siguiente vez que fue a ver a su nuevo sobrino, a pedirle a Hamish un préstamo, para que ella y Joshua pudieran adoptar un niño en China. No era la primera vez que Rachel le pedía dinero a alguien. Pero sí la primera vez que lo pedía para ella.

La agencia les dijo que serían dieciocho meses. Transcurrieron cinco años antes de que trajeran a casa a Tatiana, una niña de veinte meses que necesitó dos operaciones quirúrgicas en el paladar. Un día de marzo de 2012 excepcionalmente frío, la familia Brewer se reunió en el hospital para acompañar a Rachel y Joshua durante la segunda operación, más sencilla. Bambi, Michelle, Linda, Hamish, aunque no Henry, quien no pudo pedir asueto ese día. Las niñas de Linda estaban en la escuela, pero Noah, que ya tenía veintiún años, no fue a su trabajo, hizo novillos en honor a todas esas cenas de los viernes, porque Linda insistió en que la familia era lo primero. Los dos niños de Michelle y Hamish también estaban allí (menos de tres años después de Hamish III había nacido Helena).

Los Brewer ocuparon la sala de espera, componiendo un retablo feliz comparado con lo que suele verse en las salas de espera hospitalarias. Eran todos tan corteses, tan encantadores, que el personal del hospital les daba todos los gustos, ni siquiera decían algo a Michelle por su constante uso del móvil, lo cual no estaba permitido. (Dijo que lo precisaba para que Helena pudiera jugar con un jueguito preescolar, aunque Helena estaba mucho más feliz moviendo unas cuentas por los alambres del juguete de otro niño.) Les pareció natural que llegara Bert, un viejo amigo de la familia, y natural también que tomara asiento al lado de Bambi y se pusiera a conversar con ella en voz baja. Desde que las chicas tenían memoria, Bert siempre se había apartado a cuchichear con su madre.

Lo que no resultó natural, en cambio, fue que Bambi cogiera su bolso y anunciara:

—Debo irme.

Rachel no podía creerlo.

—¿Ocurre algo malo? ¿Abuela Ida...?

La anciana aún vivía, con ciento un años. Tal vez debido a su manía de guardar todo lo que poseía, ya fuera dinero o años. Era probable que también tuviera sus propias cajas de zapatos llenas de condimentos.

—No... bueno, no es nada, no te preocupes.

Antes solo Linda y Rachel hablaban al unísono, pero ahora se les había unido la voz de Michelle. Matrimonio, maternidad, ella también formaba parte del club.

—Bueno, es muy extraño, pero al parecer la Policía quiere hablar conmigo.

—¿Qué? —preguntaron Linda y Michelle.

—No es nada —dijo Bert—. Están perdiendo el tiempo. Pero si acudimos ahora, por voluntad propia, terminaremos antes y nos habremos olvidado de ello.

—¿Qué? —repitieron Linda y Michelle. Rachel trató de cruzar una mirada con su madre, pero Bambi no la miró.

—Vamos, Bert, no seas tan oscuro —dijo Bambi—. Chicas, al parecer podría quedar detenida.

—¿Por qué? —preguntó Linda.

—Por la muerte de Julie Saxony.

—Tonterías —se apresuró a decir Bert—. No la van a detener. Solo quieren hacerle unas preguntas. No tardará mucho.

—Oh, no. No debería tardar mucho puesto que voy a confesar. Bert, ¿Tubby sigue dando fianzas o ya no trabaja en eso?

—Mamá.

Rachel estrechó a Bambi. Era menos un abrazo que el intento de no dejarla partir. Con dulzura, Bambi se soltó primero de un brazo y después del otro, un poco como si se desprendiera de una niña majadera. Solía hacer precisamente eso cuando Linda y Rachel eran muy pequeñas y lloraban porque Bambi y Felix se marchaban al club. Eran tan pocas las veces que su padre estaba en casa por las noches que era un doble golpe verlo llegar para volver a irse, esta vez con su madre. Las dos se aferraban a las piernas de él y Bambi, muerta de risa, las despegaba, un brazo y una pierna por vez.

Ahora nadie se reía.

—Tatiana se pondrá bien, Rachel. Yo estaré bien. Os prometo que todo saldrá bien.

Y se marchó.

Cuéntame

3 de julio de 1986

Saks. ¿Por qué había dicho Saks? Estaba demasiado nervio-sa, demasiado nerviosa como para mentir.

—Voy a Saks —le dijo a Chet.

—¿Para qué? —quiso saber él.

Lo raro, aunque no tanto puesto que se trataba de un puen-te importante, era que ese fin de semana la hostería estuviese al completo. Habían previsto dar de cenar a los huéspedes con la finalidad de probar las recetas de Chet.

—A comprar un sujetador —contestó.

¿Por qué? ¿Por qué dijo un sujetador? Tal vez pensó que la mera palabra, sujetador, lo disuadiría de insistir. Pero Chet no era un hombre que se turbaba fácilmente.

—¿Es urgente? —Y añadió, en broma—: Por lo que veo, tal como vas vestida causarás sensación.

—Es que los que tengo son una talla grande.

—Sí. Es un problema, no cabe duda —repuso él.

Y no insistió, salvo que le encargó que comprara algo en una tienda de proveedores de equipamiento para restaurantes y ella asintió, qué remedio. Entre ellos se hacían bromas con-tinuamente. No tenía con ella una relación hermano-hermana, sino como un chico colgado de una chica mayor, consciente de que no llegará a ninguna parte con ella. Habían intimado ense-guida, como consecuencia de su mutua animosidad hacia Bambi Brewer, quien, le contó Chet, había timado a la empresa de *catering* con los precios de la comida de la fiesta del bat mitzvah de Michelle. Julie, a su vez, le refirió a Chet historias acerca de las extravagancias de Bambi durante su matrimonio. No las sabía por Felix, sino porque Felix se las había contado a Tubby, que a su vez se las contó a Susie.

Michelle. Julie todavía recordaba cuánto la había afectado, hacía trece años, el nacimiento de la niña. Julie era la chica de Felix desde hacía poco más de un año, y aunque daba por descontado que él seguía acostándose con su esposa, nunca se le ocurrió que pudieran tener más hijos. Y sucedió que un buen día ella entró en la oficina de él y se encontró a los tres amigos reunidos, fumando habanos y bebiendo whisky. Les había preguntado de qué se trataba y ellos se habían mirado entre sí. Luego Felix dijo: «Pues que el Señor me ha enviado otra niña. ¿Cuál era la probabilidad? Bueno, os lo diré. Era una de dos, aun después de tener dos niñas. Eso es lo que mucha gente no entiende. La probabilidad es, cada vez, una de dos, como las probabilidades de que salga el mismo resultado tres veces en una vuelta son una de ocho. Tardarás más, pero no es improbable.»

Había sido un golpe para ella, un auténtico golpe, casi tan duro como la primera vez que había visto a Bambi. Imaginaba que era atractiva, pero no tan atractiva. Era mayor que Julie, eso sí. Pero no tanto como a Julie le hubiera gustado. Y muy, pero muy hermosa. Posiblemente más que Julie, una concesión que no estaba acostumbrada a hacer. No obstante, Julie tenía mejor cuerpo. Indiscutiblemente.

En aquella época. Entonces tenía mejor cuerpo que Bambi. ¿Le importaría a Felix verla ahora tan flaca? Chet había bromeado con los sujetadores, pero en efecto era un problema. Felix recordaba un cuerpo distinto. La pérdida de peso le había pasado factura en la cara también. Susie pensaba que era gracioso que Julie tuviera en casa un chef y apenas probara bocado en todo el día. Pero la comida le sabía a polvo.

Durante diez años, Julie había vivido como sonámbula, casi

sin pegar ojo en toda la noche. Felix le había prometido que volverían a estar juntos, pero no le había dicho cuándo. Había llenado las horas del día —lo que el resto del mundo consideraba que eran las horas del día, puesto que para Julie todas las horas eran iguales— con trabajo. Primero, en la cafetería. Caminando de un lado a otro, de arriba abajo, de abajo arriba, caminando, caminando. Limpiando el mostrador. Haciendo el inventario. Programando horarios. Y, a medida que aumentaban sus ahorros, empezó a buscar otra cosa, otro comercio que exigiera aún más trabajo. Posadera. Si debía ocuparse de atender a otros, no tendría tiempo para pensar en sí misma. Entonces compró la casa sobre el lago, en Havre de Grace, donde pasaba los días preparando desayunos, cambiando sábanas, recibiendo llamadas, supervisando las reservas. Y cuando aquello se tornó demasiado automático, decidió abrir un restaurante, a sabiendas de que en ese ramo los índices de quiebra eran espectaculares, pero eso era parte del encanto. Quería triunfar. En todo lo que hacía, se imaginaba la aprobación y la admiración de Felix. Ella era tan buena para los negocios como él. No era extravagante. Trabajaba.

Pero seguía lamentándose. Se había quedado fijada en el tiempo, atrapada para siempre en el camión de su hermana en el momento en que Felix caminaba por la pista de despegue hacia el pequeño aeroplano que se lo llevaría muy lejos. No podía creer que él no le hubiera pedido que lo acompañara. Bert había pensado que sí. Bert había hecho realidad su fantasía al tramitarle tan prestamente un pasaporte. Ella había dado por sentado que él sabía algo. Pero, al final, con respecto a los planes de Felix, Bert había sido tan ambiguo como los demás.

Todos los demás. Incluida Bambi.

Pero ahora la había mandado buscar. Diez años después, pero lo había hecho, y ella aún era joven. Más joven que Bambi cuando él la abandonó. Y si Julie no estaba en buena forma, algo ajada quizás, eso tenía arreglo. Se sentaría a tomar el sol con él, aunque tal vez con sombrero, y comería todo lo que comieran allá, pescado y fruta.

«He ganado. Él me ama. Ha mandado buscarme. No a ti. A mí.»

Era lo bastante honesta como para conceder que Bambi no podría ir, puesto que Michelle apenas tenía trece años. Además, era abuela. La hija mayor había debido de dar a luz, visto el estado de su embarazo en la fiesta de bat mitzvah. No obstante, Julie había ganado. Él la había elegido.

Deseaba que Bambi lo supiera. Era mezquino de su parte, y Julie no era por naturaleza una persona mezquina. Pero, ahora, después de vivir diez años con un corazón más destrozado que roto, era mucho más mezquina que antes.

Estaba llegando a la salida de Saks, cerca de Reisterstown Road, una salida que conocía bien, pues era la que tomaba para ir a casa de Felix. No, ella nunca había entrado en esa casa. ¿Cuántas veces había pasado delante de la casa de Sudbrook Park? Había comenzado a hacerlo recién empezada su relación con Felix, cuando todavía vivía con Andrea. Salía sin ser vista en medio de la noche y cogía la combi VW, pese a que no tenía permiso de conducir. Ver aquella casa agudizaba su ira... y su anhelo. Le parecía un castillo, y su entrada circular, un foso. Un castillo para la reina y las dos princesas, luego tres. Bambi tenía que compartir a Felix con Julie, pero nadie podría ponerse entre Felix y sus hijas. Eran las hijas quienes la separaban de él.

Hijas. Al menos la vigilancia de Julie había sido respetuosa, discreta. Sin embargo, la semana anterior, cuando la hija de Felix se presentó en la hostería, había roto las reglas del juego. La llamó ladrona y puta. Como si Julie tuviera doscientos mil dólares guardados. ¿Por qué Bambi le había contado a sus hijas esas mentiras insultantes? Peor aún: ¿y si Felix se había enterado de esas habladurías? La idea de que él pudiera creerla tan ruin, tan cobarde, le resultaba insoportable. En lo único que pensó fue en asegurarse de que Felix no se creyera esos cotilleos.

Y no los creyó. Por fin la había llamado. Era hora. Había llegado el momento de desaparecer, como lo había hecho él, de partir ligera de equipaje. ¿Se había fijado Chet en su bolso absurdamente grande? Cogería una muda y un bañador en el centro comercial, si le quedaba tiempo, pero de momento lo único que llevaba era un neceser, con lo que normalmente pones en un neceser. Había estado muy estresada cuando supo que debía desaparecer sin tiempo de dejar nada organizado. Le habían advertido que no debía dejar huellas. Algo de dinero en efectivo, sí, pero no debía dar la impresión de haber tomado alguna disposición antes de partir. Todo el mundo debía creer que estaba muerta.

Ella había pensado: «No; estuve muerta. Ahora volveré a estar viva.»

Había conducido deprisa, pisando el acelerador con tal ahínco que había superado la media de cien, ciento veinte kilómetros por hora. Iba con más de tres cuartos de hora de adelanto y sabía que no debía merodear por el punto de encuentro ni llamar la atención. Podría hacer sus recados, pero eso no le llevaría más de quince minutos. Compraría un bañador, aunque no deseaba verse flaca y pálida en un espejo, no deseaba pensar en lo decepcionado que se sentiría Felix al ver a esa chica flaca que en otro tiempo había sido Juliet Romeo. Probablemente Felix le tomaría el pelo sirviéndole una piña colada tras otra... Trató de hacer más específico su ensueño. ¿Concha? ¿Camarón?

Pasaría delante de la casa una vez más, le diría adiós en nombre de Felix, le diría adiós al sitio que había ocupado en su cabeza todos esos años. La hostería de ladrillos sobre el lago era una lejana versión de esa casa, aunque nadie lo hubiera notado. Quizá debería detenerse esta vez, aparcar en la rotonda de la entrada, subir por el sendero y llamar a la puerta y, con todo el atrevimiento del mundo, anunciar: «Me ha elegido, Bambi. ¡A mí!»

26 de marzo de 2012 (14.30 horas)

Bambi era perfectamente consciente de que estaba mintiendo cuando les dijo a sus hijas que no tardaría en volver, pero, tres horas más tarde, también ella se extrañó de seguir sentada en una sala de interrogatorios del Departamento de Policía de la ciudad sin haber hablado aún con ningún detective. El hombre que aparentemente estaba al mando —¡qué tristes sus ojos verdes!— los había saludado y había dicho que debía esperar la llegada de otro detective.

—Van a traer a alguien del condado, porque creen que el caso acabará allí —le explicó Bert a Bambi—. Solo que no será así, pues no hay caso.

—¿Cuántos años crees que me echarán, Bert, si confieso y me declaro culpable?

Ella creía que tal vez cinco, o diez. ¿De verdad serían capaces de condenar a más de diez años a una mujer de setenta y dos? Especialmente si alegaba que la habían provocado, que lo había hecho —¿cuál era la frase?— arrastrada por una cólera incontrolable. Si cumplía, digamos, diez... (ese número le quedó en la cabeza porque Felix no habría cumplido más de diez, probablemente menos) saldría a los ochenta y dos, y, teniendo en cuenta la longevidad de su madre y de su tía, aún le quedarían diez años por vivir, quizá más. Fatal para los nietos más pequeños, humillante para los más grandes, pero podría no ser tan malo. Podía ser como la mujer que mató al médico de la dieta Scardale y dedicarse a hacer buenas obras durante su estancia en la cárcel.

—Déjalo ya, Bambi. Tú no vas a confesar, no vas a declararte culpable. Te quedarás aquí sentada y me dejarás hablar.

—Bert, yo quiero hablar.

¿Podía ordenarle que se fuera? Si ella le contaba todo, ¿estaría obligado a hacer lo que ella le pidiera? Probablemente no. Había sido impulsiva en el hospital, pero no lo lamentaba. Después de treinta y seis años en el limbo, era agradable hacer algo, cualquier cosa.

—Bambi, sé que tú no pudiste hacer eso.

—Bert, con todo el respeto que me mereces, hay muchas cosas que no sabes. Agradezco tu amabilidad, pero ya es hora. Es hora de acabar con esto.

La puerta se abrió.

—Mierda —masculló Bert.

—¿Qué?

Bambi vio que había una mujer detrás de Tristes Ojos Verdes. Jovencita, regordeta y rubia, y con una amplia y alegre sonrisa.

—Nancy Porter —le susurró Bert—. La he visto trabajar antes. Es muy buena.

—No necesitan traer a alguien muy bueno cuando lo que quieres hacer es confesar —musitó Bambi.

No había previsto la intervención de una detective. Era un contratiempo. Creía que hablaría con un hombre. Uno como Tristes Ojos Verdes. Podría envolverlo con un dedo y darle veinte vueltas, y todavía le quedaría suficiente para hacer cortinas, como solía decir Felix. Dos hombres habría sido aún mejor. Habría logrado ponerlos uno en contra del otro. Pero un hombre y una mujer no, y menos esta *shiksa* porrista.

—Hola, señora Brewer —dijo la chica, como si saludara a su profesora el primer día de clase—. Le agradecemos mucho que haya venido a hablar con nosotros acerca de Julie Saxony. Hay ciertas cosas que querríamos revisar, algunos hechos nuevos que han salido a la luz, especialmente desde que usted nos autorizó a registrar su apartamento ayer...

—¿Qué? —saltó Bert—. ¿Los dejaste pasar y ni siquiera me llamaste?

—No vi motivos para no hacerlo —repuso Bambi.

No los vio. Y no los veía. Podía ser que la caja de zapatos que se llevaron contuviera la prueba de algo que ella había hecho, algo no muy *kosher*. Pero no podrían utilizarla para acusarla de asesinato.

A menos que ella tuviera intenciones de confesar. Y Bambi no veía otra alternativa.

En el hospital y en el coche que la trajo a la comisaría había estado pensando en lo fácil que sería decir «Yo lo hice». Sin embargo, no podía. Y no lo dijo. Por una sola razón: sentía curiosidad por saber qué era lo que los detectives creían saber. Los escucharía, pero no porque Bert le hubiera pedido que lo hiciera. Bert tenía su agenda, ella tenía la suya.

—El tres de julio, Julie Saxony se marchó de Havre de Grace diciéndole a su chef que se iba de compras. Nadie nunca volvió a verla con vida. Bueno, podría haberse cruzado con un empleado de alguna gasolinera o parado en un local de comida rápida. Pero la última persona que la vio viva fue probablemente su asesino.

Bambi no se contuvo:

—En los homicidios, ¿no es siempre el asesino el último en ver viva a su víctima?

La chica asintió y sonrió. Bert echaba chispas por los ojos.

—Bien dicho. Entonces, permítame preguntarle, ¿vio usted a Julie Saxony aquel día?

—Sí.

Bert la agarró del brazo. Ella se zafó.

—¿Dónde?

—Fue a mi casa.

—¿Invitada?

—No, desde luego que no. Se presentó sin avisar.

—¿Y qué sucedió?

Bambi no contestó enseguida.

—Me dijo que mi esposo había dispuesto todo lo necesario para que yo tuviera acceso a una importante suma de dinero después de su partida, pero que ella lo había cogido.

—¿Y?

Bert la sujetó nuevamente por el brazo y le susurró al oído:

—Bambi, por favor. Necesito hablar contigo en privado, porque si continúas por este camino me veré obligado a recusarme. No puedo permitir que mi cliente mienta.

15.15 horas

Sandy y Nancy fueron a la cantina de la comisaría, donde compartieron el café de un termo que Sandy había llevado. En un día como ese probablemente también habrían bebido, pero no tenían necesidad de empezar con eso.

—Es del verdadero. Lo preparo en casa. Siempre traía mi termo cuando trabajaba aquí. Nunca me pude habituar a esa basura que sirven las máquinas. Los tíos se reían de mí, decían que yo era un remilgado. Pensaban que era remilgado y me jodían el día entero con eso. Pero una vez probaron mi café y, desde entonces, me hacían la pelota para que les diera. Cuando estaba por jubilarme, venía con un termo enorme que ellos me habían comprado.

Ella abrió los ojos con sorpresa.

—¡Uy, qué cargado! Soy una débil, espero que no se ofenda si lo suavizo con un poco de edulcorante.

—Adelante.

No se ofendía porque ella le caía bien. A Nancy Porter se la había recomendado Harold Lenhardt, que había trabajado veinte años en el departamento de la ciudad y después había pasado al del condado, donde hacía años que trabajaba. Lenhardt era buen policía y apostaba por esta chica, hija y nieta de renombrados polis polacos, una de las pocas jóvenes que usaba la vieja jerga policial.

El mero hecho de que quisiera ayudar era un tanto a su favor: la mayoría de los detectives serían reacios a retomar un homicidio cometido veintiséis años atrás y que, además, no era su caso. Más riesgos que ventajas. Pero Nancy estaba intrigada por lo que habían arrojado las órdenes de registro. No tanto la prueba del delito —el pendiente del delito—, como él había esperado, pero casi tan buena. Casi tan buena.

—Tienes suerte de que ella fuera a las tiendas de segunda mano, todo muy bonito y legal, lo opuesto de las casas de empeño. Probablemente no encontrarías una descripción detallada en un recibo de casa de empeño fechado en 1986 —dijo Nancy.

Sandy advirtió que apenas lograba tragar aquel café de alto octanaje, pero era muy educada y lo disimulaba bien, no como la mayoría de los jóvenes de ahora.

—Sí, y suerte que el compañero no desapareciera de allí en tantos años. Como lo prueba el recibo, era bastante valioso.

—Probablemente más de lo que le dieron por él. Cuando las joyerías te compran brillantes usados... es una verdadera estafa. Una amiga mía tenía un anillo precioso, de esa tienda, en Towson, ¿sabe?, la que está cerca de Joppa. Ella y su esposo rompieron. Le pagaron veinte veces menos del valor del anillo, y no cesaban de repetirle «como solemos decir, no es culpa del anillo». He hecho algunas averiguaciones sobre ese pendiente en internet. David Webb, en su época, era palabras mayores.

De pronto, Sandy pensó en las alhajas de Mary. No era que fueran de gran valor, no. Pero él había conservado su anillo de compromiso y el de boda, sus alhajas buenas, en cierto modo porque no podía imaginar nada más triste que tratar de venderlas. Aunque tal vez el hecho de no tener a quien dárselas fuera lo verdaderamente triste.

—Bueno, la tienda adonde ella fue, en 1986, en Baltimore Street, ya no existe. Pero el recibo por la compra coincide exactamente. En el bolso de Julie Saxony hallaron un pendiente de brillantes y platino. No le dimos importancia en todos estos años. —Supuso que era generoso hablando en plural. Él sí había pensado que podía ser importante—. Ves un pendiente en un bolso y te dices que ella pudo haber perdido un pendiente, guardó el otro en el bolso y se olvidó. Pero ¿dónde estaban los pendientes que ella llevaba ese día? No le dimos importancia a ese detalle.

—El asesino pudo haberle quitado los pendientes —apuntó Nora tratando de ser justa, disculpando el trabajo de los detectives anteriores.

—Podría ser. Pero uno de ellos estaba en su bolso... y el otro fue vendido una semana después.

—¿Cree que ella la mató allí, en su casa?

—No puedo afirmarlo. Veinticinco años después... hacer algo así, con la esperanza de encontrar un maletín, parece mucho... Casi preferiría no haber registrado la casa, pues ahora Gelman dirá que eso es una prueba concluyente de que no ocurrió allí. Y es muy posible que tenga razón. Me lo imagino de muchas maneras. Puedo verla a ella enfadándose, intentando darle un golpe... eso pudo haber hecho que el pendiente se soltara y cayera al suelo, y que ella lo encontrara más tarde. Pero, ¿sabes qué? También puedo imaginar que contrató a alguien para eliminar a Julie. Y a lo mejor esas personas le trajeron el pendiente a modo de trofeo o, ya sabes, de prueba. —Pensó de nuevo en Tubman—. Podría haber preguntado al viejo amigo de su marido, al fiador, si conocía tipos capaces de hacer el trabajo. Sigo pensando que Tubman, todos estos años, continuó obsesionado con Julie. Pero a lo mejor solo se sentía culpable por haber ayudado a matarla. Julie sale de la casa de Bambi, un tipo la sigue... Si está mintiendo, como dice su abogado, entonces puede que esté encubriendo a Tubman.

15.20 horas

—Bambi, estoy seguro de que tienes una razón para hacer esto, pero debes entender que podrían prohibirme el ejercicio de la abogacía si permito que mientas.

—No estoy mintiendo. —Hizo una pausa de énfasis y luego dijo—: Además, ¿cómo puedes saberlo? Tú no puedes saber si yo miento.

—Esa semana nos encontrábamos todos en Bethania. Tú fuiste en tu coche para pasar unos días con Lorraine y conmigo, en la casa de la playa.

—Salí al atardecer. Tuve todo el día para mí.

—Pero llegaste a última hora de la tarde del día dos, no el tres.

«¡Caray! ¿Era posible?»

—Estoy segurísima de que viajé en la mañana del día tres.

—No. Dimos una fiesta el dos. Era el cumpleaños de Lorraine. Cumplía cuarenta y uno. ¿Te acuerdas? Como no quiso hacer una fiesta por sus cuarenta, le organizamos una fiesta sorpresa en la playa, el dos, quince días después del día de su cumpleaños y por eso iba a ser toda una sorpresa. Estábamos todos. Tú, Michelle, hasta Linda y Henry vinieron, a pesar de que Noah era un recién nacido. Regresaste a tu casa el cuatro, después de dejar a Michelle en casa de una amiga, en Rehoboth. Dijiste que querías estar sola.

—Tu memoria te engaña. Yo no estuve allí.

—Tenemos fotos. Estoy casi seguro. Por Dios, Bambi, no sé por qué estás mintiendo, pero no sigas, por favor. Tienes una coartada perfecta, y eso es algo que casi nunca les puedo decir a mis clientes. Solo cállate, ¿quieres?

Se sintió a la vez desalentada y aliviada. Había estado acariciando la idea de una confesión, de reconocerse culpable, para cumplir la condena que Felix no había querido cumplir, para mostrarle cómo se hacía.

—De acuerdo, Bert, no mentiré. Pero quiero escuchar lo que tienen que decir. Saben algo, algo nuevo. Yo también necesito saberlo. No me preguntes por qué.

Conocía a Bert desde hacía mucho, mucho tiempo... ¡Santo cielo, más de cincuenta años! Hacía mucho que habían llegado a un punto en que ella ya no lo trataba como a la mayoría de los hombres. Era el amigo de Felix, el marido de Lorraine. Pero también era su amigo, su único amigo hombre. De manera que no lo miró con sus ojos inocentes ni esbozó su particular sonrisa cautivadora, ni hizo el menor gesto seductor. Simplemente lo miró a los ojos hasta que él asintió con la cabeza.

—Hazme caso —dijo Bert—. Por favor, no mientas.

—Trataré de no hacerlo —respondió, y pensó: «Ninguna mentira que puedas descubrir. Es la nueva regla. Mentira es cuando alguien sabe que lo que dice el otro es falso.»

16.00 horas

Llevaban con ellos la caja de zapatos cuando se dirigían a la sala de interrogatorios. Una caja marrón y blanca de la marca Henri Bendel. Número siete y medio.

—Elegantes —había dicho Nancy cuando la vio—. Y mire el precio, doscientos cincuenta dólares. Era una fortuna para un par de zapatos en 1986.

—¿Y no lo es también ahora? —bromeó Sandy. Recientemente había averiguado el precio actual de los mocasines belgas: más de cuatrocientos dólares. Tendría que seguir mimando con esmero los suyos.

El recibo, una prueba clave, estaba en una bolsita, separado de los otros elementos. No deseaban que ella lo viera. En primer lugar, hablarían de la caja.

Sandy tendría que conducir el interrogatorio porque había sido él quien acompañara a los agentes con las órdenes de registro. Había cogido la caja de zapatos pensando que nadie se llevaría eso cuando se mudaba a un apartamento a menos que fuera algo muy importante. Los recibos eran viejos, algunos se remontaban al comienzo de los ochenta y había incluso algunos del año 2000. Pero solo uno le llamó la atención. El resto de las cosas que habían sido vendidas estaban completas y enteras, no había nada roto, y tampoco nada de mucho valor. Pero ese recibo venía de otra tienda, muy distinta de las demás. Era de una joyería del centro, no tan buena. El recibo le llamó la atención como si hubiera visto un brillante en el cubo de la basura.

—Nos interesan estos recibos. Usted vendió muchas cosas a lo largo de quince años. ¿Eran suyas?

—Vendí las cosas que mi tía Harriet me pidió que vendiera. Falleció en septiembre de 2001, justo después del Once de Septiembre.

Justo después del 11-S. ¿Era un detalle gratuito destinado a darle cierta solemnidad a su respuesta?

—Sí, pero estas cosas fueron vendidas antes de esa fecha.

—Verá, ella vivió en una residencia de ancianos durante los últimos veinte años de su vida. Su situación era más ajustada de lo que la gente suponía, y yo era su sobrina preferida —dijo, y sonrió irónica al añadir—: Además de su única sobrina. Como iba a ser su única heredera, qué importancia tiene que yo haya vendido esas cosas antes de su muerte. Yo las vendía en su nombre y dividíamos las ganancias entre ambas.

—¿Mitad y mitad?

—Qué va. Tía Harriet no era tan generosa. Yo le llevaba el dinero y ella decidía, basándose en una fórmula suya que nunca entendí, cómo repartirlo. A veces me daba un diez por ciento, otras el treinta, pero nunca más que eso.

—Y usted iba a este lugar... —Echó un vistazo al recibo, como si leyera por primera vez el nombre impreso en él, pero lo sabía de memoria—: Turnover Shop.

—Sí. Trabajaban muy bien.

—¿Acudió a ellos en todas las ocasiones?

—Fui a varios locales, pero esa tienda era mi preferida.

—Como joyería. ¿Vendió alhajas?

—Algunas.

—¿A ellos?

—No. Para las alhajas iba a un joyero de Pikesville. Weinstein's. Conocía al dueño de la época del instituto.

—Ya, Weinstein's. Vimos también esos recibos. Pero hallamos uno que no era de ellos.

—Bueno, a veces hay piezas que no interesan a todos los comerciantes. Ellos no conocen por adelantado la demanda que puede tener un artículo determinado. Así es como funciona la consignación. Como puede comprobar por los recibos, también vendí mucha ropa a lo largo de los años, pero en ese caso iba a D.C. En D.C. la gente conoce mejor el valor de las prendas. Y esas prendas eran mías, no de mi tía Harriet.

—Pero para las alhajas acudía a Weinstein's. Salvo esa vez, cuando fue a Baltimore Street. ¿Por qué Weinstein's no quiso esa alhaja?

—No lo recuerdo.

—¿Fue porque se trataba de un solo pendiente, porque faltaba su compañero?

—Es posible.

Bert la estaba mirando, tratando de que ella lo mirase. Pero no podía. Su corazón se aceleraba imparable. Se vio a sí misma hincada en el suelo, limpiando. La limpieza había sido la única arma de Bambi contra la invasora cutrez de la casa. A cuatro patas, tratando de meter una fregona bajo el largo aparador del salón. Era un mueble hermoso. Tenía que haberlo vendido. Francés, antiguo, valía mucho dinero. Pero a Felix le gustaba mucho. Era muy feliz cuando, en los días de fiesta, veía las fuentes de comida dispuestas sobre el aparador. Encima de él había un retrato de la familia, encargado antes del nacimiento de Michelle, que siempre irritó a su petulante hija menor. En una ocasión, cuando Michelle tenía cuatro años, trató de añadirse al grupo. Por suerte Bambi la cogió antes de que pudiera dibujarse con su lápiz en la pintura al óleo.

Así pues, allí estaba Bambi, a cuatro patas, una mañana de julio bochornosa, con el aire acondicionado apagado porque había aprendido a ahorrar hasta el último penique, mirando aquel hermoso brillante que le hacía guiños, centelleando en su engarce. Un David Webb muy característico, el regalo que Felix le había hecho para su décimo aniversario de boda.

Su primer pensamiento fue: «Ni siquiera me di cuenta de haber perdido uno de estos pendientes.»

El segundo fue: «No lo perdí. Me los puse la semana pasada cuando fui a la fiesta de Lorraine.»

El tercero: «¿Felix les compraba a todas sus mujeres los mismos pendientes?» Ahora que lo tenía en la palma de su mano, vio que era levemente más pequeño que los que ella usaba, pero eran la copia exacta.

Y el cuarto: «Mierda, mierda, mierda.»

Y ahora, veintiséis años después, volvía a sentir lo mismo

que entonces. Sorpresa, reparación, furia muda, miedo. Incluso algo peor que el miedo, algo visceral, tremendo.

Bambi miró al detective, al detective hombre, a los ojos y dijo:

—Yo maté a Julie Saxony. Vino a mi casa el Cuatro de Julio y la maté. No el tres, sino el cuatro. Y no, no sé dónde estuvo las veinticuatro horas antes.

17.00 horas

—¿Mamá?

Esa palabra aún lograba asombrar a Rachel. Y Tatiana también parecía sorprendida. Incluso ahora, ocho meses después de haber llegado, la decía como si estuviera probando algo. Era como si en esa palabra encerrara un montón de preguntas: «¿Estás aquí aún?, ¿Estarás aquí mañana?, ¿Eres realmente mi madre? ¿Es esta realmente mi vida?»

Rachel posó su mano sobre la de su hija y dijo:

—Sí, estoy aquí, Tatala.

Rachel había puesto a su hija el nombre de Tatiana, algo que sorprendió a todos, pues deseaba usar el cariñoso Tatala sin confundir a la niña, quien seguramente ya iba por el segundo nombre, o el tercero. Verdad era que *tataleh* se usaba para los varones, pero a Rachel siempre le había gustado el sonido de esa expresión. Con ánimo de justificar su preferencia por «Tatiana», le había dicho a Joshua que había encontrado un nombre similar en una dinastía china. No le dijo que era el nombre de una consorte.

El nombre hebreo de Tatiana era «Mazal», el equivalente de Felicia. Bambi había alzado una ceja cuando lo oyó, pero no comentó nada. Sí, Rachel creía que su padre había muerto. No podía explicar por qué. Era una sensación que la había embargado el mismo día que pusieron a Tatiana en sus brazos. Felix se había ido, su energía ya no formaba parte de este mundo, pero alguien nuevo había llegado para llenar ese vacío.

Solo que ahora se encontraba en peligro de perder a su madre. ¿Qué estaba diciendo su madre a los detectives? ¿Por qué hacía eso? Era una locura, no tenía pies ni cabeza. Rachel debió de suponer que la «confesión» de Bambi iba a ser verificada inmediatamente y que la cuestión quedaría zanjada. Pero ¿y si se las ingeniaba para convencer a los detectives de su monstruosa mentira? ¿Qué cosas tendría que contar Rachel? ¿Sabían que ella había ido a ver a Julie?

Había sido un momento en que ella estuvo sometida a muchas emociones. Había dejado a Marc y al poco tiempo se cumplieron sus predicciones y perdió su empleo. No había un puesto de trabajo para la chica que osaba divorciarse del único varón Singer. Marc quiso reconciliarse, pero siguió mintiendo acerca de su infidelidad, negando todo lo que había sucedido. ¿Cómo podía ella volver con él si seguía mintiendo? Estaba viviendo con su madre y Michelle y se sentía una fracasada. Se encontraba en ese estado de ánimo cuando leyó por vez primera el artículo sobre Julie Saxony, «acto II», la hostelera en vías de devenir propietaria de un restaurante. El artículo apareció en el *Sun*, un periódico vespertino popular, y traía una foto de Julie en su época de esplendor. «Saxony en la cúspide de su fama como bailarina en la Manzana, en 1975, donde actuaba con el nombre artístico de Juliet Romeo. Un año después, su novio Felix Brewer desaparecería para siempre, dejándole solo la escritura de traspaso de una pequeña cafetería en Baltimore Street. Saxony aprovechó esa oportunidad para aprender los secretos de la industria hotelera.»

Cuánto para odiar en tan pocas palabras. «Su novio», pero ni una mención, ni en el pie de foto, de la esposa y las tres hijas a quienes también había abandonado. «Solo la escritura de traspaso de una pequeña cafetería»; era más de lo que había dejado a su familia. «La cúspide su fama»; ¿con qué se había hecho famosa? ¿Bailando con un tanga? ¿Acostándose con el patrón?

Cuanto más lo pensaba Rachel, más sentido le encontraba: Julie tenía el dinero de ellas, como mamá lo había dicho siempre. Aun cuando todo lo que hubiera recibido fuera esa cafetería, tenía que haber sido de ellas. El mercado de inmuebles con destino comercial estaba un poco parado en 1976, pero en 1980, con la habilitación de Harborplace, los terrenos seguramente valían mucho. Julie la había vendido «con un margen de ganancia que prefería no revelar». El reportero no lo averiguó, menudo holgazán, pensó Rachel leyendo el artículo ciega de furia.

Lo único que supo después fue que estaba conduciendo rumbo a Havre de Grace.

Julie Saxony la hizo pasar al comedor donde se servían los desayunos, vacío a esa hora del día, aunque Rachel pudo oír a alguien haciendo ruido cerca de allí, posiblemente en una lavadora o algo así. Se oía el ruido de una secadora: *pump-pump-pump, pump-pump-pump*.

—Sabe quién soy —dijo en tono rotundo, aunque no amenazador, pero tampoco era una pregunta.

—Sí —repuso Julie Saxony.

Se sentó en una silla del comedor, pero no invitó a Rachel a sentarse. Su postura era impecable, con las manos juntas sobre el regazo. Rachel sintió el impulso de espetarle «Vaya con la dama». Una parte de ella se dio cuenta de que estaba teniendo con Julie la pelea que no había podido tener con Marc. Pero estaba bien que así fuera, razonó. El enfado la ayudaría a conseguir lo que necesitaba.

—¿Por qué estaba usted en la fiesta del bat mitzvah de mi hermana? —No era lo que había planeado decirle, pero en realidad no tenía ningún plan.

—Te lo dije, había ido a observar el trabajo del proveedor del *catering*. Lo contraté. Será el chef de aquí. Actualmente está probando los platos que van a formar parte de las cartas del restaurante. Pensamos abrir en otoño.

—Entonces, fue solo una coincidencia. —Julie guardó silencio—. Yo no me lo creí. ¿Nos espió muchas veces?

Pensó en su madre llevando a sus hijas mayores a Horizon

House y señalándoles el apartamento de Julie. Pero fue una sola vez. Eso no era espiar.

—Nos espió muchas veces, ¿sí o no? —repitió. Sus palabras sonaron autoritarias a sus oídos. Se sentía peligrosa. Era emocionante.

—Ciertamente, la familia de Felix me interesaba.

—No pronuncie su nombre.

—Creo que esta conversación va a ser difícil si no se me permite decir su nombre. —Una pausa—. Aun más difícil, debería decir.

—Usted robó el dinero de mi familia. Mi madre me lo dijo.

—Es mentira. Si su madre no pudo vivir con lo que le suministraban, quizá fue porque no quería economizar.

—¿Economizar? ¿Economizar, con tres hijas en colegios privados, con las matrículas de la universidad y una casa que se cae a pedazos? Tratas de encontrar un empleo cuando abandonas los estudios a los dieciocho años y eres madre a los veinte.

—Yo ni siquiera acabé el instituto —dijo Julie.

—Sí, pero usted tenía una ventaja que mi madre no tiene. Usted estaba dispuesta a acostarse con el marido de otra mujer.

Sus palabras dolieron, estaba segura, aunque Julie no perdió la compostura. Solo dijo:

—Quise mucho a tu padre.

—Entonces debería honrar a la mujer que mi padre quiso y entregarle el dinero que legítimamente le pertenece.

—No hay dinero. Lo que tenía lo invertí, y era mío. Lo siento, pero es la verdad.

—Mi madre está a punto de perder su casa. Será humillante. ¿No lo entiende? No es una ciudadana común, una persona a quien pueden ejecutar su hipoteca sin que nadie se entere. La casa saldrá a subasta cuando venza el plazo de la cancelación global y los periódicos escribirán sobre ello y todo saldrá a relucir otra vez, como ha salido ahora por culpa de ese estúpido artículo que han publicado sobre usted. Mi padre amaba a mi madre por encima de cualquiera. No me importa lo que le haya dicho o prometido a usted. Amaba a mi madre. Usted no fue la primera, sabe. Y no habrá sido la última.

Julie se humedeció los labios.

—No tengo dinero, así de sencillo. Y si lo tuviera tampoco te lo daría. Lamento que tu madre no haya sido más previsora...

—¡Vaya frase en boca de una estríper!

No se reconoció a sí misma. ¿En quién se había convertido? Era horrible. Y extrañamente satisfactorio, como hacer el papel del villano en una obra de teatro. Estaba canalizando la ira que sentía por Marc, por cada una de las mujeres con las que la había engañado.

—Lamento que tu madre no haya sido más previsora. —De nuevo esa palabra—. Yo lo soy. Pero no es culpa mía. Lo que es mío, es mío.

—Si al menos hubiera sido usted así de clara cuando empezó a acostarse con mi padre... Él amaba a mi madre, señorita Saxony. A ella y a sus hijas. A usted no, nunca.

Sintió que era su mejor arma, la única capaz de herir a Julie Saxony. Y si Julie Saxony no quería ayudarla, entonces la lastimaría. Los hombres no engañan sin la cooperación de las mujeres. Por supuesto, había hombres que mentían, que inducían a sus parejas a cometer adulterio de manera involuntaria, pero no su padre. Y Marc tampoco. Les crees la primera vez que te dicen quiénes son. En el instituto, Marc había sido un seductor frívolo y cínico. Se divertía con todas. Rachel se acordaba, haciendo memoria, de lo famoso que había sido por romper con una chica y al otro día empezar con otra. Todas sabían lo que él hacía y cada una pensaba que con ella sería distinto.

La diferencia radicaba en que ahora Marc no admitía lo que había hecho. La llamaba todas las noches para pedirle que volviera con él, pero no estaba dispuesto a confesar sus infidelidades porque, Rachel lo sabía, seguiría cometiéndolas. Más discretamente, quizás. Él la amaba, pero no tenía intenciones de cambiar. En cambio, decía: «Ten un bebé. Por favor, ten mi bebé y todo irá bien.» Pero ese bebé aún no existía.

—Rachel...

—No pronuncie mi nombre.

—Que no diga el nombre de tu padre, que no diga tu nombre, ¿por qué eres tan propietaria con los nombres? —replicó Julie con súbita cólera—. ¿Qué pasa? Es probable que Brewer ni siquiera sea el verdadero apellido de la familia de tu padre, allá en Rusia, o de donde sea que vinieron. Escucha: si tu padre se hubiera quedado, si no se hubiera visto obligado a marcharse, yo ahora llevaría su nombre. Me amaba. Me deseaba.

—Siga contándose usted ese cuento —dijo Rachel—. Cuéntese todas las mentiras que necesite para seguir viviendo. —Y tuvo una inspiración—: Él sabe que usted nos robó. No podía hacer nada para impedirlo, allá donde se encuentra, pero lo sabe. A usted nunca la quiso realmente, pero ahora la odia. Usted destruyó lo que él más amaba: su familia.

Por fin había conseguido fastidiar a esa mujer. Julie estaba lívida, casi en estado de shock.

—Él... ¿habla con ella? ¿Hasta el día de hoy?

—Hasta el día de hoy.

Abandonó la hostería con una sensación de falsa victoria. A pesar de haberle ganado la discusión a Julie, la situación no había cambiado. Su madre necesitaba dinero, o iba a perder la casa. Y Rachel sabía lo que tendría que hacer para conseguirlo. Le llevó más tiempo de lo que pensaba, casi una semana, pero cuando su madre regresó de la playa, Rachel pudo hacerle entrega del dinero que tanto precisaba.

—¿De dónde lo has sacado? —quiso saber Bambi.

—Digamos que Julie Saxony cumple con sus deudas —contestó Rachel.

En aquel momento le pareció una mentira segura. Pero era una mentirosa inexperta y desconocía que, por segura que fuera, una mentira también puede salir mal. Tal vez hubiera debido pedirle a Marc algunos consejos prácticos, como parte del acuerdo entre ellos, un acuerdo negociado por su suegra, quien estaba feliz de invalidar el acuerdo prenupcial si ello significaba que Rachel garantizaría la descendencia que la señora Singer deseaba y luego se marcharía para siempre, llevándose la mancha del apellido Brewer.

17.30 horas

En el instante en que ella dijo «Cuatro de Julio», Bert había exigido otra reunión en privado. Bambi consintió por cortesía, pero su decisión estaba tomada.

—Bambi, puede que tenga que renunciar a ser tu abogado si te empeñas en esto —dijo Bert.

¿Eso era todo lo que tenía que decir?

—Entonces, renuncia. Estoy dispuesta a seguir adelante, con o sin ti. Tú no puedes decir lo que sucedió el Cuatro de Julio, ¿no es así, Bert? Entonces, solo limítate a escuchar.

Encendieron una grabadora. Los detectives se miraron. Nancy Porter era brillante y concentrada, tipo alumna empollona como las que se sentaban en las filas de delante en el instituto Forest Park. El de la cara triste parecía que conocía cada una de las desgracias que le habían ocurrido a Bambi en su vida. Lúgubre, pensó ella. Era la única palabra para describir su aspecto. Decidió no mirar a ninguno de los dos mientras hablaba y fijar sus ojos en un punto entre sus cabezas. Probablemente creyeron que ella trataba de no llorar. Bueno, también era eso.

—Vino a mi casa el Cuatro de Julio. Me trajo dinero, bastante. Lo necesitaba para pagar una hipoteca. Verá, yo fui muy estúpida y esas hipotecas a un año con tasa de interés variable eran algo nuevo entonces. Yo no entendía su funcionamiento. Solo sabía que si conseguía esa hipoteca obtendría una suma considerable. Lo suficiente para pagar el bat mitzvah de Michelle y hacer los arreglos necesarios en la casa. De manera que tomé ese préstamo. No me di cuenta de que debía reintegrarlo en un año, que debía encontrar la suma equivalente de dinero en efectivo hipotecando otra vez mi casa, y yo tenía, bueno, yo tenía una deuda incobrable, es decir que no me darían más dinero. Me sentí muy estúpida. Debía la hipoteca y había utilizado en exceso mis tarjetas de crédito. Necesitaba dinero enseguida.

—Por Dios, Bambi —dijo Bert—. Podías haber acudido a mí.

—Pero si siempre acudía a ti. Siempre. Para esa fecha, ya llevaba diez años acudiendo a ti. Pedí a mi madre y a tía Harriet, pero no podían ayudarme. Fue cuando leí en el periódico que... Leí que esa Julie Saxony estaba ampliando su hostería para anexionarle un restaurante, y pensé: tiene dinero, ella debe darme el dinero que necesito. Y ese mismo día fue a mi casa y me dio el dinero.

Algo cambió en el rostro de los detectives. Cara triste garabateó algo en un papel y se lo pasó a la chica. Ella tenía cara de póquer. Bambi no podía discernir nada en su rostro, quizá porque era una mujer y Bambi había pasado la mayor parte de su vida tratando de entender a los hombres y saber qué querían. Los dos se pusieron de pie y salieron de la sala.

—Deja de mentir, Bambi —dijo Bert en voz baja—. Saben que mientes.

—No estoy mintiendo. Julie Saxony me dio el dinero. Eso es verdad. Puedes mirar mis estados de cuenta de esa época y comprobar cuándo saldé la deuda. En efectivo.

—Ella no fue a tu casa el Cuatro de Julio. Lo dices porque sabes que estuviste en la playa hasta el tres por la noche. Estábamos todos en la playa.

—Sí, todos estábamos en la playa. De acuerdo. Pero me encontré con Julie el cuatro. El día del décimo aniversario.

—No es cierto. ¿Por qué mientes? ¿Qué tratas de demostrar?

—Bert, estás despedido. Por favor, vete.

—No puedo...

—Podrás. Vete.

Pareció desconcertado, una expresión muy impropia del rostro de Bert. Pero es que estaba desconcertado, ¡vaya si lo estaba! Porque ella estaba mintiendo, aunque ¿qué otra cosa podía hacer? Había hecho sus cálculos. Alguien, algo, tenía que ser sacrificado. Era como si, una vez más, otro compromiso financiero oneroso hubiera llegado a su vencimiento. Pero esta vez se haría cargo ella misma. ¡Qué tonta había sido, qué inepta! Había salido de casa de su padre para caer en manos de la pandilla de su marido. Había vivido durante años sin enterarse del coste de las cosas. Había derrochado el dinero de su padre en un semestre en Bryn Mawr. Había permitido que Felix también dilapidara el dinero y nunca había preguntado el precio de las cosas.

Unas dos semanas antes de marcharse, Felix se había sentado con ella, chequera en mano. «De ahora en adelante —dijo— tienes que anotarlo todo, llevar las cuentas. Porque... bueno, porque vas a tener que dejar constancia de cada cosa. Una vez que yo me vaya, el dinero entrará con menos fluidez. Siempre habrá dinero, pero será diferente, ¿de acuerdo? Tienes que aprender a racionalizar los gastos, Bambi. ¿Lo harás?»

Podría haberlo hecho. Solo que, después que él se marchara, no entró más dinero. Veinte mil dólares. Era lo que había en su cuenta conjunta en julio de 1976. Veinte mil dólares que se habían esfumado en menos de un año.

Por otra parte, en aquel momento ella pensó que Felix se refería a la cárcel cuando dijo que se iba. Fue la noche antes cuando por fin comprendió que él se marchaba a otra parte. Estaba guardando algunas cosas y encontró que en su cajón faltaban un par de gemelos. Eran unos gemelos que ella conocía muy bien, puesto que se los había regalado en su decimoquinto aniversario de casados. Sin embargo, Felix estaba allí, en manga corta, puesto que era el mes de julio. Se dio cuenta de que estaba haciendo el equipaje. Reuniendo disimuladamente sus cosas, disponiéndose a partir. No hizo preguntas. No deseaba saber. Y no porque tuviera miedo de la Policía y sus preguntas. No podría soportar que Felix le dijera que era una cobarde.

Bert, agobiado y con sus anchos hombros caídos, salió de la sala de interrogatorios. ¡Dios santo, cómo se había apoyado ella en él a lo largo de todos esos años! Lorraine había sido muy comprensiva. Pero Lorraine sentía compasión por Bambi. Al comienzo, la compasión había sido la forma que había encontrado Lorraine de mitigar la envidia que le tenía a Bambi, por un montón de cosas, y Bambi no lo había tomado a mal. Había compadecido a Bambi porque Felix tenía otras mujeres, y después la compadeció porque él la abandonó.

Bambi había perdonado a Felix sus deslices, que había cometido desde el primer día. Pero la cobardía... eso era muy distinto. Felix se había acostado con otras mujeres, pero eso no quería decir que no la amara. A lo mejor significaba lo contrario. Acostarse con otras mujeres era tal vez lo único que lo protegía de su amor por ella. Por supuesto, sabía que sonaba a racionalización, pero algunas racionalizaciones eran ciertas. No; fue con su huida que Felix la había traicionado, a ella y a sus hijas.

Los detectives regresaron.

—Para que quede constancia... usted está hablando con nosotros sin un abogado presente a petición suya —dijo la chica hablando a la grabadora.

—Sí, para que quede constancia, así es.

—De acuerdo —dijo el detective de mirada triste—. Usted se puso en contacto con Julie Saxony. ¿Cuándo y cómo?

Bambi lo miró fijamente.

—Mandé a mi hija Rachel. Ella fue a verla en mi nombre la semana anterior. No estoy segura de la fecha exacta.

—¿Mandó a su hija Rachel a que le pidiera dinero a Julie y, una semana después, Julie le llevó el dinero? ¿El Cuatro de Julio?

—Sí.

—¿Y cómo consiguió ella ese dinero? Los bancos debían de estar cerrados. Y, como usted seguramente sabe, la vida financiera de Julie Saxony ha sido detenidamente analizada. No hay constancia de una transacción importante de dinero en efectivo en las semanas anteriores a su desaparición.

—No tengo la menor idea. Lo único que sé es que obtuve el dinero que necesitaba.

—Probablemente tengamos que hablar con su hija.

—Mi hija se encuentra en el hospital.

Fue el primer signo de emoción genuina en el rostro de la detective. Era, pues, una madre.

—Lo siento.

—No es grave. Su hija precisa una operación de paladar. Es adoptada, de China. Hoy en día es muy corriente que los niños necesiten este tipo de intervenciones. Si uno no acepta a los niños con problemas, es mucho más difícil adoptar en esos países. —Le pareció que hablaba demasiado deprisa, que cotorreaba, como si estuviera nerviosa. Ya había dicho la peor parte—. Antes no era así. La adopción en países extranjeros ha cambiado mucho. Y Rachel y Joshua, como viven en la ciudad, bueno, era improbable que pudieran tener un niño de aquí, en la ciudad, y los dos ya tienen más de cuarenta años, lo cual los convierte en muy viejos para adoptar en Estados Unidos. Guatemala estaba excluido y Vietnam tenía problemas... bueno, al final fue en China.

Sí, estaba hablando mucho, demasiado. Pero aunque su discurso pareciera inconexo, ella estaba ordenando sus pensamientos. Quizá no tenía que haber despedido a Bert. ¿Cuáles eran sus derechos ahora? ¿Tenía derecho a hacer otra llamada, podía exigir un nuevo abogado? ¿Cómo hacer para hablar con Rachel?

—Mire, les he dicho que yo lo hice. ¿No pueden arrestarme? Cuando antes lo hagan, antes podremos presentarnos ante el juez y ver si se puede obtener una fianza. Van a operar a mi nieta hoy. No puedo pasarme la noche aquí.

Pero, al final, eso fue lo que sucedió. La detuvieron y la condujeron a Towson, la encerraron en una celda y le dijeron que debía estar agradecida. Le permitieron hacer una llamada, se tragó su orgullo y llamó a casa de los Gelman, rogando que fuera Lorraine quien contestara.

Por primera vez en mucho tiempo, su ruego tuvo respuesta.

—Bambi... Bert me lo ha contado. Está que se sube por las paredes. ¿Qué te pasa? ¿Cómo puedes rechazar su ayuda cuando lo único que quiere es lo mejor para ti? ¿Por qué...?

—Lorraine, debes comunicarte con Rachel esta noche. Creo que le he procurado algo más de tiempo, pero la Policía irá a buscarla mañana. Suceda lo que suceda, tiene que insistir en que ella no estaba en mi casa el tres de julio, o que no vio a nadie allí ese día.

—Yo no...

—Lorraine, es mi hija. Por fin tiene lo único que deseaba, su propia hija. Su vida vale más que la mía, en muchos sentidos. Sé que no puedo decirle estas cosas a Bert. No puede permitir que yo mienta, y por eso tuve que pedirle que se marchase. Pero tú eres mi amiga, y eres madre, no abogada. Debes dejarme hacer esto. Sea lo que fuere que Rachel haya hecho, lo hizo por mí. Y ahora yo debo hacer esto por ella.

3 de julio de 1986

Su habitación estaba tal cual ella la había dejado seis años atrás. No era un tributo, sino más bien resultado de la inercia. Su madre estaba librando una batalla con Michelle, quien pretendía que le dieran una de las habitaciones de sus hermanas para luego emprender una costosa renovación. Era más fácil dejar todo como estaba.

Lo que sin embargo fastidiaba a Rachel era que en aquel momento se sentía más joven y más estúpida que la muchacha que había dejado esa habitación para ir a Brown. Aquella chica había sido una escéptica con respecto a Marc Singer, su compañero del instituto. Era una chica con un alto coeficiente intelectual. Leía libros serios y aspiraba a ser poetisa. La «mujer» que había ocupado su lugar se pasaba todas las tardes frente al televisor mirando programas como *All My Children*, *One Life to Live* y *Hospital General*. No se había lavado el pelo ni duchado desde el lunes. Sabía que se estaba comportando como una tonta, que no debía deprimirse por las decisiones que había tomado. Tenía razón en renunciar a Marc, en borrar todo lo concerniente a su vida en común. Merecía algo mejor. Marc nunca sería fiel a nadie. Y ella no quería repetir la vida de su madre.

Pero ese pensamiento, que le surgió mientras husmeaba en la nevera a pesar de que se sabía de memoria todo lo que contenía, le pareció desleal. Su madre era muy buena persona. ¿Quién era Rachel para sentirse superior a ella, para exigir algo mejor? Era Bambi quien merecía algo mejor, y ahora ella iba a dárselo. Saldar su deuda de una vez para siempre.

Encontró un bote de aceitunas y se lo llevó al sofá. Si hubiera ido a la costa con su madre y Michelle, ahora estaría comiendo cangrejo y maíz Silver Queen y unos sabrosos tomates, de invernadero en esa época del año pero igualmente buenos. Los Gelman sabían recibir. Eran un poco ostentosos, pero no tenía importancia. También su padre había sido extravagante en materia de fiestas. Creía que no valía la pena tener dinero si la gente no sabía que lo tenías.

El corolario, por lo que Rachel había podido discernir, era que la gente no debía saber, nunca, que tú no tenías dinero. Así había vivido su madre durante los últimos diez años y por eso, ese verano, estaba al borde de la ruina. Pero Rachel la había salvado. Había pagado un precio por ello, pero estaba segura de que en uno o dos años lo iba a superar. Conocería al hombre adecuado y formarían una familia. Tendría una segunda oportunidad. Marc no era hombre para ella. Tampoco era una buena persona. Su padre había infringido la ley, había ganado dinero con los pobres y los débiles, estafando a su madre. Sin embargo, en cierta forma, era una buena persona. Marc vendía inmuebles para uso comercial, iba todos los viernes a casa de sus padres para la cena del sabbat, engañaba a su esposa y luego mentía diciendo que no, que eso no era cierto. Y cuando ella se lo echaba en cara, él actuaba como si la loca fuera ella. Eso era una maldad. Una cobardía.

Se acordaba del año pasado, cuando fue a ver una película supuestamente acerca de un grupo de jóvenes amigos no muy distintos de ella. Recién graduados de una buena universidad, abriéndose camino en el mundo, conducidos por una pareja en apariencia perfecta, una pareja de novios de la facultad. Pero el hombre le ponía los cuernos a la mujer. «¿Cómo llevas tu actividad amorosa extraescolar?», le espetaba ella por fin, pronunciando cada sílaba como un fuerte golpe de karate. Un año atrás, Rachel había encontrado aquello divertidísimo. Esa gente no existía. Ahora lo estaba viviendo. Podía haberle dicho esas mismas palabras a Marc: «¿Cómo llevas tu actividad amorosa extraescolar?»

De hecho, se podía argumentar que ver melodramas por televisión a estas alturas era redundante. Pero ¿cómo podía ella vivir con un tipo infiel y mentiroso?

Sus padres... eso había sido diferente. Su madre nunca le reprochó a su padre sus infidelidades, al menos no que supiera Rachel. Pero su madre quedó atrapada. Tres niñas. Sin experiencia de trabajo ni diploma universitario. Ella, al menos, podría haber esperado obtener una pensión alimenticia. No hubo acuerdo prenupcial el día que se casó su madre; las esposas aún obtenían pensiones. No tenían que negociar lo que les correspondía.

El timbre de la puerta la hizo dar un respingo en el sofá. ¿Quién podía ser? Casi todas las personas que ella conocía se encontraban en esos momentos en la playa, incluso Linda con su nuevo crío, Noah. Rachel no estaba preparada para ser mamá, todavía no, dadas sus circunstancias. Pero al alzar a Noah en brazos y ver el amor en los ojos de Linda, confiaba en no tener que esperar demasiado.

—Hola —dijo Julie Saxony—. ¿Está tu madre?

Estaba impecablemente vestida. En una época en que se usaban faldas muy amplias, Julie llevaba un atuendo clásico, un vestido de lino rosa con una chaqueta tipo bolero a tono. El vestido se parecía a uno que Rachel conservaba en la memoria. «Mi madre tuvo un vestido así.» El vestido que se puso la noche de su boda para irse de luna de miel. Lo había comprado para el viaje a las Bermudas. Había una foto de ella con ese vestido, en alguna parte de la casa, seguramente en el despacho de su padre, aunque él nunca había permitido que su esposa o sus hijas entraran en esa parte de su vida.

Lo único que desentonaba era un bolso excesivamente grande, como de plástico, ordinario, una pésima imitación de uno de esos neceseres para cosméticos que habían pasado de moda.

—No está —dijo Rachel, consciente de los bermudas y la camiseta manchada que llevaba puestos. Pero al menos su camiseta tenía la leyenda BROWN.

—Ah. ¿Volverá pronto?

—No vendrá hoy. Y si ha venido para cumplir con lo que le pedí la semana pasada, es demasiado tarde. Yo me he ocupado de ello. No necesitamos su dinero. Supongo que debería decir nuestro dinero.

Julie la apartó y entró, como si no se creyera una palabra. Abarcó con la mirada el pasillo, el salón. Anticuado, pero todavía bonito y confortable. Bambi habría preferido muebles más modernos, pero Felix había argumentado que no servirían. Él creía en el confort y de todos modos los muebles de los años setenta eran demasiado bajos para él.

El salón semejaba el de un club de campo, pero en plan sencillo, un lugar donde sentarse y fumar, aunque hacía diez años que nadie fumaba en esa casa.

—Siempre creí que sería... más bonita —dijo Julie—. Lo siento —añadió, como turbada por su desatino—. Es solo que he pensado mucho... sobre vuestra casa. Pero nunca la había visto por dentro.

—Porque no había ningún motivo.

—¿Estás segura de que tu madre no regresará hoy? Tengo que decirle algo urgente.

—No, no regresará hoy. Y me cuesta imaginar qué puede tener que decirle usted, que sea tan urgente.

Julie parecía decepcionada, casi como una niña. Giró sobre los talones, miró alrededor y dijo:

—No puedo quedarme. Pero quiero que ella sepa que... que Felix me ha mandado llamar. A mí.

—Miente.

—No. Te diría algo más (las disposiciones ya tomadas, el lugar a donde voy), pero me ha pedido que no lo diga a nadie. Él me ha mandado buscar. Me ama.

—No es cierto. —Rachel buscó algo hiriente para decirle, algo que la lastimara de verdad—. Usted no es más que una puta que carece de vida propia. Y también una ladrona. Cuando mi padre se entere, no querrá saber nada más con usted.

—Dijiste que ya lo sabía. Deduzco, entonces, que eres una mentirosa.

Julie levantó el mentón, como una dama, y se dispuso a retirarse dándose aires de reina. La secuencia de una película, una película vieja, pasó por la cabeza de Rachel: «Eres demasiado bajita para esto.» Pero no era cierto. Julie era alta y delgada, más de uno setenta, más alta que su padre. Rachel era la más baja de las dos, una joven de veinticuatro años que acababa de aceptar el divorcio del hombre que aún amaba porque era la única manera de conseguir el dinero que necesitaba para salvar a su madre. ¿Y para qué? ¿Que había hecho su madre? Había preservado esa vida estúpida, esa vida congelada, como algo salido de un cuento de hadas, donde cada una estaba suspendida, esperando, esperando, esperando al hombre que nunca regresó, nunca llamó, nunca hizo nada para demostrarles que realmente pensaba en ellas.

Rachel había empezado el instituto el año en que Felix desapareció. Para ahorrar gastos, su madre había solicitado su ingreso, ese otoño, en el Western High School, dando la dirección de sus padres en el centro de la ciudad, asegurando que Rachel asistiría a ese colegio un solo semestre, que la situación financiera mejoraría y que no era justo sacar a Linda, que estaba cursando el último año. De hecho, el primer año de Rachel en Western había durado menos de una semana. Otra niña la había agredido en la parada del bus por razones que ella nunca logró averiguar. La atacó por detrás tirándole del cabello, dándole puntapiés y arañándola. Todo había durado apenas un minuto, pero a ella le había parecido una eternidad. Fue el único enfrentamiento físico de su vida. Hasta ese día.

Se abalanzó sobre Julie por la espalda, como en el pasado la otra niña había hecho con ella, pegándole brutalmente en la cabeza, dándole puñetazos y tratando de derribarla. Solo pensaba en que aquella furcia no estuviera tan impecable, tan estupenda, maldita fuera, cuando se apeara del avión allá donde se marchase. Quería hacerle carreras en las medias, rayarle los zapatos y estropearle el vestido.

No había sido su propósito herirla, hacerle sangre, pero cuando sucedió... bueno, sucedió.

27 de marzo de 2012 (9.00 horas)

En realidad, a Sandy le dio lástima dejar a Bambi Brewer en una celda toda la noche. Pero ¿qué otra cosa podía hacer? Había mentido descaradamente, y él estaba seguro de que si le permitía irse a su casa Bambi se encargaría de prevenir a la persona que intentaba proteger. La única opción era aislarla, encarcelarla a una hora en que ya era tarde para hacerla comparecer ante el juez, y hablar con la hija lo antes posible.

Se sentía fatal. No le agradaba en absoluto ir a ver a una mujer cuya hija había sido operada el día anterior. Pero, según su madre, su vida no corría peligro. La niña ya había sido dada de alta.

A vista de pájaro, Rachel Brewer vivía a un kilómetro y medio aproximadamente de la casa donde Bambi Brewer se había criado, pero para un pájaro significaría una gran distancia ese trayecto entre las otrora elegantes residencias de Forest Park y las modestas casas adosadas de Purnell Drive. Sandy encontró interesante que Rachel fuera una de esas personas a quienes no les importa estar en minoría. Era difícil saberlo, pero podría apostar a que en esa zona vivían mayormente familias afroamericanas. Clase media, buenos ciudadanos. Pero no era la ubicación que hubieran buscado los blancos que él conocía. Y la verdad es que Sandy nunca había podido decidir si él era blanco o qué. Tenía aspecto de blanco, y técnicamente los cubanos eran caucásicos, pero, pese a ello, ¿podía afirmarse que él era blanco? En definitiva, antes de que Baltimore se poblara de latinos, el mundo había sido básicamente negro-blanco-asiático, y Sandy era blanco. Pero ahora, aunque él no había cambiado, lo tildarían de «latino», una palabra que para él no significaba nada.

Era la cuestión del Cuatro de Julio lo que no le encajaba. No era imposible, pero no tenía sentido. En ese caso, ¿dónde había estado Julie Saxony durante veinticuatro horas? No conduciendo, según el cuentakilómetros de su coche. Tampoco en su casa, ni se había registrado en ningún hotel o motel, según las investigaciones de la Policía y de algún ansioso por cobrar la recompensa ofrecida por la Asociación de Comerciantes de Havre de Grace. Bambi mentía acerca de eso, no cabía duda. Pero ¿por qué? Y, basándose en lo que Susie recordaba de la conversación, también mentía cuando afirmaba que su hija había ido a ver a Julie a petición suya. Según Susie, la hija había dicho con toda claridad que su madre no sabía que ella había ido allí. Vale, la memoria de Susie podía equivocarse en ese punto o la hija pudo haber mentido para sacar alguna ventaja. Pero la madre estaba mintiendo, sin duda, y la hija era la única persona que podría contradecirla.

La mujer que abrió la puerta a Sandy y Nancy no tenía la belleza de su madre. Fue entonces cuando Sandy fue consciente de que Bambi Brewer, a sus setenta años, era una mujer muy hermosa. Esta era una mujer guapa, como suelen serlo las de mediana edad, con rasgos más bien duros, heredados tal vez de su padre, pero agradable. Aparentaba tener menos años que los que tenía, aun sin maquillaje y pese a sus ojeras. No había dormido esa noche. Bueno, su hija estaba enferma y su madre en un calabozo. Esas ojeras estaban más que justificadas.

Hicieron las presentaciones de rigor y le agradecieron que los recibiera a esa temprana hora. No deseaban que ella pidiera hablar en presencia de un abogado, pues bien sabían que aquello no era del todo legal. Sandy esperaba que, en su casa, ella se sintiera tranquila y relajada. No había tenido en cuenta lo absorbente que puede ser una criatura.

—Su madre confesó anoche haber matado a Julie Saxony.

—Está mintiendo —afirmó Rachel.

—¿Por qué?

—No tengo idea. Pero sé que es mentira.

—¿Cómo lo sabe?

—Porque yo vi a Julie Saxony el tres de julio. Yo estaba sola en casa. Ella vino para hablar con mi madre, y yo la eché.

—¿Vino con el dinero? ¿El dinero que usted le había pedido una semana antes?

Una pausa.

—Sí, eso fue exactamente lo que ocurrió.

—¿Cuánto era?

—Trescientos cincuenta mil.

—Eso es más de lo que su madre debía en concepto de hipoteca y otras deudas. Según los documentos que hemos cotejado.

—¿En serio? —Se sorprendió de que ellos supieran lo de la hipoteca—. Bueno, a lo mejor era el monto exacto de lo que había robado.

—¿Ha visto usted alguna vez trescientos cincuenta mil dólares? Es mucho dinero para llevar en un maletín. La hermana de Julie Saxony nos ha descrito el maletín que su padre le entregó a Julie aquella noche. Dice que no podía contener mucho dinero. Y nadie vio a Julie cargando algo en su coche aquel día. ¿Por qué está usted tan segura de que Julie lo robó?

—Mi madre dijo que fue ella.

—Su madre nos dijo que mató a Julie Saxony y usted asegura que es mentira.

—Ya se lo he dicho, vi a Julie el tres de julio. Yo estaba sola en casa. Luego ella se marchó, fin de la historia. Pensé... bueno, no importa lo que pensé. Se marchó y alguien la mató.

—Pudo haber regresado al día siguiente. Quiero decir, si realmente deseaba ver a su madre...

—Pero no lo hizo.

—Insisto, ¿por qué está tan segura?

Entonces la niña se puso a balbucear algo que Sandy no entendió, pero aparentemente pedía «leche» y «zumo», pues su madre fue a buscar dos jarros, de los que llevan tapa para que no se derrame el contenido. Si Sandy fuera abuelo probablemente sabría poner nombre a esa clase de cosas. De lo que sí estaba seguro era que la madre estaba contenta de tener que hacerlo, pues lo hizo concienzudamente, quizá para tener tiempo de pensar en lo que iba a decir.

Solamente los mentirosos y las personas muy educadas necesitan tanto tiempo para pensar lo que van a decir.

—Puedo... puedo contarle algo si usted me promete que no se lo dirá a mi madre.

—Tal vez. Depende.

Suspiró.

—Julie Saxony vino a decirle a mi madre que mi padre había mandado buscarla. Desde luego, no era cierto.

—¿Cómo lo sabe?

—Porque la hallaron muerta.

—Pero eso no significa que mintiera. Usted está afirmando algo a partir de un hecho que supo después. Ella pudo muy bien haberse marchado a reunirse con su padre, donde fuera que él estuviera esperándola. Y alguien pudo haberla matado para impedírselo. Quizá su padre deseaba su muerte.

Fue evidente que a Rachel le costaba procesar esa posibilidad. Bien podía ser el cansancio, o bien que hubiera ocultado esa parte de su historia durante tanto tiempo que no había pensado en la posibilidad de que otras personas ordenaran esos mismos hechos de otra manera. Felix había llamado a Julie Saxony, pero Julie fue hallada muerta. En la cabeza de Rachel esas dos cosas no estaban relacionadas.

Sandy creía que sí.

—Pero yo no... —Se interrumpió.

—¿Usted no la mató? Quiero decir, usted la golpeó con tanta fuerza que se le cayó un pendiente, el que su madre encontró y vendió un mes después, pero usted no la mató, ¿verdad? Su madre piensa que sí.

—Ella no les ha dicho eso.

—No; solo confesó un asesinato que no cometió. Seguramente para proteger a la persona que lo hizo.

Rachel pareció despejarse del todo.

—Quiero un abogado.

Era una declaración, expresada con toda claridad. Sandy, por la fuerza de la costumbre, trató de evitar lo inevitable.

—Mire, solo está conversando con nosotros. Si nos asegura que usted no la mató, aceptaremos su palabra. Tal vez, no sé, la golpeó y ella se desmayó, y entonces usted llamó a uno de los viejos amigos de su padre, como Tubby, y le pidió ayuda. Y no supo lo que él hizo o cómo acabó todo. Si ahora llama a un abogado, tendremos que llevarla con nosotros a comisaría. Tendrá que buscar una niñera, y su hijita acaba de ser operada...

—No; quiero un abogado. Podemos dejar a Tatiana en casa de mi hermana Michelle, la menor. Pero antes llamaré a Bert Gelman. ¿Hay algún problema en que Bert nos represente a mi madre y a mí? ¿Puede ser también mi abogado?

—Tengo la corazonada de que es lo que su madre quería cuando lo despidió anoche —respondió Sandy.

Mediodía

Michelle tenía una gobernanta a quien ella llamaba niñera. No engañaba a nadie con eso. La mujer vivía en un pequeño apartamento encima del garaje, trabajaba casi sesenta horas semanales, y disponía de los martes y domingos libres. Michelle se sentía culpable por esa situación. Pero Hamish quería que ella tuviera la libertad de salir y pudiera dedicarse a él todo el tiempo. Echaba de menos a los niños cuando salía, pero temía la llegada de los martes y los domingos, que parecían durar una eternidad. No había sosiego. Dos era mucho peor que uno, aunque gracias a Dios Hamish III ya iba al colegio. Pero quedaba Helena, más revoltosa que los niños de tres años.

Los caprichos de Helena contrastaban con el temperamento de Tatiana. Es el resultado de haber pasado por un orfanato, había dicho Rachel una vez, y Michelle le había respondido: «¿Crees que existe un orfanato donde pueda dejar a mis hijos una semana o dos?» Le pareció gracioso. A Rachel no tanto.

Era martes, pero no lo mencionó cuando Rachel la llamó. Había dicho: «Claro, tráela.» La reconfortaba poder ayudarla. Durante años había tenido muy poco que ofrecer a sus hermanas. Era bonito ser generosa, desprendida; poseer la casa más grande y poder recibir a toda la familia, ser capaz de ayudar económicamente, y, en especial, hacer por Rachel todo lo que pudiera.

La niña de Rachel era muy delicada en comparación con Helena. Era más grande, claro, y estaba un poco desnutrida. Pero había algo en sus movimientos, algo delicado y fino. Michelle la vio examinar los juguetes desperdigados en la sala de estar y advirtió que Helena se interesaba instantáneamente en el juguete que Tatiana tocaba.

—Mío.

—Sé buena —le dijo Michelle—. Comparte.

A Tatiana no pareció importarle. Se limitó a tocar el siguiente juguete. Helena se lo arrebató de inmediato diciendo:

—Mío.

No cabía duda de que era la hija de su madre.

Aunque la casa estaba caldeada, Michelle se puso el jersey sobre los hombros y bebió un sorbo de su capuchino.

—¿Por qué vas a hablar ahora con la Policía? —le había preguntado a su hermana—. ¿Qué sucede?

—Todo saldrá bien. Esto es un despropósito. Nadie hizo nada.

—¿Mamá...?

—No, no.

—¿Tú...?

—No, Michelle. Creo que mamá piensa que me está protegiendo de algo, pero yo no hice nada. Es la verdad, no lo hice. Quiero decir, nada reprensible.

Pero Michelle sí. Michelle había hecho algo muy malo. Había estado a punto de contárselo a Rachel el día de la fiesta prenatal, antes de que naciera Hamish III. Pero tuvo un instante de... ¿cómo decirlo?... claridad. Quería confesárselo a Rachel para sentirse mejor. Quería contarle a su hermana la peor cosa que había hecho en su vida con la esperanza de recibir el perdón que no merecía. Aún anhelaba ser perdonada y aún era consciente de que no lo merecía. Era el precio que tenía que pagar. Durante seis, siete años casi, había tratado de convencerse de que su vida era la prueba de que había actuado correctamente. Hamish, los niños... a una mala persona no se le concedían esas cosas. Y una persona con remordimientos no era mala, ¿verdad? Ella había sido mala, pero ya no lo era.

—Mío —insistió Helena, arrebatándole a Tatiana otro juguete de las manos.

Tatiana nunca se oponía, nunca se quejaba, se limitaba a ir por otro juguete. Michelle se preguntó si debía revisar la venda de la niña. Tenía que leer las instrucciones que le había dejado Rachel.

Bebió otro sorbo de capuchino. Realmente disfrutaba siendo simpática y buena, incluso «la» simpática y buena, un papel que seguía correspondiendo a Rachel. Había sido una revelación comprender que ser buena y simpática no significaba ser boba, que vivir una vida en la cual una podía sentirse bien consigo misma era como que alguien te diera suaves masajes todo el tiempo. Cada «por favor» y cada «gracias» era como una moneda echada en una hucha. No, una moneda echada en una fuente, como la vieja fuente de los deseos en el West-view Cinemas. Te desprendías de la moneda. Dejaba de ser tuya y perdía su valor de intercambio. Sin embargo, seguías sintiéndote rica en el momento en que la arrojabas. «Puedo permitirme renunciar a esta moneda. Puedo permitirme decir por favor, y gracias, y estabas tú primero, pues ahora me puedo permitir ser buena y simpática porque al fin alguien me ama. Alguien que no merezco.» Si Hamish supiera... si Rachel supiera... si su madre supiera...

—Mío —repitió Helena. Tatiana pasó a otro juguete, imperturbable.

Quizá debería telefonear a Linda.

13.00 horas

Sandy se sentía como si hubiera trabajado siempre con Nancy Porter. Nunca antes había hecho su trabajo con otra mujer. Había habido solo dos en homicidios, y una de ellas estaba majareta. Pero Nancy Porter era genial. Le costaba verla como mujer, y eso que era muy femenina. Era buena policía. Hasta tenía ese marcado acento de Baltimore, el de antes, pronunciando todas las vocales.

Además, casi siempre estaba de acuerdo con él. Y eso no venía nada mal.

—¿Cómo prefiere llevarlo? —le preguntó con deferencia, aunque era cada vez más evidente que sería un caso para el condado.

Más tarde, si salía en los periódicos —y este caso iba a salir en los periódicos—, su decisión de solicitar una orden de registro en la casa de Bambi Brewer iba a ser denominada una corazonada. Era verdad, él no se había imaginado lo que podía encontrar. Solo creía que Julie Saxony había acudido a esa casa el 3 de julio de 1986 y que probablemente había muerto allí. Había pensado que podría encontrar un arma entre las pertenencias de Bambi, incluso un maletín en esa casa vieja. Pero fue la rareza de esa única caja de zapatos que contenía un cúmulo de papeles tan carentes de sentido que, forzosamente, debían tener un sentido.

—No es una mentirosa experimentada —dijo Sandy—. Su madre no es muy buena tampoco, pero esta es aún peor. Es una mujer simpática, amable, acostumbrada a hacer y a decir lo que la gente desea lo que quieren escuchar. Creo que todo lo que nos contó es verdad. Sin embargo, dejó de hablar cuando las cosas empezaron a ponerse serias. Se cerró en banda.

—Es posible que piense que lo hizo su madre.

—Creo que lo más probable es que se haya dado cuenta de que su madre sospecha de ella y está tratando de salvarla. La madre probablemente pensó que era inteligente por su parte, pero eso nos permite ejercer más presión. No es una chica que...

—Es una mujer —precisó Nancy, con suavidad—. Tiene cincuenta años.

¿Por qué había dicho «chica»?

—Pero aparenta ser joven, ¿no?

Nancy pensó en ello. Era otra de las cosas que a Sandy le agradaban de ella, que no era como esos tipos de vuelta de todo que estaban siempre de broma. Nunca se había llevado bien con ellos.

—Se ocupa de los demás —dijo Nancy—. Más de lo que haría el común de las madres. Puedo entender por qué quería ser madre siendo ya una persona mayor. Yo tengo dos niños y apenas puedo con ellos, y eso que solo tengo treinta y cinco años. Tengo una tía, cuyo padre murió cuando ella era muy joven, once años más o menos, y tuvo que convertirse en el pilar de su madre. Era la palabra que usaba mi madre, decía «Pobre Evie, ella es el pilar». Si Rachel no lo hizo, sabe quién fue, o cree saberlo. Sigue comportándose como la protectora. Sabe algo y no quiere decírnoslo.

—¿Al punto de asumir una acusación de asesinato?

Nancy sonrió. Lenhardt le había dicho a Sandy que a Nancy le gustaban particularmente los interrogatorios, en especial a mujeres. Era algo así como su especialidad.

—Vayamos a averiguarlo.

13.00 horas

Bert se encontró con Rachel en el Departamento de Policía del Condado de Baltimore. Parecía tan exhausto como ella. Los dejaron solos en una sala similar a las que Rachel veía en las series televisivas.

—Bert, ¿por qué mamá se empeña en decir que mató a Julie? Es imposible que lo haya hecho.

—Por supuesto que no fue ella. Pero fue lo bastante inteligente, si quieres llamarlo así, para decir que lo hizo el Cuatro de Julio, no el tres. Estuvo en la playa hasta el tres por la tarde. No pudo haber llegado a su casa antes de las ocho o las nueve de la noche.

Rachel suspiró.

—Yo estaba allí el día tres. Julie Saxony fue a casa y me dijo que papá había mandado buscarla. Le pegué, Bert. De hecho, le arranqué un pendiente de la oreja. Me puse furiosa, primero por nuestro dinero y después por nuestro padre. Yo sabía que era culpa de ella que hubieran arrestado a papá o que papá se fugara. Pero todo lo demás, todas nuestras penurias, eso fue por su codicia. Y que papá la llamara...

—Probablemente mintió para hacerte daño. Las mujeres de tu padre... mira, no puedo negar que existieron, pero ninguna fue especial. Las chicas eran como Cadillacs para él.

—¿Quieres decir que las conducía durante un tiempo y luego las cambiaba? —Pretendió hacer un chiste, pero se le arrugó la boca y fue todo lo que pudo hacer por no llorar.

—Sí, algo así. Pero estaba cambiando, Rachel. Él estaba cambiando. ¿Quieres saber por qué? Por ti y por Linda. Cuando vio que te convertías en una mujer... me refiero a que... bueno, Julie tenía siete años más que Linda. Creo que, en cierto modo, escaparse fue una forma de cambiar para él. Vio la oportunidad de empezar de nuevo, de ser mejor persona.

—Mamá decía que era un cobarde.

—Bueno, no era valiente. No creía que pudiera sobrevivir en una cárcel. Tenía problemas de presión arterial, colesterol. Había diabéticos en su familia. No estaba hecho para cumplir una condena, Rachel. Él lo sabía. Tu padre tendría muchos defectos, pero no se mentía a sí mismo. Tu madre es cien veces más valiente que él. Por eso está dispuesta a ir a la cárcel por ti.

—Pero yo no hice nada. Quiero decir, bueno, sí, la agredí y

le pegué. Pero, ¿sabes qué hice entonces? Me disculpé. Me disculpé ante la amiguita de mi padre por lo que acababa de hacerle. La ayudé a limpiarse, le ofrecí acompañarla a un dispensario. ¿Y sabes qué me dijo? «No te preocupes, voy a ir a Saks. Encontraré un vestido más bonito. Y estaré en el Pacífico, en la costa de México, antes de que termine el día.»

—¿Te dijo eso?

—Sí. Tío Bert, durante años, quince años, supuse que ella estaba con papá y eso me desgarraba el corazón. Pero cuando hallaron su cadáver me dije: «Ah, entonces me mintió.» Pensé que seguramente había estafado a alguien más. Quiero decir que, si nos robó a nosotras, podía haber robado también a otros. Supuse que habría engañado a alguien y que finalmente le habían dado su merecido. No entendía de qué manera podía estar relacionado con papá. Pero el detective dijo «¿Por qué no?», y ahora me pregunto: ¿Por qué no? ¿Le tendió una trampa? ¿Sabía ella algo que podía comprometerlo a él? Tal vez él se enteró de lo que ella nos hizo y ordenó matarla. Se habría enfadado mucho si hubiera sabido que ella nos había robado nuestro dinero, ¿no?

—Sí, se hubiera enfadado mucho por lo del dinero. Pero, Rachel, cariño, nadie nunca ha vuelto a saber nada de tu padre. Te lo puedo asegurar. Ni yo ni tu madre. Desapareció de nuestras vidas el día que se marchó.

Rachel se permitió sonreír al comprobar que, aun después de tantos años, Bert no iba a admitir que algo sabía de la fuga programada de su padre. Bert era leal.

—Rachel, debo preguntarte algo. Le dijiste a tu madre, y tu madre le dijo a la Policía, que Julie Saxony te dio dinero. ¿Es cierto?

—Prefiero no decírtelo, Bert. Ya sé que eres mi abogado y que estás sujeto a las reglas habituales, pero también eres amigo de la familia. Tendrás problemas para ser solo mi abogado. Como tío mío y amigo de mi madre, querrás contárselo. Bert, ella no puede saber cómo conseguí ese dinero. Nunca.

—No puedes mentir a la Policía.

—De acuerdo, entonces les diré que hice un arreglo que nada tiene que ver con todo esto. Y es la verdad.

—Soy capaz de guardar un secreto. Te sorprenderías de lo que puedo compartimentar.

Rachel tuvo la imagen de su hermana menor sentada en un aseo muy blanco y reluciente, con una copa de champán en la mano, una servilleta con galletas sobre su regazo.

—El problema de Michelle con aquel funcionario de Hacienda. ¿Te dijo quién era su amante?

—Solo que era un hombre casado.

Rachel sonrió.

—Ah, ¿lo ves?, ya me has dicho más de lo que debías. Debiste decir: «¿Qué problema con Hacienda?». Simular sorpresa. «¿Un amante casado? ¿Michelle tenía un amante casado?» Y probablemente en su momento le contaste todo a mamá. No puedo arriesgarme a contarte esto, Bert. No puedo. Porque si mi madre supiera cómo conseguí el dinero, la decisión que tomé, se culparía a sí misma por ello. Y no debería, no debe. Fue lo que había que hacer y nunca lo he lamentado.

—Rachel, estamos hablando de un asesinato.

—Sí, pero yo no maté a nadie. Le pegué, ¿y qué? ¿Tú crees que me llevarán a juicio por tan poca cosa?

—Sí, podrían juzgarte. Especialmente si no les dices de dónde sacaste el dinero para pagar la hipoteca de tu madre. Y un juicio es muy caro. ¿Y si solicitan tu encarcelamiento sin fianza? Perderás también tu trabajo, y me consta que tu familia no se lo puede permitir. No tienes que contarles todo, pero yo sí necesito que me cuentes todo. Es la única forma de que pueda representarte eficazmente. Hoy te interrogarán y luego volverán a interrogar a tu madre, y compararán las declaraciones a ver si hay discrepancias. ¿Y si concluyen que hubo una conspiración o que tu madre es una cómplice? Aparentemente ella encontró el pendiente y lo empeñó. Supuso que le habías hecho algo a Julie, por eso la afectó tanto. No por la publicidad, sino porque durante todos estos años ha vivido preocupada pensando que habías hecho algo terrible, y esa era la prueba.

—Mira, tío Bert, no tengo miedo. No maté a nadie. Y el dinero que le di a mi madre hace muchos años era legal. Perfectamente legítimo. Incluso pagué el impuesto correspondiente. Me aseguré de que todo se hiciese legalmente.

—¿De veras? Eso es interesante, porque... —Bert se interrumpió.

—¿Porque no surgió cuando el tipo de Hacienda decidió husmear en las declaraciones de Michelle y después en las de mamá? Sabía que mamá había pagado sus deudas, pero como beneficiaria no estaba obligada a informar acerca de ello, y probablemente al tipo no se le ocurrió inspeccionar mis declaraciones o las de Linda. Porque era un estúpido, cabreado por el rechazo de Michelle. Sus jefes lo entendieron así, ¿verdad?

—Tu hermana tuvo suerte. El mal uso que el funcionario hizo de su posición fue un problema más grave que el hecho de que un *ku fartzer* casado no cumpliera, como tú, con la ley y declarara un coche, un reloj y un abrigo de pieles como regalos.

—¿*Ku fartzer*? —se rio Rachel—. Tú nunca hablas yidis, tío Bert, a menos que realmente tu interlocutor no te guste.

Los detectives llamaron a la puerta y entraron sin más. Después de todo, la sala era de ellos.

—¿Está dispuesta a hablar?

—Sí —contestó Rachel.

Hicieron su numerito con la grabadora. Sacaron sus libretas.

—En la mañana del tres de julio de 1986, Julie Saxony vino a casa de mi madre, donde me encontraba yo, sola. Me dijo que mi padre la había llamado y que se marchaba a reunirse con él. Me enfadé, le pegué, le arranqué un pendiente del lóbulo, el derecho, creo. —Representó los gestos de la pelea, como se le había abalanzado por la espalda, el manotazo...—. Sí, fue el derecho. Yo misma me asusté. Nunca en mi vida había visto una persona sangrando. La visión de la sangre... corrí en busca de una toalla. Incluso le ofrecí lavar su vestido o pagar la tintorería, pero... —Se detuvo—. ¿Puedo preguntar?

—Puede —asintió el detective.

—¿Qué llevaba puesto? Cuando la encontraron. Quiero decir, su ropa estaba allí, ¿no? Aun después de quince años debería quedar algo de la tela, ¿verdad?

Los detectives no respondieron.

—Vale. Entonces se lo diré yo. Si Julie Saxony no fue encontrada con un vestido de lino rosa, un vestido tubo, con una chaqueta tipo bolero a juego, entonces se cambió de ropa después de que yo la viera. Me dijo que se compraría un vestido nuevo. Probablemente fue y se compró algo. No habría querido acudir al encuentro de mi padre con ese aspecto desastrado. Tenía que presentarse espléndida. Fue lo último que me dijo. «Voy a Saks. Encontraré un vestido más bonito.» Fue así, ¿no? No llevaba vestido rosa cuando la encontraron.

Los detectives no parecían impresionados. Entonces Bert dijo:

—Se habrá podrido, Rachel, después de tanto tiempo. Su ropa se habrá podrido.

—Trataremos de cotejar su descripción con las declaraciones que fueron tomadas en su momento —dijo el detective—. Creo que llevaba puesto un vestido rosa, según dijo su chef.

—¿Y el bolso? Lo recuerdo... todo lo que llevaba combinaba en el mismo tono. Un poco hortera, como si fuera la idea que tenía de cómo debía lucir una dama. Sé que ustedes encontraron el bolso, porque salió en el periódico, y que su carné de identidad estaba en su interior. Parecía más un neceser de cosméticos, de los de antes, de los que se usaban para viajar. Rosa, a tono con el vestido. Si se compró un vestido nuevo, seguramente también compró otro bolso.

Los detectives la observaron.

—Era el mismo bolso.

—Bueno, a lo mejor solo compró un vestido, pero encontró uno a tono con los zapatos y el bolso. A lo mejor...

—A lo mejor —dijo la detective— deberíamos olvidarnos de las normas de etiqueta en el vestir y seguir con lo nuestro. Porque lo único que usted ha conseguido hacer bien es su descripción del bolso. Es perfecta. De manera que, felicidades, nos ha convencido: usted vio a Julie Saxony el día que la mataron. ¿Qué es lo que nos oculta, señorita Brewer?

—Les he contado todo lo que sé. Julie Saxony fue a casa de mi madre. Tuvimos una pelea. Se fue y no volví a verla.

—Y una semana después —el detective consultó sus notas— su madre pagó la hipoteca. Con el dinero que Julie Saxony le dio a usted, antes o después de que usted le arrancara el pendiente.

—Vale, eso no fue así. El dinero no era de Julie. Era mío, pero prefiero no hablar de ello.

—¿Se acoge usted a la Quinta Enmienda? —El detective Sánchez sonrió como si acabara de decir algo gracioso.

—No, no exactamente. Supongo que estoy ejerciendo mi derecho a la intimidad.

Dos pares de cejas se arquearon a la vez. La escena era casi cómica.

—A lo mejor ella sí tenía el dinero de su padre —dijo Nancy Porter—. A lo mejor ella apareció con el dinero y le dijo a usted que iba a reunirse con él y se llevaba su dinero. Sería una buena razón para golpear a alguien y arrancarle un pendiente. Usted trató de impedírselo.

—Yo estaba muy alterada en esa época. —Hizo una pausa—. Más de lo que ustedes podrían imaginarse. Estaba... emocionalmente alterada.

—Por supuesto —el detective aprovechó la ocasión—, ya que ahí estaba esa mujer, con el dinero de su familia, dispuesta a restregárselo en la cara a su madre. Su madre. Quiero decir, no sé cómo la criaron a usted, pero si alguien insulta a la madre de otro, este estalla. —Se dio un puñetazo en la palma de la otra mano.

La detective asintió con la cabeza.

—Ya. Lo mismo pasa con los polacos, mi gente. Me refiero a que es una reacción universal. Cualquiera puede decir de mí lo que quiera, pero no de mi madre o mis hijos. Apuesto a que usted siente lo mismo. Quiero decir, usted era la única que trataba de cuidar de su madre. Se expuso por ella, ¿correcto?, y fue a ver a Julie Saxony una semana antes. No le gustó nada que esa mujer le dijera: «Yo me quedo con el dinero de tu padre y sanseacabó.»

—Para ser justa —dijo Rachel—, nunca me dijo que lo tuviera.

—Usted se preocupa por la justicia, ¿no es así, Rachel? —intervino Sánchez.

A Rachel le pareció encontrarse en medio de una danza vertiginosa, una danza apache en la que dos personas la empujaban y la lanzaban de un lado a otro, atrás, adelante, atrás, adelante.

—Es importante para usted, que es una persona de principios. Y esa mujer, aunque no tuviera el dinero de su padre, se había acostado con él. Un hombre casado con tres hijas.

—No tenía tres hijas cuando eso empezó.

—Ya ve, hay que ser justos. La gente cree que la empatía es algo bueno, y lo es. Pero a veces, cuando uno siente lo que todos sienten, al pretender ser justo, se pierde un poco. Y usted, allí, en casa de su madre... ¿Por qué se hallaba usted en casa de su madre?

—Había dejado a mi esposo y perdido mi empleo. No tenía otro lugar a donde ir.

—Entonces, por eso estaba usted emocionalmente alterada. Quiero decir, no me extraña.

Rachel pensó un instante y dijo:

—Claro, por eso estaba emocionalmente alterada.

—Usted dice «claro» por educación. Pero solo desea que esa conversación no hubiese existido nunca.

—No, usted se aventura en sus conclusiones. Sí, yo estaba alterada por Marc... Había estado enamorada de él desde los dieciséis años.

Rachel nunca le había dicho esto a nadie. Pero allí, en aquella habitación diseñada para obtener confesiones, tenía sentido desembuchar cosas nunca dichas. Había estado enamorada de Marc desde que lo vio por primera vez. No se había creído digna de él. Entonces, un día, cinco años después, él se dignó mirarla e invitarla a salir, aunque era superior a ella en todo. Era guapo, buen estudiante, el mejor poeta, de mejor familia. Su único defecto era que no podía mantener quieta la polla. Y, casi sin darse cuenta, de pronto Rachel tenía veinticuatro años y había renunciado al amor de su vida y a todos sus sueños. A más de veinticinco años de distancia, ahora podía ver la locura de todo aquello. Pero a los veinticuatro años ella era ingenua, atolondrada y corta de miras, y se abalanzó sobre la amante de su padre y le arrancó un pendiente de la oreja.

Más tarde, en el cuarto de baño, vio las manchas. En su camiseta y también en su ropa interior. Eso la había desconcertado. ¿Cómo podía haber sangre en su ropa interior? Y entonces se acordó... sí, ellos habían dicho que podía haber pequeñas pérdidas. También le habían advertido que no hiciera ejercicios físicos violentos. ¿Abalanzarse sobre la amiguita de tu padre podía considerarse un ejercicio violento?

—Dejé a mi esposo porque me fue infiel. Él no quería que me fuera, pero su madre se alegró mucho. Me odiaba, odiaba estar vinculada con mi familia. Cuando me enteré de los problemas económicos de mi madre, fui a ver a la madre de mi esposo y le dije que lo dejaría si ella rompía nuestro acuerdo prenupcial y me daba trescientos cincuenta mil dólares. La mayor parte de ese dinero fue para mi madre, y el resto para pagar impuestos. Yo necesitaba un poco para mantenerme hasta encontrar un empleo. Y para otras cosas.

—¿Otras cosas?

Rachel miró a Bert.

—No puedes decirlo.

Pero no le importó la opinión del abogado. Respiró hondo y dijo lo único que nadie sabía de ella. Ni su madre, ni sus hermanas, ni Joshua.

—Estaba embarazada de trece semanas. Mi suegra no lo sabía. Pero mi esposo sí. Aborté y se lo dije. Quería dañarlo. Quería terminar con él para siempre, definitivamente, sin esperanza de reconciliación. Y lo hice. Aborté el primero de julio y fui a casa de mi madre para recuperarme.

Advirtió un ruido extraño en la habitación. Era Bert, que estaba sollozando.

—Florence Singer, mi suegra, confirmará lo que acabo de decir acerca del dinero. Y si es necesario, pregunten a Marc si le dije que había abortado, que no llevaría un hijo suyo en mi vientre, aunque no sé si se acordará. Se volvió a casar a los seis meses y fue padre un año después. Pero yo evité que mi madre perdiera su casa. Y si tuviera que volver a hacerlo lo haría, no me arrepiento. Pero ella no debe saberlo. Nos ayudó mucho durante mucho tiempo. ¿Sabe una cosa? Casi deseo haber sido yo quien mató a Julie Saxony. Pero mi madre no hubiera querido eso. Ella quería a mi padre, y eso fue lo único que no pude darle. Por favor, suceda lo que suceda, ¿podrían no decirle a ella lo del aborto y de dónde saqué el dinero? ¿O que Julie dijo eso de que mi padre mandó buscarla? ¿No podemos dejar las cosas como están? Yo no maté a Julie. Mi mamá no mató a Julie. ¿No pueden dejar en paz a mi familia?

Los detectives salieron de la sala sin hacer promesa alguna. Bert, la clase de hombre que lleva un pañuelo de seda, lo sacó y se secó los ojos, pero no hizo el menor comentario que implicara admitir que había llorado. El tiempo discurría lentamente, y eso era un consuelo. Rachel pensó en sus tentativas, durante años siempre frustradas, de practicar yoga en serio, de hacer meditación. Por primera vez en su vida estaba viviendo en el momento, pero ¡qué momento! No quería abandonar esa sala. Mientras estuviera allí, nada de eso había ocurrido. Porque Bert se lo contaría a su madre. Sabía que lo haría. Bert nunca podía dejar de contarle algo a Bambi. O se lo contaría a Lorraine, quien a su vez se lo diría a Bambi. Era lo mismo.

Los detectives regresaron.

—Vamos a verificar lo que nos ha dicho —dijo el hombre—. Por lo demás, no tenemos interés en contárselo a nadie. Sin embargo, si usted confiesa y es procesada, no podremos controlar la información. Todo esto se sabrá. Ya no dependerá de nosotros.

—¿Por qué estamos hablando de procesos judiciales o de

confesiones? —preguntó Bert—. Todo lo que ha dicho Rachel ha sido coherente.

—La última parte ha sido coherente. Ha cambiado varias veces antes de llegar a esta versión, ¿no cree?

—¿Va a acusarla o no?

—Es libre, puede irse. Pero su madre, en la sala de abajo, se mantiene firme en decir que fue ella quien mató a Julie Saxony. A estas alturas, dejaremos que se salga con la suya y quedará detenida por asesinato. Nada de lo que su cliente ha dicho niega la posibilidad de que Julie Saxony volviera al día siguiente. Muy bien pudo ir a un dispensario para ser atendida, dando un nombre falso, y permanecer allí durante veinticuatro horas. —Sandy empujó un papel hacia Rachel—. Es el comunicado de prensa que pensamos difundir esta tarde. Puede examinarlo y señalarnos si encuentra algún error.

16.30 horas

Cuando Linda se enteró de lo que ocurría, no pudo creer que ella fuera la última de la familia en saberlo. Y no se hubiera enterado si no hubiera llamado a Michelle para preguntarle si había hablado con Rachel para saber cómo seguía Tatiana. Linda había estado llamando a Rachel a su móvil, pero siempre salía el buzón de voz, y le había enviado SMS, que no le había respondido, algo inusual en Rachel. No era la más rápida del mundo para contestar, pero querría que su hermana supiera que Tatiana se encontraba bien. Además, tenían que hablar de su madre, de toda esa locura. Linda creía que Bambi podría estar sufriendo una especie de demencia pasajera. Bert era estupendo, no tenían que preocuparse mientras Bert llevara el asunto, pero ¿y si había que pagar una fianza? Hacía mucho tiempo que tío Tubby había dejado su profesión de fiador y, como ciertas habladurías seguían vivas en la memoria de la gente, los fiadores locales podrían muy bien negarse a ayudar a la esposa de aquel hombre famoso por haberse dado a la fuga. O bien podría ser que el juez se negara a aceptar una fianza. Pero aún no la habían acusado formalmente, eso estaba claro, lo cual no dejaba de ser esperanzador. No había salido nada por televisión, ni un solo comentario al respecto, ni en la cuenta Twitter del *Bacon-Light*. Desde luego, el reportero de sucesos era bueno, pero 2011 había sido el trigésimo quinto aniversario de la desaparición de Felix y no hacía tanto que el periódico había publicado algo. ¿Era necesario escribir en tono medio sarcástico todo lo relacionado con Felix Brewer?

—Tatiana está estupendamente bien —afirmó Michelle cuando Linda la llamó—. Rachel la dejó en casa esta mañana, pues tuvo que ir al condado por todo este asunto de mamá.

—¿Qué puede hacer ella que no pueda hacer Bert?

—Me dijo que los polis querían hablar con ella también.

—¿Qué? ¿Y no me llamaste?

—Rachel dijo que no era preocupante, que acudía con un abogado por precaución, que papá siempre lo decía: nunca hables con los polis sin un abogado presente. —Una pausa—. ¿Crees que de veras dijo eso, Linda? Me parece extraño que alguien pueda decirle eso a sus hijas adolescentes...

—Por Dios, Michelle, yo qué sé. Quiero decir, ¿qué importa ahora? ¿Te has quedado ahí sentada y no has pensado en llamarme?

—Yo... —empezó Michelle, tocada en su orgullo—. Me he ocupado de Tatiana y Helena toda la mañana. ¿Has lidiado alguna vez con dos niñas superagitadas y nerviosas?

Linda colgó y marcó el número de información de la Policía del condado de Baltimore. La atendieron con amabilidad, pero no logró sacar nada en limpio, ni siquiera ahora que estaba trabajando para el gobernador. Ay, Dios, el gobernador... Iba a ser divertido tener que explicarle por qué su familia aparecía en los noticieros.

—¡Linda Sutton! —dijo el hombre que la atendió—. ¡Qué agradable sorpresa! Justamente me estaba preguntando qué harías tú en mi lugar.

—No seas cruel, Bill. Solo cuéntame lo que está pasando.

—Los detectives me han dado dos secuencias de hechos y me han pedido que redacte dos comunicados de prensa. En uno debo decir que tu hermana mató a Julie Saxony. En el otro, que lo hizo tu madre. ¿Tienes idea de cuál de los dos es cierto? Me ahorrarías tiempo.

—Vete a la mierda, Bill.

Quizá no eran tan amigos como ella había creído. Llamó a su jefe y dio como excusa una urgencia familiar, algo arriesgado de hacer cuando quedaban pocas semanas para el fin de la legislatura. Después llamó a Michelle y le dijo que buscara a alguien, quienquiera que fuese, que se ocupara de las niñas, pues era necesario que ellas dos fueran a ver a su madre y su hermana.

27 de marzo de 2012 (18.30 horas)

Bert y Rachel estaban sentados. ¿Qué otra cosa podían hacer?

—¿Qué está pasando, Bert?

—Esperan que confieses. Te están presionando. Piensan que si te dicen que van a acusar a tu madre te pondrás muy nerviosa y cederás.

—Ya estoy muy nerviosa. Pero no puedo confesar algo que no hice.

—Lo sé. Y tampoco lo hizo tu madre. Este es el despropósito más grande con que he lidiado en mi vida. Es un caso que no se sostiene. Solo tienen un pendiente y la confesión de alguien que no pudo haberlo hecho. Y una relación verosímil de hechos que refutan esa confesión. Ojalá no hubieras estado allí ese día, lo digo de verdad, y mucho menos que admitieras haber agredido a Julie...

Rachel sonrió.

—Creí que si decía la verdad me dejarían en libertad.

—No con este sistema judicial, cariño. La verdad a veces estorba.

—Me puedo ir. Es lo que me han dicho.

—Sí. Y cuando salgas de aquí, acusarán formalmente a tu madre. Están esperando a ver si estás dispuesta a aceptar eso.

—¿Qué puedo hacer?

—No lo sé, Rachel.

Llamaron a la puerta y la detective asomó la cabeza.

—Sus hermanas están aquí. No estamos obligados a permitir que la vean, pero lo hacemos por amabilidad.

—¿Están aquí? ¿Las dos? ¿Quién se ha quedado con Tatiana?

—Le he pedido a la gobernanta que suspendiese su día libre —dijo Michelle, entrando—. Y no hay de qué.

—Bert, ¿qué pasa? —preguntó Linda, detrás de su hermana—. ¿Por qué mamá hace esto?

—No lo sé, chicas. No lo sé.

Rachel miró a sus hermanas, luego a Bert. Se preguntó si alguna vez ellas habían deseado, como ella, tenerlo como padre. O, más exactamente, que Felix fuera igual a Bert, sólido, leal, siempre allí. Allí. Pensó en el famoso libro de cuentos para niños, el que le estaba leyendo a Tatiana, ese dolor tan especial que solo una madre no biológica puede entender. «¿Eres mi madre?» ¿Por qué un bulldozer o un aeroplano o una rana no pueden ser la madre de un pájaro? Rachel, la chica bonita pero corriente, era la madre de la bella Tatiana, con su cabello sedoso y sus ojos perfectos y su carita muy pronto perfecta, aunque antes de la operación ya fuera incomparablemente perfecta para Rachel. Ella no iba a juzgar, ni podía hacerlo, a la madre biológica que la había abandonado. Le debía todo a esa mujer. A Rachel también su padre la había abandonado.

Entró el detective.

—Quiere hablar con usted.

—¿Conmigo? —preguntaron a coro las hermanas.

—No, con él, con el abogado. Lo vamos a permitir, aunque no estamos obligados. Dice que debe hablar con él antes de firmar su confesión.

Bambi estaba extenuada, pero con la clase de extenuación que te mantiene en estado de alerta. También estaba triste. La vida era espantosamente triste. ¿Nadie nunca lograba lo que quería? Rogaba que sus hijas sí. La habían tomado como ejemplo cuando eligieron hombres muy distintos de Felix. Aunque Marc, el primer marido de Rachel, había sido muy parecido a Felix, demasiado. De hecho, peor. Felix nunca hubiera hecho lo que hizo Marc. Ojalá Bert no se lo hubiera contado, pero Bert siempre le contaba todo lo que sabía de sus hijas, aun cuando no debiera.

—Bert —le dijo al verlo entrar—, ¿te acuerdas del día que nos conocimos?

Él no se esperaba esa pregunta.

—Claro que me acuerdo.

—Nos criamos en el mismo barrio, a pocas manzanas de distancia. Apenas un año nos separaba en la escuela, pese a que parece más cuando la chica es mayor, al menos en aquel entonces. Joshua es casi dos años más joven que Rachel. Tú, además, eras guapo. Y sin embargo no te vi. No tuve ojos más que para Felix, como decía la canción.

—No era esa la canción. Era *Hold Me, Thrill Me, Kiss Me, Bill Me.** El lema de los abogados. —Quiso hacer un chiste, por hacerse el fuerte.

—¿Entonces te acuerdas?

—Bueno, Felix y tú contasteis la historia mil veces. Es difícil olvidarlo.

—Siempre estuviste allí. Siempre.

—Sí. He tratado de estar por ti y las chicas.

—No; hablo de antes. Íbamos juntos a todas partes. Felix y

---

* La autora emplea el título de esta célebre canción como títulos de cada una de las partes de esta novela: «Abrázame», «Estreméceme», «Bésame», «Mátame». Pero Bert dice *Bill Me*, que viene a ser «pásame la factura» y no *Kill Me*, «Mátame», como reza la letra original. *(N. de la T.)*

Bambi, Bert y Lorraine. Ella es una buena persona. Realmente lo es. Una buena madre y una buena esposa.

—Lo es.

—Y tú estabas allí cuando Felix conoció a Julie, ¿verdad? Estabas con Tubby cuando «descubrió» a Julie, y le sugeriste que la llevara al club. Conocías bien el tipo de chica que le gustaba a Felix. Le gustaban las de piernas largas y bonitas. Ya sabes, lo contrario de mí. Yo era muchas cosas, pero no me caracterizaba por mis piernas largas y bonitas.

—Bambi, yo no perdono lo que hizo Felix. En absoluto. No soy esa clase de tío.

—¿De veras? ¿Nunca engañaste a Lorraine, ni una vez siquiera?

—No.

—¿Ni en tu cabeza?

Suspiró.

—Bambi, ¿a qué viene todo esto?

—Se trata de coartadas, Bert. Las tuyas y las mías. Es la palabra que empleaste hace un rato: «Tienes una coartada perfecta.» Quiero decir, ya sé que es una expresión jurídica, pero es solo que me impresionó un poco. Sí, la tenía. Y también tú. Rachel tendría una, también, si hubiera ido a la playa con nosotros aquel fin de semana, pero estaba deprimida. Todos teníamos coartadas perfectas. Te ocupaste de que así fuera. La idea de la fiesta para Lorraine, que, como debía ser una sorpresa para sus cuarenta y un años, no la organizaste el día de su cumpleaños, sino unos días después. Y todos fuimos allá. Porque, nos dijiste, era la única manera de que fuera una sorpresa. Nunca te he visto hacer algo así.

—Bueno, creo que prepararla me llevó bastante tiempo.

—No mucho. Ciertamente, la fiesta fue planeada después de que Rachel tuviera esa gran actuación con Julie Saxony. Me dijo que fue a verla el veintiocho de junio. Por supuesto, también me dijo que Julie aceptaba pagar mi deuda. Ahora la Policía me cuenta que eso era mentira, que mi hija obtuvo los fondos de una fuente que se niega a revelar. No obstante, creo la primera parte. Fue a ver a Julie y le echó en cara lo del dinero. Y Julie negó que lo hubiera robado y se negó a dárselo. ¿Sabes de dónde lo sacó Rachel?

Bert asintió, pero guardó silencio.

—¿Vas a callar las confidencias que te hacen mis hijas, justo ahora? Sería la primera vez, Bert. Después de todo, fuiste tú quien vino a contarme los problemas de Michelle, que un agente fiscal nos indagaba porque había visto las cosas que le había regalado su amante. Nunca te imaginaste quién era, ¿verdad, Bert? Michelle no te tenía tanta confianza. Pero yo lo sé. Era Marc. Michelle tuvo una aventura con el ex marido de su hermana. Ella me lo contó, Bert. A mí, porque soy su madre. Tú eres un buen amigo, como de la familia, pero no eres el padre de Michelle. —Hizo una pausa—. Por mucho que hubieras querido serlo.

Él puso una mano sobre la de ella. Cuántas veces, a lo largo de los años, la había tocado Bert de esa manera. Una mano sobre su mano. Poniéndole el abrigo. Palmeándole la espalda. Estrechándola entre sus brazos el día que hallaron el cadáver de Julie. Y cuántas veces ella no lo había visto. Nunca lo había visto. Ahí estaba el problema.

Bambi retiró la mano.

—Se suponía que ella se marcharía con él. Por eso le tramitaste el pasaporte, porque esperabas que se fuera con él. La primera vez. Y como no se fue, bueno, supongo que te quedaste con el dinero pensando que así yo me vería forzada a depender de ti. Sabías que acudiría a ti para que me ayudaras. Y fue lo que hice. Pero ¿realmente creíste que alguna vez habría algo más que eso entre nosotros, que yo sería capaz de traicionar a Lorraine?

—Era una hipótesis —admitió Bert—. Lorraine se quedó embarazada y... Tú no podrías enamorarte de mí, eso lo sabía, aunque... Y tampoco sabía cómo explicarte lo que había hecho.

—De manera que te quedaste con el dinero de Felix. Y lo usaste, una parte al menos, supongo. Quiero decir, ganas dinero, lo sé, pero siempre me pareció que vivías por encima de tus posibilidades. Las interminables renovaciones de la casa de Garrison Forest, una casa en la playa, en Bethania. Te la compró mi marido, ¿verdad? Estoy adivinando... Vale, cogiste mi dinero con la esperanza de que yo me enamorara de ti, e hiciste todo lo posible para que mi esposo se llevara a su amante, pero no lo lograste. ¿Por qué la mataste, Bert?

—Después de la visita de Rachel empezó a entender lo que había ocurrido. Sabía que el dinero existía y que ella me lo había dado. Así que le dije que Felix había hecho malas inversiones, que el dinero se había evaporado. Pero no me creyó. Y le preocupaba mucho, porque creía que Felix había estado en contacto contigo y que tú la habías difamado. Era solo cuestión de tiempo. Julie habría ido a verte y te habría contado que ella me había entregado el maletín siguiendo las instrucciones de Felix, y que yo sabía dónde él guardaba todo, que conocía todas sus cuentas en el extranjero y las cajas de seguridad. Por eso la llamé el primero de julio, le dije que Felix deseaba verla y le dije adónde tenía que ir.

—¿Y adónde fue?

—A los almacenes Saks Fifth Avenue. Esa parte es cierta. Se encontró allí con un hombre, un hombre que yo conocía por mi trabajo. Creyó que él le iba a falsificar un pasaporte. El tipo se encargó de todo. Y asunto concluido.

—¿Ese hombre vive?

—No. Murió hace unos años, pero nunca se fue de la lengua. Yo sabía que no lo haría, aun si lo arrestaban, aun en la necesidad de tener que defenderse. A su manera, era un tipo honorable. Él sabía que yo lo ayudaría si se metía en problemas. Pero nunca tuvo el menor problema.

—El honor entre ladrones —dijo Bambi—, como dice el refrán. Entonces, Bert, ¿hasta dónde estás dispuesto a llegar? ¿Vas a permitir que Rachel se enfrente a un juicio por asesinato sabiendo que es inocente? ¿O vas a dejar que yo confiese? A estas alturas, sé lo suficiente. Puedo hacerlo muy bien, creo. Les diré a los polis que contraté a un sicario que se encontró con Julie en Saks. Después de todo, mi marido era un delincuente. Diré lo que me acabas de contar como si lo hubiera hecho yo. Ahora todas las piezas encajan. ¿Es eso lo que quieres?

—No... nunca. Lo que yo quería... —No pudo terminar.

—Me querías a mí. Probablemente porque yo pertenecía a Felix. Y yo quería a Felix. Julie también quería a Felix. Tubby quería a Julie. Lorraine te quería a ti. Me pregunto...

Miró al techo, vio los años, vio el rostro de su esposo, una imagen que nunca se había borrado del todo.

—Me pregunto qué quería Felix. Sería bonito que al menos uno de nosotros haya conseguido lo que deseaba en este mundo. Al parecer, nuestros hijos sí lo tienen. Es un consuelo.

Bert se puso de pie para irse.

—Lo diré —dijo—. No permitiré que te inmoles. No puedo. Les contaré todo.

—Ve primero a tu casa y cuéntaselo a Lorraine. Dile que fue por dinero, nada más. Luego llama a tus hijos y cuéntales lo mismo.

—¿Es lo que le hubieras pedido a Felix?

—Sí. —Y movió las manos como diciendo «largo de aquí»—. Diles a los detectives lo que sea, cualquier cosa, con tal de pararlos. Y a las chicas diles que todo saldrá bien, porque es cierto. Ve a tu casa y despídete de tu esposa, la mujer que tanto te ama y admira. Dile lo mucho que tú la amas. Y la habrías amado, Bert, si no hubieras sido tan estúpido. Habrías logrado ver a esta mujer que te ama, y habrías aceptado y respetado su amor.

Bert se marchó.

Una vez a solas, Bambi notó por primera vez que hacía frío en esa habitación y que, después de dos días, su ropa olía mal. Tenía hambre y sed. ¿Podía pedirle a alguien que le trajera algo? Seguramente, pero el esfuerzo era demasiado grande. De todas las cosas que había sabido ese día, retenía una sola: Felix había tenido toda la intención de velar por ella y cubrir sus necesidades. Nunca supo lo que Bert había hecho. Y Julie no le había robado a ella... bueno, por lo menos no su dinero. Por lo demás, Felix nunca había mandado buscar a Julie, pero Rachel creyó que sí, pero nunca se lo dijo a su madre, nunca en casi treinta años.

Se vio a sí misma con diecinueve años, la estudiante con aquella cintura de avispa que acababa de abandonar la universidad, oyó cantar a los Orioles, sintió los brazos de Felix, firmes pero sin apretarla demasiado mientras la llevaba por la pista. Trató de recordar el rostro de Bert y tuvo la vaga impresión de haberse fijado en él aquella noche, el hombre más joven, el más convencionalmente guapo. Pero para ella había sido Felix, solamente Felix. Las cosas hubieran sido diferentes si...

Pero las cosas siempre podían ser diferentes «si»... Era más importante saber que las cosas eran. Ella era una mujer realista.

Si también Bert lo hubiera sido...

Nunca dejes que me vaya

8 de diciembre de 2012

Sandy se vistió con inusual esmero; eligió la corbata que Nancy Porter le había regalado y se puso su mejor traje. Después de todo, tenía una cita con dos damas, aunque ninguna de las dos fuera una cita de amor. No le hubiera importado que una de ellas lo fuera... pero, no, tonterías, olvídalo.

Le había causado una gran impresión verse en el telediario, en marzo de ese año, durante el revuelo que se armó por la confesión de Bert Gelman. Dejó que Nancy tomara la iniciativa, aunque el caso era suyo. Al menos Sandy estaba seguro de que el asesinato había tenido lugar en el parque, detrás de la antigua factoría. Según Gelman, él había representado a alguien que tenía una oficina allí y podía razonablemente pensar que el 3 de julio ese lugar estaría bastante tranquilo. Se suponía que el sicario iba a engañar a Julie diciéndole que, antes de seguir viaje al aeropuerto, debía encontrarse con alguien que le entregaría unos documentos falsificados. Al fin y al cabo, su pasaporte estaba vencido. La mató en el aparcamiento y luego la llevó en su coche al otro lado del río. Por eso no habían encontrado casquillos en la escena del crimen. Solo sus huesos y ese triste bolso indestructible con su pasaporte virgen, una billetera, un lápiz de labios y un pendiente. Luego el asesino regresó al centro comercial. Cogió el coche de ella y lo llevó al Giant. Probablemente volvió a buscar su propio coche en metro, motivo por el cual había elegido Saks como lugar de la cita. Había pensado en todo, hasta el último detalle.

Sandy no supo nunca lo que Bambi Brewer dijo a Bert para obligarlo a confesar, y tampoco le importaba demasiado. Era su caso. Él había manipulado a madre e hija, seguro de que una de ellas le haría una confesión que él podría utilizar, y Bambi, indirectamente, lo había hecho. Sandy había encontrado el recibo de la venta, había cotejado la descripción del pendiente con el hallado en el bolso de Julie. Sin esos elementos, la muerte de Julie Saxony seguiría sin resolver. El nombre de Bert, conforme al credo de Sandy, estaba en el expediente.

Lo que le fastidiaba era lo mal que se vio en la televisión. No eran los kilos de más, que la tele siempre te pone, no era tan vanidoso. Pero ¿estaba de veras así de desaliñado? ¿Había envejecido tan mal su ropa, antes tan elegante? Mari se habría enfurruñado. Pero ahora, con su nuevo contrato como asesor, iba a ganar más dinero y se podría comprar ropa buena otra vez. Al menos eso esperaba.

Su primera parada fue en una casa adosada de Butchers Hill. Había que mirar con detenimiento para advertir que era una oficina; un cartel muy discreto junto a la puerta, que no ofrecía indicación alguna de la actividad que desarrollaba Keyes y Asociados. Llamó al timbre. Oyó el ruido de la llave. «Buena chica —pensó—. Nada de puertas sin llave en este barrio, ni de día siquiera.»

La novia de Eddie —el chico había dicho «esposa», ¿por qué Sandy lo puso en duda?— era como la recordaba Sandy de la única vez que la había visto. Alta, ancha de espaldas, más guapa que bonita, pero con uno de esos rostros expresivos difíciles de olvidar. El apretón de manos firme, bonita ropa, aunque nada original.

—Así que Cuervo dijo que si estoy pensando en serio en progresar, debería hablar con usted —dijo Tess Monaghan, después de hacerlo pasar a un despacho donde un cartel de neón anunciaba CABELLO HUMANO y un reloj de neón rezaba ES HORA DE CORTARSE EL PELO. Sin embargo, el cabello de ella parecía bastante normal—. ¿Usted cree que le agradará hacer este trabajo? Hay que revisar mucha documentación, hablar con gente, preocuparse por los detalles más nimios. Es increíblemente aburrido a veces.

—Me suena al típico trabajo policial.

—¿Se siente cómodo nadando en aguas un poco turbias? Yo a veces amaño algunas cosas para obtener lo que quiero. ¿Es un problema para un ex-po-po?

Sonrió como para que supiera que el po-po era irónico, burlándose de sí misma. Eso le gustó.

—Ya no soy policía. Trabajo por contrato, sin arma y sin placa. Podría hacer lo mismo para usted. Solo que por más dinero. Eso espero.

—Dependiendo del encargo, a veces supone mucho dinero. Y el hecho es que necesito un socio. Tengo una hija pequeña, no puedo seguir trabajando dieciocho horas diarias. —Hizo una mueca—. ¿Qué digo? Sigo trabajando dieciocho horas, solo que no hago el trabajo de investigación las dieciocho horas. Es difícil encontrar un equilibrio.

Sandy asintió; bien que lo sabía. Mary había sido niñera de Bobby a tiempo completo, hasta que el chico se marchó. Así era, incluso con niños normales. Sandy había amado a su hijo, aunque no había sabido qué hacer con él cuando todos los sueños del padre con su hijo se volvieron inalcanzables. No le enseñaría ningún deporte, ni a conducir ni a arreglar cosas. No iban a tener conversaciones de padre a hijo. Mary sabía cómo ser la madre de Bobby a pesar de sus limitaciones. Pero por eso también Mary era un ser muy especial. ¿Por qué, en vez de seguir pensando en él como un fracasado, no pensaba en lo extraordinaria que era ella? El problema era que de esa manera la añoraba aún más.

Necesitaba realmente ese trabajo. Necesitaba algo, cualquier cosa, que lo alejara de sus pensamientos.

—No recibo muchos casos sin resolver —dijo Tess—. La mayor parte del tiempo es aburrido, soberanamente aburrido.

—Puedo hacer la parte aburrida. Me gusta el aburrimiento.

—Decidió hacer un chiste, aunque no era su fuerte—. Soy aburrido.

Ella se rio. Él sintió como si hubiera metido un gol, aunque no jugaba al fútbol desde los trece años.

—¿Desea empezar después de las vacaciones? —preguntó.

—¿Se refiere a la Navidad?

—Sí, ¿por qué? Navidad. Nochevieja. Es una época en que hay escasa actividad, pero aumenta en torno a San Valentín. Es una fiesta muy buena para el negocio, lamento tener que decirlo.

—Quiero dejarlo claro, porque la Hanuka comienza mañana.

—Detesto los estereotipos, pero no creo que sea algo muy importante para usted.

—Me lo dijo la dama a quien veré dentro de un rato.

—Bueno, *Baruch atah Adonai*, Sandy.

—¿Qué?

Ella rio.

—Hay una Weinstein escondida bajo las pecas de Monaghan.

Ese apellido le trajo algo a la memoria.

—¿Como la joyería?

—El mismo, pero ese es el negocio de mi tío.

—Esta dama a quien voy a ver está relacionada con la tienda.

Se encogió de hombros.

—En Baltimore, tienes suerte si encuentras seis grados de separación. Generalmente dos es la bomba. ¿Es esto lo que lo ha traído aquí?

Sandy no había cruzado el umbral de Bambi Brewer desde que hiciera el registro nueve meses antes, y no estaba seguro de cómo tomaría ella su deseo de verla. Trató de convencerse de que no era un capricho. No se podía cerrar el expediente de Julie Saxony sin aclarar todo lo relacionado con Felix Brewer. Aunque él no hubiera tenido nada que ver, siempre había estado allí, como parte de la identidad de Julie. Cuatro años de su vida, de 1972 a 1976. Julie había continuado y había triunfado en los negocios. Había ayudado a otros, le había dado al chef la oportunidad de abrir su propio restaurante, había sacado definitivamente a Susie fuera del Variety. Pero, en definitiva, siguió siendo la chica de Felix Brewer, y cuando su caso quedó resuelto, los periódicos publicaron una foto de ella en sus días de gloria, la misma que Sandy había encontrado en el expediente. Juliet Romeo le robaba la portada a Julie Saxony, otra vez.

Entonces, nuevamente, Julie lo echó todo por la borda cuando recibió la llamada. «¿Que Felix me llama? Pues al cuerno con el restaurante, que se joda Chet, que se joda mi hermana, que se joda Susie.» Puesta a elegir, prefería ser la chica de Felix.

Cuando aquella noche Bert se había presentado ante Sandy y Nancy con su propio abogado, Sandy se había enfadado mucho. Estaba harto de toda esa mierda. ¿Cuántos más iban a seguir tratando de encubrir a Rachel Brewer, quien tenía que ser la asesina, aun cuando su nombre no estuviera en el expediente? Oportunidad, impulso y estupidez, las tres cosas las tenía en abundancia. Ella y su madre habían permanecido sentadas en sus respectivas salas de interrogatorio hasta muy tarde. Cuando Bambi rectificó su intención de firmar una confesión, Sandy separó a las otras hijas de Rachel y envió a esta última a otra sala. En aquel momento se sintió como un padre. «Ninguna de vosotras cenará hasta que dejéis de mentir.» Después, Bert había regresado con un abogado penalista mucho mejor que él, aunque probablemente Bert nunca fuera a admitir que podía haber penalistas mejores que él. Deseaban negociar inmediatamente, pero el fiscal no aceptó. Por último, Gelman llegó a un acuerdo de veinte años, sin condicional. Era un hombre saludable, pero rondaba los setenta años. Lo más probable era que nunca recuperase su libertad.

Y todo por dinero. Tu mejor amigo deja la ciudad, tú defraudas a su viuda y luego matas a la única persona que sabe adónde fue a parar el maletín. ¿Por qué la gente nunca se conforma con lo que tiene?

No era que Bambi Brewer pareciera dolida. Su apartamento estaba en una torre llamada HarborView. Cuando la edificaron, a todo el mundo le había parecido ridículo ese rascacielos en medio de las casas bajas de South Baltimore, resultaba chocante en ese vecindario. Ahora, a poca distancia de allí, había un Ritz-Carlton y un Four Seasons del otro lado del río. Y nada, nunca, podría taparle la vista del puerto y la bahía.

Sin embargo, el apartamento de Bambi miraba al oeste. La vista eran los tejados y la gran jiba verde de Federal Hill.

—Pasemos a la sala, detective —dijo con tono amable, pero sin pronunciar ninguna frase indicativa de que su presencia era bienvenida. Bien, solo había sido un fugaz flechazo. Ni él lo había tomado en serio. Además, ella era unos años mayor que él. Pero ¿qué decir? Era una mujer muy guapa.

Los muebles eran un poco bajos para él, como si ella hubiera pretendido que sus invitados no estuviesen del todo cómodos. Lo observó mientras tomaba asiento en uno de los sillones.

—Felix no quería este tipo de muebles, decía que eran incómodos. No lo son, pero a nuestra edad es una lucha sentarse en ellos y luego tratar de levantarse.

—He adelgazado siete kilos —dijo Sandy. ¿Qué tenía esa mujer que te incitaba a contarle tus cosas? Se preguntó si Felix también se habría cohibido delante de ella.

—Me alegro por usted. Es bueno empezar el nuevo año con un afán de superación personal. Mucho me temo que yo deberé encontrar esos siete kilos antes de que termine el año. Habrá *latkes* en la Hanuka, y luego el marido de mi hija Michelle insiste en celebrar la Navidad tradicional. —Hizo un mohín—. Mi familia no era religiosa, en absoluto (mi hija Linda es la única auténtica judía de la familia), pero a mí no me gustan los arbolitos de Navidad. Además, es una confusión para mis nietos. ¿Qué son estos iraníes-judíos-escoceses con una prima china?

—Una auténtica Naciones Unidas —repuso él, consciente de que era un chiste flojo. No tenía labia. Y apostaba que a esa mujer le agradaban los conversadores. Felix Brewer debía de haber sido un gran conversador.

—Ya. Es mejor la mezcla. Supongo que usted también proviene de cepas mezcladas.

¿Por qué lo suponía? Ah, ella era una típica norteamericana; no tenía idea de la cantidad de rubios que había en Cuba.

—No; solo cubanas. No es infrecuente... cabello rubio, ojos claros.

—¿Es por eso que lo llaman Sandy?

—No. Me pusieron ese apodo cuando era un joven detective. —No podía contenerse, esa mujer lo intimidaba—. Fue una broma. Me compré un maletín. Estaba muy entusiasmado cuando me nombraron detective. Iba a trabajar cada día llevando ese maletín. Claro, era una estupidez, pero yo estaba orgulloso y no quería dar el brazo a torcer. Lo usaba para llevar mi almuerzo y un termo de café. Tenía muchos bolsillos que nunca abría. No obstante, era más pesado cada día. Resulta que un compañero metía arena en los bolsillos que yo no usaba. Figúrese lo que ocurrió cuando le di vuelta un día. De ahí, Sandy. Para todos, excepto mi esposa, que me llamaba Roberto.

—No me agradan las bromas pesadas.

—A mí tampoco.

Se produjo un silencio extraño, una desafortunada transición, pero no había remedio.

—Cuando registramos su casa, en marzo, nos llevamos una caja de zapatos.

—Sí, me la devolvieron no hace mucho. La tiré a la basura tal cual, con su contenido y todo. —Suspiró—. Echo de menos Bendel's. Mi yerno me da todos los gustos, pero no puedo abusar de su bolsillo. Sabe, aun si quedara algo de dinero de lo que Bert robó, no podría utilizarlo. El gobierno federal se lo quedaría en concepto de impuestos impagados. En cualquier caso, no es mucho lo que queda. O eso dice Bert.

—Algo faltaba. De la caja.

—Oh, lo sé. ¿Cree que tiré su contenido sin mirar? Sé perfectamente lo que faltaba, detective.

Y entonces él le entregó el sobre.

—¿Cómo se la hizo llegar? —preguntó.

—No tengo la menor idea —dijo ella.

—Ya no soy poli. De hecho, he venido para una entrevista de trabajo. Creo que me convertiré en investigador privado.

—Sandy Sánchez, IP. Va a necesitar un sombrero.

Ella no iba a revelarle cómo había conseguido la carta. ¿Por qué habría de hacerlo? Era curiosidad gratuita por su parte. Sus preguntas no habían sido particularmente indulgentes con la familia de Bambi Brewer. O a lo mejor sí. Él no podía afirmarlo, y ella no se lo diría. Seguramente daba por sentado que él la había leído. En efecto, la había leído y la había guardado en el expediente, pero no la había marcado como una prueba. No era una prueba, pero sí una mirilla por donde mirar uno de los más famosos misterios de la ciudad. Y él no pudo evitar leerla. Era humano, como todos.

—Bien, entonces —dijo levantándose para irse—. Feliz Hanuka. ¿Se dice así?

—Claro —contestó Bambi—. ¿Por qué no?

Bambi contempló la puesta de sol desde su salón. Era otra de las razones por las que prefería este lado del edificio al otro con vistas al puerto. Tampoco habría podido elegir cuando Hamish se lo dio. Los mendigos no eligen, y Bambi sabía mucho en materia de mendigos. Había sido una mendiga la mayor parte de su vida adulta.

Se acercaba el solsticio de invierno, el día más corto del año. Nunca dejaba de asombrarle la rapidez con que se ponía el sol, como si llegara tarde a una cita al otro lado del mundo. Vio un disco rojo, luego franjas anaranjadas y, de golpe, la oscuridad. Empero, había luz suficiente, que venía de la ciudad a sus pies, como para releer aquella carta que sabía casi de memoria. Había sido escrita en fino papel de correo aéreo. Nunca supo cómo había hecho él para enviársela a Tubby, y ella, por cierto, nunca había preguntado.

5 de abril de 1986

Querida Bambi:

Esta carta te llegará mucho después de esta fecha, pero la estoy escribiendo el día en que Michelle cumple trece años. Sé que velarás para que ella tenga una gran fiesta de bat mitzvah. Ojalá pudiera estar allí. Ojalá pudiera decirte dónde estoy, pero lo único que puedo decir es que se trata de un sitio cálido y el océano no está lejos, aunque yo nunca nado.

Te echo de menos cada día. Cada hora. Cada minuto. Pero al menos te recuerdo tal como eres. Sin embargo, las niñas, ¿quiénes son? ¿Cómo son? Hermosas, por supuesto, pues tú lo eres. Pero Linda y Rachel ¿son unas muchachas agradables, simpáticas? ¿Tienen a su lado hombres estables? ¿Son buena gente, trabajadores, ganan buen dinero? ¿Cómo es Michelle adolescente?

Me fui porque creí que no podría vivir en la cárcel. Pero estas habitaciones, aunque no tienen llave, son como una cárcel. He tratado de imaginar una forma de regresar, pero no podrá ser, nunca.

Siento mucho el dolor que causé. Fue un error. No sé cómo explicarlo. Quizá las equivocaciones no tengan explicación. De cualquier forma, no voy a intentarlo. Te hice daño. Pero tú también me lo hiciste haciéndome creer que en realidad no me necesitabas. ¿Lo ves? Otra vez trato de encontrar una explicación.

Tú y nuestras hijas erais mi mayor felicidad. Y el mejor día de mi vida, el mejor momento de mi vida fue en febrero de 1959, cuando Bert y Tubby dijeron que debíamos colarnos en aquel estúpido baile de chicos del instituto.

Espero que hayas sido juiciosa con lo que te dejé. Debería alcanzarte para mucho tiempo, pero si llegas a tener alguna dificultad, confía en Bert.

Con mi amor, eterno, siempre,

FELIX

Puede que la carta hubiera sido escrita en abril, pero había llegado en agosto del mismo año. Había sentido cierto consuelo al saber que él estaba solo, pero ella aún vivía con el tormento de creer que él había mandado buscar a Julie, porque, si no, ¿por qué haberle dado a Rachel esa suma de dinero y luego desaparecer? Pobre Rachel, incapaz de pedir un céntimo para sí misma, pero capaz de humillarse ante su suegra para sacar de apuros a su madre. Bambi nunca había tenido dudas de que dejar a Marc fuera lo que Rachel debía hacer; Joshua era mucho mejor como hombre. Bambi había comprendido cómo era Marc mucho antes de saber que había tenido una aventura con Michelle.

Le había recomendado a Michelle, sin medias tintas, que guardara el secreto. No dudaba de que Rachel perdonaría a su hermana, pero era demasiado pedirle. Y Bambi era una experta en saber qué era pedir demasiado.

Había conservado esa carta entre lo que ella consideraba recibos sin interés, permitiéndose releerla una o dos veces al año, dándole vueltas a la única pista, el océano cercano en el cual nunca nadaba. México, aparentemente, según Rachel. Pero eso había sido lo que Bert le dijo a Julie Saxony. Quién podía saber a esas alturas la verdad. Curiosamente, de todas sus hijas era Michelle, quien menos lo conoció, la que había tratado con mayor ahínco de encontrar a su padre. Por eso, le había confiado, se había sentido atraída por la industria tecnológica. Pero no existía una máquina capaz de dar con su padre.

No importaba cuántas veces leyera esa carta, Bambi siempre se quedaba fijada en esa frase sobre el momento más feliz de su vida, más de cincuenta años atrás. Qué tristeza. Había sido un momento extraordinario también para Bambi, pero ella había tenido muchos momentos felices desde entonces. Siete nietos, las bodas de sus hijas, las cenas del Seder, los cumpleaños. Era feliz ahora, en ese preciso instante, sola en su apartamento.

Miró su reloj de pulsera. Era hora de ir a recoger a Lorraine. Bambi trataba de verla lo más a menudo posible, de incluirla en las reuniones familiares. Al recordar lo furiosa que se ponía cada vez que había visto compasión en los ojos de Lorraine a lo largo de los años, no consentía a su vieja amiga ni le decía nada que le hiciera pensar que era digna de compasión. Y, en realidad, no lo era. No era patético amar a alguien que no te amaba, amar a alguien que no te amaba como tú querías, o amar a alguien más de lo que te amaba. Hasta podía decirse que era algo valiente y puro. Por otra parte, Lorraine no sabía que Bert había actuado movido por algo más que la avaricia. Esa noche, Bambi y Lorraine irían juntas en el coche a la cena del viernes en casa de Linda. El menor de los nietos estaba muy contento pensando en las fiestas. Por primera vez en mucho tiempo todos los nietos estarían allí, de la pequeña Tatiana a Noah, con veintiséis años, y su esposa Amanda, quien estaba embarazada del primer bisnieto de Bambi Brewer.

«La vida continúa, contigo y sin ti, Felix. ¿Qué más pedir?»

31 de diciembre de 2012 (Manzanillo)

Lo último que vio fue el techo blanco. Abrió los ojos, miró al techo, los cerró de nuevo y nunca más volvió a abrirlos. Si dijo algo, no había nadie allí para oírlo. La sirvienta lo encontró a la mañana siguiente.

El señor Felipe, como lo conocía el reducido círculo de personas con quienes había entablado amistad en ese lugar, tenía setenta y ocho años y había gozado de muy buena salud hasta el año anterior. No padecía ninguna enfermedad importante, apenas unas dolencias leves. Sin embargo, por leves que fueran, se fueron sumando y el servicio de salud local no era el mejor. Solía bromear diciendo que no había escogido ese lugar por su sistema de atención médica. Había contado con que viviría muchísimo tiempo. Sus padres habían vivido hasta los noventa años, aunque él nunca los hubiera vuelto a ver. Habían abrigado esperanzas diferentes con respecto a su hijo, el único que entendía los números como si fueran un lenguaje, y que sin embargo era sensible y receptivo con los demás, capaz de suscitar sus confidencias y sus sueños. Sin embargo, una vez que sus padres vieron el camino que él había elegido, dejaron de hablarle. Era más fácil hacer como si estuvieran muertos que decirle a su esposa que lo habían repudiado. Era un hombre que se había hecho a sí mismo y haría su propia familia, una familia mejor.

Cumplió. Había vivido lo suficiente para ver a sus hijas convertidas en hermosas y destacadas mujeres, cometer errores y aprender de ellos, tener hijos. Salvo que... él nunca había visto nada de todo eso.

Vio una extensión blanca. Un techo.

La sirvienta no se perturbó por la muerte, había visto muchos cadáveres, pero se llevó un disgusto cuando el único verdadero amigo que tenía ese hombre, un abogado, le informó que el cuerpo sería incinerado. Era lo que quería su patrón, dijo el abogado, pero a ella no le pareció nada bien. Habían hablado a menudo de religión, ella y el patrón, el señor Felipe había dicho que era judío, que su pueblo no creía en tatuajes ni incineraciones. Pero a lo mejor ya no pertenecía más a su pueblo. No había signos de que practicara alguna religión, a menos que las mujeres fueran una religión. Muchas habían entrado y salido de esa casa, durante años. Por alguna razón, y siempre y cuando hablaran en inglés, prefería las europeas, pero nunca de Alemania. Con la cantidad de americanos ricos que andaban por allí, las mujeres eran cada vez más jóvenes y los hombres cada vez más viejos, pero a su patrón le gustaban las que rondaban los cuarenta o cincuenta. Es verdad, esas mujeres eran lo bastante jóvenes como para ser sus hijas, pero a ella le parecía que él las elegía no solo por su belleza sino también por su inteligencia, y eso le agradaba. Más aún, decía que ellas podían vivir bajo su mismo techo, pero era Consuelo la encargada de la casa.

El abogado fue categórico: el cuerpo sería incinerado, las cenizas llevadas a alta mar y arrojadas al Pacífico, que él alcanzaba a ver por la ventana de su dormitorio. La casa sería vendida y habría dinero para las personas como ella que se habían ocupado del señor Felipe durante años. Los muebles serían vendidos y todo lo demás regalado. Si ella deseaba algo, no tenía más que pedirlo.

—¿Y las fotografías?

Señaló varias junto a la cama, en sus portarretratos de plata. Pero no eran como los que compraban los turistas en el mercado. Estos eran lisos y pesados.

El abogado se encogió de hombros.

—Si las quiere... —dijo malinterpretando su deseo.

Ella supuso que él tiraría las fotos y pensó que sería muy triste. Entonces le dijo que sí, que se las llevaría y, cuando el abogado se marchó, retiró las fotos de los marcos, que luego podría vender. Le entregaría las fotos al hombre que fue a buscar el cuerpo, le pediría que las quemara con su patrón.

Eran seis. Después de años de quitarles el polvo, las conocía bien. Una era de una mujer hermosa, pero de hacía mucho tiempo, de la época de las cinturas ceñidas y las pestañas oscuras y arqueadas. «Bambi, 1961», tenía escrito debajo. La misma mujer, mayor pero todavía hermosa, posaba con tres niñas, evidentemente sus hijas. «Harpers Ferry, 1974.» También había una de cada hija: «Linda, 1976», «Rachel, 1976», «Michelle, 1976». Bonitas, pero no tanto como su madre, aunque vaya uno a saber cómo resultaron, especialmente la pequeña, todavía rolliza en esa fotografía.

Y luego estaba la... bueno, no quería decir que fuese una puta, pero no llevaba puesto más que un sostén y unas bragas e, inclinada adelante, soplaba un beso. Consuelo no la aprobaba. Pero allí estaba, junto a la cama del patrón. Quizás era una prima que había tomado el mal camino. Solo Dios sabía, y Consuelo había sufrido lo suyo. Primas por el mal camino. Puso esa foto con las demás. No había un nombre ni una fecha, solo una leyenda, pero Consuelo, con su poco inglés, no podía descifrarla, aunque algunas palabras se parecían a las que ella conocía en español: *intelligence, ideas, function.* Metió todas las fotografías en un sobre y escribió en una nota que debían ir con el cuerpo. Serían nuevamente una familia, pensó, lo cual la ayudó a aceptar el hecho espantoso de la incineración. Volverían a estar juntos otra vez, en las cenizas, en el océano, en el más allá.

Pero Consuelo estaba equivocada. Felix Brewer estaba solo cuando murió, y estaría solo para siempre, en la eternidad o en el Pacífico, donde cinco días más tarde sus cenizas fueron esparcidas por un amable pescador que salió al mar a cumplir su jornada de trabajo. El pescador no se anduvo con ceremonias y, con un rápido movimiento, volcó el recipiente en el agua. Las oscuras cenizas amarronadas flotaron y luego se hundieron, mezclándose con la arena a la que tanto se parecían.

Se había ido.

Nota de la autora

Casi todos los escritores que conozco temen el momento en que alguien trata de darles una idea. No es que las ideas sean malas, solo que la relación entre un escritor y la novela es tan personal que es como si alguien tratara de oficiar de casamentero con una persona felizmente casada.

Pero mi esposo, David Simon, se empeñó en que yo debía escribir una novela inspirada en Julius Salsbury, el jefe de una vasta red de actividades relacionadas con el juego en Baltimore a mediados de la década de 1970. Condenado por fraude postal y bajo arresto domiciliario mientras apelaba la sentencia, desapareció y nunca más se supo de él. Dejó una mujer, tres hijas y una amante.

Creo que mi esposo, quien todavía es un periodista de alma, pensó que una autora de novelas policíacas podría resolver el misterio de lo ocurrido a Salsbury. Pero no estoy particularmente interesada en las historias reales. Me fascinó más la idea de las cinco mujeres que había abandonado. ¿Qué es una esposa sin su esposo, las hijas sin un padre, una querida sin su amante? La convertí en una historia policíaca porque eso es lo que yo hago, pero es importante señalar que en la vida real no hubo asesinato alguno. De manera que la familia Brewer nada tiene que ver con la familia Salsbury. Sería injusto con ellos pensar otra cosa, e injusto con mi imaginación.

El personaje de Roberto *Sandy* Sánchez está inspirado en Donald Worden. Sus historias personales no pueden ser más distintas, pero Worden es uno de los más grandes genios en materia de investigación de homicidios y, efectivamente, volvió a trabajar en casos sin resolver para el Departamento de Policía de Baltimore. Fue generoso con su tiempo y con la información que me brindó mientras yo trabajaba en este libro.

Un encuentro casual en San Francisco, en agosto de 2012, me proporcionó mucha información acerca de la jerarquía social en el instituto Forest Park en la década de 1950. Lamentablemente, he perdido el nombre de mi informante, pero me fue de gran ayuda.

Espero que todos, en William Morrow y en HarperCollins, sepan que los adoro, pero igual quiero dar las gracias a Carrie Feron, Liate Stehlik, Michael Morrison, Lynn Grady, Sharyn Rosenblum, Tessa Woodward, y a todos los demás, por supuesto. También quiero expresar mi profunda gratitud a Nicole Discher y Abigail Tyson.

Gracias también a Vicky Bijur y A. M. Chapli. Mi público agradecimiento al personal de los bares que me mantuvieron «cafeinada» en dos ciudades, y a toda mi familia y mis amigos, que son extraordinariamente tolerantes con las cosas que dejo de hacer cuando tengo que cumplir con una fecha de entrega. Sara Kiehne y Dana Rashide hacen lo que pueden para que nuestro hogar siga funcionando. David, Ethan y Georgia Rae son responsables de poner la alegría y todos hacen un trabajo espléndido. Georgia Rae es cada vez más tolerante con el trabajo de su madre, ahora que entiende el concepto: trabajo = dinero = golosinas.

Por último, gracias a los FL de FB. Sabéis quiénes sois. Sabéis qué hicisteis. Por favor, controlad a esas dichosas ardillas y dejad de ser sus instigadores.

Índice

OTROS TÍTULOS
DE ESTA COLECCIÓN

EL HIJO PRÓDIGO

Colleen McCullough

Holloman, Connecticut, 1969. Una toxina letal extraída del pez globo ha sido robada del laboratorio de la universidad. Mata en minutos y no deja rastros. Cuando los cadáveres empiezan a amontonarse, el capitán Carmine Delmonico no tarda en entrar en acción. Una muerte súbita durante una cena, seguida de otra durante una recepción de gala, solo parecen estar relacionadas por el veneno y la presencia del doctor Jim Hunter. Sin embargo, hay elementos que no cuadran. El doctor Hunter, un afroamericano casado con una blanca, se ha enfrentado al escándalo y a los prejuicios durante casi toda su vida. ¿Por qué iba a poner en peligro cuanto ha conseguido? ¿Acaso están tendiéndole una trampa? Y en ése caso, ¿quién?

Carmine y sus hombres deben seguir la pista e investigar a todos los excéntricos del campus universitario, y da igual si ello afecta a personas de su entorno más cercano.

La autora de *On, off* y *Muertes paralelas* vuelve a deleitarnos con una novela de suspense original y trama perfecta.

NOAH

SEBASTIAN FITZEK

Él no recuerda su propio nombre. No sabe de dónde proviene. No logra recordar cómo llegó a Berlín y cuánto hace que vive en la calle. Los sin techo con los que vagabundea por la ciudad lo llaman Noah, porque lleva ese nombre tatuado en la palma de la mano.

La búsqueda de sus orígenes se convierte en un desafío para Noah. Para él y para toda la humanidad, porque Noah es el elemento principal de una conspiración que pone en peligro la vida en el planeta y ya se ha cobrado diez mil víctimas.

El autor del best seller *Terapia* vuelve a electrizar a los lectores con una trama arrolladora.

«Sebastian Fitzek es un maestro en revestir los entresijos de la psicología de una tensión palpitante.»

JOHN KATZENBACH,
autor de *El psicoanalista*